國手
국수

일러두기

- 이 책(1~5권)에서 본문 표기는 '한글 맞춤법'(2017. 3. 28)에 따르되, 경우에 따라 글지(작가) 원칙을 따랐다. 대화문은 가능한 한 그 시대 말투나 발음에 가깝도록 적 어줌을 원칙으로 하여 살아 있는 우리말을 전달하고자 하였다.

- 본문에서 한 단어가 다른 형태로 표기되는 것은(예: 곳=꽃, 갈=칼, 가마귀=까마귀 등) 임병양란을 거치며 조선말이 경음화되기 시작한 이래로 된소리, 거센소리, 예사 소리가 혼재되어 쓰이던 당시의 상황을 반영한 것이다.

- 본문에서 이(李), 유(柳), 임(林) 씨는 리, 류, 림 씨로 표기하였으며 『國手事典』에서는 이, 유, 임 씨로 표기하였다.

- 우리말로 잘못 알고 있는 일본말은 본디 우리말로 적어주고자 애쓰는 저자 뜻을 존 중한다.

  〈예〉 민초(×) ⇨ 민서, 서민(○)

  　　　농부(×) ⇨ 농군(○)

- 낯선 어휘나 방언은 본문 아래 뜻풀이를 달아 이해를 돕고자 하였다.

- 이 책의 본문에서 O 표시는 『國手事典』에 뜻풀이를 실었다.

- 이 책 뒤에 부록을 붙여 소설 배경이 되는 1890년대 전후 시대상황을 이해하는 데 도 움을 주고자 하였다.

國手

5권

金聖東 장편소설

솔

國手

5권

차 례

금칠갑 琴七甲
산적 출신 김사과댁 머슴으로 농군들 봉기를 부채질함.

리 립 李立
만동이를 홍경래 대 받은 평호대원수平湖大元帥로 세우려고 애씀.

만동 萬同
김사과댁 씨종인 비부婢夫쟁이 천千서방 첫안해 자식. 동뜬 힘과 무예를 지님.

인선 仁善
장선전댁 외동딸로 뛰어나게 아름다운 얼굴과 슬기롭고도 숭글숭글한 인금을 지님.

박성칠 朴性七
성균진사成均進士 와 급수비汲水婢 사이에 태어난 사점士點백이 계정꾼으로 날보내다가 대흥 군민들 일떠섬을 부채질함.

몽득 夢得
만동과 동갑내기로 덕금을 그리워하나 여자 마음을 얻지 못해 허둥지둥함.

오류선생 五柳先生
엉터리 시골 훈장으로 황부흥이 안해를 욕보임.

최유년 崔有年
감영 이방으로 충청감사 앞방석. 충청도 쉰세고을을 쥐고 흔드는 칼자루 쥔 사람.

변 협 邊協
대흥고을 포도부장으로 본국검本國劍 솜씨꾼. 만동이와 겨루다 크게 다침.

갈꽃이
손문장孫文章 양딸. 뛰어나게 아름다운 얼굴에 소리에도 솜씨를 보임.

김억만 金億萬
기우제 해자를 억지로 받아내는 최이방에게 대들다가 흉서부착죄인으로 몰리게 됨.

황부흥 黃富興
봉수산 닭재 밑 상뜸에 사는 부지런하고 참된 농군으로 김억만과 깍듯한 사이.

끝향이
닭똥소주로 공주감영 병방비장을 잠재우고 최유년이를 죽이는 외대머리임.

제17장
발괄하는 사람들

는개*라도 몇 날 깔리려는가.

매화 옛 등걸 위로 물기 없는 바람이 지나간다. 고르지 않게 들려오던 솔바람 소리 시나브로* 잦아지면서 선녀仙女 쏠* 밑으로 떨어지는 찬물소리 뒤란 대밭을 흔들고, 기우는 여름볕은 토방 아래 버히어진 매화 옛 등걸 위에 와 앉으니, 참취 뜯으러 마늘쪽 봉우리 오르던 인선仁璿 아기씨가 옮기어다 심어놓은 것이다. 줄먹줄먹*한 마늘쪽 봉우리 너덜겅* 바위 이에짬*에 웃는 듯 찡기는* 듯 피어난 매화곳 한송이 불꽃같이 붉길래 이른 봄날 옮기어다 심어놓았던 것이었다. 벼룩 꿇어앉을 땅 한 뼘 없는 오십궁무

는개 안개보다는 조금 굵고 이슬비보다는 가는 비. **시나브로** 틈틈. 새새. 겨를이 있는 대로. 모르는 사이에 조금씩. **쏠** 물떠러지. '폭포'는 왜말임. **줄먹줄먹** 크고작은 여러개 몬들이 그 다름이 두드러진 꼴. 졸막졸막. **너덜겅** 돌이 많이 깔린 비탈. **이에짬** 두 몬을 맞붙여 잇는 틈. **찡기다** 찡그리다.

五十窮武 장선전張宣傳댁 토방 아래 마당가며 뒤란 장독대 기스락*
으로 피어 있는 곳이라고는 고작해야 맨드라미 민들레며 채송화
에 분곳과 나팔곳뿐이었는데, 지레목* 길섶 패랭이곳과 달빛 아
래 수줍은 듯 피어 있는 비녀곳 옥잠화에 그리고 며느리밥풀곳
같은 들곳 메곳들을 옮기어다 놓는 그 아기씨인 것이었으니—

  픽도 양지바른 봉수산鳳首山 중턱에 오르면 멧토끼는 앞에서
뛰고 가투리 장끼는 오색 날개를 쫙 펼치며 곧잘 날아오르는데,
멧새들은 또 가지에서 가지로 느실난실한* 소리를 내며 나들이
한다. 봉수산 좌우로 솥뚜껑을 엎어놓은 듯 고만고만하게 엎드
려 있는 금롱산金籠山 백월산白月山 박산朴山 팔봉산八峯山 사자산
獅子山 가차산加次山 국사봉國師峰 송림산松林山 고리*태봉胎峰에는
진달래 철쭉이 활짝 피고, 구비구비 시냇물은 촤르르 콸콸 흐르
며 노고지리는 하늘이 얇다고 소소리쳐* 올라 떠도는데, 꾀꼬리
우는 산골짜기에 어우러지고 더우러진 칡넌출 마음껏 끊어다가
청올치* 벗기어 칡베치마 짜 입으니, 뉘집 논인지 못자리는 퍼렇
게 자라나고 우굿우굿하게* 동*이 선 밀보리 위로 기울기울* 날

기스락 비탈진 곳 끝자리인 기슭 끝자리. 지레목 산줄기가 끊어진 곳. 느실
난실한 성적 부추김을 받아 야릇하고 상스럽게 구는 꼴을 말하나, 여기서
는 멧새들이 서로 짝을 찾는 것으로 썼음. 고리(高麗) '麗'자는 '나라이름
리'로 읽고 써야하므로 '고려'가 아니고 '고리'가 됨. 소소리쳐 회오리바람
처럼 맴돌며 솟구쳐. 청올치 겉껍질을 벗겨낸 칡넌출 속껍질. 노·베 따위
감으로 쓰였음. 우굿우굿하게 여러 군데가 안쪽으로 욱어 있는. 동 곡식에
서 나오는 줄기. 기울기울 한쪽으로 쏠려 기울어지는 것.

아다니는 것은, 그리고 각색 나비 잠자리떼.

무른 흙 슬쩍슬쩍 갬대*질러 뽑아낸 냉이 달래 소루쟁이 쑥 질경이 씀바귀 댕댕이바구니에 톡 찼는데, 텃밭에 심은 상치 아욱 쑥갓하며 봄배추 봄무우 잘 자라고, 모종한 보리감자와 강냉이는 쌌이 터 나오며, 끊어진 뒷산 솔언덕 갈아 꽂아놓은 서속 귀리 메수수도 봄비를 자주 맞아 입종*이 잘되었다. 이른 봄에 깨운 맏배*병아리는 벌써 중닭꼴이 잡히었고 한배*로 받아낸 삽사리는 또 몇 마리인가.

하늘이 사람 낼 제 정한 분복分福 각기 있어 잘난 놈은 부자되고 못난 놈은 가난하니, 내가 이리 못살기에 누구를 원망하리. 우리 동네 사람들은 오려잡은*서릿쌀*에 풋돔부 풋콩 까서 밥을 짓네 송편 찌네, 창 앞에 대추 따고, 뒤꼍에 알밤 줍고, 논귀에서 붕어 잡고 두엄에 집장 띄워 먹을 것 많건마는, 가련한 우리 신세 먹을 것 바이*없네. 세상에 죽는 목숨 밥 한덩이 누가 주며 찬 부엌에 굶은 안해*지게미와 쌀겨인들 볼 수 있나. 철모르고 우는 자식 배를 달라 밥을 달라, 무엇으로 달래볼까. 백설한풍 깊은 겨울 벌거벗고 텅빈 배로 아니 죽고 살아나서 정월 이월 해빙解氷하니, 산수경개 장히 좋다. 유색황금눈柳色黃金嫩에 꾀꼬리 노래하고,

---

갬대 나물같은 것을 캐는데 쓰는 칼과 같이 만든 나뭇조각. 대칼. **입종**(入種) 씨앗이 잘 들었음. **맏배** 짐승이 여러차례 새끼를 낳거나 깔 때 첫번째, 또는 그 새끼. **한배** 한 암컷이 낳거나 깐 새끼. **오려잡다** 올벼를 베다. **서릿쌀** 햅쌀. **바이** 속절없이 전연. 아주. **안해** 안에 뜨는 태양이라는 뜻에서 이제 '아내'를 말하며, '해방 8년사'가 끝난 1953년 7월 27일까지 쓰였던 말임.

이화백설향梨花白雪香에 나비가 춤을 춘다. 유작유소維鵲有巢 짓는 재주 내집보다 단단하고, 산양자치山梁雌雉 우는 소리 너는 때를 얻었도다. 집은 방장° 새려는데 소쩍새는 비오 비오, 쌀 한줌이 없는 것을 저 새소리 "솥적다". 뻐꾸기는 운다마는 논이 있어야 농사하지. 오디새°야 날지 마라, 누에 쳐야 뽕 따겠다. 배가 저리 고프거든 이것 먹소 쑥국새°. 목이 저리 갈하거든 술을 줄까 사다 새°. 먹을 것이 없으니 개와 닭을 기르겠나. 살해를 아니하니 고라니와 사슴이 벗이로다.

만물이 소생하는 봄이라지만 식전아침부터 별이 뜰 때까지 산으로 들로 갓방에 인두 달듯° 종종걸음° 쳐봐야 입에 넣어볼 수 있는 것이라고는 다직° 싸래기 한줌에 납작보리와 좁쌀에 강냉이 섞인 구메밥° 턱이요 메밀나깨°에 피죽서껀° 쑥버무리 고작이지만, 진잎죽과 죽순나물 한 접시에 솔순김치 한 보시기 달랑 올라 있을망정 지아비는 씨뿌리고 지어미는 밭매니, 불고 쓴 듯하던° 애옥살이° 아이오° 불 같이 일어난다. 하기 좋은 옛날이야기처럼 불 같이 일어나지야 않는다고 하더라도 설마하니 밥이야 굶

방장(方將) 곧. 장차. **오디새** 개똥지빠귀 비슷한 새. **쑥국새** 뻐꾸기. **사다새** 물새 하나. **종종걸음** 발을 가까이 자주 떼며 급히 걷는 걸음. **다직** 기껏. **구 메밥** 옥에 가둔 죄수에게 벽구멍으로 들여보내던 밥. **메밀나깨** 체에 치고난 뒤에 남는 메밀가루 찌끼. **서껀** 움직임 또는 생김새가 미치는 뜻을 나타내는 토씨. **불고 쓴 듯하다** 매우 가난해서 집안이 휑하니 비었다는 말. 씻은 듯 부신 듯. **애옥살이** 가난에 쪼들려 고생스럽게 사는 살림살이. **아이오** 갑자기. 느닷없이.

겠는가. 홑적삼 홑치마일망정 삼베 허리끈 바짝 졸라맨 젊은 뼈다귀 초롱같은 눈 부릅뜨며 삯물레 돌리고 삯바느질하고 삯빨래삶던 손 잠깐 놓고는 틈틈새새 들로 산으로 가 토란이며 둥글레뚱딴지에 무릇 뽑고 도라지 캐고 고사리 꺾고 잔대와 더덕이며취나물 가지취 뜯는 먼산나물*이라도 해오고 보면, 즈런즈런*하지는 못하더라도 설마한들 젊으나 젊은 내외 밥이야 굶겠는가.

얼라. 왜 밥만 안 굶넌댜.

송곳 세울 땅이 없고 바람 막을 집 한 칸 없다지만— 삯바느질관대冠帶 도복道服 행의行衣 창의氅衣 직령直領이며, 협수夾袖 쾌자快子 중치막 남녀의복 잔누비질 상침上針질 외올뜨기 곤추누비,솔오리기 세답洗踏빨래 푸새마전 하절의복 한삼汗衫 고의袴衣 망건*꾸며 갓끈 접기 배자褙子 단추 토시 버선 주머니 쌈지 약낭 필낭 휘양 볼끼 복건* 풍차 처네 주의 이불이며, 베갯모에 쌍원앙과흉배에 쌍학놓기 토주 갑주 분주 표주 명주 생초 춘포이며, 삼베백저 극상 세목 삯 받고 맡아 짜기, 청황적흑 침향 유록 온갖 염색맡아 하기, 초상난 집 원삼 제복, 혼대사婚大事에 음식숙성, 갖은증편 중계 약과 박산 과잘 다식 정과 냉면 화채 신선로와, 갖은 찬수 약주 빚기, 일년 삼백육십일에 잠시도 놀지 않고 품을 팔아 모

먼산나물 가난한 사람들이 집 가까운 들판 나물은 죄 뜯어먹었으므로 먼 곳에 있는 산에 가서 나물을 하던 것. **즈런즈런** 살림살이가 넉넉한 꼴. **망건**(網巾) 상투 짠 머리 끌어올린 머리카락이 흩어지지 않게 동여매는 띠. **복건**(幅巾) 선비들이 점잖게 꾸밀 때 머리에 쓰던 건.

을 적에 푼을 모아 돈 만들고 돈을 모아 양 만들어 양을 지어 관돈 되니, 일수체계日收遞計 장리변을 근 이웃 사람들께 착실한 곳 빚을 주어 낭패 없이 받아들이고 보면— 헛간에 쟁여지넌 장작짐과 뒤주 가득 뷔지넌 오곡섬 누가 다 츤신허리.

말 타면 종 두고 싶고° 되면 더 되고 싶은° 게 인지상정이니, 살림이 이만하면 곳 본 나비 불을 헤아리며° 물 본 기러기 어옹漁翁을 두려워할까°. 황토흙에서 무 뽑듯 연년생으로 쑥쑥 뽑아 놓은 아들 딸 고이 길러 천자장이라도 넘기게 하여 면무식이나 시켜 주고 보면, 세상에 부러울 게 무에 있으리오.

얼라. 왜 민무식뿐이랴. 낙락장송두 근본은 종자요 천릿질두 한걸음버텀이구 만릿질두 한걸음버텀 시작헌다구, 뭣버덤두 씨가 존디다가 밭 또헌 과히 메마르잖으니, 글 배서 승공허구 활 쏴서 급제혀 나아가믄 장수요 들어오믄 정승이라. 다 제 날 탓 아니것나베.

미나리곳아 미나리곳아
저 곳 픠어 넝사일 시작혜서
저 곳 져서 넝사일 필역허세
얼얼럴럴 얼럴럴 상사뒤—
어여뒤여 어뒤여 상사뒤—
미나리곳아 미나리곳아

저 곳 퓌서 븐화험을 자랑마라

구십소광九十韶光 잠깐 간다

얼얼럴럴 얼럴럴 상사뒤―

어여뒤여 어뒤여 상사뒤―

취령봥鷲靈峰이 달이 뜨구

사븨강泗沘江이 달이 진다

저 달 떠서 들이 나와

저 달 져서 집이 간다

얼얼럴럴 얼럴럴 상사뒤―

어여뒤여 어뒤여 상사뒤―

넝사 짓넌 일 바쁘건마는

부모츠자 구제허기

뉘 손을 지다릴꼬

얼얼럴럴 얼럴럴 상사뒤―

어여뒤여 어뒤여 상사뒤―

부쇠산扶蘇山이 높어 있구

구룡포九龍浦가 짚어 있다

부쇠산두 펑지 되구

구룡포두 펑원 되니

시상일 누가 알꼬

얼얼널널 상사뒤―

어여뒤여 상사뒤—*

　　줄먹줄먹한 멧잣* 바워너덜겅 겯을 흘러내리는 가을물처럼
맑고 구슬픈 목구성*으로 미나리꽃노래를 불러 넘기던 그 젊은
여자는, 콤. 쌍글하게* 밭은기침을 한번 하고나서 스스르 눈을 감
으며 다시 소리를 뽑아내는데— 손바닥으로 두드려 보는 왕등
발가락* 치맛단 밑 허벅살에서는 허연 밥풀 같은 살비듬이 뭉어
난다.

　　둥둥내서 둥둥내서
　　되렌님을 업구보니
　　각읍수령을 업은듯
　　육조판서를 업은듯
　　삼정승을 업은듯
　　뵈국대신을 업은듯
　　남벙산 높이올러
　　뎡남풍을 빌어내던
　　굉핑슨상을 업은듯

---

*미나리꽃노래 뫼나리꽃노래. 산유화가山遊花歌. 백제유민들이 부르던 망
향가望鄕歌로, 충남 예산고장 전래 민요임. 멧잣 산성山城. 산 위에 쌓은
성. 목구성 목소리 구성진 맛. 청구성. 쌍글하게 쓸쓸하게. 왕등발가락 올이
굵은 피륙을 가리키던 말.

16

외마치장단* 두드려대며 푸는목*으로 뽑아 넘기는 그 여자 훨씬 잡아당겨 걷어올린 풀치마* 밑 넓적다리에는 매화꽃잎인 듯 시뻘건 손바닥 자국이 묻어나고, 터질 듯 부푼 젖무덤 꼭꼭 졸라맨 동구래저고리* 밑 말기 틈으로 설핏설핏 비추이는 부우연 백살인데, 어떻게 간신히 깨성*을 하였다고는 하나 다시어미* 향월 向月이 주막 쪽지겟*다리 매어달린 양잿물 훔쳐 마신 다음부터 반실성을 하였다더니, 그 말이 정녕 적연한가*. 들피진* 몰골에 온통 흰창만 보이게끔 잔뜩 흡떠져 있는 그 여자 눈길이 가 있는 곳은, 울바자* 너머 건공중*이다. 적몰*된 뒤 다서 해를 두고 사람 발자취가 끊겨져 송장메뚜기떼만 날아다니는 가방원加方院터 뒤 공장*인 듯 스산한 폐가라, 개구멍이 숭숭 뚫려 있다 못하여 숫제 폭삭폭삭 주저앉아 버린 울바자 너머로 아아라히* 보이는 비티飛峙. 비티쪽 솔밭에서 들려오는 것은 그리고 이히힝! 이히힝! 투레질*하는 소리. 철총이* 투레질 소리에 묻어나던 인선아기씨

외마치장단 북이나 장구를 높낮이나 박자가 바뀜없이 지루하게 치는 장단. **푸는목** 판소리에서 느슨하게 슬슬 푸는 목소리. **풀치마** 좌우쪽으로 선단이 있어 둘러입게 된 치마. 통치마. **동구래저고리** 길이가 짧고 앞섶은 좁으며 앞도련이 둥근 여자 저고리. 둥그래. **깨성** 병을 추스르고 일어나는 것. 회복. 되찾음. 깨어남. 추섬. 돌이킴. **다시어미** 의붓어머니. 새어머니. 계모. **쪽지게** 젓장수나 등짐장수가 지던 작은 지게. 조각조각 나무를 모아 건 가냘픈 지게. **적연(的然)한가** 분명히 그러한가. 분명한가. 틀림없나. **들피진** 굶주려서 몸이 야위고 기운이 약해진. **울바자** 대·갈대·수수깡 따위로 발처럼 엮거나 결은 몬인 '바자'로 막은 울타리. **건공중** 아무것도 없는 허공. 반공중半空中. **적몰(籍沒)** 중죄인 가산家産을 모조리 빼앗던 것. **공장(公葬)** 공동묘지. 고댓골. **아아라히** 아득하게. 까마득하게.

너울*자락.

다시 만나게 될 겨.

그게 원제랴?

원제구 반다시 다시 온다니께.

잘래잘래* 턱 끝을 흔드는 그 젊은 여자 두 눈이 습벅습벅하여*지면서 축축한 것이 두 볼을 타고 흘러내리는 것이었으니—

쬐쳐갈 걸. 인선애기씨가 죁이 지시다지면 나랏벱이 무섭구 반상이 유빌헌 시상이서 은감생심 팍내* 될 리 만무허니 쬐쳐갈 걸. 굇말이래두 꽉 붙잡구 녹수 갈 제 원앙 가듯 그렇긔 그 잘난 사내 뒤를 쬐쳐가서넌, 차마 팍내 이은분은 뭇 맺넌다구 허더래두 꺽꺽 푸드덕 장끼 갈 제 아로롱 가투리 따라 가덧 녹수 갈 제 원앙 가구° 청두리* 갈 제 씨암탉 따러가구 청개구리 되령 갈 제 실뱜 따러가구 봄 가넌듸 바람 가구 용 가넌듸 구름 가구 바늘 갈 제 실이 가구 븽 가넌듸 황이 가덧 그렇긔 뒤쬐쳐가서넌, 그러구 피죽 한모금일망정 삼시 시 끄니 수발이며 허다 뭇헤서 식전아침 소셋물 심부름이락두 헤줄 걸. 내 뭣을 바라구 아부지두 땅보탬 된*지 오랜 이곳에 주저안저 피에 운단*말가. 가슴속 뵈*를 색

투레질 젖먹이 아이나 짐승이 두 입술을 떨며 투루루 소리를 내는 짓. 투레. **철총이** 몸에 검푸른 무늬가 박힌 말. **너울** 양반 부녀들이나 계집하인이 나들이나 혼인 때 머리에서 허리까지 덮어 쓰던 검은 사紗로 만들었던 자루 같은 것. **잘래잘래** 머리를 옆으로 가볍게 자꾸 흔드는 꼴. 절레절레. **습벅 습벅하다** 눈이나 살 속이 자꾸 찌르는 듯이 시근시근하다. **팍내** 내외. 한솔. '부부'는 왜인들이 거의 쓰는 말임. **청두리** 청둥오리.

18

이긔 어려워 벌터질˚이락두 허구 돌오넌 그 사내 내폿벌마냥 너르나 너른 가슴팍이 송글송글 맺혀 있넌 알땀˚이래두 훔쳐주구, 말 타구 창갈 쓰구 택견이 습진조련이 활 쏘구 불질˚허며 말 달리너라 차돌맹이마냥 굳은살 배긴 발이락두 씻겨줄 걸. 그렇긔 살 걸. 내 뭘 믿구 이냥˚ 혼저 주저앉었단 말가. 미친년.

"하."

찬물에 흩어지는 메서속 밥알처럼 찰기 없는 웃음기만 깨어물고 있던 그 여자는 단내˚ 나는 숨을 내어쉬다 말고 과글이˚ 몸을 일으키는 것이었다. 새 채려는 새매같이 톡 솟구쳐 일어난 그 여자는, 물 썬 때는 나비잠˚ 자다 물 들어야 조개 잡듯˚

"만됭이이!"

양반댁 무남독녀 외동따님인 인선아기씨 태운 철총이 휘몰아 가뭇없이 사라져 버린 지 하마˚ 오래인 그 사내 이름을 소리쳐 부르며 엎더지며 곱더져˚ 그렇게 비티 쪽으로 달음박질쳐 가는 것이었는데,

"더끔아."

땅보템 되다 죽어서 땅에 묻히다. **피에 울다** 몹시 구슬프게 운다는 말. **뵈** '부아' 충청도 내폿말. **벌터질** 벌판이나 산에서 과녁없이 활을 쏘아서 팔뚝힘을 기르던 것. **알땀** 이마나 가슴팍에 송골송골 맺히는 땀. **불질** 총 쏘는 것. **이냥** 이대로 내처. 이 꼴 그대로. **단내** 1.몬이 불에 눌을 때 나는 내음. 2.목열이 몹시 높을 때에 콧구멍에서 나는 내음. **과글이** 갑자기. 급하게. **나비잠** 반듯이 누워 두 팔을 머리 위로 벌리고 자는 잠. **하마** 벌써. 이미. **엎더지며 곱더지다** 연해 엎드러지면서 달아나는 꼴을 이름.

하고 부르는 사내가 있었다.

　다시 한번 숨가쁘게 부르며 앞을 막아서는 그 사내는 몽득夢得이였다.

　만동萬同이가 앵두장수° 되고나서부터 아이오 선떡부스러기°가 된 복개福介·신창쇠新昌釗·명동이命童伊·맹출이孟出伊 같은 동무들을 횟손° 좋게 틀어쥐고 도꼭지°노릇 하는 금칠갑琴七甲이 영좇아 식전아침 일찍 존위°댁에 다녀온 다음 다시 삼동네 민인 가운데서 목곧이°들만 모여 있을 그 댁으로 가는 길이었는데, 급하게 뜨고 나온 이른 저녁이 얹히었는지 뱃속이 듬부룩하면°서 먼데°가 급하여 길섶으로 접어들던 참이었다. 서른이 가까와 오도록 입장°을 못하였으니 천상 댕기머리° 늘어뜨리고 다녀야 할 엄지머리°였는데, 별꼴°. 모양새 없는 북상투°였으니, 외자°였다.

　"몸은 점 웟더냐?"

앵두장수 잘못을 저지르고 어디론지 자취를 감춘 사람을 이름. 선떡부스러기 뭉쳐지지 않은 무리를 가리키는 말. 오합지졸烏合之卒. 횟손 남을 휘어잡아 잘 부리는 솜씨. 도꼭지 어떤 길에서 가장 으뜸이 되는 사람. 존위(尊位) 그 마을(리·면)에서 어른되는 이를 일컫던 말. 목곧이 목을 꼿꼿하게 세우는 사람이라는 말로, 제내댐이 뚜렷하고 센 사람. 듬부룩하다 먹은 것이 잘 삭지 아니하여 뱃속이 딩딩하고 불러서 시원하지 않다. 먼데 뒤. 뒷간. '화장실'은 말이 안되는 양말임. 입장(入丈) 장가드는 것. 장가를 들어야 비로소 '어른'이 되는 것이므로, '어른 장丈'자를 썼음. 댕기머리 자지紫地헝겊을 땋는머리 끝에 드리거나 쪽찌는 머리에 감는 꽃두레 꽃두루. 엄지머리 나이가 많은 노총각. 엄지락총각. 별꼴 '별일 다 보겠다'는 내폿말. 북상투 1.함부로 끌어올려서 땋은 상투. 2.함부로 틀어올린 여자 머리. 외자 정혼한 데도 없이 상투만 짜 올린 것. 외자상투.

검추한˚ 낯빛으로 잔물잔물˚ 웃으며 덕금이를 바라보는 몽득이는 응달에 승앗대˚같이 멀쑥하게 키만 늘씬하였지 어디 한군데 톡찬 데가 없어 보이는 사람이었다. 키 크고 싱겁지 않은 사람 없다는 말과 다르게 목대˚가 제법 세기˚는 하지만 칼감˚은 아니고 뜨저구니˚가 있기는 하나 그렇다고 해서 악인惡人은 또 못 되었으니, 그저 어디서나 흔하게 볼 수 있는 장서방네 셋째 아들이요 이 서방네 넷째 아들일 뿐이었다.

제날˚에 맞는 짚신으로 여겨 그 사내가 목을 매는 것은 오로지 덕금이였다. 그러나 외손뼉이 못 울고 한 다리로 가지 못한다˚고 마른 나무에 물 내기라˚.

곳 본 나비요 물 본 기러기˚로 일구월심˚ 만동이한테로만 쏠려 있는 이 계집사람 마음을 무슨 수로 돌려놓을 수 있단 말가. 아무리 그 사내와는 어지빠른˚ 짝이니 애저녁˚에 마음 돌려 먹으라고 어르고 달래다가 심설˚ 겨린잡히면˚ 어쩌려고 여태도 만동이타령냐며 으름장까지 질러보지만 코끝으로도 들은 체하지 않는 이

검추한 '검숭한' 바닥말. **잔물잔물** 눈가 살가죽에 잔주름을 잡는 것. **승앗대** 여귀과에 딸린 풀로 들에 저절로 나며 맛이 시큼한 '승아' 줄기. **목대** 이끎. **목대 세다** 억지나 줏대가 매우 세다. **칼감** 성질이 썩 독살스런 사람. **뜨저구니** 심통. 나쁜 마음자리. **제날** 짚신이나 미투리 같은 것에 삼는 밑감과 같은 밑감으로 댄 날. **일구월심**(日久月深) 날이 오래고 달이 깊어짐. **어지빠르다** 푼수가 차고 넘쳐서 어느 쪽에도 맞지 않다. 엇빠르다. **애저녁** 초저녁. **심설** '심하게는'·'심지어' 그때 내폿말. **겨린잡히다** 살인등사等事가 났을 적에 그 일낸 사람 집 이웃에 사는 사람이나 또는 일낸 곳 가까운 데로 지나가던 사람까지도 본메본짱 증좌인으로 잡아가던 것. 본메본짱: 증거물.

여자를 어찌할 것인가. 억지춘향°도 유분수지 생나무 휘어잡기°
로 만동이 생각에 반실성을 하여 버린 이 여자사람 마음을 어떻
게 한단말가. 초록은 한빛이요 가재는 게 편이며 축은 축대로 붙
고 소리개는 매 편°이라고 비부쟁이 전실 자식으로 세상에 나온
까만종놈 팔자일망정 개천에서 용 나고 개똥밭에 인물 나며 누
더기 속에서 영웅 난다°고 터지게 난 인물인 만동한테는 인선아
기씨가 있으니 짚신에 국화 그리기° 그만두고 나와 내외간 연분
을 맺어 재미지게 한뉘°를 살아보자고 온갖 좋은 말로 보비위를
하며 어르고 달래고 꾀송꾀송°하여 보아도 아예 먼산바라기°만
하고 있는 이 계집사람을 어이할 것인가.

요번에는 요번에는 하고 무슨 수를 쓰던지간에 가부간 탁방°
을 내리라 벼르고 또 별러 만나보는 덕금이인 것이었는데, 이 계
집사람을 만나기만 하면 무슨 까닭으로 스스로 부끄러운 마음
을 이기지 못하여 검추한 낯에 홍조가 어리고 푸른 잠자리가 물
을 차려는 것과 같이 수족이 떨리면서 쥐덫이 내리어진 듯 가슴
은 우둔우둔°, 정신은 어질어질, 흙내음이 고소하여°지는 것이
었다. 제 아무리 만동이가 눈이 빠지게 쳐다보고 있다지만 마침

한뉘 평생. 한평생. **꾀송꾀송** '꾀음꾀음' 내폿말. **먼산바라기** 1. 한눈을 파
는 짓 또는 그런 사람을 말함. 2.눈망울이나 목 생김새가 늘 먼데를 쳐다보
는 것 같이 된 사람을 이르는 말이니, 쑥스러운 판이라 일부러 못본 체하는
것. **탁방(坼榜)** 과거급제한 사람 성명을 내거는 것을 뜻하나, 여기서는 일
이 매듭지어짐을 말함. **우둔우둔** 가슴이 두근거리는 꼴. **흙내음이 고소하다**
죽고싶다.

내는 오르지 못할 나무인 인선아기씨처럼 눈에 확 뜨이는 인물은 아니라고 하더라도, 오목조목* 귀인성 있게 생긴 이 계집사람 얼굴이며 넋 나간 듯 건공중으로 던지어져 있는 눈길을 바라보노라면, 탕갯줄*이 풀어진 연모인 듯 사지 가닥이 죄 풀어지면서, 그리고 그만 또 눈앞이 아득하여지는 것이었다.

가지붕텡이 같고* 군밤둥우리 같으며* 더하여 숫제 왜장녀 같다*고 만동이는 우스갯소리를 하더라만, 흥. 새벽달 보려구 으스름달 안 보것남°. 아무리 자식은 내 자식이 커 뵈구 베는 남이 베가 커 뵌다지면, 다 제 논이 물 대기 아니것냐 이말이여. 아무리 좌뗬다*지면 만됭이늠 지가 못봐서 그렇지 진실 왜장녀 같구 가지붕텡이 같구 군밤둥우리 같은 지집사람은 따루 있을 거구먼. 암, 따루 있다마다.

어머니 고만집이 며느감으로 점찍고 있는 고만잇들 건너 리서방네 둘째 딸내미 생김생김을 떠올려 볼작시면—

코는 질병* 같고, 눈은 비탈에 돌아가는 도야지눈 같고, 머리는 몽당빗자루 같고, 손은 옴두꺼비* 발 같고, 목은 자라목 같고,

---

오목조목 군데군데 오목한 꼴. 오목오목. **탕갯줄** 몬 동인 줄을 죄어치는 연모. 동인 줄 중간에 비녀장을 질러서 틀어넘기면 줄이 졸아들게 됨. **가지붕텡이 같다** 키가 작고 뚱뚱해서 옷맵시가 두리뭉실하고 미끈하지 못한 사람을 웃는 말. **군밤둥우리 같다** 옷 입은 맵시가 두리벙벙함을 웃는 말. **왜장녀 같다** 옷매무새가 꼭 짜이지 못하고 깔끔하지 못함을 이르는 말. 왜장녀: 우리나라 가면극인 산대극山臺劇에 나오는 여자. **좌뜨다** 생각이 남보다 훨씬 뛰어나다. **질병** 질그릇 빚는 흙으로 만든 병. **옴두꺼비** 두꺼비몸이 옴딱지 붙은 것처럼 보이므로 두꺼비를 아주 나쁘게 일컫는 말.

몸은 절구통만 한데다가, 그 중에 또 마마를 몹시 한 탓으로 얽고 찍어매고 하여 무슨 소리꾼 '곰보타령'에 나오는 곰보 모양으로 콩마당에 넘어졌나 우박맞은 잿더미와도 같고, 활량 사포射布 같고, 장마 치른 쇠똥도 같고, 대추나무에 앉은 매암이 잔등도 같고, 맹꽁이 볼기짝 같아서, 누구나 한번만 치어다보면 십여년 된 이틀거리˚가 즉시 떨어지게끔 무섭게 생긴 추물 아니던가. 여기에 비한다면 옴파리˚ 같은 얼굴에 안반짝˚같이 실한 방치요 썩썩한˚ 성품에다 근력마저 좋아 농사꾼 아낙짜리로는 방짜˚인 이 계집사람이야말로 지서멍˚ 아니리. 뿐인가. 무엇보다도 그리고 심덕이 좋은데, 무수장삼 떨쳐입고 춤을 추는 몸맵시가 활짝 피어오르는 곳처럼 숨막히게 어여쁘지는 않다고 하더라도 그만하면 촌간에서 썩기에는 아까운 자태요, 더구나 선생 갖추어 배운 바 없음에도 온갖 소리를 막힘없이 해넘길만큼 초성 또한 좋으니, 더 이만 무엇을 바라리오.

이웅감 상투 굵어서는 뭐허나. 당줄˚만 됭이면 그만이지˚.

크지도 않고 작지도 않게 딱 알맞은 키에다가 저물녘 서산에

이틀거리 이틀 걸러서 갑자기 일어나 좀처럼 낫지 아니하는 학질 한가지. 당고금. 이일학二日瘧. 노학老瘧. 당학瘧瘧. 해학痎瘧. **옴파리** 사기로 만든 아가리가 작고 오목한 탕기. **안반짝** 흰떡과 인절미를 칠 때 쓰는 두텁고 넓은 떡판으로, 엉덩이 큰 여자를 놀릴 때 쓰던 말임. **썩썩하다** 바탕이 시원시원하다. **방짜** 바대 좋은 놋쇠를 손으로 두드려 만든 그릇으로, 제대로 된 사람을 가리킬 때도 썼음. **지서멍** 집안 여러가지 일을 실쌈스럽게 다스리는 안해. **당줄** 상투 짠 머리에서 끌어올린 머리카락이 흩어지지 않게 동여매는 망건 아랫단 끝에 달려 있는 끈.

걸려 있는 새털구름송이같이 복사빛으로 활짝 핀 두 뺨과 은행 껍질 같은 눈썹에 수정같이 맑은 눈동자는 어글어글하면서도 사람을 호리어 끌어당기는 힘이 어디인가 숨어 있고, 코는 잠깐 오뚝 솟아 얼굴 저울대를 고드롭게* 하고, 지분으로 단장하지 않은 수수한 얼굴은 또 제 스스로 타고난 본바탕 아름다움을 드러내어서, 누가 보던지 아기자기하게 진진한 미색은 아니라고 하더라도 으젓하고 천연스러운 것이 그야말로 언제나 먹어도 물리굽지* 않는 토장국 같은 계집 아닌가. 멍청이*.

"더끔아."

불러놓고 나서 마른침을 한번 삼킨 몽득이가

"생각 좀 헤봤남?"

하고 언제나 곱씹어 묻고는 하는 말을 다시 또 꺼내며 한발짝 더 다가서는데,

"얼라? 이게 누구랴?"

하고 생짜집* 외대머리*처럼 색먹인 콧소리를 내면서

"워디 갔다 인저 온댜?"

살짝 흘겨보는 그 계집사람 두 눈에 맺혀 있는 것은 하마 굴러 떨어질 듯 그렁그렁한 보슬이*였고, 읍. 사대육신 팔만사천마디

고드롭게 조화롭게. 가지런하게. 어울리게. **물리굽다** 물려서 싫증이 나다. **멍청이** 멍덕 안에 박힌 가장 좋은 흰 꿀. 흔히 말하는 '멍덕꿀'. **생짜집** 기생집. **외대머리** 제대로 혼례를 하지 아니하고 머리를 쪽찐 기생·갈보 따위. **보슬이** 보슬비. 또는 보슬비처럼 눈자위에 보오얗게 어리는 눈물.

삭신이 죄 녹아드는 듯하여 저도 모르게 그만 숨을 삼키는 그 사내였는데, 아.

"물러. 물러."

도리질하는 갓난아이처럼 턱 끝을 흔들며 옹송그려쥔 주먹으로 사내 가슴팍을 쥐어박는 것이었으니, 윽. 보지 본 좆으로 발끈° 색심色心이 동한 엄지머리가 잡담 제하고 제 가슴팍에 와 닿는 그 여자 속목을 잡는 것이었는데, 흡. 부르르 진저리를 치며 저도 모르게 한발 뒤로 물러서는 것이었으니, 굳은비 오는 날 다저녁 때 애장터°에서 보았던 무슨 혼불인 듯 시퍼런 빛이 뚝뚝 떨어지는 눈빛으로 쏘아보며 찬바람이 나게 홱 뿌리치는 그 여자인 것이었다. 비티 쪽을 보고 화장걸음°하는 그 여자 입에서 뽑혀져나오는 것은 그리고 노랫소리였다. 흐느끼는 듯한 뽑스런목°으로 터져나오는 잡가 한토막.

독수공방이 심란허기루
님을 따러서 갈까보구나
오늘 가구 니얄 가구
모레 가구 글피 가며
나흘을 곱집어 여드레 팔십리

발끈 왈칵. **애장터** 어린아이가 죽었을 때 작은 항아리나 단지에 넣어두던 으슥한 산자락. **화장걸음** 새가 날개를 치는 것처럼 두 팔 곧 활개짓을 하며 걷는 걸음. **뽑스런목** 펀펀하게 나가다가 휘잡아 뽑아올리는 목소리.

26

슥달열흘에 단천리 가구

부러진 다리를 좌르르 끌면서

츤창만금지중이 부월이 당건헐지라두

님을 따러서 아니 갈 수옳네*

아직 초저녁이라 중천에 달은 뜨지 않았으나 씨다리*를 흩뿌려 놓은 듯 반짝이는 별무리가 하늘 가득 총총하여 비티로 가는 길은 대낮처럼 밝은데, 이런 넨장맞을. 존경헤서 뺨맞넌 일 읆구 증성을 디려서 해보넌 일 읆다던 옛말두 다 헛말이란 말인가. 아무리 반실성을 헤서 증신이 오락가락 헌다구 허지면, 시상에 이런 긩우가 또 워디에 있다넌 말인가. 더구나 되매긔* 보리동지* 윤가 늙다리헌티 달첩*질헸다넌 소문까정 있넌 지집이.

이를 옥물던 그 사내 고개가 문득 외로 꼬이는 것이었으니, 아하. 만됭로구나. 나를 그러니께 만됭인 중 알었던 뫼냥이로구나. 솔 심어 정자라°구 역시 나는 안되넌가. 저 지집사람 맴 쇡이 만됭이늠이 자리잡구 살어 있넌 동안 난 안된단 말여. 그제서야 덕금이가 한 말뜻을 깨단하고* 뽀드득 소리가 나게 다시 한번 이를 옥물어 보는 그 사내 꽉 움켜진 두 주먹에 굵은 힘줄이 돋아나는 것

_____

* 1840년대에 기운차게 움직였던 잡가 일수 박춘경(朴春景) 〈엮음 수심가〉 씨다리 사금沙金 낱알. **도막이** 시골 지주나 늙은이. **보리동지** 곡식을 바치고 벼슬을 얻은 사람. 맥동지麥同知. **달첩** 한달 잡고 남자한테 몸을 파는 여자. **깨단하고** 오래 생각 못하던 것을 어떤 실마리로 말미암아 깨닫고.

이었으니—

덕금이라는 계집사람한테 토심°을 받으며 살아가는 것이 차라리 죽는 것만 못하여 냉갈령° 찬 뿌리침을 당할 적마다 분통이 터지고 담기°가 뭉클하여 가슴 속 저 깊은 곳에서부터 무명업화 無明業火가 삼천길은 타오르는 것이었으니, 흥. 두구 보라지. 깨구락지가 주저앉넌 뜻은 멀리 뛰자넌 것이라°. 원제구 내 옛말 이르며 살 날 있을 터. 다모토리° 들이킨 풋술내기°처럼 곤들맨들° 안절부절 못하다가 달음박질쳐 그 여자 치마꼬리를 쫓아가며

"내 말 점 들어봐. 내 말 점 들어 보라니께."

귀둥대둥° 언제나 똑같은 말을 꼽씹어 생기는° 것이었으니—

"더끔아, 더끔아아. 니가 나헌티루 남진얼인달° 것 같으면 갖은 전골조치에 육회 육포며 은행 잣 생률 읎넌 가리구이는 장° 뭇 멕이구 구슬 박은 뇌피혜두 뭇신키구 항라깨끼루 날어갈 듯 채려 입히지는 뭇허며 금귀고리 금븨녀이 금가락지두 뭇혜주구 저고리고름이 칠보 뇌리개며 은과 옥이루 장식된 나븨잠이 옥쌍가락지넌 뭇쳐준다구 허더래두 무수와 호박을 섞어 찐 시루떡과 인

토심(吐心) 좋지 아니한 낌새로 남을 대할 때, 맞선이가 느끼는 언짢고 아니꼬운 마음. **냉갈령** 몹시 매몰차고 쌀쌀한 낌새. **담기**(膽氣) 담력膽力. 배짱. 맷심. **다모토리** 큰 잔으로 소주를 마시는 일. 또는 큰 잔으로 소주를 파는 집. **풋술내기** 맛도 모르고 술을 먹는 사람. **곤들맨들** 술에 몹시 취하거나 잠에 취하여 정신을 차리지 못하고 몸을 잘 고누지 못하는 꼴. 곤드레만드레. **귀둥대둥** 말을 대중없이 함부로 하는 꼴. **생기다** 1.이소리 저소리를 자꾸 잇달아 주워대다. 2.남한테 일거리를 잇달아 대어주다. **남진얼이다** 시집온다. **장** 늘. 언제나.

28

절미며 팥떡이 밤 대추 감 능금서껀 강증 긩단이 엿이야 뭇 멕이
것남. 고추부침 호박전이 얼큰헌 징거미*찌개 한뚝배기 끓여 놓
구 탁배기 한 두루미*야 뭇 멕이것난 말여. 자고루 남이 돈 천냥
이 내 돈 한푼만 못헌 뱁이니, 가이*같이 블어두 정승같이 먹으면
될 터. 누구마냥 시방 내가 짚신이 국화 그리구 죄리에 옻칠허넌
게 아니니— 새븍같이 일어나서 행길 가이 산냇긔나부랭이나 짚
검불을 주서다가 거름데미루 가져가구, 남이 논밭이래두 들어가
서 흘린 베이삭을 낱낱이 줘모구, 개천이나 마당가이 떨어진 쌀
한톨 콩 한쪽이락두 줍구, 심설 흰데기*와 겨 한웅큼까지락두 박
박 쓸어 뫄 보면…… 허. 티끌 뫄 태산이요 부지런 붓자넌 하늘두
뭇막넌다*구 헸으니, 월마 뭇가서 한살림 후끈허게* 일으킬 수 있
잖것남."

여름이넌 베옷 하나 뭇 입구 길이두 솜바지 하나 뷘뷘헌 게 욽
이 늙어 꼬부라진 어미와 연년생으로 올망졸망 딸려 있는 아우
하나에 누이 둘을 먹여 살리느라 애초에 허리 펼 날이 없는 그 엄
지머리는, 향곳말 리참봉李參奉댁 논 닷마지기에 자드락밭* 두마
지기를 병작* 부치고 있었다. 마지기마다 세 말로 닷마지기에 섬

징거미 충청도 대흥에서 잡히던 앞다리가 거미같이 길게 생긴 민물 새우
하나. 두루미 아가리가 작고 배가 부른 술병으로 상에 오르던 것. 가이 '개'
본딧말. 내포고장에서는 이제도 쓰고 있는데, '가히'라고도 함. 狗는 가히
라.『월인석보月印釋譜』가히는 佛性이 잇ᄂᆞ니잇가狗子還有佛性也.『법어法語』
흰데기 싸래기. 후끈하게 불이 타오를 때처럼 뜨겁게. 자드락밭 나지막한 산
기슭 비탈진 땅에 일군 밭.

반하던 것이 지난 가을부터 마지기마다 닷말로 껑충 뛰어 두 섬 반이 되니, 일년내 등골이 빠지도록 농사를 지어봐야 고추장이 밥보다 많다°고 도지도 내기 어려운데, 도지를 어떻게 조금이라도 탕감하여 줍시사 비대발괄°로 사정이나 하여 보려고 찾아갔던 리참봉댁 개밥구유°에 거의 두어 사발이나 되게 부어져 있던 것은, 아으. 눈처럼 하이얀 옥식玉食 쌀밥인 것이었다. 저도 모르게 그만 떡심°이 다 풀려버린 그 엄지머리 외자상투 사내가 잠깐 잊고 있던 먼데가 다시 급하여지면서

"토막낭구에 낫걸이° 그만두구 다시 한번 잘 생각혜 보란말여. 저녁 두 번 먹구° 쫒겨댕기넌 사람 지달려 봐야 아무 소용 읎을 테니께."

검추한 낯빛에 다시 잔물잔물 웃음기를 띠우는데, 얼라? 본정신이 돌어왔나? 혼불인 듯 푸른 빛이 도는 눈으로 쏘아보며 내어지르는 목소리는 똑 환갑 넘긴 광대廣大모양 팍 쉬어 늙은 수리성°인 것이었다.

"흥, 입찬 소리는 모이마당 앞이 가서나 허라지°!"

언제나 그러하듯 다시 한번 토심을 받아 검추한 낯빛이 더욱 검붉게 물든 몽득이는 이를 꼭 옥물었으니, 흥. 맞어. 입찬 소리

병작(竝作·幷作) 농사꾼이 농사를 지어 거두어 들인 것을 지주와 똑같이 반씩 나누어 가지던 제도로, 대한제국 때까지 치르어졌음. **비대발괄** '비두발괄' 바뀐 말. 비라리치면서 애타게 빎. **구유** 마소 먹이던 '여물'을 담아주는 그릇. 큰 나무토막이나 큰 돌 한쪽을 파내어 만들었음. **떡심** 1.억세고 질긴 심줄. 2.바탕이 검질긴 사람을 곁말로 나타내는 말. **수리성** 쉰 듯한 목소리.

는 산소 앞이서나 헤알거구먼°. 암만. 두구 보라지. 두구 보면 알겨. 봉사 씨나락 까먹듯° 입안엣 소리로 구시렁거리고° 난 그 엄지머리는 이맛전°을 잔뜩 으둥그려붙인 채 고윗말기를 움켜쥐고는 씨암탉걸음°으로 어두운 길섶을 찾아들었다.

말보고° 온 몽득이가 아랫말 안침 대밭골에 있는 존위댁으로 갔을 때는 달이 중천에 걸리어 있었다. 보꾹°이 낮은 손창방°에는 남몰래 통기 받고 모여든 윗말 가운뎃말 아랫말 삼동네 목곧이들이 콩기름 시루 앉듯 옹기종기 모여앉아 있었으니, 농군 가운데서도 제 땅마지기나 지녀 밥술이나 먹는 집에서 온 이들은 드물고 거지반 병작을 부치는 사람들인데, 그 가운데서도 누구에게든 굽잡히지° 않고 말발이나 세우고 사는 이들이었다.

"우리게 넝튀셍이°덜 증셍이 부족헌 탓이것지면서두…… 그 우제 잡순지 장근 달포가 다 되두룩 목비°넌 그만두구 웃너라구 여수비° 한줄금 허잖으니……"

궁둥이 밑에 받치고 있던 듸림부채°를 빼어들며 진득한° 목소

구시렁거리다 잔소리를 듣기 싫도록 자꾸 되씹어 하다. **이맛전** 이마 넓은 어섯. 또는 이마 언저리. **씨암탉걸음** 아기작거리며 걷는 걸음. **말보다** 똥누다. **보꾹** 방이나 마루 천장을 편편하게 만들어 놓은 차림. 천장天障. **손창방** 몸채에서 떨어져 있는 사랑방. **굽잡히다** 남한테 발목잡히거나 기에 눌려 기운 펴지 못하다. 굽죄이다. **넝튀셍이** 농토산農土産, 곧 '농투산이' 충청도 내폿말. **목비** 모내기 할 때쯤 한목 내리는 비. **여수비** 여우비. 볕이 나 있는 날 잠깐 오다가 그치는 비.

리로 입을 열다가 잠깐 말을 중동무이°한 존위는, 간반짜리 사랑
방명색이 톡차게 오보록하니° 둘러앉아 있는 사람들을 휘 둘러
보았다. 그 늙은 농군은 큼큼 두어번 헛기침을 하고 나서

"엎친 데 덮치구 눈 위에 서리친다°더니, 이것 참."

츱츱 잔입맛만 다시다가

"대강덜 들어 알것지만서두, 갈꽃이 쪼간°이야 기위 당헌 일이
니 츤츤히 의론덜 허기루 허구…… 그것버덤두 우선 당장 발등
이 떨어진 불이 있으이."

느릿느릿 말하던 존위는 세차게 부채질을 하더니,

"괫심타구 요번이는 한돈씩 더 붙여 엿돈오푼씩을 내라니……
이 노릇을 워쩔 것인가 의론덜을 점 헤보자구 이렇게 뫼시라구
헌 것이여."

모깃불 내음 매캐한 마당을 보며 한숨을 내쉬는데,

"쇅장°헌티 들어 알구는 있지만서두, 그게 그러니께 뭔 말씸이
래유?"

출반주°하고 나서는 것은 가운뎃말 사는 곽郭서방이다.

되림부채 한 끝은 엮고 다른 끝은 모아 묶어서 만든 부채로, 바람도 일구고
모기도 쫓고 쓸데 있을 적에는 깔고 앉기도 하는 따위 여덟가지 씀씀이에
쓰여 '팔덕선八德扇'이라고도 하였던 부채. **진득하다** 1.몸가짐이 의젓하고
참을성이 있다. 2.잘 들어붙도록 녹진하고 차지다. **중동무이** 하던 말이나
일을 끝마치지 못하고 사이에 흐지부지 그만둠. **오보록하다** 많은 낱수가
한데 다보록하다. **쪼간** 조간. 건件. 일. 수가 일에 붙어서 몇 번이나 몇 가지
뜻을 나타냄. **쇅장** 색장色掌. 마을 일을 맡은 이. 구실. 소임所任.

"우리게 넝군덜 증셍이 부족혀서 그러니 긔우제를 한번 더 잡 쉬야 된다 이런 말 아니것남."

"얼라아?"

사람들 눈이 동그랗게 떠지면서

"되면 더 되구 싶구 줄수룩 양냥°이라더니……"

"삿짬°이 똥싼다더니…… 옛말 그른 거 하나 읎네."

"나랏님 맨든 관지°판 돈두 자른다더니 똑 그짝일세."

보꾹이 내려앉을 것만 같은 한숨들을 내려쉬고 나서,

"이런 지미붙을 늠덜 같으니라구. 이으제 지낸다구 늑돈반썩 채띠려 간 게 원젠디, 또다시 곱긔우제 지낸다구 엿돈오푼썩여."

"줄세 짐작이라°구 만만헌디 말뚝 박자넌 거 아니것남."

"아무리 그렇다지면 빈대두 콧등이 있구 쪽제비두 낯가죽이 있다°넌듸, 이런 가이색긔덜이 인저 순 날도적늠덜 아녀."

"날도적늠인 건 옛날이구 시방은 날강도여."

"그러니 이런 순 날강도늠덜헌티 맨날 당허구먼 있어얀다나."

"날 잡은 늠이 자루 잡은 늠을 워치게 당헌다나°."

"그렇다구 두 손 맺구 읎어만 있자넌 겨?"

"그러니 워쩐다나?"

"그러니 뭔 구정°을 내얄 거 아니것냐 이말여, 내말인즉슨."

남산골 샌님이 역적 바라듯° 받고차기°로 한마디씩 씩둑깍뚝°
욹기들을 터뜨리는데—

"산꼭대기락두 한번 올러가던지 뭔 구정을 내야지, 이대루야
워치게 산댜."

결기를 돋우는 곽서방이었고,

"산꼭대기루 올러가다니?"

눈을 동그랗게 뜨는 것은 곽서방과 너나들이°를 하고 지내는
윗말 육손이 아베다.

"산꼭대기루 올라가다니…… 아닌 밤중이 홍두깨° 내밀 듯 도대
처 뭔 말이냐니께?"

종주먹을 대는데°,

"그 말이 뭔 말인지 물러서 묻남? 시방."

곽서방이 핀잔하듯 말하였다. 그러자

"냅둬, 이사람아. 그렇긔 뜨건 깅치구두 또 그 소리여."

육손이 아베가 되받아 납박을 주었°고,

"맞어. 워떤 늠덜 존 일 시켜려구 산이 올러가."

"그려. 그레봤자 뒹지 때 개딸기°라."

"허. 개딸긔야 시기나 허지. 죽쒀서 가이 바라지 허려구° 산이 올

구정 귀정歸正. 잘못되어 가던 것이 옳게 되는 것. **받고차기** 1.머리로 받고
발길로 차는 일. 2.서로 말을 빠르게 주고받는 일. 말다툼 하는 일. **씩둑깍
둑** 쓸데없는 말을 꼴사납게 지껄이는 것. **너나들이** 서로 너니나니 하고 말
하는 사이. **종주먹 대다** 주먹으로 쥐어지르며 올러대다. **납박주다** 퇴짜놓아
무안을 주다. 納白. 자빡주다.

34

러간다나."

받고차기로 다시 또 저마다 한마디씩 하고 나서는 것이었으니, 산호°였다.

산호를 하였다가 어마 뜨거라 뎬겁을 한° 그들인 것이었으니, 다만 한 치라도 군포軍布를 줄여 보고자 산호를 하였던 것이 하마 언제였던가.

삼정三政이 다 마찬가지지만 그 가운데서도 더구나 견디기 어려운 것이 군정軍政이었으니—

국초國初에는 애초 장적帳籍에 올라 있는 연호수烟戶數 낱자리°로 베나 무명을 거두어 가던 호포戶布는 있었으되 군정軍丁 한 사람마다 거두어 가는 군포는 없었다. 그러하였던 것이 정군°을 호수°라 하고 각 호수에는 또 두세 명 보인°을 두어 이들에게서 쌀과 베며 무명을 거두어 정군 물자와 장비로 쓰게 하였으니, 왜란 뒤 오군문五軍門이 베풀어진 다음부터였다.

양반을 뺀 여느 양민 사내들이 열여섯 살부터 예순 살까지 해마다 쌀로 바칠 적에는 12말이요 포로 바칠 적에는 2필이며 돈으로 바칠 적에는 4냥으로 되었는데, 이것이 다시 절반으로 줄어

산호(山呼) 처음에는 편전便殿에 모인 만조백관滿朝百官들이 임금내외 만천세萬千歲를 기려 부르던 것이, 여느 백성들이 공다리들 잘못을 뽕놓고자 한 밤중 산꼭대기에 올라가 소리쳤던 것임. **뎬겁하다** 허둥지둥하다. 깜짝 놀라다. **낱자리** 단위單位. **정군**(正軍) 정식군인. **호수**(戶首) 땅 8결을 낱자리로 허여 결전을 바치던 맡은이. **보인**(保人) 정군 부비를 대던 사람.

들게 된 것은 균역청均役廳이 세워진 영조英祖 26년이었다. 5군문만이 아니라 도성 각급 관청과 외방감영·병영에서 제각기 거두어 갔으므로 이중삼중으로 군역을 져야하는 판이었고, 또 거두어 가는 군포 필수가 똑같지 않았는 데다가 군포를 직접 거두는 아전배들 온갖 작간과 횡포가 자심하여 백성들 원성이 높았던 탓이었다.

12말이 6말로 되고 2필이 1필로 되고 4냥이 2냥으로 줄어들었으니 백성들 힘이 다소나마 펴진 것 같지만 참으로는 조금도 그러하지 않을 뿐만 아니라 더욱 허리가 휘어지게 된 것이었으니, 군액*을 터무니없게 높이 책정한 탓이었다. 뻑뻑이* 올바르게 호구를 살펴본 바탕 위에서 균역을 매기는 것이 아니라 오로지 왕실과 조정 쓰임새만을 생각하여 매기는 것인지라 수령방백들은 그 나누어 맡기어진 양을 채우고 또 곁들여 제 배를 채우기 위하여 온갖 명목 잡세를 거두어들이는 위에 호랑이 잡아먹는 담비같은 아전들 갖은 농간이 뒤를 잇는 것이었으니—

서울에 바치는 군포만이 아니라 각도 순영巡營과 병영 군졸이며, 각 고을 제번군*에 제고諸庫와 제청諸廳에서 뽑아들이는 사모군私募軍, 보솔* 사령군뢰, 봉족*, 경주인京主人 영장營匠 보인保人 읍장邑匠 보인, 사색보*·삼색보*·죽보*·칠보*·지보*에…… 뿐인

군액(軍額) 군인 숫자. 뻑뻑이 마땅히. 응당. 제번군(除番軍) 제대군인. 보솔
(保率) 하인. 봉족(奉足) 봉죽. 정군을 돈으로 뒷바라지 하는 것. 사색보(四色
保) 군역을 면하기 위하여 바치던 베나 곡식.

가. 또한 이미 죽어 땅보탬이 된 사람한테서도 군포를 거두어 가는 백골징포白骨徵布에, 갓 태어난 어린아이라고 할지라도 그 샅 사이에 방울 두쪽만 달고 나온 사내아이라면 어김없이 군적에 올리는 황구첨정黃口簽丁에, 흉황에 견디지 못한 나머지 떠돌뱅이질을 나선 경우 그 사돈에 팔촌되는 길카리˚한테서까지 대신 거두어 가는 인징隣徵에, 식년式年이 되기도 전에 군안˚을 닦는 사정査正이 끝난 뒤 바쳐야 하는 돈인 마감채磨勘債에, 군안에 오른 사람이 죽어 사망신고를 할 적에 바쳐야 하는 돈인 물고채物故債에, 사망신고서를 받아 군안에서 지우는 댓가로 거두어 가는 돈인 부표채付標債에, 사망자와 대리복무자를 맞춰볼 때 거두어 가는 돈인 사정채查正債에…… 기기괴괴한 것들이 천가지 만가지도 넘는 것이었다.

포로 낼 경우에는 무명으로 1필이요, 쌀로는 6말이며, 좁쌀로는 8말이요, 콩으로는 12말이며, 돈으로는 2냥이다. 베 1필 값이 쌀 6말이니, 벼로 너댓섬 거두는 결結마다 4말씩 내게 되어 있는 전세田稅보다도 더 많은 것이 군포였다.

무릇 나라에 바치는 결전結錢에 있어서 돈은 일정한 머릿수가 있고 쌀도 또한 눈으로 살필 수 있어 그런대로 폐단이 적은 편이지만, 베만은 다르니― 베에는 우선 삼베와 무명베가 있고, 올이

삼색보(三色保) 보인들한테서 받은 베나 무명. 죽보(竹保)·칠보(漆保)·지보(紙保) 외방관아 바치에 딸렸던 하인. 길카리 그렇게 가깝지 않은 동성同姓·이성異姓 겨레붙이. 군안(軍案) 병적.

굵고 가는 것이 있으며, 폭이 넓고 좁은 것이 있고, 길이가 길고 짧은 것이 있으며, 두께가 두꺼운 것이 있고 얇은 것이 있게 마련이다. 그러므로 트집을 잡고자 할진대 얼마든지 잡을 수 있어 바대*가 좋은 것은 퇴짜를 놓아 돈으로 대신 바치게 하여 바대가 나쁜 베로 바꿔쳐 그 에낀* 나머지를 먹고, 바대가 나쁜 베는 군문에 바칠 때 좋은 것으로 바꾸어야 한다면서 돈을 더 내게하여 그대로 먹으니, 그 폐해가 말할 수 없는 지경이었다. 또한 베 길이와 넓이를 재는 자가 백성들이 쓰는 민척民尺이 다르고, 아전들이 쓰는 이척吏尺이 다르고, 관아에서 쓰는 관척官尺이 다르고, 서울에서는 경척京尺이 다르고 외방에서 쓰는 향척鄕尺이 만가지로 제각각 다른 탓에, 수령이 10관*을 먹을 때 아전이 1백관*을 먹을 수 있는 길은 이지가지*로 많은 것이었다.

백성들이 바치는 군포를 잘라먹는 도둑고양이*와 쥐새끼*들은 고을에만 있는 것이 아니니, 서울 군문에 군포를 바치는 날 영문 아전들이 하는 짓거리가 그것이다. 횡포하고 교활한 짓을 거침없이 하여 시골서 올라온 아전들한테서 해마다 관례로 받는 것 말고도 다시 새로운 뇌물을 졸라 그 욕심이 채워지지 않으면 형님 아우님으로 지내는 드팀전* 장사치들과 짜고 즉시 퇴짜를

바대 품질. 바탕. 본바탕. 에끼다 서로 주고받을 몬이나 일을 비겨 없애다. 몬: 물건. 10관 1백냥. 1백관 1천냥. 이지가지 일몬 수가 많은 종내기. 여러 가지. 도둑고양이 그때 '수령'을 빗대어 부르던 말. 쥐새끼 그때 '아전'을 빗대어 부르던 말. 드팀전 피륙가게.

놓는다. 그러면 시포市布를 사서 바쳐야 하는데 객지에서 시포를 사자면 반드시 읍포邑布 두 배 값을 내야만 한다. 시포를 이미 사서 바치었으니 가지고 온 읍포를 팔아야 되는데 객지에서 읍포를 팔게 되면 또한 반드시 반값만을 받게 마련이다. 서울 드팀전에서는 두 배 값으로 팔고 반값으로 사들이니 곱으로 이문을 얻는 것이요 각 고을에서 올라온 아전들은 두 배 값으로 사들이고 반값으로 팔게 되니 두 벌로 언걸입는* 것이다. 각자 제 고을로 내려온 아전들은 이때부터 겹으로 당한 축난 것과 인정전 쓴 것이며 밥값 술값에 제 아비 어미 주려고 끊어둔 피륙값에 제 계집 낯 씻고 들여다보며 찍어 바를 왜경대 왜분 값에다 자식들 옷감이며 책권에 지필묵 값에다 사처잡은 주막에서 조석상마다 오르는 반주값이며 심설 객고 푼다고 밤저녁마다 불러들인 창기년들 해웃값에 이르기까지 온갖 부비를 모두 백성들한테서 거두어들이게 마련이니, 많은 경우 만냥이요 적은 경우가 5천냥이었다.

이에 견디지 못한 백성들 가운데 핏종발이나 있는 자 있어 삼경*도 지나 모두 잠든 깊은 오밤중에 아사衙舍가 내려다보이는 산꼭대기로 올라가 두 손 바닥을 펼치어 입에 대고 산호하기를─

"야아, 이 전수히 날도적늠 같은 가이색긔덜아! 군포 무서 내

언걸입다 남일로 큰 해코지 입다. **삼경**(三更) 저녁 7시부터 다음 날 새벽 5시까지 밤 동안을 다섯으로 나눈 것 가운데서 세 번째 시간. 곧, 밤 11시부터 다음 날 1시까지 한밤중.

외간이 밤녕사*두 질 수 옰으니, 이게 무슨느믜 사람 사넌 시상이 냐아!"

이튿날 아침 일찍 동헌東軒 누마루 높이 좌기坐起한 수령이 이 방吏房을 불러놓고 말하기를

"간밤에 산에서 해괴한 소리가 났던 것은 귀신이 노했기 때문 이로다. 마땅히 제祭를 지내서 풀어야 할 것인즉."

"얼마씩이나 거둘깝쇼? 사또오."

"얼마면 되겠느뇨?"

"귀신이 노하지 않게 차리고자 할진대 호마다 열푼씩은 거둬 야 하지 않겠습지오니까요, 네."

"알아서 하거라."

"네. 네네."

집집마다 열닷푼씩을 거두어 닷푼은 제가 먹고 나머지를 가지 고 도야지 한마리를 사서 시늉만 제를 지낸 다음 그 나머지는 모 두 수령에게 바치니,

"어허. 기특한지고. 과시 본쉬 장자방이로다."

군정 괴로움이 덜하여지는 것은 그만두고 구렁이 아랫턱같 은° 생돈 열닷푼씩만 물게 된 백성들이 또다시 산에 올라 외치니, 수령이 말하기를

밤녕사 밤농사. 밤에 치르는 어르기.

"제를 박하게 지낸 탓이로다."

"이번에는 열돈씩 거둡깝쇼?"

"알아서 하거라."

열돈이면 한냥이고 한냥이면 좁쌀이 말가웃이요 보리가 서말이며 무명을 끊어도 어지간한 장정 바지저고리 한 벌 감은 좋이 장만할 수 있는 큰돈이니, 더 이만 산호를 하는 백성이 없는 것이었다.

"모양도리°가 아조 없는 것은 아니로세만……"

궐련 마는 당지로 인경을 싸려다°눈 위에 서리치고 엎친 놈 위에 덮치고°얼어죽고 데어죽고 뇌성에 벽력을 맞은 꼴로 떨거둥방아°가 된 백성들이 피에 울고 있는데, 리학구李學究가 말하였다. 윗말 위쪽 뒷들 너머 골말 안침에서 아비 없는 손자아이 하나 데리고 두 늙은 양주가 사는 리학구는 책권이나 읽어 옛일에 아주 밝은이였다.

"묘항현령°이라."

"일러줍시우."

"묘전걸소어°요 호전걸육°이라."

강미講米쌀 받아 연명하느라 중다버지°들 앞에 무릎 꿇려놓고

모양도리(模樣道理) 어떻게 할 꾀. 떨거둥방아 의지가지없게 된 사람. 묘항현령(猫項懸鈴) 고양이 목에 방울 달기라는 말. 묘전걸소어(猫前乞蘇魚) 고양이한테 반찬 달란다는 말. 호전걸육(虎前乞肉) 호랑이한테 고기 달란다는 말. 중다버지 길게 자라 더펄더펄한 아이들 머리. 또는 그런 아이.

천자장 넘기게 할 때처럼 지그시 눈을 감은 채 좌우로 천천히 윗몸을 흔들던 그 늙은 훈장訓長 명색은 잔뜩 뜸을 들이었고, 책권이나 읽었다는 양반명색들이 즐겨 입에 달고 다니는 넉자배기* 문자속을 알아듣기 어려운 농투산이들은 목마른 송아지 우물 들여다보듯°마른침만 삼킬 뿐이었는데,

"예전에는 이 방도를 써 못된 원을 옮겨가게 하지 못한 적이 읎으이만……."

다시 윗몸을 흔들었고,

"얼룽유우."

"무섭게 번허구 살같이 빠르게 바뀌는 게 시재풍속인지라 내 적연히 장담헐 순 읎으이."

"들떠놓지*만 말구 싸게싸게 말씸혜 주세유."

"사믠초가루 백사지에 떨어지게 된 믠서들이 어시호 마지막으루 한번 써 보아 효험을 봤던 븨방이라."

"뜸딴지*그만 붙이구°싸게*가르쳐 줍시우."

"그런데 그게……"

"띵 짧은 늠 턱 떨어지것네."

농군 가운데 하나가 툴툴거리었고, 그제서야 윗몸 흔들기를 멈추고 눈을 뜬 리학구가

넉자배기 사자성어四字成語. **들떠놓다** 똑바로 집어 말하지 않다. **뜸단지** 부스럼 피고름을 빨아내려고 부항附缸을 붙이는 데 쓰던 자그마한 단지. **싸게** 얼른. 빨리.

"이 중에 수알치° 소리를 낼 수 있는 사람이 있것능가 물르것네."

"쌀치 소리라뉴?"

"수알치가 한번 동헌 뒷뜰에서 울고 보면 반다시 사또멩색이 그 골을 뜨게 되어 있는 게 국초이래루 내려온 우리 조선 전고 풍속이니 말일세."

"워치게유?"

"누구 한사람 밤중에 되룅이°를 입구 동헌 뒷뜰 오동나무 가지 위에 올라가서 수알치새 소리만 한번 내구보면, 승주城主가 듣구는 또한 반다시 상서롭지 못허다 허며 집으루 돌아갈 것이다 이 말이여."

농군 가운데 한사람이 그 말을 좇아 밤에 도롱이를 걸치고 동헌 뒤란에 있는 오동나무 가지 위에 몰래 기어올라가 수알치 소리를 내니, 원이 높은 소리로 탄식하여 가로되―

"어허, 이 무슨 변괴란 말인고. 본쉬한테 무슨 앙화가 있으려고 이와 같이 흉악한 소리가 나단말가. 자고로 수알치 울음소리를 듣고도 가만히 그 자리를 지키고 앉아 있은즉 반다시 그 집안에 앙화가 미친다 하였으니, 한시 바삐 사체장°을 쓰고자 붓을 빨아야겠고녀."

리학구가 일러준 비방°이 신통방통하게 맞아 떨어지려는 것

수알치 수리부엉이. **되룅이** 도롱이. 짚이나 띠 같은 풀로 만들어 어깨에 걸쳐 둘러입던 농군들 비옷 한가지. **사체장**(辭遞狀) 사직서. **비방**(祕方) 남몰래 내려오는 꾀. 약처방藥處方.

을 본 그 농군이 하루라도 더 빨리 부라퀴* 같은 안전명색을 떠나가게 하려고 이튿날 밤 다시 동헌 뒤뜰 오동나무 가지 위로 숨어 올라가 이번에는 더 큰 목청으로 수알치 울음소리를 내는데, 앗불싸, 각궁*에 아깃살*을 먹여 든 원이 나무 아래서 이렇게 말하는 것이었다.

"부엉이여, 부엉이여. 아깃살에 멱을 꿰어 죽지 않으려거든 어서 빨리 내려오라."

어마뜨거라, 나무에서 내려온 농군이 땅에 엎드려 머리를 조아리는데, 원이 그 사람으로 하여금 진종일 꿇어앉아 수알치 소리를 내게 하니, 다시는 수알치 소리를 내려는 백성이 없는 것이었다.

"크흐흠."

빡빡 소리가 나게 짜른대*만 빨고 있던 존위가 헛기침을 하였다. 부채질을 멈춘 그 늙은 농군은 사람들을 주욱 휘둘러 보았다.

"건공대매*루 날밤덜 새지말구 뭔 존 의론덜을 내보시게. 이 노릇을 워치게 헤야 되것능가."

부라퀴 야물고도 암팡스러워 제게 이로운 일이면 기를 쓰고 덤비는 사람. **각궁**(角弓) 고구릿 적부터 내려오는 우리 전통 활. 배달겨레가 쓰는 활, 곧 밝활을 이두로 적은 것이 '각궁'임. **아깃살** 짧고 작은 화살로 1천보 위쯤 거리에 거침없이 이르며, 날쌔고 촉이 날카로와, 갑옷이나 투구를 막힘없이 뚫었음. **짜른대** 곰방대. 단죽短竹. **건공대매** 허공중에 몽둥이질 하듯 뚜렷한 꾀없이 말로만 떠듦. 알맹이 없이 겉으로 판가름을 겨룸.

44

기린이 늙으면 노마만 못하다°지만 환진갑 넘도록 온갖 세상 풍파를 다 겪어온 존위노인이 점잖게 한마디 박아주는 오금°인 것이었다. 풀럭펄럭 펄럭풀럭 민부채° 흔드는 소리와 모기를 잡느라고 허벅지 때리는 소리만 철썩거릴 뿐 저마다 한마디씩 울골질°을 하던 김지이지° 농군들은 꿀 먹은 벙어리요 침 먹은 지네° 모양으로 코들만 쑥 빼고 있는데, 크흠. 다시 한번 헛기침을 하고 난 존위가 곽서방을 바라보았다.

"집이 생각은 워떤구?"

첫 모집음° 받은 곽서방이 공다리°들 각이라도 뜰° 듯 울기를 터뜨리던 방금 전과는 다르게

"저야 뭐……"

민머리° 꼭뒤°를 만지며

"자네가 먼첨 말허소."

정서방을 바라보았고,

"허."

어이가 없다는 웃음을 깨물던 정서방이

오금 팔이나 무릎 구부리는 안쪽. **오금박다**: 여느 때 큰소리 하던 사람이 그 것과 두동지게 말하는 것을 빌미잡아 살박다. **민부채** 아무런 꾸밈새 없이 한지에 기름을 먹인 쓸모 있는 부채. 단선團扇. **울골질** 지긋지긋하게 으르며 덤비는 일. **김지이지**(金的李的) 성명이 뚜렷하지 않은 사람들을 셀 때 쓰던 말. **모집다** 똑똑히 가리키다. **공다리** 힘부림을 마구 휘두르며 백성을 몹시 괴롭히는 관원官員. 공무원. **각 뜨다** 짐승 몸을 몇 어섯 각脚으로 가르다. **민머리** 벼슬을 살지 못한 사람. 백두白頭. '대머리'. **꼭뒤** 1. 뒷통수 한가운데. 2. 활 도고지 붙은 뒤.

"찬물두 위아래가 있다°구 나이 따져 존장 대접 헤주넌 건 고맙네만, 경우 옳넌 사람이로세. 지가 헐 말을 왜 남헌티 미룬댜."

납박을 주는데,

"얼라아? 존장 대접 받어얄 사람이 누군디, 사돈 남 말 허구° 있댜."

"오뉴월 하루볏두 무섭다°구 슫달 먼저 시상 나서 먹은 밥만헤두 거름된 게 열마지기 거리는 될 거구먼."

"업세°. 윤달 든 해라서 돗진갯진°이라던 사람이 딴소리 허넌 것 점 봐."

정동갑正同甲이라지만 몇 달 차이가 지는 달수를 가지고 평소에도 서로 손위 노릇 하겠다며 찌그락짜그락°하는 두 사람이 밉지않게 다투는데, 쿵. 콧벽쟁이°소리를 내며 존위를 바라보는 사내가 있었다. 아랫말에서 향곳말 윤초시尹初試네 논 일곱 마지기를 얻어 하고 있는 고서방 고갑손高甲孫이였다.

"쿵. 쿵."

그 중늙은이 농군이 다시 막힌 코를 뚫으며

"네미룩 내미룩°허다가 건밤°덜 새것네. 그물이 삼천코래두 븨리가 으뜸°이요 그물이 열자락두 또헌 븨리가 으뜸°이라구⋯⋯ 으르신께서 탁방을 내 주시우."

업세 '얼라'와 같은 내폿말. 돗진갯진 윷판에서 도 아니면 개니 '거기서 거기'란 말. 찌그락짜그락 하찮은 일로 자꾸 티격태격 다투는 것. 콧벽쟁이 콧구멍이 너무 좁아서 숨을 잘 쉬지 못하는 사람. 네미룩 내미룩 무슨 일을 가지고 서로 미루는 것. 건밤 잠을 자지 아니하고 뜬눈으로 새운 밤.

하더니, 잔물잔물 웃음기 어린 눈빛으로 좌중 사람들을 둘러보았다.

"으르신 말씀 긔역헐 사람 읎을 테니께."

그러자, 푸우— 긴 한숨과 함께 파리똥과 그을음이 더뎅이*져 있는 제고물*을 한번 올리어다 보고 난 존위가

"이런 일 한두 번 젂어봤던가. 강약이 부동이니 아무래두 사또 걸어 둥영고*긴 허지만서두, 워쩌것능가. 우선 발괄*이락두 허넌 수밖의."

하며 다시 한숨을 내려쉬었고, 모두들 턱 끝을 주억이는데,

"발괄 가지구 되것남유."

밤 문 소리*로 말방구*를 하고 나오는 것은, 몽득이였다. 그 외자짜리 엄지머리는 여간 속이 상하는 것이 아니었다. 금칠갑이가 이르는대로 식전아침 일찍 이슬 짓투드려가며 와서 존위와 의론을 하였던 것은, 갈꽃이에 관한 것이었다. 동짜*로 엮이어 물고*를 당하게 된 양아비 대신 기안*에 들게 된 갈꽃이와 오로지 갈꽃이만 바라보며 살아온 쌀돌이 신세가 처량하게 된 것도 그러하지만, 무슨 귀정을 내어보자는 것이었다. 이대로 있다가는 남아날 처녀명색 어디 있겠느냐며 금칠갑이가 일러준대로 그 엄

더뎅이 부스럼딱지나 때 같은 것이 덧붙어서 된 조각. **제고물** 반자를 들이지 아니하고 서까래에 흙을 붙여서 만든 천장. **발괄** 이두 白活. 분하고 답답한 까닭을 관청에 말이나 글로 하소연 하던 것. **말방구**(-防口) 말막음. **동짜**(東字) 동학하는 이를 가리키던 말. **물고**(物故) 죽음. **기안**(妓案) 기생명부.

지머리가 목울대를 세웠을 때, 그런대로 면추는 되는 이팔˚ 손녀딸 아이를 두고 있는 존위노인은 고개를 주억이지˚ 않았던가. 그렇게 통돌았던˚ 것이 하루도 지나기 전에 홱 돌려져 버린 것이니, 이런 니믜랄 것. 기우제를 한번 더 지내야 된다며 집집마다 다시 내라는 엿돈오푼에 자라목 오그라지듯 쑥 들어가 버린 갈꽃이 조간이라. 몽득이 또한 물어내야 할 엿돈오푼인지라 눈앞에 개나리꽃이 피지 않는 것은 아니었으나, 제가 먼저 꺼내어 봤던 말이 씨가 먹히지 않는 것에 대한 화증이 솟구치는 것이었으니, 도무지 무엇 하나 제대로 되는 일이 없지 않은가. 갈꽃이도 갈꽃이고 다시 받쳐야 할 기우제 해자˚도 해자지만 그 엄지머리 사내를 더욱 뻣성˚돋게 만드는 것은, 덕금이였다. 십년을 두고 하루같이 근사모아˚ 삼세번씩 열번 찍어 백번을 넘게 찍어봐도 아예 이도 들어가지 않는 그 계집사람 옴파리 같은˚ 낯짝. 뒷전에 끼어 앉아 데아라 아라야˚ 나이 든 어른들 하는 꼴이 답답하여 주리 참듯하고 있던 그 엄지머리 외자상투는 아랫입술을 꼭 옥물었다.

"아무런들 갈날 쥔 늠이 자루 쥔 늠을 당허것남유. 자고이래루 관물 먹넌 늠덜이라넌 것이 넝튀셍이 보기를 발샅이 때꼽재기˚

이팔 열여섯 살. **주억이다** 끄덕이다. **통돌다** 여러 사람 뜻이 모여 그렇게 하기로 서로 알리어지다. **해자** 쓰임. 씀씀이. 부비. 경비. '비용費用'은 왜말임. '쓴다'는 말임. 속담에 '이웃집에서 말을 잡는데 우리집에는 소금이 해자다'라는 말이 있음. **뻣성** 갑자기 일어나는 짜증. **근사모아** 오랫동안 힘써 은근히 공을 들여. **옴파리 같다** 오목하고 탄탄하고 예쁘다는 말. **데아라 아라야** 늘어진 수작이라는 뜻. **때꼽재기** '때'를 얕잡은 말.

만침두 안 예긔넌디, 제아무리 이야지야˚ 븨대발괄루 쇠지˚를 올리구 원정˚을 허구 등장˚을 가구 제진˚을 헤본딜 뭔 소용이것슈. 헐라먼 한판 크게 붙어봐야지"

"그레두 일이넌 순차가 있넌 뱁인디, 츰버텀 그렇게 댓짜루 나갔다가 뒷감당은 워치케 헌댜."

누군인가 말하였고, 몽득이가

"지레 짐작 매꾸레기˚루 그러다간 암것두 안되유."

목청을 높이는데,

"허긴 그려."

곽서방이 턱 끝을 주억이었고,

"허나 갈을 한번 뽑구는 그대루 집이 꽂지 않넌 뱁이니…… 이 노릇을 워척헌다나."

"넨장맞을 고손자 좆 패길˚지둘리지 등장을 내본딜 빙자년˚짝 백긔 더 나것어."

"암만. 그질물소 잔골 살던 리서방으르신 장두˚루 올렸다가 사령˚늠덜 사다듬이˚질 끝이 땅보탬 된 게 어젯일 같구먼."

이야지야 이것이야 저것이야. **쇠지** 소지所志. 이두 소장訴狀. **원정**(原情) 백성들이 관아에 말로 비대발괄하던 것. **등장**(等狀) 여럿이 이름을 잇대어 써서 관청에 어떠한 요구를 비라리치던 것. 등소等訴. **제진** 한 동네나 한 단체에서 관원이나 유력한 개인에게 무슨 중대한 요구를 할 때 그 관청이나 그 개인 집으로 가서 자기네 목적이 이루어질 때까지 물러나지 아니하던 것. 연좌농성. **빙자년**(丙子年) 1876년. **장두**(狀頭) 등장 첫머리에 적힌 사람. **사령**(使令) 군관軍官이나 포교捕校 밑에서 심부름을 하거나 죄인에게 매를 치는 따위 여러 가지 일을 하던 노비계급.

다시 또 씩둑깍둑 눅진° 소리들만 내고 있는데, 크흐흠! 메마른 기침소리와 함께 몽득이를 바라보는 것은 존위였다.

"등장가지구 안된다면…… 자네 생각은 워떤구? 자네덜 젊은 사람덜 생각은 워뗘?"

"한번 들었다 놔야쥬."

"들었다 놓다니?"

"사똔지 오똔지 허넌 작자럴 담어내야 헌다넌 말씀유. 짚둥우리 태워얀다°넌."

"허."

"갈꾓이 쬐간두 그렇구, 갖은 해자치레두 그렇구, 그러지 않구서야 업으나 지나° 맨날 그 타령이지 뭔 구정이 나것슈."

"허."

"사또짜릴 먼첨 담어내구 나서 부라퀴 같구 깍다귀° 같은 관차 늠덜 몇 늠 줄초상 내야쥬."

"허."

제고물을 올리어다 보며 존위는 다만 단내 나는 한숨만 삼키었고, 합덕방죽°에 줄남생이° 늘어앉듯 코들만 쑥 빼고 있던 농군들이 몽득이 흰소리°에 힘을 얻어

사다듬이 몽둥이로 헤아려주지 않고 마구 때리는 짓. 싸다듬이. **눅진** 누긋하고 끈끈한. **깍다귀** 낮에 움직이며 사람이나 짐승 피를 빨아먹는 왕모기로, 남을 빨아먹는 못된 놈을 빗대어 이르는 말. **합덕방죽** 충남 당진군 합덕면에 있는 '합덕저수지'를 이름. **줄남생이** 크고작은 것이 줄대어 있는 것을 가리키는 말. **흰소리** 터무니없이 자랑으로 떠벌리는 말. 희떱게 하는 말.

"암만. 뭉틱이 자네 말이 옳으이. 그러지 않구서여 백년하청을 지둘리지 뭔 구정이 나것서."

"맞어, 대됭미에 군포에 환자쌀에 왼갖 걸전이며 더하여 갖은 뭉퓍이루다 해자까장 뜯어가넌 전수히 날강도 같은 되둑괭이 군수뭉색버텀 짚둥우리 태우잖쿠서는 구정이 안나구 말구."

네미룩 내미룩하며 개갈 안나는° 소리로 다떠위던° 아까와는 다르게 다시

"되둑괭이두 되둑괭이지면 뭣버덤두 먼첨 쥐새끼덜버텀 무릿매° 앵겨 반죽음 시켜놓구 봐야지."

"암만, 같밭이 쥐새끼마냥 싸돌어 댕기며 쏠락쏠락° 갖은 야비다리질° 쳐대며 제 아록°만 채리넌 이방늠 호방늠버텀 먼첨 다리목쟁이 작신 분질러 놔야구 말구."

"이방늠 호방늠 뿐인감. 공다리 쳇것덜은 다 마찬가지지."

"암만, 돗진갯진이루 그늠이 그늠이지 난 늠이 워딧서."

"그러니께 한번 들었다 놔안다넌 거 아녀."

"그려. 백두산이 무너지나 동해수가 머지나 한번 헤볼밖의."

들에윰° 하며 결기들을 돋우는데,

"쉬잇!"

_____

다떠위다 사람들이 한데 모여 시끄럽게 떠들고 덤비다. **무릿매** 몰매. **쏠락쏠락** 쥐처럼 조금씩 조금씩 파먹는다는 뜻 내폿말. **야비다리질** 보잘 것 없는 사람이 제딴에 가장 탐탁한 듯이 내는 젠체. **아록**(衙祿) 외방수령에 딸린 식구들한테 주는 녹祿을 말하나, 여기서는 '알맹이'. **들에윰** 시끄럽게 떠들썩함. 들에유다.

누구인가 낮게 소리치며 손가락 한 개를 들어 제 입 위에 세로로 지게 세웠다. 문간에 앉아 있던 젊은축이었는데, 개 짖는 소리였다. 무엇을 보았는지 날카롭게 짖어대던 동네 개들 소리가 시나브로 잦아드는가 싶더니, 이번에서 토방 아래서 삽사리 짖는 소리가 났다. 지난봄에 다섯 마리를 한배로 받아내어 아는 사람들한테 나누어 주고 나서 씨받이로 남기어둔 청삽사리* 새끼가 죽는 시늉으로 짖어대는 소리 사이로 황황하게 뛰어오는 발걸음 소리가 나더니, 은짬*에 지게문*이 벌컥 열리었다.

"아이구 숨차."

가뿐 숨을 몰아쉬며 건공중에 대고 고개를 한번 꾸벅하고 나서 몽득이가 틔워주는 문길에 궁둥이를 붙이는 것은, 복개福介였다. 몽득이와는 풋고추 절이김치*로 향곳말 정생원鄭生員댁에서 상머슴*을 살고 있는 그 엄지머리 낯빛은 잘 익은 대추빛으로 붉게 물들어 있었다.

"뭔일이다네?"

몽득이가 묻는데, 복개는 손등으로 연방 이맛전에 돋는 땀을 훔치며 몇 번이고 마른침을 삼키고 나서 푸우— 하고 긴 숨을 내어뿜었다. 방안이 톡차게 둘러앉아 있는 사람들을 둘레둘레* 바

청삽사리 검고 긴 털이 곱슬곱슬하게 생겼던 그때 둣씨(토종)개. 은짬 그윽한 대목. 지게문 여닫이문. '지게'는 '여닫이' 그때 말. 풋고추 절이김치 절이김치에는 풋고추가 가장 알맞다는 데서 그 격에 맞음을 이르는 말. 상머슴 우두머리 머슴. 어른머슴. 둘레둘레 이리저리 네둘레를 자꾸 둘러보는 꼴.

라보던 그 상머슴 총각은 존위쪽으로 눈길을 돌리었다.

"근글이 나붙었구면유, 근글이."

"엉?"

방안 사람들 모두가 놀란 눈빛으로 복개 얼굴만 바라보는데, 크흐음! 헛기침 한번 되게 하고 난 존위가

"자초지종을 일러보게."

착 가라앉은 목소리로 말하였고,

"예, 으르신. 읍성 안이는 시방 날리가 났구면유. 환두 빼든 츨릭짜리°에 창대 잡구 몽치° 꼬나쥔 시폭짜리°덜이 가루 뛰고 세루 뛰며 근글 붙인 사람 잡넌다구 발칵 뒤집혔단 말씀유."

숨찬 목소리로 말하는 복개가 건 글, 곧 괘서°를 보게 된 것은 낮뒤°도 훨씬 지났을 때였다. 정생원 아들내미 심부름으로 읍성 안 옥담거리에 있는 신전에 들렀다 나오는 길이었는데, 니긔미. 워떤 놈은 나이 서른이 가까와 오도록 입장도 못한 채 머슴질로 뼛골이 빠지는 판인디 워떤 놈은 아비 잘 만나 이십 전에 낳은 자식놈 신겨준다고 그 귀한 조락신° 사오라니, 지미붙을 느믜 시상

츨릭짜리 철릭짜리. 철릭을 입은 사람, 곧 장교를 가볍게 이르던 말. **몽치** 포졸들이 쓰던 병장기 가운데 한가지로, 박달나무나 물푸레나무로 깎아 만든 짜른 몽둥이. **시폭짜리** 세폭짜리. 세폭으로 갈라진 웃옷인 '더그레'를 입은 사람, 곧 사령군노를 가볍게 이르던 말. **괘서(掛書)** 어떤 나댐을 담은 글을 백지에 써서 사람들이 많이 볼 수 있는 곳에 붙이던 것. 건글. 벽보. 오늘날 대자보. **낮뒤** 한낮이 지나간 뒤인 오정午正부터 자정子正인 밤 12시까지를 말하는 하오下午. **조락신** 노끈으로 삼았던 고급 신.

아닌가베.

　부앗김에 서방질한다°고 신 사고 거스른 돈으로 다모토리 몇 잔 들이킨 그 엄지머리 상머슴 발길이 접어드는 곳은 생짜집골목이었다. 하리아드렛날° 수릿날° 칠석날 가윗날이면 아귀할미 다리 밑에 펼치어지는 씨름판에서 보게 되는 저대짜리°들 그 갖은 단장치레로 해반주그레한° 낯짝이며 버들 같은 허리에 안반 같은 볼기짝이며 그리고 또 늑늑하면°서도 는실난실하게 사지 가닥을 죄 풀어지게 만드는 머릿기름 내음이 떠올랐던 탓이었다.

　놀음차°를 집어 줄 돈도 없었을 뿐만 아니라 설혹 돈이 있다고 하더라도 남의집에서 고공살이° 하는 머슴것 주제에 신둥부러지게° 꿈도 꿀 수 없는 게 기생집이었는데, 당기당 둥둥 동기당 당동. 아직 날도 저물지 않은 벌건 대낮에 기생년 끼고 앉아 썩은 물 처먹는 놈들은 도대체 어떤 가이아들 놈들이라는 말인가. 저도 모르게 그만 뜨저구니 섞인 욱기°가 솟구쳐 오르면서 거문고 줄 하노리는° 소리 사이로 들려오는 한량명색들 축축한 너털웃음과 외대머리들 색먹인 콧소리 사이로 풍기어 나오는 지분 내음에 그만 시나브로 끌리어 가는 발걸음인 것이었으니, 니믜랄

하리아드렛날 음력 2월 초하룻날로 '종날'. 수릿날 단오날. 저대짜리 '기생'을 낮춰 이르던 말. 해반주그레하다 얼굴이 해말쑥하고 겉보기에 반반하다. 늑늑하다 속에 무엇이 없는 것처럼 개운하지가 않다. 놀음차 재인광대나 기생들이 재주와 놀이를 보여주고 받는 돈. 고공살이 남집에서 삯을 받고 품팔이 하던 사람. 고공雇工. 신둥부러지다 푼수에 지나치게 건방지다. 욱기 욱하고 솟구치는 성깔. 히노리다 놀리다. 놀려먹다.

것. 해우채°만 받으면 어느 놈 앞에서고 다리속곳° 내려야 하는 외대머리 팔자나 새경°만 주면 어느 집에서라도 품을 팔아야 하는 머슴 팔자나 돗진갯진 아니겠는가.

다모토리 몇 잔 침안주°로 급하게 털어넣은 뒤끝인지라 발끈 술기운이 오른 그 상머슴 엄지머리는 이리 기웃 저리 기웃 일각 문 앞을 기웃거리는 것이었는데, 이런 급살맞일 년! 귀떨어진 사슬돈°푼이라도 떨어뜨려 줄 오입쟁이들이 오나 빼금히 낯짝을 내어밀고 있다가 재수 옴 붙게 생겨 처먹은 바닥 상것 몰골이 오는 것을 보고 어마뜨거라 쾅 소리가 나게 일각문 닫아걸고 돌아서는 손대기° 간나희°년 그 잔뜩 하시하는 눈초리에 발끈 욱기가 솟구쳐 공중 시근덕거리던 복개는, 얼라? 얼른 고개를 돌리었으니, 뭔 놀이판이 불어졌능감? 달음박질쳐 가는 중다버지들이 눈에 들어왔던 것이다. 다팔머리° 황새머리° 종종머리° 바둑판머리° 아이들만이 아니라, 땋은머리° 귀밑머리° 말뚝댕기° 제비댕기°

해우채 해웃값. '화대花代'는 왜말임. **다리속곳** 여자들이 속곳 속에 입던 맨 밑 속옷. 양말로 '팬티'. 치마끈에 기저귀를 달아 살을 가리게 한 것으로, 속 속곳을 자주 빨아야 하는 거북함을 덜고자 입었다고 함. **새경** 농가에서 머슴한테 곡식으로 주던 한해품삯. 년봉. **침안주** 안주 대신 침을 삼키는 것. **사슬돈** 꿰거나 싸지않은 쇠붙이돈. 잔돈. **손대기** 잔심부름을 하여주던 아이. **간나희** 나이 어린 계집아이. **다팔머리** 갓난아이나 어린이 머리를 자라는대로 내버려 두어 눈썹을 덮도록 된 것. 아무 손질도 하지 않은 꼴을 말함. **황새머리** 복판만 조금 남기고 둘레를 모두 밀어낸 머리 꼴. **종종머리 바둑판머리** 다팔머리 쉼직밖에 안되는 머리를 빨간천이 달린 끈을 내어 땋아 머리카락보다는 오히려 그 끈을 모아 뒷통수에서 땋고 커다란 댕기를 드린 모습.

드리운 총각들에 고머리*짜리며 수건머리* 패랭이짜리*와 알상
투 민머리에 갓짜리까지 있었다.

뭔 귀경판이 났넌구. 읍성 안이만 들와보면 무싯날*이두 츤지
가 다 살판이요 요지경판이긴 허지만서두.

번쩍 새 정신이 난 복개는 잰걸음으로 그들을 미좇아 갔는데*,
객관* 앞이었다. 객관 홍살문* 앞에 사람들이 백차일을 치고 있었
다. 겨드랑이 틈이며 가랑이 사이로 대가리를 들이미는 서낙배
기* 아이놈들을 쥐어박으며 앞으로 나아가던 복개는, 흡. 숨을 삼
키었다.

항것*인 윗사랑 정생원 방 미세기*에 바른 창호지만큼이나 한

땋은머리 혼인 전 머리칼을 뒷통수로 모아 땋아내리던 것. **귀밑머리** 귀 앞
에까지 머리를 먼저 땋아 뒷머리에 모아서 땋아내리던 것. **말뚝댕기** 종종
머리꼴 억지로 땋은 머리에 널직하게 치렛감으로 천을 드리우던 것. **제비
댕기** 한끝을 머리카락에 넣어 땋다가 a자처럼 고를 내고 다시 모아서 땋아
마무리 지은 것. 꽃두레는 빨강끈, 꽃두루들은 검정끈을 썼음. **고머리** 머리
땋은 것으로 머리통을 한번 돌려 남은 머리나 댕기를 이마 위쪽에 꽂은 머
리차림으로 남녀 모두 즐겨 썼는데, 남의집 하인이나 노는계집들이 흔히
하였음. **수건머리** 무명이나 베를 끊어서 손발도 씻고 몸도 씻는데 쓰던 수
건으로 이마 동인 농군들을 말함. **패랭이짜리** 댓개비로 엮은 막갓인 평량
립平涼笠·평량자平涼子·폐양자蔽陽子를 썼던 종들이나 상인喪人을 말함. **무
싯날** 장날이 아닌 날. **미좇아 가다** 뒤따라 가다. **객관(客館)** 전패殿牌를 모시
어두고 임금 명을 받아 내려오는 벼슬아치를 대접하고 묵게하던 집. 객사
客舍. **홍살문** 능·원·묘·궁전·관아 앞에 세우던 붉은 칠을 한 문. 붉은기둥
두개를 세우고 지붕 없이 붉은살을 죽 박았음. **서낙배기** 장난꾸러기 아이.
싸낙배기. **항것** 주인. 상전上典. **미세기** 두 짝을 한편으로 밀어 겹쳐서 여닫
는 문.

56

백지장 가득 씌어 있는 것은, 말로만 듣던 건글이었다. 수쿨°로 괘서라든가. 흰 것은 종이요 검은 것은 먹물이라. 지렁이가 기어가고 깨벌레나 집게벌레가 엎드려 있는 것 같은 수쿨로 갈기어 쓴 것이어서 그 뜻을 새기어 볼 수는 없으나, 괘서임에 틀림없었다.

"어허, 궁흉극악부도지설窮凶極惡不道之說이로고."

곁에 있던 갓짜리° 늙은이 하나가 장탄식을 하고 있었고, 니기미. 점 알아듣게 풀어 읽어주면 워디가 덧나나. 낫 놓고 기역자도 모르는 복개가 혼자서 증°을 내는데,

"어허, 고이헌지고. 세상에 이런 븬이 있나. 나랏님 즌패°를 뫼신 증아°에 이런 궁흉극악부도지설이 나붙다니."

고불이° 앓는 소리로 혀를 차며 절레절레 도머리를 치던° 늙은 유생儒生은 자리를 떴고,

"아, 누구 진서 아넌 나리덜 지시먼 혼자서만 읽지말구 우덜같은 무지렝이 멧븽이°덜두 점 알아듣게 소리내서 점 읽어봐유! 우덜 말루다가아!"

수리목진° 소리를 내는 사내가 있었다. 콩멍석에 엎어졌다 일

수쿨 예전에 '진서'를 사내글이라는 뜻에서 일컫던 말. 배워서 잘 써먹는 글이라는 뜻. 훈민정음은 '뒷글'이나 '중글' 또는 '암클'이라고 하였음. **갓짜리** 갓 쓴 양반을 빗대어 비꼬던 말. **증** 화증火症. 걸핏하면 왈칵 내는 성. **즌패** 전패殿牌. 객관에 임금을 시늉하는 '殿'자를 새겨 세운 나무패로, 그 고을 원과 출장 간 관원이 배례하였음. **증아** 정아正衙. 임금을 상징하는 전패를 모신 곳으로 그 고을에서 가장 으뜸되는 건물이라는 뜻에서 쓰던 말. **고불이** 매우 나이 많은 늙은이. **도머리를 치다** 무엇을 지우는 뜻에서 머리를 흔드는 것. **멧븽이** 멧부엉이. 시골사람을 빗대어 하던 말. **수리목진** 목쉰.

어난 듯 흉악한 얼금뱅이°인 그 사내는 불량하여 보이는 목자°를
휘번덕거리었고,

"옳거니."

"말 한번 잘허네."

"등장 내러 간다면 그 사람 떼 논 장두감일세."

맞장구를 치고 나서는 것은 모두가 수건머리요 패랭이짜리
며 민머리 알상투°인 농투산이 고리백장° 갓바치° 숯무지° 쇠점일꾼°
여릿군° 떠돌뱅이 술장수 고공살이 떨거지 같은 상민과 상민도
못되는 홍정바지° 나부랭이 아니면 바치쟁이°나 바치쟁이 밑에
딸려 있는 아랫것들이었다. 흉악한 바당상것들이 금방이라도 잡
아먹을 듯 불량한 목자로 쏘아보며 울근불근하는° 서슬에 등 떠
밀린 갓짜리 하나가 큼큼 헛기침을 하고 나서 괘서에 적히어 있
는 글발을 풀어읽어 내려가는데—

얼금뱅이 마마를 앓아 얼굴에 마마자국이 있는 사람. **목자**(目子) 눈. **민머리
알상투** 벼슬을 못해서 갓이나 관을 받치는 망건을 두르지 못한 머리 위로
맨상투 바람이라고 해서, 농군대중을 가리키던 말임. **고리백장** 고리버들
로 키나 고리짝을 만들던 상사람. **갓바치** 가죽신을 만들던 바치쟁이. **숯무
지** 참나무가 많은 깊은 산속에서 숯굽는 일을 하던 사람. **쇠점일꾼** 쇠붙이
로 된 연장을 만들던 성냥간, 곧 대장간 일꾼으로 거의 사내종이나 가난한
농군들이 하였음. **여릿군** 이지가지 물을 파는 점방 앞에 섰다가 지나가는
손님을 이끌어들여 물을 사게하고 주인한테서 품삯을 받던 사람. **홍정바
지** 장사꾼. 장사아치. **바치쟁이** 살림살이에 쓰이는 모든 물을 만드는 것을
업으로 삼던 사람. 곧 손재주로 벌어먹던 사람. 장색匠色. 공장工匠. '기술자'
는 왜말임. **울근불근하다** 으르대며 감정 사납게 맞서다.

대흥大興 고을에 사는 인민들은 들으시라!

본디 대흥땅은 백제 옛땅으로 저 온조성조溫祖聖祖 거룩한 핏줄을 이어온 곳이다. 간악무도한 나당군 말발굽 아래 백제 사직이 무너졌을 적에는 칠백년을 면면히 이어져 내려온 그 백제를 다시 일으켜 세우기 위한 장엄한 싸움이 임존성任存城에서 이루어졌고 또 몽고 우량하이가 쳐내려왔을 적에는 인민들이 죽음으로 맞서 싸워 대흥땅 아래로는 우량하이 말발굽에 더럽혀지지 않게 하였으니, 수많은 충신열사와 의병들 피가 뿌려졌음에서일레라. 뿐인가. 임진년 왜란과 병자년 호란에도 수많은 인민들이 임존 옛성°에 모여 죽기로서 싸워 지켜냄으로써 선조들 그 빛나는 얼을 이어왔던 곳이었다.

그런데 지금은 어떠한가?

저 금수와도 같은 왜적과 양귀자°무리들이 그 승냥이 같고 독사와도 같은 이빨과 발톱을 세운 채 일각일각 쳐들어오고 있으나, 썩은 권간權奸 무리들이 국정을 맡아 흉함을 함부로 하고 악함을 극히 하고 있다. 조금이라도 의리를 아는 자는 점차로 멀리 배척을 당하다가 이윽고는 그 목숨마저 빼앗기고 권간들 부스럼을 빨고 치질을 핥는 아첨한 무리들만 냄새를 좇아 다투어 모여서 군왕을 속이고 백성들 고혈을 빨아들이고 있으니, 나라 명운

임존(任存) 옛성 '임존'은 '님이 계신 곳'이라는 말이니, 백제 장수들이 의자왕 아들 가운데 하나인 풍豊 왕자를 왜국에서 데려와 백제 광복 깃발을 올렸던 것임. **양귀자(洋鬼子)** 서양 우량하이.

이 바람 앞에 등불이 되고 있음이라.

뿐인가. 뻑뻑이 임금 뜻을 올바르게 받들어 백성들 애호하기를 제 친자식 대하듯 하여야 할 수령은 탐학하고 이서배들은 더욱 강활악독하게 홀태질˚하고 있으니, 전야田野는 텅 비었고 마을 굴뚝에서는 끼니때가 되어도 밥 짓는 연기가 오르지 않기에 이르렀다. 여기에 흉황과 역병은 날이 갈수록 더 창궐하여 십실구공˚이 된 민인들은 하루아침에 유개流丐 무리가 되어 지아비는 동쪽으로 지어미는 서쪽으로 부모는 북쪽으로 자식은 남쪽으로 조밥 흩어지듯 살 길 찾아 헤매고 있으니, 슬프다! 뉘 있어 이 참혹한 창맹蒼氓들을 구할 것인가?

아—. 대저 사람 이름에는 죽은 이름[死名]과 산 이름[生名]이 있으니, 호랑이는 죽어 가죽을 남기고 사람은 죽어 이름을 남긴다고 한 옛말이 바로 그것이다.

빼앗아 가면 빼앗기고 때리면 맞고 잡아가면 또 잡히어가면서 다만 그렇게 그럭저럭 살다가 이윽고 죽음에 이르고 보면, 뼈는 썩고 살도 썩으며 이름 또한 썩을 게 아닌가. 그러나 이 세상에 대장부 몸을 받아 한번 태어난 보람이 있게 살다가 죽는다면 비록 뼈와 살은 썩을지라도 그 이름만큼은 산 이름이 되어 저 봉수산에서 독야청청하는 낙락장송과도 같이 길이 전하여지리라. 이치

홀태질 곡식 이삭을 훑는 벼훑이처럼 인민대중 피땀을 빨아먹는 것. 십실구공(十室九空) 열집에서 아홉집은 비었다는 말.

가 이렇게 불을 보듯 뚜렷할진대, 나는 과연 어떠한 사람이 되어야 할 것인가?

대흥고을 인민들이여!

글재주나 무예 또는 기력이 있으면서도 제대로 하는 일을 가지고 있지 못하고, 수삼년 내로 이어지고 있는 가뭄과 장마며 역병에 실농失農한 사람들은 우리 북소리에 따르고, 우리가 의義를 외침에 따르라. 재상을 할 만한 자는 재상을 시키고, 장수가 될 만한 자는 장수를 시키며, 슬기로운 자는 부림을 입을 것이며, 꾀 있는 자는 맞아들이며, 가난한 자는 잘살게 할 것이며, 두려워하는 자는 숨겨줄 것이다.

대흥고을 인민들이여!

북소리 한번 울리면 다 우리를 따르라. 또한 일러두노니, 힘 없고 죄 없는 백성들 피를 짜내고 골수를 벗기우는 수령방백들은 이 글을 보는 즉시 인둥이를 내어놓고 집으로들 돌아가라. 만일 우리가 내 건 이 글을 보고서도 집으로 돌아가지 않는 자가 있을 시에는 한 갈로 모두 베어버리리니, 명렴할 터. 우리는 홍경래 대원수大元帥 영을 받고 출진할 날만 기다리고 있는 의인義人들로서, 우리에게는 지금 십만 철갑군과 장수 팔십인이 있노라.

"얼라아? 홍아무개란 그 장수가 시방까정 살었단 말여?"
"살었으니께 근글의 그렇게 나왔것지."

"승 밑이루 뚫레°를 파서 불약° 쟁여놓구° 트띠린 담 관군덜이 밀려들어 갔을 적이 죽었다던듸."

"얼라. 이 사람이 시방 뭘 물르넌 소릴 허구 있네. 아, 긔넌 하늘이 낸 사람이라 타구날 적버텀 저드랭이 밑이 비늘이 돗쳐서 그까짓 승벽 같은 것은 안방 문지방 늠듯 늠어 댕긴다잔남."

"맞어. 시방은 워느 해도海島이 들어가 군사를 지르면서 때만 지달리구 있다더먼 그려."

"짚은 슴 가운듸서 때를 지달리던 건 증진인鄭眞人이라던듸."

"증진인이라면 거시기 증감록이 나오넌 바루 그 증도령이란 말여?"

"암만."

"그럼 거시긔 홍아무개란 비늘 돗친 장수허구 증도령허구 같은 사램이란 말여?"

"그렇것지 뭐. 그러니께 긔덜이 시방 우덜마냥 죽지못헤 살구 있넌 불쌍헌 백성덜을 살려주러 오신다넌 거 아니것나베."

"그렇긔 되면 워치게 된다나?"

"아, 워치게 되건 뭐가 워치게 뎌. 가난뱅이는 부자되구, 양반쌍늠 따루 읎이 똑고르게 쌍노라니 다복허게 사넌 그런 시상 되넌 거지."

뚫레 땅굴. 동굴. **불약** 화약. **쟁여놓다** 어떤 몬을 차곡차곡 쌓아두다. 재다.

"얼라? 그건 됭학허넌 이덜이 장 글강 외덧 허넌 말인듸."

"됭학이던 스학이던 홍경래던 증도령이던 뭔 상관여. 누구던 지 사람이 사람답게 살 수 있넌 시상 맹글어 주넌 이가 젤이지."

남촌 양반이 반역할 뜻을 품는다°고 저마다 한마디씩 들레넌° 받고차기가 봉홧불 받듯° 하는데, 쉴. 존위 입에서 혀끝 말아올리는 소리가 났다. 그는 지게문께를 한번 바라보고 나서 목소리를 낮추었다.

"난세이넌 다다° 입조심덜 허소. 공중 들은풍월°루 객적은° 소리 허다가 잽혀가 쵤경덜 치루지 말구."

한마디 이르고 나서 제고물을 올리어다 보는 그 늙은 농군 눈가에는 물기가 어리어 있었으니, 열다서 해 전이었던가. 상첨°이라는 요상한 이름 지닌 화적승火賊僧 잡는다며 오밤중에 들이닥쳐 뒨장질°을 하던 군병°들한테 목대를 세우다가 모둠매°를 맞아 해소수° 동안이나 자리보전°하고 지내던 아버지는 끝내 땅보탬이 되고 말았던 것이었다. 방금 농군들한테 해준 말은 아버지가 마지막으로 일러주시던 말씀이기도 하였으니— 구시홰빙°이니

___

들레다 왁자지껄하게 떠들다. 다다 아무쪼록 힘 미치는 데까지. '될 수 있는 대로 가장'을 뜻하는 내폿말. 객(客)쩍다 1. 말과 짓이 쓸데없고 실없다. 2. 알맞은 테 밖이 되어 아쉽지 않다. 상첨(尙忝) '충청도 대흥에서 화적승火賊僧 상첨들이 횡행하였다.'는『일성록日省錄』고종 15년(1878) 9월 4일치 비춰볼 것. 뒨장질 사람·짐승·몬 같은 것을 뒤지어내는 짓. 뒨장하다. 군병(軍兵) 군사軍士. 모둠매 여럿이 한꺼번에 덤벼 때리는 매. 뭇매. 해소수 한 해가 조금 지나는 동안. 자리보전 병이 들어서 자리를 깔고 누워서 지냄. 구시홰빙(口是禍病) '입은 동티가 들어오는 문'이라는 말.

라. 난세이넌 그저 다다 입조심 허넌 게 상수니…….

"객사의 그런 괘서가 나붙은 것이 증녕 적실허다먼 날 첫새벽 버텀이래두 괘서 붙인 조인 근포°헤 간다머 관의서 뒨장질 나올 게 뿐헌 일이니께, 다다 입조심 몸조심덜 헤야허리."

다짐을 주는데,

"갈꾓이 쬐간두 그렇구 긔우제 쬐간은 그럼 워쩍헌대유?"

고서방이 말하였고, 그 늙은 농군은 한숨을 내쉬었다.

"자는 봄 콧침 주기°루 불집°을 내서넌 안되니, 그 일은 요번 사단이 점 숙지근헤지°길 지둘렸다가 다시 뫼기루 허구…… 살펴덜 가소."

"이런 쥑일놈들을 보겠나."

동탕한° 얼굴이 붉게 물들면서 댕구방망이° 끝이 잔물결처럼 가느다랗게 흔들리었으니, 괘서掛書였다. 괘서에 적히어 있는 글속내.

감영監營 이방吏房인 최유년崔有年이라는 놈한테 만냥을 뜯기고 전최° 나온 순사또짜리한테 다시 오천냥을 바친 나머지 어떻게 반벌충°이라도 하여볼 심산으로 곱지낼° 기우제 부비 엿돈오

근포(跟捕) 죄인을 수탐搜探, 곧 염알이 하여 쫓아가서 잡던 것. **불집** 어떤 일 빌미. 바드러움이 있는 곳. **숙지근해지다** 불꽃처럼 세차던 판세가 죽어져 가다. **동탕한** 얼굴이 토실토실하게 보기 좋은. **댕구방망이** 수염이 빽빽하게 난 '텁석부리'를 낮추어 부르는 말로 '댕구'는 조선왕조 때 가장 큰 화포火砲였던 '대완구大碗口'를 말함.

64

푼씩을 거두어들이게 하였으나 당최 걷히는 게 신통하지 않아 좌상우사*로 터질 것 같은 머리를 식혀보고자 밤늦도록 소리 좋은 어린기생 연앵燕鶯이 끼고 농탕질*치다가 닭울음소리를 듣고서야 깜박 들었던 풋잠*을 깨운 것은 통인通引 아이 놈 별기침* 소리였던가. 아니, 하초下焦에 얹고 갉죽거리던* 연앵이란 년 고 풀 솜처럼 보드라웁고 양젖같이 매끄러우며 그리고 또 물오른 죽순같던 그 손길. 식전아침부터 웬 호들갑이냐고 증을 내는데, 콩. 퇴* 아래서 들려오던 밭은기침 소리는 최유년이와 무슨 길카리가 된다는 본읍 이방 최가놈이었지, 아마.

"성상 전패를 받들어 뫼시고 있는 정아인 객관에 이런 흉악무도한 흉서를 써붙이다니. 어허, 이런 대매*에 쳐죽일 놈들을 보겠나."

낯빛이 다시 붉어지면서 부르르 떨리던 댕구방망이 끝이 이번에는 조금 크게 흔들거리는 것이었으니, 과음을 하였나. 아니면,

---

전최(殿最) 외방 벼슬아치 가운데 가장 윗자리인 감사監使가 각 고을 수령守令이 쌓아온 일을 끊어서 조정朝廷에 알리는 나음과 못함. 가장 위를 '최最', 가장 밑을 '전殿'이라 하며, 음력 유월과 섣달 두 번 치르었음. 포폄褒貶. **반벌충** 모자라는 것을 다른 것으로 갈음하여 또는 그 위로 반쯤 채움. **곱지내다** 두 번 지내다. **좌상우사**(左想右思) 이것저것을 요리조리 생각해 보는 것. **농탕질** 계집사내가 음탕한 소리와 너저분한 짓둥이로 마구 놀아대는 것. **풋잠** 설핏 든 잠. **별기침**(別起寢) 급한 일로 빨리 일어남. **갉죽거리다** 가려운 데를 손톱으로 자꾸 긁는 '긁죽거리다'를 얕잡아 쓰는 말. **퇴** 툇마루. 집채 원간살 밖에 딴 기둥을 세워붙여 지은 간살인 퇴간退間. **대매** 단 한번 때리는 매.

방로房勞 욕구가 너무 과하였던가. 춘추사십팔법*을 아직 익히지 못한 열쭝이*로 알고 문문히 보았던 게 실책이었으렷다. 자고로 입치무언*이라더니, 고년 참. 꼭꼭 쳐닫은 미세기며 덧문까지 흔들리게끔 질러대고 흔들어대던 그 어린 기생년 요본搖本과 감창*이 떠오르면서, 윽. 다시 또 쑤시고 결리어 오는 허리요 팔다리인 것이었으니, 본쉬本倅도 이제는 나이 생각을 하여야겠고녀.

지근지근 쪽골*이 패면서 괘서 글자가 가물가물하여지고 날카로운 연장으로 후비어내는 듯 뱃속은 또 쓰리어 오는 마흔일곱 살짜리 대흥군수 정鄭아무개 허옇게 버캐* 앉은 입마구리가 벙긋 벌어지는 것이었으니— 괘서에 적히어 있는 글귀 뜻이야 지극히 흉패凶悖하여 주제넘게 입에 올리기도 무엇한 것이기는 하지만, 전화위복轉禍爲福이라는 옛 문자도 있지 않은가. 과문줄* 외울 때 읽었던 『마사』 「소진전蘇秦傳」이 떠오르면서 댕구방망이 끝을 주억이던 군수 이맛전에 다시 내천 자가 그려지는 것이었으니, 어허. 전화위복이라는 문자도 있지만 새옹지마塞翁之馬며 흑우생백독*이라는 문자도 있다는 데 생각이 미쳤던 것이다.

춘추사십팔법(春秋四十八法) 중국 옛책에 나오는 계집사내 잠자리 재주 마흔여덟가지. **열쭝이** 아직 날지 못하는 어린 새 새끼. **입치무언**(立齒無言) 덧니가 난 여자는 잠자리맛이 말할 수 없이 좋다는 오입쟁이 문자. **감창**(甘唱) 어르기 때 여자가 내는 달콤한 여러 말과 소리. **쪽골** 한쪽 머리통. 편두통. **버캐** 간장·침·오줌같은 물몬 속에 섞이었던 소금기가 엉기어서 뭉쳐진 찌끼. **과문줄**(科文-) 과거시험에 나올만한 글귀. 『**마사**(馬史)』 중국 전한前漢시대 역사가 사마천史馬遷이 지은 『사기史記』.

괘서를 붙인 자를 근포跟捕하여 온다는 명분 아래 동학지혐東學之嫌 무리에다가 기우제 부비 몇 닢 안내겠다고 뻗대는 목곧이들이며 더하여 밥술이나 먹는 양인良人명색들까지 부모에게 불효하고 동기간과 일가친척 사이에 화목하지 못하고 생업에 힘쓰지 않고 주색잡기에 골똘한다는 죄목으로 잡아들여 주릿대를 안기고 본즉, 기간 집어넣은 돈 반벌충은 될 터. 왜 반벌충뿐이리오. 잘하면 섣달도목*때 쓸 돈까지 여축이 되리니. 여축이 되고도 남으리니. 남아야 할 것이니.

떡 삶은 물에 중의 데치고, 떡 삶은 물에 풀하며, 남이 켠 불에 밤 줍자는 것이니, 군불에 밥 짓기°하자는 것이었다. 책방*리생원李生員한테 상께 올릴 장계狀啓와 순사또짜리한테 올릴 보장*을 초잡으라고 하였다가 푸지위*하였던 군수였으니— 여기까지가 전화위복이었고, 새옹지마와 흑우생백독 속내평인즉— 괘서가 나붙었다는 것을 까탈잡아 죄체罪遞시키면 어쩌나. 어떻게 손을 써서 죄체까지는 가지 않는다고 하더라도, 탐학하고 게으

흑우생백독(黑牛生白犢) 검은소가 흰송아지를 낳는다는 말이니, 길吉한 것도 반드시 길한 것이 아니고 흉凶한 것도 반드시 흉한 것만이 아님을 이르는 말임. '새옹지마'와 같은 말임. **섣달도목** 도목都目은 유월과 섣달에 하던 '전최殿最'를 말하는데, 문반文班은 이조吏曹에서, 무반武班은 병조兵曹에서 하였음. **책방(冊房)** 고을 원이 데리고 있던 비서로, 공식 벼슬자리에는 없던 것임. 책실冊室. **보장(報狀)** 상관에게 보고하는 공문. **푸지위** 어떤 자리에 있는 사람이 아랫사람에게 무엇을 하라고 분부하는 것을 '지위하다'라고 말하는데, 한번 지위하였던 것을 다시 무르고 하지말라 함을 '푸지위하다'고 함.

르고 용렬한 악치수령惡治守令으로 낙인 찍히어 전殿 받으면 어쩌나. 그리하여 또 어떻게 손을 써서 파직까지는 가지 않는다고 하더라도, 이곳보다 더 먹잘것 없는 하읍下邑으로 내려앉게 되면 어쩌나.

상문상무尙文尙武하는 예향禮鄕이 대흥이라는 것도 옛말이고, 상첨尙忝이라는 화적승이 난을 일으켰던 게 무오년이라니, 지금으로부터 꼭 열다서 해 전인가. 상첨이를 잡아죽인 다음 잠깐 숙지는가 싶다가 서너 해 전부터 다시 명화적˚이 출몰하고 지어 전패작변殿牌作變이라는 망극한 변까지 일어났더니, 마침내 이제는 불인문부도지설不忍聞不道之說인 괘서지변까지 일어나고 있다. 하기야 서울 돌구멍안˚에도 명화적에 투화적投火賊에 검계劍契며 또 주도酒徒가 날뛰고, 싸전에 불을 지르고, 양반가 부녀자를 능욕하고, 포교捕校를 죽이는 무리까지 생겨나고 있다. 뿐인가. 대낮에도 몬을 약탈하고 사람을 죽이는 일들이 왕왕 일어나는데, 대궐 안 관속들까지도 방자하게 도적질을 자행한다지 않는가. 성궁聖躬이 동온돌˚에서 서온돌˚로 자리를 옮기면 동온돌에 있던 몬이 없어지고, 서온돌에서 동온돌로 옮기면 서온돌 몬이 없어지는 판이라니…… 유불가도˚인저.

명화적(明火賊) 잘못된 세상 어두운 밤을 밝힌다는 뜻에서 대낮에도 횃불을 들고 다녔던 무리. **돌구멍안** 서울 사대문 안을 가리키던 말로, 돌로 된 성벽으로 둘러쌓고 네 군데에 문을 달았으므로 그렇게 불렀던 것임. **동온돌** (東溫突) 대궐 안 양전兩殿 침전寢殿 동쪽에 있던 방. **서온돌**(西溫突) 대궐 안 양전 침전 서쪽에 있던 방. **유불가도**(有不可道) 이루 말할 수 없는 것.

본읍은 그래도 양반고장인 충청도다웁게 얌전한 편이지. 암. 얌전한 편이구 말구. 괘서를 붙인 자들이야 잡다 안되면 돈냥이나 있는 몇 놈 끌어다 납청장을 만들어* 씌워 버리면 되는 것이고, 요는 돈이라. 무물불성*.

순사또짜리 입막음돈에 민문閔門 세도대감댁 곳간에 실어 보낼 엽전바리 물선짐에, 어허. 만수성절*에 천수성절*에 추석진상秋夕進上 동지冬至진상 강석降夕진상에 겸하여 올리어 보내주고 질러넣어 주어야 할 곳과 차례만 하여도 이지가지로 많은데, 가만. 그러고 보니 만수절이 코앞에 박두하였지 않은가. 다섯 번 고과考課에 오상五上 받고 열 번 고과에 십상十上 받아 선치수령* 되어야만 정랑正郎 좌랑佐郎 참의參議 참판參判으로 내체內遞 되거나 웅주거목雄州巨牧으로 승체昇遞될 수 있을 게 아닌가. 허, 어서 빨리 돈냥이나 좋이 장만해 놔야겠고녀.

"왜 이다지도 해찰*을 부리는 게냐!"

군수가 짜증기 있게 내어붙이는데,

"네, 사또."

납청장(納淸場)을 만든다 몹시 얻어맞거나 눌리어 꼴이 납작하게 됨을 이름. **무물불성**(無物不成) 비발이 없으면 아무런 일도 되지 않는다는 말. 비발: 경비經費. **만수성절**(萬壽聖節) '대한제국'을 널리 알린 광무원년光武元年에 매긴 고종 태어난 날을 일컫던 말. **천수성절**(千壽聖節) 중전마마 태어난 날을 일컫던 말. **선치수령**(善治守令) 백성을 잘 다스리는 수령. **해찰** 1.정나미가 없어 온갖 몬을 부질없이 마구 집적여 해치는 짓. 2.일에 마음을 두지 않고 쓸데없는 다른 짓을 함.

동헌 누마루 난간 아래서 허리를 한번 곱송하는* 것은 좌병방左兵房이었다. 나이 근 오십 한 그 사내는 츱츱 소리 나지 않게 잔입맛을 다시며 뒷눈질*을 하다가 황황히 뛰어오는 철릭짜리를 보고 다시 한번 허리를 곱송하였다.

"안전쥐*지위知委 받잡고자 본읍 군병들 대령해 있사오니다."

"오냐."

교의交椅에서 벌떡 몸을 일으킨 군수는 난간 쪽으로 걸음을 옮기었다. 누마루 아래 넓은 마당에 병장기 갖춘 군병들이 줄을 맞추어 주욱 늘어서 있는데, 구군복具軍服에 환도 지르고 말 탄 군관軍官 네 사람과 화승대에 각궁角弓 메고 창대 꼬나쥔 아병* 스무나문 명이었다.

병안兵案에는 군관 15인에 아병 1백25명 안쪽으로 되어 있으나 참으로는 이것밖에 되지 않는 군병들을 내려다보는 군수 입천장에는 적*이 앉는 느낌이었으니, 괘서에 써 붙인 것이야 녹림겁재지적綠林劫財之賊이나 부랑무뢰지적浮浪無賴之賊들이 장 입에 달고 다니는 흰소리에 지나지 않는 와언*이요 요언妖言이며 또 흉언凶言인지라 겁날 게 없었으나, 병력兵力이었다. 상첨이 같은 대적大賊은 그만두더라도 기골 있는 두령 밑에서 습련된 화적패

곱송하는 굽신하는. **뒷눈질** 1.뒷쪽으로 눈을 흘깃거리는 짓. 2.사람을 돌려 세우고 흉보는 짓. **안전쥐** 안전주案前主. **아병**(牙兵) 고을 원 호위병. **적**(積) 뱃덧이 오래되어 뱃속에 덩어리지는 병인 적취積聚. 적병. **와언**(訛言) 잘못 옮겨진 말.

한 스무 명만 들이닥치는 날이면, 사흘에 피죽 한모금도 못 얻어 먹은°것 같은 몰골인 이 꼭두군사° 스무남은 명으로 어찌 막아낼 수 있다는 말인가.

충청우도 대흥군 진관鎭管은 홍주洪州요 진영鎭營은 해미좌영 海美左營인데, 척적尺籍에 올라 있는 군액軍額이 모두 2천3백85명 이니—

해미진 초관哨官 3인, 기패관旗牌官 4인, 진영군관 3인, 토포討 捕군관 2인, 마병馬兵 46명, 마병보保 46명, 속오군束伍軍 잡색雜色 겸 2백84명, 감영 기패관 1인, 별무사別武士 8인, 아병牙兵 20명, 속束 아병 57명, 병영신선新選 초관 1인, 아병 기패관 1인, 신선마 병 56명, 신선보병步兵 70명, 신선노포奴布 2백4명, 수영수군水軍 25명, 수군보 48명, 훈련도감° 포수보砲手保 1백44명, 군향보軍餉 保 30명, 어영청御營廳 정군正軍 1백7명, 복마보卜馬保 8명, 정군자 보資保 1백15명, 복마부卜馬夫 8명, 관납보官納保 2백80명, 금위영 禁衛營 정군 32명, 복마군卜馬軍 2명, 관납보 97명, 수어청守御廳 아 병초관 1인, 아병 1백25명 가운데 양良 1백명, 노奴 25명, 병조기 병兵曹騎兵 1백94명, 보병 1백20명, 금군보禁軍保 33명, 청파역내 青坡驛內 역보驛保 1명, 장악원掌樂院 악공보樂工保 18명, 선공감보

꼭두군사 꼭둑각시 놀음에 나오는 군사로, 재빠르게 움직이지 못하는 힘없 는 군졸을 말함. 훈련도감(訓鍊都監) 임진왜란 뒤 오위병제五衛兵制가 무너 지고 생긴 군영軍營 하나. 선조宣祖 27년에 베풀어서 고종高宗 19년에 폐함.

繕工監保14명이 그것이다.

호총戶總 3천4백여에 군총軍總이 모두 2천4백여 명이면 세 집에 두 명 꼴이라, 군역 괴로움에 울부짖는 소리 하늘을 찌르는 것이었다. 대흥 쯤 중읍에서 군사 숫자가 2천4백여 명이라면 조선 팔도 3백23고을을 합쳐 무려 백만에 이르니, 엄청난 병력이다.

이것은 그러나 모두 쌀과 베나 무명이며 또는 돈을 거두어들이기 위한 명목에 지나지 않고, 참으로 읍성 안에 머무르면서 아사衙舍를 호위하고 1만5천여 백성들 목숨과 재물을 지켜준다는 군병은 모두 합해서 겨우 스물댓 명에 지나지 않는다. 속오군과 잡색군을 합쳐서 2백84명에 아병이 20명이요 속아병 57명까지 모두 3백61명이 이른바 고을을 지킨다는 병대인데, 아병 20명과 군관 5인을 뺀 나머지 3백40여 명은 모두 허울좋은 하눌타리에 지나지 않는다.

군아軍衙에서 밥을 먹는 하리下吏들인 군뢰軍牢 사령 하교下校 관노官奴 따위로 짜여진 이노대吏奴隊와 사노私奴 따위 천민들로 머리 숫자만 맞추어 놓은 속오군이며 어린아이에 늙은이까지 한데 섞어 맹색만으로 대오를 만든 잡색군이 이른바 연졸이라는 것을 하는 꼴을 볼 것 같으면— 그 머리에 얹은 전립戰笠은 썩은 오이와 같이 울퉁불퉁하고, 전복戰服은 등덩굴로 어지럽게 엮은 것 같으며, 백년 묵은 갈은 또 자루만 있고 갈날이 없는데, 삼대를 두고 내려와 부서지고 녹이 슨 총은 아무리 불을 댕기어도 소

72

리가 나지 않는다.

옛사람이 이르기를 군사는 훈련을 하지 않으면 제대로 진을 칠 수가 없고 공격을 할 수 없으며 수비도 할 수 없고 둔영屯營할 수 없으며 전투할 수도 없고 수전水戰과 화공火攻 이로움을 다할 수 없으며 군마軍馬가 있어도 달릴 수 없고 군량이 있어도 허비할 뿐이니 무비武備를 말할 경우 훈련을 가장 요긴한 일로 삼는다 하였거늘, 척적에는 사람과 귀신이 함께 섞이어 있어 연줄날이면 임시로 사람을 사서 훈련하는 일 없이 웃고 손가락질 하며 장난이나 치고 있으니, 이미 병대가 아니었다.

뿐인가. 군기고軍器庫 안에 수장된 무구武具는 첫째가 활과 화살이요 둘째가 창과 갈이며 셋째가 조총鳥銃이요 넷째가 연환鉛丸이고 다섯째가 깃발이며 여섯째가 갑옷이고 일곱째가 활집과 화살통이고 여덟째가 구리솥이요 아홉째가 장막帳幕같은 것들이며 이밖에도 소소한 잡물들이 있는데, 거의가 또한 명목뿐이라. 내우외환으로 어지러운 때를 당하여 한쪽으로 두드려 만들고 한쪽으로 조제하되 갈날을 모두 새롭게 세우고 활줄에 모두 아교를 먹이고 신연독화神煙毒火는 새로이 가마에 넣고 끓여 방비를 게을리 하지 말아야 하겠거늘, 아무도 돌보는 이가 없다.

무릇 천하 몬은 쓰지 않으면 좀먹고 썩으며 쥐가 파먹거나 곰팡이가 생기게 마련이다. 수수천만금을 들여 온갖 무비를 갖추어 놓았으되 도무지 쓰지도 않고 돌보지도 않아 모두가 습기차고 안개와 비가 스며 화살은 좀먹고 자루는 썩으며 수놓은 것은 변색되고 포목은 찢어지고 염초와 화약은 모두 젖어서 불을 붙여도 소리가 나지 않으며 줄을 당기어도 활은 이미 부러졌으니, 백에 하나도 쓸모가 없구나. 이러니 천아성˚을 밤새도록 불어본들 달려오는 자 뉘 있으리오.

"변부장은 왜 보이지 않느뇨?"

군수 눈썹 사이가 바투어지는˚ 것을 본 좌병방이

"녜에."

하며 다시 한번 허리를 곱송하고 나서

"변수교˚는 어제 저녁부터 기찰수탐중이라 아직 귀아하지 못하고 있는 것으로 아오니다."

공근하게 말하였고, 으음. 댕구방망이 끝을 주억거리는 군수였으니, 그러면 그렇지. 평소에도 내 기골 있는 무골로 알아 눈여겨 보아왔더니, 과시 명불허득名不虛得이로고. 무릇 나라 녹으로 사는 군관된 자라면 그만큼 근실해야 하고 말고. 장선전張宣傳이라는 강강한 무골을 강호령˚ 한마디에 하옥시켰다는 것도 그렇고, 내 아직 직접 본 바는 없으되 본국검本國劍 쓰는 솜씨가 가히

천아성(天鵝聲) 1.큰일이 있을 때에 군사를 모으는 데 부는 나발소리. 2.임금이 대궐을 나설 때 부는 태평소 소리. 바투어지다 두 몬 사이가 썩 가까워지다. 수교(首校) 각 고을 관아에서 군사에 관한 사무를 보던 장교將校들 우두머리. 강호령 까닭없이 꾸짖는 호령.

신기神技에 가까웁다 하겠다. 이런 위인이 곁에 있는 한 내 무엇이 두려우리오. 한가지 흠이라면 지나치게 색色을 밝힌다는 점인데, 허허. 자고로 영웅호색이어늘 무에 허물될 게 있으리. 가만, 향월向月이라고 하던가. 설 쇤 무우°된 지 오래라는 그 감영 코머리°출신 계집사람이 그토록 일색°이더란 말인가. 제아무리 일색이라한들 물찬 제비같은 연앵이만은 못하리니, 또한 무물불성이라. 아랫것들일수록 모름지기 이심二心을 품지 않게끔 잘 쓰다듬어 줘야 하는 법. 만수성절 진상봉물 영거°해 보낼 일도 있으니 요번 일만 잘 완정°이 되고 보면 내 후한 상급을 내릴 터. 붙들 언치 걸 언치°요 행수 행수하고 짐 지우기°로 작정한 군수는 군병들을 쓱 훑어보다가

"사령군노들은 죄 어디로 갔단 말인고?"

짜증기 있게 소리치는데,

"네. 그 아희들은 최이방이 데리고 추쇄°나갔사오니다."

좌병방이 말하였고, 별기침 받아 눈을 떴던 길에 최이방 불러 은밀하게 일러둔 말이 있는 군수는 군병들 쪽으로 고개를 돌리었다. 그는 점잖게 헛기침을 하였다.

"듣거라. 대저 백성된 자는 임금과 스승과 부모 세 은공으로 사

코머리 관아에 딸렸던 기생들 우두머리. 현수絃首. **일색**(一色) 뛰어나게 아름다운 여인. '미인美人'은 왜말임. **영거**(領去) 함께 데리고 감. **완정**(完定) 틀림없이 아퀴지어 짐. **추쇄**(推刷) 부역賦役이나 병역을 멀리한 사람 또는 제 상전上典에게 할 일을 다하지 않고, 다른 외방에 몸을 숨긴 노비들을 모조리 찾아내어 제바닥에 돌려보내던 일.

는 까닭에 섬기기를 한결같이 한다 하였다. 조선팔도 삼백스무
세 고을 삼천리 방역 팔만사천 방리에 사는 일천이백만 백성들
과 일초일목 일구일학이 다 성상 덕화 아래 살지 아니하는 것이
없거늘, 슬프다. 성상 전패를 모시고 망궐례를 행하는 정아인 객
관에 언감생심 궁흉극악부도지설을 써 붙이다니. 너희들은 즉시
삼문을 나가 본읍 지계地界 안을 이 잡듯이 뒤져 저 흉패무도한
자들을 근포해 대령하도록 하라. 괘서죄인들을 잡아들이는 자에
게는 후한 상급이 내려질 것이며, 빈손으로 돌아오는 자에게는
장령*어긴 죄목으로 구실을 떼버릴 것인즉, 명심할 터."

병마동첨절제사兵馬同僉節制使로 좌기坐起한 군수가 취군聚軍을
시키는데— 삼문三門 앞에 모인 것은 관속과 읍내장정 합쳐 2백
여 명이었다. 그 가운데서 건장한 자들로 서른 명쯤 뽑아 옥을 지
키게 하고 나머지는 모두 좌우병방을 주어 괘서죄인들을 잡아들
이라고 영을 내리었다.

사탕발림 곁들인 엄포 받고 삼문을 나선 군병들이 1읍 7면 1
백3 마을에 사는 1만5천여 민인들 집으로 개싸대듯 하며 괘서죄
인을 찾아내는데, 말 탄 군관들은 밀세다리*풀어 기찰수탐을 하
고, 아병들은 또 마을 실정에 밝은 사령군노 막대잡이*삼아 된장

장령(將令) 장수가 내린 명령. **밀세다리** 끄나풀. 밀정密偵. **막대잡이** 장님한
테 길을 가르쳐줄 때에 쓰는 말로, 지팡이를 든 손쪽이라는 뜻에서 '오른
쪽'을 말함. 부채잡이. 나중에는 앞장서서 남을 이끌어 주는 사람인 '길라
잡이'가 되었음.

질을 하니—

해가 중천에 떠 있음에도 꼬꼬댁꼭! 장닭은 홰를 치며 치롱* 안으로 병아리 몰아가고, 가로 뛰고 세로 닫으며 멍멍 짓던 청삽사리 황삽사리*는 말발굽 소리와 군병들이 질러대는 고래고함*에 놀라 꼬리를 사추리*에 말아 낀 채 마루밑구멍으로 기어들며, 무자위* 돌리던 농군들과 물동이 이어 나르던 아낙들은 오동빛으로 검게 탄 낯에 핏기가 걷히면서, 자리보전하고 누워 실패나 감던 늙은이는 또 해소병이 도지는데, 서낙배기 아이들은 도무지 무섭기만 하여 고드름처럼 매어달린 누런코를 들여마실 생각도 못하는 것이었다.

"김서방, 김서방 집에 있는가?"

낮뒤 곁두리*로 받은 쪽소반* 앞에서 마악 탁배기 한 대접을 넘기고 있던 김서방 김억만金億萬이는, 흑. 눈을 흡떳는데,

"아이구머니나!"

삽짝 밑 그늘막에 두 다리 뻗치고 앉아 풋고추를 다듬고 있던 젊은 아낙이 허연 살비듬 비치는 넓적다리 위로 황황히 동구래 밑 삼베치맛자락을 끌어내리며 내는 소리였다. 대접을 내려놓는

치롱 싸리로 채롱 비슷하게 결어 만든 몬으로, 뚜껑이 없음. **황삽사리** 누르고 긴 털이 곱슬곱슬하게 생겼던 그때 똥씨개. **고래고함** '고래'는 '아우성'이라는 말이니, '크게 소리지르는 것'을 말함. **사추리** 샅. 사타구니. 두 다리 사이. 고간股間. 두 몬 틈. **무자위** 물을 높은 곳으로 또는 내뿜게 하는 쇠물레(기계). 수룡水龍 이제 '양수기'. **곁두리** 샛밥. **쪽소반** 작은 소반.

김억만이 목구멍에서 꼬르륵— 하고 수채구멍으로 물 빠져나가는 소리가 나면서 궁둥이가 들썩하는데,

"집에 있었네 그려. 까딱했으면 자네 농사마당까지 다리품 팔 뻔했으니, 오늘은 일진이 바히 나쁘지 않은 모양이로세."

깃긔*바람 할랑이며 토방 앞까지 썩 들어서는 것은 최이방崔吏房이었고, 이런 급살맞을 늠덜같으니라구! 그 젊은 농군 지릅뜬*눈길이 가닿는 곳은 무릎치기*였다. 놀란 토끼처럼 아그려쥐고*앉아 나무비녀 꽂힌 푸새머리* 푹 숙인 채 고추 꼭대기를 따고 있는 마누라 비어져 나오려는 젖무덤에 던지어져 있는 사령 두 놈 음창벌레*같이 축축한 눈길을 본 김억만이는

"쥐매!"

하고 한고함*을 질렀다.

"애덜만 있넌 고추밭이 안 나가보구 게서 뭐 허넌 겨, 시바앙!"

뜨물 먹은 당나귀 청*을 내어질렀고,

"그류우, 시방 가잖유우."

진둥한둥* 삽짝을 벗어나 줄달음질 치는 그 젊은 아낙 씰룩거

깃긔(衿記) 결전結錢받는 아전인 호방戶房이 지녔던, 지주 이름과 거둘 돈머릿수를 적은 치부책 이두. **지릅뜬** 부릅뜬. **무릎치기** 사령군노 같은 구실아치 손발들이 걸친 웃옷 세폭자락이 무릎까지 내려왔으므로 낮춰 불리던 말. **아그려쥐다** 섰던 자리에 주저앉다. **푸새머리** 잡풀이 솟듯 다듬지 않은 머리. **음창벌레** 아낙네 살꽃에 나는 부스럼벌레라는 말로, 가장 끔찍한 욕임. **한고함** 큰고함. **뜨물 먹은 당나귀 청** 컬컬하게 쉰 목소리라는 뜻. 모주 먹은 돼지 껄때청. **진둥한둥** 매우 바빠서 겨를없이 지내는 모습. 진동한동.

리는 볼기짝 쪽에 던지어져 있던 눈길을 거둔 최이방은, 크흠. 헛기침을 한번 하였다.

"김서방, 자네도 이제는 심 폇나 보이. 남들은 삼순구식°두 어려운 이 보리숭년에 반주 곁들인 새참까지 먹고 있는 걸 보니……"

나비눈°에 가선°이 지는데,

"심 핀 늠이 장 이지랄 허구 자빠져 있것슈. 가이색긔덜두 그날막이서 자빠져 자넌 이 때."

밤 문 소리를 내었고,

"뉘집 술막에서 받어온 술인가? 맛이 워뗘?"

김억만이라면 닭재 밑 중뜸만이 아니라 외북면外北面 일곱개 마을 천2백여 명 민인들 가운데서도 호가 나게 악지 센°목곧이라는 것을 잘 아는 최이방은 치밀어오르는 노여움을 꾹 눌러 삭이며 짐짓 살부드럽게° 말하였다.

"먹을만 헌감?"

그러자

"이게 반주루 뵈시우?"

하고 여전히 퉁명스럽게 말하며 탁배기 두루미를 번쩍 치켜들고는 냅다 가로지게° 흔들어 보이더니, 반쯤 남아 있던 대접을 들어

삼순구식(三旬九食) 서른날에 아홉끼니밖에 먹지 못한다는 뜻으로, 집안형편이 아주 가난함을 이르는 말. **나비눈** 못마땅해서 사르르 굴려 못본 체하는 눈짓. '나비'는 '고양이'를 말하므로, 고양이 눈 돌리 듯한다는 뜻임. **가선** 눈웃음을 칠 때 눈초리에 지는 잔주름. **악지 세다** 억지로 고집을 부리는 힘이 세다. **살부드럽다** 태깔이 매우 보드랍다. **가로지다** 가로 쪽으로 되어 있다.

단숨에 들이켜고는,

"누구마냥 붓대 잡넌 이덜이야 거시기 가이당준지 뭔지 안오르면 밥림두 옳다지면, 나같은 무지렝이 생일꾼*넝튀셍이는 이게 밥이다 이말이우. 반주가 아니라 밥 대신 먹넌 젙두리이!"

다시 뜨물 먹은 당나귀청을 내는 것이었고, 허. 이놈 말뽄새* 좀 보게. 최이방 나비눈이 실쭉하여지는데, 콸콸 소리가 나게 두루미를 기울여 가득 채운 막대접을 집어들더니, 불학무식한 놈 같으니라구. 아무리 못배워 처먹은 상것이라지만 이런 순 급살 맞을 놈이 있나. 웃는 시늉으로나마 한 잔 권하여 보는 것이 아니라 누렇게 찢어진 제 아갈탱이 속으로 들이붓는 게 아닌가. 그까짓 뜨물 같은 탁배기 한 잔을 못 얻어먹어서가 아니라 존장尊丈벌 착실한 나이대접을 받지 못하였다는 것에 왈칵 무색하여진 그 중늙은이 아전은, 캉! 쇳소리 나게 받은기침 소리와 함께 깃기를 펼치어 들더니

"외북면 중뜸 김억만이 엿돈오푼이라."

하고 책을 읽듯이 또박또박 말하였는데,

"뭐시여?"

소리치며 벌떡 몸을 일으키는 김억만이였다.

"시방 그게 뭔 소리디여?"

생일꾼 막일꾼. **말뽄새** 말 됨됨이. 말투.

마늘모눈˚을 흡떠보이며 되묻는 그 젊은 농군 목소리가 허청허청˚ 들떠나오는데, 최이방은 낮게 가라앉은 목소리로 말하였다.

"본 골 백성들 정성이 부족해서 한 번 기우제에 비가 오시지 않으니, 다시 한 번 정성을 다하여 기우제를 올려보기로 하였다 이 말이야. 말미˚가 앞으로 이레밖에 안남았은즉, 명렴해야 할 것이야. 기일을 천연˚할 시엔 하루에 두 푼씩 벌전이 늘어난다는 점 또한 명렴할 것이며. 가자!"

사립문 그늘막에 쪼그리고 앉아 짜른대를 빨고 있는 사령들을 보며 최이방은 걸음을 옮기었고,

"이런 니기미!"

뽀드득 소리가 나게 이를 갈아부치며 봉당˚을 내려서는 김억만이였다. 붉은정강이에 맨발인 그 젊은 농군은 황황히 손사래˚를 치며 최이방 앞을 막아섰다.

"이냥 가면 워쩐댜. 이냥 가면 워쩌난 말여. 아닌 밤중이 홍두깨 내밀 듯 불쑥 엿돈오푼 내노라구 허구 이냥 가면 워쩌난 말여"

마늘모눈 눈윗까풀이 야릇하게 모가 져서 눈 모두가 삼각형으로 보이는 눈. 이런 눈을 한 사람 가운데 모든 일에 모를 세워 다투는 이가 많다고 함. 허청허청 기운이 튼튼하지 못해서 걸음이 걸리지 않고, 몹시 비틀거리는 꼴. '허정허정' 거센말. 말미(末尾) 남은 날짜. 끝머리. 천연(遷延) 1.날짜를 미루어 감. 늦어짐. 2.머뭇거림. 봉당(封堂) 안방과 건넌방 사이 마루를 놓을 자리에 마루를 놓지 않고 흙바닥 그대로 둔 곳. 손사래 어떤 말을 잡아뗄 때나 조용하기를 바랄 적에 손을 펴서 휘젓는 짓

두 팔 활짝 벌려 막아서며 금방이라도 잡아먹을 것처럼 노려
보는 김억만이 입에서는 구리텁텁한 탁배기 내음이 확 풍겨나오
는 것이었고, 엥이. 오만상°을 하며 한걸음 뒤로 물러서던 최이방
은 발끈 뺏성이 돋았다. 그 중늙은이 아전은 상앗대질°을 하였다.

"이자식이 워디서 싸래기 반토막만 쳐먹었나. 시방 말하는 뽄
세 좀 보게. 그것도 황차 부집° 맞침인 관인 앞에서 말이야."

"왜 이렇긔 증을 내구 그러신대유?"

"내가 시방 증을 안 내게 생겼네?"

"그러잖어두 고슴도치 오이 걸머지듯° 헌 살림이라 뼛골이 빠
지넌 판이구면, 접때° 지낸 긔우제 해자 닷돈오푼 내너라구 꿰온
장릿돈은 시방두 대이구° 색긔럴 치넌 판인디, 쾌씸타구 요번의
넌 또 한돈 더 붙여 엿돈오푼을 내라니 결창°이 터져 허넌 말 아뉴."

관차들이라면 송충이 대하듯 하는 데다가 급하게 털어넣은 탁
배기 세 대접에 발끈 주기가 올라 앞뒤 분간없이 반말짓거리를
턱 내어붙이기는 하였으나 그만 점직하여°진 그 젊은 농군 목소
리가 저도 모르게 조금 숙지어지는데°, 안전명색과 밀고당기기에
식전아침부터 심기가 상하여 있던 최이방은, 너 이놈 잘 걸렸다.

"결창은 너만 터지는 줄 아네?"

오만상 몹시 얼굴을 찌푸린 꼴. **상앗대질** 1.말다툼을 할 때에 주먹이나 손가
락 또는 막대기 같은 것으로 맞선이 얼굴쪽을 보고 푹푹 내지르는 짓. 삿대
질. 2.상앗대로 배질을 함. **부집** 부집존장父執尊長. 아버지뻘 어른. **접때** 지난
번. **대이구** 자꾸. **결창** 내장을 가리키는 속된 말. **점직하다** 미안하고 부끄럽
다. **숙지어지다** 숙지근하다. 불꽃처럼 사납던 흐름세가 죽어져 가다.

둘둘 말아쥔 깃기 끝으로 잠방이자락 풀어헤쳐 벌건 살이 드러난 앙가슴°을 직신직신° 찌르며

"이런 치룽구니° 같은 자 하고는. 이자야, 추쇄나선 관인명색한테 발악하면 대명률 어디에 걸리는지 알고 이러는 게야? 장 몇 도인지 알고나 이러는가 말이야?"

착 가라앉은 목소리로 책을 읽듯이 또박또박 말하는 것이었는데, 니기미 어쩌고 낙지 파는 소리°를 하며

"대밍뤌인지 소밍뤌인지넌 질청 가서 허구, 앗따. 이것 점 쳐유, 이것 점 치구 얘기혀."

한 팔 들어 깃기를 탁 쳐버리는 김억만이었다. 심화겨운° 한창때 장정이 욱기 섞어 힘껏 쳐버리었으므로 최이방 손을 떠난 깃기는 저만큼 땅바닥 위로 곤두박질쳐 떨어지는데,

"어쿠!"

최이방 입에서 쉿된 비명소리가 났다. 김억만이 몽둥이 같은 팔뚝이 닿았던 것은 깃기였을 뿐 제 몸에는 손끝 하나 닿지 않았음에도 무릅쓰고 그 중늙은이 이방사내는 두 손으로 제 가슴팍을 싸 안으며 죽는 시늉을 하였다.

"아이구, 이놈이 사람 친다! 이 숭악헌 놈이 안전쥐 지위 받아 추쇄 나선 관인을 쳐!"

앙가슴 두 젖 사이 가슴. **직신직신** 몸을 슬슬 건드리며 치근치근 조름. **치룽구니** 어리석어서 쓸모가 적은 사람. **심화(心火)겨운** 골을 누르기 어려운.

아까부터 몸을 일으켜가지고 되어가는 꼬락서니를 보고 있던 두 사람 사령이 급할 것 없다는 듯 천천히 다가와 김억만이 어깻죽지를 잡는데,

"얼라?"

얼음판에 자빠진 쇠눈깔°이 되는 김억만이였고, 최이방이 소리쳤다.

"잡아라!"

두 사람 사령이 양쪽에서 잡고 있던 어깻죽지에 힘을 주며 오라쪽으로 손이 가는데,

"잡다니? 시방 날 말여?"

되물으며 힘껏 뿌리쳐 사령들 손길을 벗어나는 김억만이였고, 최이방이 싸늘하게 말하였다.

"잡아라. 추쇄에 응하지 않고 발악하는 자들 가운데서 패서죄인 또한 있을 것이라는 안전쥐 말씀이 계셨은즉, 싸게 잡아 끌고 가자."

뒷꽁무니에 차고 있던 붉은 오랏줄 빼어든 사령 하나가 느질느질°웃으며 다가서는데, 나귀 샌님 쳐다보듯°하던 김억만이가

"업세? 그러니께 시방 날 잡어가것다 이말인 감만."

하차묵지 않기°는 하나 여간 흔들비쭉이°가 아닌 그는 핏기 걷

___

느질느질 물크러질 듯한 느낌. **하차묵지 않다** 조금 착하다. **흔들비쭉이** 걸핏하면 성을 내는 사람.

힌 낯빛으로 중얼거리다가 말고 급하게 몸을 돌리더니, 삼간짜리 곱패집°뒤란쪽으로 달음박질쳐 가는 것이었다. 땅바닥에 떨어져 있는 깃기를 집어올려 탁탁 손바닥에 대고 흙을 털어낸 다음 할랑할랑° 부채질을 하고 있던 최이방이 손길을 멈추었다. 얼굴이 잘 익은 대추 빛깔로 물든 김억만이가 시근덕거리며 두 손에 쥐고 나오는 것은 절굿공이였던 것이다.

"무엇들 하는 게냐? 싸게 저놈을 잡지 않고!"

소리치며 뒷걸음질쳐 저만큼 삽짝 앞까지 물러나는 최이방이었고, 몽치를 빼어든 사령과 오라를 쥔 사령이 김억만이 양옆으로 쫙 갈라섰다. 치솟는 욱기에 절굿공이를 들고 나오기는 하였으나 기십°에 불뚝심°이나 조금 있다고 할 뿐 사람 궂힐 연모°라고는 생전 몽둥이 한번 잡아본 적이 없는 그 젊은 농군은

"가! 다덜 가란 말여! 긔우제두 싫구 괏섯제두 싫으니께 당장 덜 내 집의서 썩 나가란 말여!"

선불 맞은 길짐승 뛰듯° 공중 헛고함만 질러대며 눈감뗀감°하는 서낙배기 아이들처럼 절굿공이를 휘두르는 것이었는데, 몽치든 사령이 픽 웃었다.

"얼씨구. 달팽이 바다 근너간다°더니 똑 네늠보구 허넌 소린 갑다."

곱패집 기역자로 된 집. 흔한 '초가삼간'이 거의 기역자인 곱패집이었음. **할랑할랑** 몹시 할가와서 자꾸 흔들리다. **기십** 뜻밖. **불뚝심** 갑자기 일어나는 성질에서 나오는 힘. **연모** 연장. **눈감뗀감** 눈을 감았다 떴다.

"이런 가이색긔덜을 그냥. 골통이 해박쪼가리 부서지덧 허기 전이 싸게덜 못 나가넌겨."

"빙신치구 육갑 못허는 늠 읊다더니 네늠이 바루 그렇구나."

"이 색긔가 증말 납청장이 되구 싶은가베."

동패*사령이 잔뜩 약을 올려 정신을 헛갈리게 하는 사품*에 사령 하나는 슬슬 김억만이 뒤쪽으로 돌았다.

"애, 글력 애껴라. 다다 글력 애껴 밤녕사 잘 져야지. 안그러면 낯짝 해끔헌* 늬 각시짜리 오쟁이 지기* 십상일라."

다시 약을 올리는 사령이었고, 분기가 머리꼭대기까지 치솟아 오른 김억만이가

"이런 스벌늠!"

소리치며 절굿공이를 높이 치켜들고 달려드는데, 악! 하는 외마디소리가 났다. 뒤쪽으로 돌며 틈만 노리던 사령 몽치가 김억만이 견대팔*을 내려찍은 것이었다.

"헉!"

몽치에 맞으면서 끌어안고 자빠진 절굿공이에 면상받이*를 하게 된 그 젊은 농군 버둥거리는 사지를 찍어누른 두 사령은 육모얼레*에 연줄 감듯 오랏줄 친친 동여 뒷결박을 지웠다. 최이방

동패 같은 편. 동료. 사품 어떠한 동안과 그 사이에 일어난 공작工作. 해끔하다 빛깔이 조금 하얀 듯하다. 오쟁이 지다 제 안해가 집밖 사내와 몰래 정을 통하다. 견대팔 어깻죽지. 면상받이 얼굴을 맞바로 맞는 것. 육모얼레 여섯 모꼴 얼레. 나무설주로 네 기둥을 맞추고 가운데에 자루를 박고 실을 감아 연을 날리는데 쓰는 연모.

이 깃기바람을 내며 삽짝을 나섰다.

"싸게싸게들 가자!"

정통으로 찍히었다면 하마 섭산적*이 되었을 김억만이가 설맞은 한쪽 견대팔을 축 늘어뜨린채 삽짝을 나서는데,

"아니, 이게 뭔 일이냐!"

숨찬 소리를 내며 달려오는 사내가 있었다. 김억만이네 집과는 일우명* 거리나 착실하게 떨어진 닭재 밑 상뜸 사는 집손* 황서방 황부흥黃富興이였다. 근실한 농군으로 호가 난 그는 조실부모하고 갖은 고생을 다하며 개미 메 나르듯°하여 한 스물댓 마지기쯤 되는 농사를 지어 이제는 밥걱정은 안하고 사는 사람이었다. 천성이 순후하고 남 어려운 사정을 잘 살펴줄 줄 알아 근동 사람들 칭송이 자자한 그는, 불뚝성* 있는 것 한가지가 흠이었지 그 타고난 바 마음바탕이 순직하고 근실한 천생 농군 김억만이를 친 조카나 아우처럼 여기어 내왕이 잦은 편이었다. 오늘도 허한 여름몸을 보하는 데는 닭이 기중 윗길이라며 마누라가 영계 한 마리 배 갈라 인삼 몇 뿌리 넣고 푹 고는 계삼탕*이 있어, 함께 맛이나 보자고 부르러 오던 길이었다.

섭산적 쇠고기를 잘게 이겨서 갖은 양념을 하여 두툼하게 반대기를 지어서 불에 구운 음식. **일우명**(一牛鳴) 소 한울음 소리가 들리는 거리. 곧 천보千步쯤. **집손** 집에 때없이 들락날락하는 식구같은 마을 사람. **불뚝성** 갑자기 일어나는 성질. **계삼탕**(鷄蔘湯) 어린 햇닭 내장을 빼버리고 인삼을 넣어 곤 보약. 닭이 인삼보다 주가 되므로 닭계 자를 앞에 두었던 것이니, 요즈막 쓰는 '삼계탕'은 왜제가 만든 말임.

"억만이 이게 뭔 일이여? 오라 져서 끌려가다니 백죄˚ 이게 뭔 일이냐니께? 어이구, 이 피점 봐! 이맛전은 왜 또 이렇구."

김억만이 어깻부들기에 내어비치는 핏자욱이며 밤톨만하게 솟아오른 이마혹을 보고 숨넘어가는 소리를 하는데, 최이방은 잠깐 눈썹 사이에 주름을 모았다. 대홍지계 안에 살고 있는 민인들 살림형편이라면 순랏골 까마종˚인 그는 빙긋 웃었다.

"마침 잘 되었구먼. 황서방 자네도 같이 가세."

"야?"

"구상관원률˚에 더하여 괘서죄인으로 지목받은 자와 곁에 사니, 간증˚으로 겨린잡아 가겠다 이말이야."

"긔린잡어 가다뉴?"

"손자 볼 나이에 겨린잡는다는 말도 모르는가?"

최이방이 짜증기 있게 말하였고,

"물른다넌 게 아니라…… 하두 엄청난 말씸이라서……"

황서방이 더듬거리는데, 최이방이 목소리를 높이었다.

"싸게싸게들 가자!"

서풍서망임존성   西風西望任存城

백죄 백제百濟를 가리키는 충청도말. 쓸데없이 그런 말 하지말라. 터무니 없는 경우를 맞았을 때 쓰는 충청도 테두리에서 쓰이는 말. **구상관원률**(毆傷官員律) 관원을 때려 몸을 다치게 하였다는 죄. **간증**(干証) 죄지음에 말미암는 증인.

88

고성수운울미개　　古城愁雲鬱未開

라당마병입속근　　羅唐馬兵入速近

원래성봉주류래　　遠來星烽周留來

복도풍흑상쟁혈　　福道豊黑相爭血

강산유한객앙천　　江山有限客仰天

일락불상봉인시　　日落不相逢人時

허평막막비루회　　虛坪漠漠悲淚廻

서풍에 서쪽으로 님 계신 곳 바라보니

옛 멧잣에는 슬픈구름만 엉기었구나.

라당군 말울음 소리 빠르게 들어오고

멀리서 오는 봉홧불 주류성을 비추네.

복신 도침 풍 흑치상지 서로 피흘리니

강산도 한맺혀 나그네 하늘만 본다.

해는 지는데 때와 사람을 못만나니

빈 벌판 아아라히 슬픈눈물 어리네.

"좋구나!"

타악! 소리가 나게 손바닥으로 제 무릎을 한 번 치고 난 사내
는, 크흐흠. 쇳된 헛기침과 함께 깡동한˚ 턱수염을 꼬부려올리었

깡동한 아주 짧은.

으니, 한 닢 시를 지어 읊어보고 나서는 언제나 하는 버릇이었다.

성인이라야 시러금 성인을 알아볼 수 있는 것과 마찬가지로 시를 볼 줄 아는 인물이 없어 그렇지, 아동방我東方 청구青丘에서 이두*와 견줄만한 시인이라면 오직 저 한 사람밖에 없다고 생각하는 그 중늙은이 유생儒生은, 훈장訓長이었다. 마을과도 한참 동 떨어진 봉수산鳳首山 밑 닭재 중턱에서 코흘리개 중다버지들한 테 천자줄이나 가르쳐 주며 사는 오류선생*박朴첨지*.

무자년* 이쪽저쪽이었으니 한 네다섯 해쯤 되었는가. 짚신 두 짝 간들거리는 쇠불알만한 묏산자 보따리 하나 달랑 짊어지고 닭재를 넘어온 그 창옷짜리*는 괴딸아비*였다. 당자 말에 따르면 근기近畿 어디쯤에서 쩡쩡 울려대던 반족班族이라고 하나 자세한 것은 알 수 없고, 다만 글줄이나 읽은 사람인 것만은 틀림없어 보 였으니, 입만 열면 공맹지도孔孟之道요 이두 문장이며 희지* 글씨 였다.

상뜸 윤지평尹持平댁 사랑에 머물며 마을 사람들이 부탁하여 오는 축문祝文도 써 주고 편지글도 써 주고 또 간지干支도 짚어주

이두(李杜) 이태백李太白과 두보杜甫. **오류선생**(五柳先生) 중국 진晉나라 때 시인이었던 도연명(陶淵明. 365~427)이 집 울타리에 버드나무 다섯 그루를 심어놓고 스스로 일컬었던 호로, 사람들이 높여 불렀음. **첨지**(僉知) 첨지 중추부사僉知中樞府使로 당상堂上 정삼품 무관벼슬이나, 벼슬은 없으나 점 잖고 나이 든 이한테 성 밑에 붙여 불러주던 부름말. **무자년**(戊子年) 1888 년. **창옷짜리** 소창옷 입은 사람을 가볍게 일컫던 말. **괴딸아비** 동네에 들어 온 까닭을 도무지 알 수 없는 사람이라는 뜻. **희지** 왕희지王羲之.

고 택일擇日도 하여주던 그한테 사람들이 왜 그 장한 글과 훌륭한 근지根地를 지니고서 이렇게 과객질이나 하느냐고 물었을 때, 보꾹을 우러르며 허하게 한번 웃고 나서 그가 한 말인즉—

대저 천균千鈞 활은 새앙쥐에게는 쓰지 아니하는 법. 자고로 선비란 곤궁한 명운을 타고나게 마련 아니겠소이까.

십인일시十人一匙로 추렴을 한 마을 사람들이 닭재 중턱 한적한 곳에 한 간 초막을 묻어주었을 때 널손*인 그가 한 것은 다섯 그루 버드나무를 심는 일이었다. 저 서토西土 진나라 때 시인이었던 도연명陶淵明 선생을 본받는다는 것이었다. 낭랑한 목청으로 도연명이 지었다는 「오류선생전五柳先生傳」과 「귀거래사歸去來辭」를 내리닫이로 외워보인 다음, 먹을 갈게 하더니 안진경체顔眞卿體로 굵직하게 써놓는 것은, 그리고 오류재五柳齋라는 당호堂號였다.

"좋아"

다시 한번 제 무릎을 쳐 보는 오류선생이었는데, 어허. 고이헌 것들이로고. 제 아무리 이두와 견주어 볼 수 있는 상상*알관주* 명문시를 읊어본들 무엇하리. 아무도 들어주는 이 없어 칭송을 하여주는 이 또한 없는 것이니. 하기야 천둥벌거숭이 같은 중다버지들이야 다만 눈만 껌벅거릴 뿐이고, 끼니를 지어주러 오르

널손 나그네. **상상**(上上) 가장 좋음. 위에 더 없이 좋음. 최상最上. **알관주**(-貫珠) 한시漢詩를 끊을 때, 비점 위에 주는 관주로, 둥근 표를 하였음. 비점批點: 시문을 끊아매기는 점. 관주貫珠: 썩 잘 된 시문에 치는 붉은 동그라미.

내리는 지평댁 새침데기° 늙은이야 가는귀까지 먹어 깜깜절벽
인데, 목불식정° 멧부엉이들 불러다 놓고 공맹지도와 이두 문장
이며 왕우군王右軍 왕희지 글씨를 이야기 해줘 본들, 가가 기둥에
입춘° 아닌가.

"끄응."

노는 입에 염불하기°로 짚신이나 삼아 볼까 하고 몸을 일으키
던 오류선생은, 아하. 물을 축인다고 개울에 담궈두었던 왕골다
발이 떠올랐고, 건망°에 풀대님° 인 채로 오류재를 나섰다.

"서풍서망임존성하니, 고성수운울미개라."

바른 손에 장죽 쥐고 왼손으로는 바짓가랑이 두 짝 모아잡은
채 어슬렁어슬렁 개울쪽으로 가며 다시 한번

"일락불상봉인시하니, 허평막막비루회라."

아까 시를 읊조려 보는 것이었는데, 으. 부르르 떨려오는 온몸
인 것이었으니, 이 사람 시문詩文이 드디어 그러한 경지에 이르렀
다는 말인가. 아니면 하늘이 감읍하시었나. 기우제 올린 지 달포
가 다 되지만 웃느라고 비거스렁이° 한 번 하는 법 없더니, 이마
에 와 걸리는 저만큼 봉수산 꼭대기에 어리어 있는 것은, 시에서
읊었던 것과 똑같은 먹장구름° 한무더기였다.

새침데기 겉으로만 얌전한 체 하는 사람. 곧 틀거지가 새침한 사람 딴이름.
목불식정(目不識丁) 일자무식一字無識. 곧 배운 것이 없는 사람이라는 뜻. 건
망(乾網) 낯도 못 씻고 머리에 빗질도 않고 그냥 망건을 쓰는 것. 풀대님 바
지나 고의袴衣를 입고 대님을 매지 아니한 것. 비거스렁이 비가 갠 뒤에 바람
이 불고 시원해지는 일. 먹장구름 먹빛같이 시꺼먼 구름.

그러면 그렇지. 정성이 지극하면 돌 위에 풀이 난다고 시문에 뜻을 두어온 지 그 무릇 기하幾何였던가. 성동°이 되기도 전부터 시를 궁구하여 오다가 중용中庸과 대학°을 파고들어 그 도道의 오묘함을 맛보고 나서부터 더구나 시에 열중하지 않아서 그렇지, 시라면 아동방 청구에서 나를 넘을 자 그 누가 있으리오.

"라당마병입속근하니, 원래성봉주유래라."

날아갈 듯 심기가 좋아져서 흥야라 부야° 제가 지은 시문명색을 거듭 외워보며 소롯길을 걸어가던 오류선생은, 이것봐라. 무춤 그 자리에 서버렸으니, 빨래방망이질 하는 소리였다. 마을과는 일우명 거리나 되게 한참 동떨어진 산골짜기여서 글 배우러 오는 중다버지들 말고는 평소 사람 왕래가 뜸한 곳이었고, 어허. 고이헌 일이로고.

깊고 그윽한 시 경지를 생각하던 고대° 전 그 마음은 천리만리로 달아나면서, 무슨 까닭으로 나이 서른이 가까와 오도록 입장入丈 못한 엄지머리인 듯 가슴이 두방망이질 치던 그 중늙은이 훈장명색은 푸— 하고 터져나오려는 한숨을 꾹 눌러 막으며, 잡고 있던 바짓가랑이를 조금 더 치켜올리었다.

성동(成童) 15살. 『대학(大學)』 공자 제자인 증자曾子나 자사子思가 지었다는 책으로 사서四書 하나임. 『대학』 『논어』 『중용』 『맹자』 사서와 『역경』 『시경』 『서경』 삼경은 반드시 읽어야 되는 선비들 책이었음. **흥야(興也)라 부야(賦)라** 흥야부야. 흥이야 항이야. 아랑곳없는 남 일에 쓸데없이 끼여들어 이래라저래라 하는 꼴. 이래도 좋고 저래도 좋으니, 놀고나 보자는 말. **고대** 지금 막. 이제 막.

꿰고 있던 짚신 뒷축을 들며 조심조심 소리나지 않게 앞으로 나아가던 그는, 음. 닿을 듯 훨씬 휘어져 내려온 낙락장송 가지 밑으로 민머리를 들이미는 것이었으니, 여인이었다. 마을과는 뜨막하게* 떨어진 곳이라고 하더라도 계집사람이 낮뒤 틈타 산골짝 개울에서 빨래를 하는 것이야 용혹무괴*인지라 놀랄 일이 못되었으나, 음. 그 인물이 촌간에서는 보기 드물게 해반주그레한 미색인 것이었다. 서른 날에 아홉 끼밖에 먹지 못하는 냉족* 후예로 태어나 어떻게 하던지 간에 발신發身을 하여 보고자 과문줄에 목을 매어 보기는 하였으나, 병자년 큰 흉황과 흉황 뒤끝 괴질에 식구들을 잃고나서부터 상투 짠 중이 되어 구름 따라 물 따라 흘러 돌면서 인물 좋다는 계집들 얼굴도 적지않게 보아왔건만, 일색一色이로고. 양귀비 외딴치는° 경국지색傾國之色이야. 꼴깍— 하고 오류선생 목구멍에서 생침 넘어가는 소리가 났다. 판판하고 하이얀 돌멩이 하나를 훨씬 걷어올린 무릎 앞에 끌어다 놓고 옥비녀를 톡 분질러 놓은 듯한 손가락으로 방망이를 들어 토닥토닥 빨래를 두드리는데, 기가 탁 막혀버리는 것이었다.

옷은 두메에서 나는 무명일망정 모든 것이 법도에 맞고, 눈송이 같이 흰 살결에 은행꺼풀 같은 눈시울이요 버들잎 같은 눈썹이고 참기름같이 맑은 눈동자며 박속같이 흰 이가 옥수수알을

뜨막하다 오랫동안 뜸하다. 용혹무괴(容或無怪) 어쩌다가 그럴 수도 있으므로 야릇할 것이 없는 것. 냉족(冷族) 찬바람 부는 애옥한 집.

박아넣은 듯 쪽 고른데, 얇지도 않고 두껍지도 아니한 입술이 붉은 연지를 찍은 듯하니— 소복단장 정결히 한 백의대사白衣大師 관음보살觀音菩薩이 백련화白蓮華를 손에 들고 중생정화衆生淨化하려 광명에 쌓여 구름 속에 서 있는 그림이 저러할까. 한漢나라 왕소군王昭君이 흉노국匈奴國 선우單于에게 시집갈 때 백마에 오르는 그림이 저러할까.

경기도 아랫녘 어디쯤에 있는 옛살라비* 떠난 다음 오다가다 만난 핫뺄* 계집들과 잠시 잠깐씩 살아보기도 하였으나 대흥땅 봉수산 밑 닭재에 오류재를 묻고나서부터 도무지 염참것* 맛을 못보아서 그러한가. 풀 끝에 이슬 같은 티끌세상에서 벗어나 좋아하는 시문이나 어루만지며 약존약무*하기로 마음 정하였던 그 중늙은이 도도평장*은 도적질하다 잡혔는지 가슴은 우둔우둔, 약주 과히 먹었는지 정신은 어질어질, 두 팔에 맥이 없고 두 다리에 힘이 없어 이마에는 식은땀과 입으로는 선아이 염참것 맛을 못보아서 노점*을 잡는구나.

정신을 겨우 차려 솔가지 헤치고 앞을 다시 보니, 아. 근력이 부치는지 방망이 잠시 놓고 한손 들어 이마에 대는데, 두 짝 바가지를 엎어놓은 것처럼 터질 듯 부픈 젖무덤 밑으로 모코* 깃 바투*

___

옛살라비 고향. 핫뺄 아랫도리 지체. 염참것 남녀가 서로 몸을 섞는 것. 약존약무(若存若無) 있는 듯 없는 듯 살아가는 것. 도도평장(都都平丈) 글을 잘못 가르치는 시골 본데없는 훈장訓長. 노점(癆漸) 폐결핵. 부족증不足症. 허로증虛勞症. 모코 옛날 여자들이 입던 길이가 짧은 저고리. 바투 1.짧게. 2.가까이. 3.조금씩. 4.적게. 5.바특이.

추키어 올라 붙으면서 살포시 드러나는 옆구리 저 희디흰 속살이라니. 방망이를 치켜올릴 때마다 설핏설핏 드러나는 저 젖가슴으로 말하면 젖 가운데서도 기중 예쁜 젖으로 치는 대접젖*일시 분명할 터.

사흘 굶은 빈속에 용수뒤* 급하게 삼키었을 때처럼 눈앞이 아득하여지면서 부르르하고 동지섣달 설한풍 아래 소피를 보고 났을 때인 듯 떨려오는 삭신을 주체하기 어려워 힘껏 민머리를 흔드는데, 가악 가악 산가마귀 우짖는 소리가 나는가 싶더니 후두둑 후두둑하고 갑자기 머리 위에서 옷 솔기 틀어지는 소리가 나면서 빗방울이 떨어져 내리는 것이었다. 갑자기 비 그을 데*를 찾기도 어려웠을 뿐만 아니라 무엇보다도 눈앞 아낙 모습에 눈을 뗄 수 없어 그냥 아그려쥐고 앉아 있는데, 발비*였다. 허허. 아무리 공행공반*이라지만 눈요기 한번 하려다가 옷만 버리는구나. 쓰게 웃는데 도리깨질 하는 소리로 비를 퍼부어 쏟는 먹장같은 하늘에 흰빛이 번쩍하면서 하늘을 찢어발기는 듯한 뇌성벽력이 들려오는 것이었고, 그 사내는 두 눈을 꼭 감았다.

명색이 반족 후예로 태어나 책권이나 읽었다는 자로서 서방 있는 계집일시 분명한 아낙한테 음심淫心을 품었다가 하늘에 노

대접젖 아래로 내려 처지지 않은, 대접같이 생긴 여자 젖통. 용수뒤 익은 술독에 용수를 박아 맑은술을 떠낸 뒤 찌끼술. 비 그을 데 비 그치기를 기다릴 곳. '끊다' 옛말이 '긋다'임. 발비 빗방울 발이 보이게끔 굵게 내리는 비. 공행공반(空行空返) 행하는 것이 없으면 제게 돌아오는 날찍도 없다는 말. 날찍: 일한 열매로 생긴 이곳.

하심을 받아 벼락을 맞는구나 싶어 그 중늙은이 양반명색은 두 눈을 꼭 감았는데, 소나기 삼형제*였던가. 아니면 널비*. 동이로 퍼붓는 것 같던 빗줄기가 무춤하면*서 따가운 햇살이 내려꽂히고 있었다.

두 손바닥으로 얼굴에 묻은 빗물을 훑어내리며 앞을 보니, 온몸이 흠뻑 비에 젖은 아낙 또한 두 손으로 얼굴 물기를 훑어내리고 있었다. 그 젊은 아낙은 일어섰다 앉았다 맴맴*하는 아이처럼 팽그르르 몸을 돌리다가 흠뻑 젖은 저고리와 치마를 쥐어짜 보며 어쩔줄 몰라 하더니, 햐. 황새모가지를 하여 가지고 몇 번이고 네둘레*를 휘둘러 본 다음, 저고리며 치마서껀 그리고 마지막으로는 고쟁이* 속에 받치어 입고 있던 속속곳* 밑 다리속곳까지 홀딱 벗어버리는 것이 아닌가.

크지도 작지도 않은 키에 찌지도 마르지도 않게 딱 알맞은 살집이었고, 아. 두 눈을 꼭 감았다가 얼른 다시 떠보는 사내였으니—

물기를 받아 번쩍번쩍 빛을 내는 트레머리* 뒤쪽으로 옥식쌀 씻어낸 뜨물빛처럼 뿌우연 목덜미 지나 자지러지게 긴 골을 파

소나기 삼형제 소나기는 얼추 세줄기로 온다고 해서 이르는 말. **널비** 지나가는 비. **무춤하다** 놀라거나 조금 부끄럽고 계면쩍어 갑자기 멈추다. **맴맴** 아이들이 제자리에 서서 뺑뺑 도는 장난인 맴을 돌 때 부르는 소리. **네둘레** 동서남북 사방四方. **고쟁이** 예전 여자가 속곳 위 단속곳 밑에 입던 속옷 한가지. 고장바지. **속속곳** 요즈막 양말로 '팬티'처럼 바로 여린살에 닿는 속옷이므로 일부러 부드러운 헝겊으로 만들었다고 함. **트레머리** 가르마를 타지 않고 꼭뒤에다 틀어붙인 여자 머리.

내려 가던 등허리가 버들가지인 듯 한줌도 안될 허리를 지나면서 아이오 닿는 곳은, 정월 대보름날 밤 떠오르는 달덩이처럼 희고 둥그런 궁둥이인 것이었다. 비에 젖은 옷가지들을 물에 헹구어 꼭꼭 짜내느라 그 젊은 아낙은 몇 번이고 그 가느다란 한줌허리를 구부렸다 폈다 하였는데, 아으. 앞쪽으로 윗몸을 기울일 때마다 설핏설핏 드러나고는 하는 저 시커먼 거웃*이라니. 하문* 아래로 우거진 칠흑같은 잔솔밭.

이리 뒤척 저리 뒤척 잠 안오는 밤새도록 장죽만 빨고 난 아침인 듯 목이 깔깔하여 오면서 새삼 남초 생각이 난 사내가 고읫말기*를 더듬었는데, 밍클 손에 잡히어지는 것은 찰쌈지*가 아니라, 그리고 살덩이인 것이었다. 바짝 대가리를 치켜들고 있는 외눈박이*.

소인이 한거閑居하면 불선不善을 행한다더니, 내가 시방 똑 그 짝이로구나.

스스로 부끄러운 마음을 어거하기 어려워 얼굴이 뜨거워지면서 푸른 잠자리가 물을 차는 것과 같이 수족이 떨려 장죽을 쥐고 있는 손이 와랑와랑 흔들리었고, 그 양반명색은 지그시 눈을 감았다. 홀연히 떠오르는 옛사람* 시 한 줄.

거웃 음모陰毛. 씹거웃. 불거웃. **하문**(下門) 밑. 밑구멍. 똥구멍. 아래. 보지. 씹. **고읫말기** 말기. 치마나 바지 윗허리에 둘러서 댄 어섯. **찰쌈지** 주머니처럼 만들어 허리띠에 차던 담배쌈지. **외눈박이** 남자 생식기. **옛사람** 리말삼은麗末三隱 하나인 리 색(李穡, 1328~1396)

수위취피대　　　誰謂臭皮袋

자장여의주　　　自藏如意珠

더러운 냄새 나는 가죽부대* 속에

여의주를 감추었음을 그 누가 알리오.

그 시를 지었던 것이 어떤 선현先賢이었던가 함자는 떠오르지 않았으나, 보일 듯 말 듯 깡동한 턱수염 끝을 주억여 보는 선비명색이었으니—

대저 도道에는 고금古今이 없으나 예전에는 성현이 있었고 지금은 성현이 없으니, 선비된 자로써 어찌 글 읽기를 게을리 할 것인가.

오상종일불식吾嘗終日不食하고

종야불침終夜不侵이라도

이사호무익以思乎無益이니

불여학야不如學也라.

내 일찍이 온종일 먹지도 않고

온밤을 자지도 않고

생각만 했었으나 쓸데없었으니

배움만 같지 못하니라.

─────────────────────

가죽부대 사람 몸뚱이.

던 공부자* 가르침을 떠올려 스스로를 준절히 꾸짖어 보며 경상
經床 위에 펼치어 놓는 것은 『대학』이었다. 마음을 다스리는 데는
반드시 존심양성*을 하여야 하니, 존양存養하려면 반드시 경敬을
가져야 하고, 그 몸을 움직이는 데는 반드시 혼자 있을 때 삼가기
를 더구나 하여, 혼자 있을 때 삼가하는 데는 기미機微를 잘 살펴
서 천리天理에 따라 사람 성품을 밝히는 데 힘써야 할 진저.

대학지도大學之道는 재명명덕在明明德하며 재신민在新民하며 재
지어지선在至於至善이니라.

윗몸을 천천히 가로지게 흔들며 『대학』을 읽어나가던 그는,
아아. 힘껏 도머리를 치었다.

가마귀 우짖는 소리가 나면서 해가 기울고 있었다. 웃비 걷힌*
동녘 하늘에는 무지개가 걸리었는데, 빨래를 다시 행구어 내고
있는 아낙 머리 위로 푸르고 누렇고 발갛고 희고 검은 오색 무늬
를 수놓으니, 금방 피어오르는 모란꽃 같은 그 젊은 아낙 이맛전
에 송글송글 맺히는 땀방울이었다.

자그마한 소래기*에 주섬주섬 빨래를 담아 든 아낙이 몸을 일

공부자(孔夫子) 공자를 높여 부르는 말로, '부자'는 '훌륭한 선생님'이라는
말임. 존심양성(存心養性) '올바른 마음으로 길러나가자'는 이 말은 『맹자
孟子』에 그 뿌리를 두고 있으니, 유가儒家라면 마땅히 지켜나가야 하는 실
천덕목으로 됨. 웃비 걷힌 아직 빗기는 있으나 죽죽 내리다가 잠깐 비가 그
친. 소래기 독뚜껑이나 그릇으로 쓰이는 운두가 조금 높고 접시꼴로 굽이
없는 질그릇.

으키었다. 한줌 허리 진구리°에 빨래 소래기를 낀 그 여자는 박속 같은 잇속을 잠깐 드러내며 저물어 오는 하늘을 잠깐 올리어다 보았는데, 무슨 걱정거리가 있는지 버들잎 같은 두 눈썹 사이가 잔뜩 찡기어° 있었다.

"존심양성, 존심양성……"

입안엣 소리로 중얼거리던 사내는 슬그머니 몸을 일으키었다. 아낙이 고개를 비틀며 무지개를 바라보았고 함함한° 트레머리 꼭뒤에 눈길을 주며 장죽을 고윗말기에 지른 다음 두 손으로 양쪽 바짓가랑이를 훨씬 치켜올린 그 사내는 발뒷꿈치를 치켜들고 조심조심 소리나지 않게 다가갔다.

"아이구머니나!"

느닷없는 인기척에 소스라치게 놀라 뒤를 돌아보던 아낙이 그 점잖기로 유명짜한 학구學究 오류선생인 것을 알아보고 주릿대 치마°를 모아잡으며 궁둥이내외°를 하였다. 그리고 살포시 턱끝을 당기며 몇 발짝 모걸음°을 하는데, 잡담 제하고 성큼 다가서며 훨씬 벌린 두 팔로 그 여자 허리를 끌어안는 사내였고, 창그랑!

"이게 뭔 짓이래유? 이게 뭔 짓여?"

진구리 허리 좌우 갈빗대 아래 잘록하게 들어간 곳. 잔허리. **찡기어** 팽팽하게 켕기지 못하고 구겨져서 찌글찌글하게 되어. **함함한** 머리칼 따위가 보드랍고 반지르르한. 차분하게 가라앉아 반지르르한. **주릿대치마** 평민 부녀들이 일하는데 편하게 허릿바로 허리를 질끈 동였음. **궁둥이내외** 외간 사내와 마주친 계집이 슬쩍 돌아서서 외면하는 짓. **모걸음** 게처럼 옆쪽으로 걷는 걸음.

쇳된 비명을 내어지르며 힘껏 뿌리치는 서슬에 떨어져 박살이
나는 빨래소래기였다. 높이 떠서 흩어지는 새울음 소리 아득하
였다.

자리보전을 하고 누워 다만 피에 울고 있을 뿐인 마누라한테
서 어렵사리 일 자초지종을 듣고 난 황서방은, 끄응. 말없이 방을
나섰다. 울바자 너머 저 멀리 봉수산 위로는 새벽별이 총총한데,
밤새도록 피울음을 토하고 나서도 아직 못다 푼 설움이 남아 있
는가. 솟적 솟적 닭재쪽 뒷산 상수리나무 수펑이°에서 울고 있는
것은 두견°이였고, 푸우. 토방 위에 쪼그리고 앉아 힘껏 빨아들인
담배연기를 길게 내어뿜는 그 중늙은이 농군 눈이 슴벅슴벅하여
지는 것이었으니—

너 시방 솔즉다구 우넌 모양인디, 내 스름 들어볼쳐. 요내 스름
점 들어보것너냐 이말여.

내 팔자 무상하여 십세 전에 조실부모 혈혈한° 이 목숨이 기식
인가° 자라나서 적수°로 돈냥 모아 이십 넘어 장가드니, 처복은
있었던지 우리 안해 얌전하지. 운빈화안° 어여쁘고 침선방적° 다
잘하네. 친척어른 대접하고 동네사람 화목하여 백집사하가감°

수펑이 숲. **두견(杜鵑)** 두견이. '두견이'를 자냥스럽게 일컫는 말. 두견새. 진
달래. **혈혈(孑孑)한** 의지가지 없이 외로운. 우뚝하게 외로이 선. **기식인가(寄
食人家)** 남의 집을 돌아다니며 빌붙어 얻어먹음. **적수(赤手)** 맨손. **운빈화안**
(雲鬢花顔) 탐스러운 귀밑머리와 얼굴이 아름다운. **침선방적(針線紡績)** 바느
질과 길쌈. **백집사하가감(百執事何可堪)** 무슨 일이든 다 해낼 수 있다는 말.

하니, 가빈에 사현처* 가난한 살림살이 차차 나아 가더구나. 길쌈으로 모은 돈은 올해 심을 논을 사고 바느질 삯을 모아 송아지 사서 남을 주고, 집안을 둘러보면 묵은 침채* 묵은 간장, 솥 빚은 얼른얼른, 채전菜田에 풀이 없네. 내 비위에 똑 맞으니 그 정지情地가 어떻겠나. 마주 앉아 밥을 먹고 꼭 껴안고 잠을 자서 잠시도 이별 말고 사즉동혈* 하겠더니……

　귀밑머리 마주 풀고 네 설움 내 설움 살부비며 살아오기 스무 해가 다 되도록 일점혈육 하나 남겨놓지 못하고 괴질 걸려 땅보탬 된 게 그그께였고, 덕산德山땅 두리*에 살던 지금 마누라를 후취로 데려오게 된 것이 올 봄이었다. 열여덟에 얻은 서방 벼락 맞아 식고 나서 십년을 하루같이 독수공방 일정지심* 지키다가 홀아비 황서방한테 오게 된 그 여자를 사람들은 일색이라고 입에 침이 말랐으나, 그거야 평생 제 계집 치맛자락만 붙잡고 살아가는 멧부엉이들이 하는 소리인지라 타낼* 게 없지만, 색에 범연한* 황서방이 보기에도 정녕 면추는 되는 인물이었는데, 무엇보다도 심덕이 좋고 부지런하여 천생농군 황부흥이 비위에 딱 맞

가빈(家貧)에 사현처(思賢妻) 집이 가난해지면 어진 안해를 생각한다는 뜻이니, 넉넉히 지낼 때와는 달리 궁박한 지경에 이르면 어진 살림꾼을 생각하게 된다는 말. 침채(沈菜) '김치' 옛말. 사즉동혈(死卽同穴) 죽어 한 구멍에 들어간다는 말. 두리 언저리. 일정지심(一貞之心) 한가지만을 생각하는 곧은 마음. 타내다 1. 남의 잘못이나 모자란 점을 드러내어 탓하다. 2. 남한테서 들은 꾸중이나 창피를 탓하거나 부끄러워하다. 범연(泛然)하다 1. 대수롭지 않게 여기다. 2. 데면데면하다. 3. 무심無心하다.

는 여자였다. 지서멍. 게다가 내외간 연분을 맺은지 몇 달 안가서 척하니 아이까지 들어섰으니 더 이만 무엇을 바라겠는가.

남달리 자별하게 지내는 사이인 김억만이한테 계삼탕이나 한 그릇 먹이려고 하였다가 벼락방망이˚로 겨린잡혀 갔던 것만 하여도 그러하였다. 적반하장˚도 유만부동으로 구상관원률이라나 뭐라나 하는 죄목에 더하여 무슨 흉서부착죄인˚ 혐의까지 받아 김억만이가 원옥圓獄에 갇히우게 된 것이야 사정은 차마 딱하지만 어찌하여 볼 도리가 없는 것이고, 그만 집으로 가도 좋으니 일간 한번 만나자던 이방 마지막 말이 당최 요강 뚜껑으로 물 떠먹는 것처럼˚ 께름하기는 하나 내 떡 나 먹었거니˚ 하고 있는데, 이게 무슨 마른하늘에 날벼락˚이라는 말인가.

극성이면 필패˚요 화불단행이요 복무쌍지˚라던 옛사람 말은 정녕 이를 두고 이름인가. 생불을 받아˚ 도무지 정신이 하나도 없게 된 황부홍이는, 끄응. 꾹꾹 눌러 쟁였던 막불경이˚가 다 타버린지 하마 오래 전이라 헛바람 빠지는 소리만 나는 돌통대˚를 고

벼락방망이 갑자기 얻어맞는 매. 또는 벼락같이 호된 매. **적반하장**(賊反荷杖) 도둑이 도리어 매를 든다는 말. **흉서부착죄인**(兇書附着罪人) 흉악한 글을 적어 내건 죄인. **극성**(極盛)**이면 필패**(必敗) 무슨 일이나 몹시 힘차게 일어나면 또한 반드시 그 끝은 좋지않게 된다 하여 이르는 말. **화불단행**(禍不單行) **복무쌍지**(福無雙至) 언짢은 일은 혼자서 다니지 않는다 함이니, 사람한테 언짢은 일은 언제나 겹쳐서 닥치고, 좋은 일은 겹쳐서 오지 않는다는 말. **생불 받는다** 죄없이도 뜻밖에 크게 언짢은 일을 만난다는 말. **막불경이** 바대 나쁜 살담배로, 붉은색 살담배 다음 가는 것. **돌통대** 흙이나 나무로 만든 담뱃대.

잇말기에 질렀다. 사립을 나서는 그 손에는 아무것도 들려 있지 않았다.

마누라한테서 처음 그 끔찍한 말을 들었을 적에는 눈앞이 다만 캄캄하여 오면서 섰김˚으로 주먹같은 불덩이가 치밀어 오르는 것이어서, 장 쓰는 날붙이˚ 연모들인 우멍낫˚이며 도끼 또는 쇠스랑이나 하다못하여 호미라도 집어들고 달려가 단참에˚ 요정을 내버리고 싶은 생각이 들지않은 것은 아니었으나, 에구. 긔위˚ 당헌 일인디, 그레봤자 뭐허것남. 천성이 부처님 가운데 토막˚인 그 사내는 풀쳐생각˚으로 도머리를 치었다.

천자권이라도 가르쳐 볼 아이가 없어 오류선생인지 무언지 하는 훈장명색과는 내왕이 없었지만 풋낯˚은 있는 그는 조용히 말하여 줄 작정이었으니, 밤밥을 먹어라˚. 아니면 관아에 발고˚하여 주릿대를 안기리라˚.

"워쩔 작정이슈?"

황서방이 물었으나 『대학』이 펼치어진 경상 앞에 올방자˚를 틀고 앉아 있는 동홍선생˚은 말이 없다. 지그시 눈을 감은 채 꼼짝도 하지 않는다.

섰김 서슬에 불끈 일어나는 김. **날붙이** 칼·낫·도끼처럼 날이서 있는 연장들. **우멍낫** 두메산골에서 나뭇가지도 아울러 깎는 묵직한 조선낫으로, 굵지않은 나무를 치기에는 도끼보다도 손쉬웠음. **단참에** 단숨에. 쉬지 아니하고 한꺼번에. **긔위**(旣爲) 벌써. 이미. **풀쳐생각** 맺혔던 마음을 풀어버리고 스스로 달램. **풋낯** 조금 아는 남짓. **발고**(發告) '고발'은 왜말임. **올방자** 책상다리. 양반다리. **동홍**(冬烘)**선생** 훈장 딴이름.

"저녁 두 번 먹던가 아니면 말이 끌려가서 소조°를 당허던가 양 자택을 헤라 이말이우."

그래도 양심에 찔리는 게 있어 양천 원님 죽은 말 지키듯° 하는 가 보다 생각하며 변죽을 울리는데, 업세.

"이 무슨 해건°가. 불효°한 시각에 돌입내정°하여 이 무슨 아론 가 이말이니. 그것도 황차 양반댁 서실에."

착 가라앉은 목소리로 책을 읽듯 또박또박 꾸짖는 게 아닌가.

"이니°가 시방 말허넌 뽄세 점 봐. 벌건 대낮이 밋남진° 있넌 예 펜네를 욕뵈구서두 됩세° 큰소릴세."

숫제 기콧구멍이 막혀 가뿐 숨을 헐떡이는데, 오류선생이 발 칵 증을 내었다.

"남 밋겨집°을 욕보이다니? 이자가 언감생심 양반한테 멍덕°을 씌우려 들지 않나."

"뭐셔? 멍덕을 써?"

"멍덕이 아니면, 누가 누구를 욕보였단 말인고?"

"얼라. 똥 싼 늠이 승낸다°더니, 이 숭악헌 화상°이 말허넌 것 점 보게. 그러니께 시방……"

얼굴에 핏기가 걷힌 황서방이 다음 말을 잇지 못하는데,

소조(所遭) 부끄러움이나 괴로움. 해거(駭擧) 이상야릇한 짓. 불효(拂曉) 새 벽. 밝을 무렵. 돌입내정(突入內庭) 남의 집안에 주인 허락없이 불쑥 들어감. 내정돌입. 이니 '이 사람' 내폿말. 밋남진 본 남편. 됩세 '도리어' 내폿말. 됩 데. 밋겨집 본 마누라. 멍덕 짚으로 바가지 비슷하게 만든 벌통 뚜껑. 화상 (和尙) 중을 높여 부르는 말이나, 귀하지 않은 사람을 가리킬 때 쓰는 말.

"네 이놈!"

바른손을 들어 황서방을 겨누며

"고이헌 놈 같으니라구. 아무리 도와 덕이 땅에 떨어져 금수세상이 되었다지만, 반상이 유별한 나라에서 빨간상것 주제에 감히 해괴한 언사를 농하여 언감생심 양반을 능멸하려 들다니, 그러고도 네가 온전할 성 싶으냐!"

쳇소리 나는 고래고함으로 강호령질하는 양반명색인 것이었고,

"이런 급살맞일 인사 같으니라구!"

황서방은 벌떡 몸을 일으키었다. 주먹같은 불덩어리가 치밀어 오르는 바람에 두 주먹 부르쥐고* 일어서기는 하였으나, 타고나기를 부처님 허리토막으로 타고난 그 농군은 차마 어떻게 하지는 못하고 죄없는 방문짝만 걷어차다가,

"에이, 이런 순 가이짐승 같은 화상이 책은 봐서 뭣 줏어먹넌다넌 겨!"

『대학』이 놓여진 경상을 들어 벽에 팽개친 다음, 퉤! 부서진 방문짝에 침을 한번 배알아 주고 나서 집으로 갔다.

밝은 날 아침 일찍 삼문 안으로 들어가 발괄을 하였는데, 발고자와 원척*을 불러들이게 한 군수는 동헌 누마루 높이 좌기를 차리었다. 황부흥이 후취짜리를 내려다 보는 군수 입가에는 얇은

_____

부르쥐다 움켜쥐다. 원척(元隻) 원元은 원고原告, 척隻은 피고被告.

웃음기가 묻어 있었다.

"저 계집 들거라."

"저 계집 들으랍신다아—"

길게 늘이어 빼는 급장이* 재촉을 받고 나서야 저한테 하는 말인 줄 알게 된 아낙이

"야."

말코지*에 목을 매고 죽어도 시원하지 않을 그 끔찍한 일을 당한 데다가 난생 처음 들어와 보는 관아요 더구나 호랑이보다도 더 무섭다는 원님 앞인지라 어진혼이 나가° 모기소리를 내며 고개를 외로 꼬았는데,

"그래, 저 샌님이 너를 어찌하였다고?"

머리 위에서 들려오는 카랑카랑한 원님 목소리에 화들짝 놀란 아낙이 고개를 들었다.

"야아?"

"저 샌님이 너를 어찌했더냐고 안전쥐께서 묻고 계시지 않느냐!"

급장이들과 조금 떨어져서 댓돌 위에 서 있던 형방이 혀를 찼고, 아랫입술을 꼭 옥문 아낙이

"쇤네*가 글방 젙 개울의서 빨래를 주무르넌듸…… 글방 샌님이 쇤네 허리를 끌어안넌 게 아니것남유. 날 가문지 오래라 집 근

급장이 '급창及唱'을 상스럽게 낮춰 말할 때 쓰던 말. **말코지** 몬을 걸고자 벽에 달아두는 갈라진 나무고리. **쇤네** 소인小人네.

처넌 물이 즉어 글방쪽 개울루 갔넌듸,"

하고 옥정*을 이야기하는데,

"잠깐."

바른손을 들어 말을 중동무이 시키고 난 군수가

"서당 훈장인 박첨지가 허리를 끌어안는데……"

뇌어보더니, 교의에서 허리를 떼고 누마루 아랫쪽으로 훨씬
윗몸을 기울이었다.

"그래서?"

"그레서 즘잖으신 문장양반이 이게 뭔 짓이냐머 힘껏 뿌리쳤쥬."

"그랬는데?"

"그랬넌듸두 아랑곳읎시 샌님이……"

"샌님이?"

"샌님이 거시기 쇤네……"

하던 아낙 얼굴이 붉어지며 다음 말을 잇지 못하였는데, 군수가
짜증기 있게 소리쳤다.

"샌님이 어찌했다는 말인고?"

"아이구머니나, 망칙시러라. 그 담 얘길 워치게 입이다 올린대유."

"어허, 그때에 일어났던 일을 일호차착* 없이 낱낱이 고해야만
흑백을 가려볼 수 있을 게 아니겠느뇨. 흑백을 가려 본쉬가 구경

옥정(獄情) 감옥에 들어오게 된 까닭. 일호차착(一毫差錯) 아주 작은 잘못. 또
는 어긋남.

결절*할 수 있을 게 아니겠는가 이말인즉."

군수 목소리가 다시 높아지는 것을 본 형방이

"옥정 자초지종을 그린 듯 낱낱이 고해 올리지 못할까!"

군수보다 더 큰 목소리로 재촉을 하였다.

"뭇휴. 워치게 그 추저분허구 끔찍시런 얘길 입이 올린대유."

"어허, 안전쥐 재촉 지엄하시거늘…… 어서 빨리 고해 올리지
못할까!"

"뭇휴. 뭇헌다니께유."

잘래잘래 흔들리는 아낙 제법 해끔한 면판을 바라보던 군수
가, 춫. 혀를 한 번 차면서 교의에 등을 붙이었다.

"저 계집 서방이 진고*한 것을 그때 형용 그대로 한번 해보게 하라."

"네, 사또."

형방이 허리를 곱송하였고,

"저 계집 서방이 진고한 것을 그때 형용 그대로 한 번 해보게 하
랍신다아—"

급장이가 받아 길게 늘어어 빼자, 관노官奴 하나가 자그마한 함
지박을 들어다 아낙 앞에 놓았다. 형방이 말하였다.

"이것이 빨래소래기라 치고, 어찌하였다고?"

"쉰네가 빨래를 마치구 나서 빨래소래기를 옆이 찌구 집이루

결절(決折) 판결判決. **진고**(陳告) 진술발고.

가년 질인디……"

하는데 형방이 꽥 소리를 질렀다.

"어허, 말로만 하지말고 실제 형용으로 해보라니까!"

흠칫 몸을 떨던 아낙이 함지박을 옆허구리에 끼고 일어서더니, 곁에서 먼산바라기를 하고 서 있는 박첨지를 힐끗 보며

"이니가 다짜고짜루 쇤네 허리를 끌어안었다니께유."

아랫입술을 다시 옥무는데, 군수가 박첨지를 바라보았다.

"저 계집사람 말이 적실하오?"

동헌 누마루 밑에 서 있을 때부터 내내 먼산바라기만 하고 있던 오류선생 박첨지는

"아니올시다. 그렇지 않소이다."

절레절레 고개를 흔들었고,

"아니면?"

군수가 다시 묻는데, 후유― 하고 긴 한숨을 내려쉬고 난 박첨지가

"허, 세답족백°이라는 옛사람 말도 정녕 허언이었더란 말인가. 평지낙상이요 청천벽력°이라더니, 정녕 시생을 두고 이른 말 같소이다. 지금은 비록 가문이 영체하여 강미쌀이나 받아 연명하고 있는 냉족이올시다만, 시생은 어엿한 우족°이올시다. 사대조

세답족백(洗踏足白) 남 빨래를 하였더니 제 발이 희어졌다 함이니, 남을 위하여 한 일이 저한테도 이득이 있다는 뜻. **우족**(右族) 양반. 사대부 가문.

께서 정삼품 당상무관을 지내신 집안 후예로서 이런 자리에 서 있게 된 것만 해도 가문 영예에 먹칠을 하고 있음이니, 유구무언이올시다.”

넉자배기 섞어 발명을 하고 나서 짜장* 추연한 눈빛으로 허공중을 올리어다 보았다. 군수가 물었다.

“그렇다면 저 계집사람 발고가 무함이란 말이외까?”

“오자탈주*하고 있음이니, 더 이만 무슨 말씀을 하겠소이까. 영발하시기 끝날같은 안전 선처만 기다릴 밖에.”

오자탈주, 오자탈주…… 오자탈주가 어디에 나오는 무슨 말이더라? 잠깐 생각하여 보던 군수는, 같잖게 문자속은 있어 가지고. 책권이나 읽었다 이거지. 시쁘다*는 듯 한쪽 입술을 비틀어 올리며

“그러니까 저 계집이 무함을 하고 있다 이말이오?”

다시 물었고, 괴롭다는 듯 허공만 바라보던 박첨지가

“타읍에서 이접하여 온 고단한 냉족으로서 이처럼 난명한 일로 이런 자리에 서게 되어 안전쥐께 우선 황송한 말씀이올시다.”

느릿느릿 말하는데, 군수가 혀를 찼다.

“황송이고 노랑송이고 간에 저 계집이 무함을 하고 있는지 아

짜장 과연. 참말로. **오자탈주**(惡紫奪朱) 자색紫色이 붉은 주색朱色을 망쳐놓음을 미워한다는 말이니, 1.거짓것이 참된 것을 욕보인다는 뜻. 2.소인小人이 현자賢者를 욕보인다는 뜻. **시쁘다** 마음에 마땅하지 않아 시들다. 대수롭지 않다.

닌지만 말해보오."

"예. 말씀 올리겠소이다."

박첨지는 큼큼 헛기침을 하고 나서 느릿느릿 말하는 것이었으니, 되집어홍°이었다.

"이거 변백하는 말 같아 다시 입에 올리기도 무엇하오이다만, 안전 분부 지엄하시니 적자지심°으로 말씀 올리겠소이다. 글 배우러 오는 아희들도 다 돌아간 다음이라 짚신이나 삼아보려고 개울에 담궈둔 왕골 건지러 가는데, 저 계집이 빨래소래기를 들어올리는 것이 힘에 부쳐 보여, 그 손을 한 번 잡아 빨래소래기를 머리에 이는 데 한 부조를 하였을 뿐이올시다. 명색이 책권이나 읽는 산림으로 상것계집 손을 잡은 것이 불찰이기는 하나, 다른 뜻은 일호도 없었소이다. 이것도 죄가 된다면 시생은 더는 할 말이 없소이다."

책을 읽듯이 또박또박 말하고 나서 다시 지그시 눈을 감았고, 댕구방망이 끝을 두어 번 흔들던 군수는 잔입맛을 다시었다.

"그 말이 정녕 적실하오?"

"허어, 명색이 선비된 자로서 일구이언하겠소이까."

그럴듯한 넉자배기로 홅닦고° 싶은 마음 굴뚝같으나 무슨 까

되집어홍 이쪽이 저쪽을 꾸짖어야 할 일인데, 저쪽에서 도리어 먼저 들고 나서 불가불不可不 하는 것을 '되집어홍'이라고 한다. **적자지심**(赤子之心) 난대로인 티없이 맑고 거짓이 없는 마음이라는 뜻. **홅닦다** 남 흠집이나 허물을 들어 몹시 나무람.

닭으로 입 안에서만 뱅뱅이를 칠 뿐 얼른 떠오르는 것이 없어 마음이 급하여진 군수는

"자고로 이하부정관°이요 과전불납리°라고 하였거늘,"

두어 번 혀를 차보다가,

"형바앙!"

"녜이—."

"형방은 듣거라."

"녜에, 사또오."

"양반이 상것 계집사람 손을 한 번 잡아 그 힘에 부치는 것을 도와준 죄가 대명률 어디에 저촉되는지 상고해 보렸다."

무엇을 생각하는 듯 잠깐 턱끝을 당기고 있던 형방이 말하였다.

"아뢰옵기 황송하오나 그런 죄목은 없사오니다."

"연인즉, 상것이 양반댁 문짝을 발로 차 부수고 경상을 박살낸 죄는 어떠한고?"

"녜. 상것이 양반댁에 돌입내정하여 기구를 손괴한 죄는 장 삼십도°오니다."

"오— 대명률에 그렇게 나와 있은즉, 형틀 들여 의법치죄하라."

급장이가 군수 분부 받아 소리치는데,

이하부정관(李下不整冠) 오얏나무 아래서는 갓끈을 고쳐매지 말라. **과전불납리**(瓜田不納履) 외밭을 지나면서 신을 고쳐 신지 말라. **도**(度) 곤장을 칠 때 때리는 숫자를 헤아리던 말.

"이게 뭔 경우댜? 이게 도대처 뭔 경우여?"

하얗게 핏기 걷힌 얼굴로 중얼거리던 황부흥이가

"사또오! 시상츤지 이런 경우가 워딧대유? 적반하장두 분수가 있지, 시상츤지에 이런 츠결이 워딧서?"

소리치며 진둥한둥 댓돌 위로 올라서는데, 군수가 벌떡 몸을 일으키었다.

"어허, 저놈이 관정발악*을 하는구나! 형바앙!"

"녜에"

"관정발악죄는 어찌 되는고?"

"두 말할 것 없는 하옥이올습니다요."

"저 무엄한 놈을 잡아내리지 않고 무엇을 하는 게냐!"

"저놈 잡아 내리랍신다아—"

급장이가 받아 소리쳤고, 용자勇字 벙거지 눌러쓰고 검은 동달이*로 단단히 장속하고 있던 사령들이 벌떼같이 두 줄로 달려들어 황부흥이를 난짝* 들어올리더니, 형틀에 엎어놓은 다음 버둥거리는 팔다리를 찍어누르는 사품에 두 명 사령이 다시 달려들어 엎어져 있는 그 사내 바짓가랑이를 훨씬 추켜 두 다리를 형틀다리 앙구어*서 단단히 동인 뒤에, 쇄장이*가 뒤에 서서 두 팔 붙

관정발악(官庭發惡) 관청에서 관원에게 악을 쓰고 욕설을 하는 짓. **동달이** 1.붉은 소매 검정 두루마기에 붉은 안을 넣고, 뒷솔기가 길게 째진 옛 군복. 2.군인 옷소매 끝에 그 등급에 따라 대던 가는 줄. **난짝** 번쩍. **앙구다** 1.음식 따위를 식지 아니하게 불에 놓거나 따뜻한 데에 묻어두다. 2.한 그릇에 여러 가지를 곁들여 놓다. 3.사람을 안동하여 보내다.

결하고° 왜목°으로 눈 가리니, 아전은 붓 들고 신획°을 그린 뒤에, 군수가 분을 내어 차일공사°를 하는 것이었으니—

"그놈이 상것으로 양반능욕 하였은즉, 매우 쳐라."

"매우 치랍신다아—"

급장이 전갈 받은 집장사령이 오른팔 소매 빼어 뒤로 젖히어 잡아매더니, 퉤. 홍몽둥이° 잡은 손바닥에 침을 뱉어 쓱쓱 부비며 매 때릴 차비를 하였고, 군수가 소리쳤다.

"집장사령°은 듣거라!"

"네이—"

"일호라도 사정을 둘 시에는 네놈 앞정강이 네가 쥐고 있는 그 주장모로 찍을 테니, 각별히 매우 쳐라!"

"네이—"

한소리 긴 대답과 함께 주장모 둘러메고 한 발 자칫 나섰다가 큰 눈 부릅뜨고, 주먹에다 힘을 주어 한 발 자칫 달려들며

"이!"

　철썩하고 볼기짝에 매 떨어지는 소리 기왓골이 울리는데, 붓을 들고 군수 앞에 엎드려 있던 통인通引이 종이에 작대기 하나 가로 그으면서

쇄장이 옥을 지키던 사령인 옥쇄장이 준말. **붙결**하고 붙들어 묶고. **왜목**(倭木) 광목廣木. **신획**(身劃) 몸뚱이 꼴. 생김 생김. **차일공사**(此日公事) 이날공사. 이날 공적 일을 함. **홍몽둥이** 주장매. 붉은 칠을 한 몽둥이로 죄인을 때릴 때 쓰였음. 주장모. **집장사령**(執杖使令) 주장매로 죄인을 때리는 사령.

"한 낱 맞았소."

"고이헌 놈 같으니라구, 매우 쳐라!"

"녜이— 철썩!"

"두 낱 맞았소."

"양반능욕 괘심커늘, 관정발악 웬말이냐, 매우 쳐라!"

"녜이— 철썩!"

"세 낱 맞았소."

이것저것 뒤숭숭한 마음 달래보려는 파적삼아 양반명색이 상 것 밋계집 겁간 모습 구경하렸다가 틀려버려 심기를 상하게 된 군수가 한 대 한 대 신칙하여, 다섯 되고 열 되어 열다섯 스물 넘겨 삼십도를 준치하니, 엄니 엄니 부르면서 아낙은 피에 울었고, 양반명색은 시치미 뚝 딴° 채, 먼산바라기만 하고 있는데, 나이 근 오십 한 중늙은이 농군 황부흥이 황서방 방치에는 유혈이 낭자한 것이었다.

시치미떼다 알고도 짐짓 모른 체하다.

제18장
애고애고 설운지고

수많은 사람들로 백차일을 치고 있었다. 땡글땡글한 낮전* 땡볕이 송곳처럼 내려꽂이고 있는 삼문三門 앞. 1읍 7면 1백3 마을에서 불려나온 3천여 명 사람들이 등장을 내기 위하여 모여 있는 것이었다. 1만5천여 고을 백성 가운데 3천여 명이라면 어린아이와 늙고 병들어 출입이 어려운 사람들을 빼놓고는 한집에서 한 명씩은 나온 셈이다. 면마다 장두 한사람씩을 뽑아 사람들을 데리고 나오게 하였는데, 도장두*는 읍내면 아랫말 사는 존위尊位 노인이었다. 어서 빨리 사똔지 오똔지를 만나 곱기우제 부비를 안 걸겠다는 푸지위를 받아내자며 아우성인 알상투 수건머리 패랭이짜리 나무비녀 뿔비녀 트레머리들 사이와 전후좌우로 돌

낮전 상오上午. 한낮이 되기 전인 자정子正부터 오정午正까지인, 밤 12시부터 낮 12시까지. **도장두**(都狀頭) 장두 가운데 으뜸되는 사람. 우두머리 장두.

며 듬*을 잡고 있는 것은 이마에 흰 무명수건 질끈질끈 동여맨 몽득夢得이 패거리였다.

"싸게 싸게 들어가 탁방 짓잖쿠 뭣덜허넌 겨!"

"도장두짜리가 뉘기여? 뉘긴듸 마냥 해찰부려 쌓넌 겨!"

"백두산이 무너지나 동해수가 머지나 구정을 내자구!"

저마다 한마디씩 터뜨려 대는 울기로 저자바닥 같았고, 정문正門과 동협문東夾門 서협문西夾門 앞에 두 명씩 창대 잡고 있던 사령들 낯빛은 문창호지 빛깔로 하얗게 질려 있었는데, 악머구리 끓듯 하던*사람들 말소리가 뚝 그치었다. 말 탄 군관 한 사람이 나오고 있었다. 잔뜩 잡도리*하는 눈빛으로 사람들을 휘둘러 보던 군관이 도장두한테 무어라고 하더니 삼문 안으로 들어갔고, 일곱 명 장두들과 함께 도장두는 그 뒤를 따라갔다.

"감영서는 환자쌀 한 섬이 말가웃씩 작전*헌다넌듸, 우리게선 한 섬이 일여덟말씩 작전노니, 워치게 견뎌."

"우덜 대흥 백서이동네서 돈이라구 생긴 것은 깐난쟁이 고름이 챈 것마저 씨가 지게*죄 긁어가니, 일후이 낳넌 앤 돈 낯짝 물를겨."

"이대루 가다간 이 나란 망헐 거구먼. 암, 망허구 말구."

"암만. 꼭 망혀야 옳지. 워째서 싸게 망허지 않넌구."

듬 질서秩序. **잡도리** 잘못되지 않도록 단단히 조심하여 다룸. 잡죔. '단도리'는 왜말임. **작전**(作錢) 예전 논밭에 처매는 결전結錢인 전세田稅를 받을 때 쌀·콩·무명 대신에 값을 쳐서 돈으로 바치게 하던 일. **씨가 지다** 씨앗이 없어지다.

말라가는 둠벙에 악머구리 끓듯 자가사리 용 건드리듯°. 울기들을 터뜨려 대고 있었으니, 그때를 살았던 사람 하나는 이렇게 적고 있다.

어느 사람이 큰 고을 수령이나 위원委員같은 것을 해나가면 그 사람은 큰 수가 났다고 지껄였다. 벼슬로 나가는 것을 마치 돈벌이 가는 장사아치나 금 캐러 가는 덕대°같은 것으로 여기었다. 아닌게 아니라 돈 들이고 가는 자들은 그 값을 뽑아내는 것이 원칙적으로 그러할 것은 정한 이치라고 할 것이다. 그 돈값은 필경 어디서 나오게 되느냐고 하면 그 밑에 있는 아전이나 백성에게서 뽑아내는 수밖에 다른 도리가 없는 것이다. 고을 안으로는 좌수 별감 아전육방°이며 나머지 각 면서원°이며 면주인°까지도 돈 아니 바치고 하는 소임이라고는 하나도 없는 것이오, 고을 밖으로는 면장 이장이며 향교재임° 등에 이르기까지 모두가 돈을 받고 시키는 것이었다. 그때 백성들이 받는 침해는 이중삼중으로 받게 되는 것이었다.

덕대(德大) 남 광산에서 광주와 도장찍고 그 광산 한도막을 떼어맡아, 많지 않은 굿일꾼을 데리고 쇳돌을 캐내는 사람. **아전육방**(衙前六房) 외방 관아에서 고을살림을 하던 육방관속인 이방吏房·호방戶房·예방禮房·병방兵房·형방刑房·공방工房을 말함. **면서원**(面書員) 주州·부府·군郡·현縣에 딸려 각 면면에서 결전結錢받는 일을 나누어 맡아보던 아전. **면주인**(面主人) 주부군현과 면 사이를 몬을 가지고 오가며 심부름을 하던 사람. **향교재임**(鄕校齋任) 각 고을에 있던 문묘文廟와 이에 딸린 서원書院에서 일을 맡아보던 사람.

120

소위 목민지관이라고 하는 자들이 도임된 후에는 여러가지 방법으로 백성들을 노략한다. 소위 존문편지*라는 것은 밥술이나 먹는 자에게 하여 뇌물을 받는 일이며, 나머지로는 밀지密旨질을 하여 무고*한 양민을 잡아다가 가두어 놓고 불효죄不孝罪니 불목죄不睦罪니 상피죄相避罪니 양반에게 말버릇 잘못한 죄니 하는 등으로 몰아대어 돈을 빼앗는 일이며, 또는 산송山訟이니 채송債訟이니 가지각색 송사를 이용하여 돈 바친 놈은 이겨주고 돈 안 바친 놈은 낙송*시키는 일이며, 지어 효자 충신 열녀 등 정려표창*같은 것이나 학행발천*에까지라도 모두 돈 바치라고 하였다.

또는 농촌 백성들에게 가결전*이니 가호전*이니 하는 만반의 무명잡세 등을 임의로 징색하였고, 위원이나 파원派員 같은 것들은 이와 같은 일을 행하였다. 산세山稅니 해세海稅니 어세魚稅니 주세酒稅니 연초세니 염세니 감곽세甘藿稅니 저전세苧田稅니 저전세楮田稅니 노전세蘆田稅니 근전세芹田稅니 강전세薑田稅니 죽전세竹田稅니 삼전세蔘田稅니 금점세니 우피세牛皮稅니 하는 따위 세전을 모두 거두어 가는 바람에 백성들은 이루 정신을 차릴 수가 없었다.

그때에 세전을 거두어 가는 관속배로 말하면 매우 어지러웠

존문편지(存問便紙) 수령이 그 땅에 사는 백성에게 안부편지를 하던 것. 무고(無辜) 아무 죄가 없음. 낙송(落訟) 송사訟事에 지는 것. 정려표창(旌閭表彰) 충신·효자·열녀들을 그 마을에 정문旌門을 세워 상 주던 것. 학행발천(學行發薦) 학문과 덕행이 높은 사람을 가려 조정에 초들여쓰게 하던 것. 가결전(加結錢) 결전을 더 받는 것이니, 요즘 말로 '증세'. 가호전(加戶錢) 이지 가지 이름을 달아 집집마다 덧붙여 거두어들이던 결전.

다. 감영나졸이니 진영포졸이니 어사역졸이니 각 아문 장교사령이며 면사령面使令 권농勸農이며 향교서원 수복守僕이며 양반 별배구종이며 어두귀면魚頭鬼面 졸도들이 각도 각군 각면 각리에 개파리* 퍼지듯이 뒤섞여 돌아다니면서 갖은 작란질을 다하였다. 왈 영문비감營門祕甘이니 왈 영사또 전령傳令이니 왈 수의사또 밀지니, 원임院任 전령이며 향교서원 까막배지*며 양반과 부호 사배지* 등 별별 것을 다 가지고 민간으로 톱질해 다니면서 작란질을 쳤었다.

불쌍하고 만만한 백성들은 관청에나 서원에나 향교에나 양반 사랑 앞에 잡혀 들어가기 전에 그 하인놈들 손에 반이나 죽어나는 것이었다. 차사별채差使別債를 내놓으라고 방망이로 주먹으로 발길질로써 죽여내는 바람에 촌간에 계견鷄犬은 씨가 마를 지경이요, 돈냥이나 살림살이는 있는 대로 다 소탕이되고 말았었다. 이로부터 백성들은 촌촌마다 곡성이요 사람마다 원성이었다.

"추쇄령을 푸지위혜 줍시우."

급장이 둘이서 좌우로 양수거지*하고 서 있는 댓돌 위 한가운데로 올라선 도장두가 말하였고, 동헌 누마루 위에 놓여진 교의

개파리 개 피를 빨아먹고 사는 벌레. **까막배지**(--牌旨) 토호 같은 힘 있는 자가 상민常民 돈을 벗겨 먹고자 불러들일 때 먹빛 도장을 찍어 보내든 배지牌旨. **사배지**(私牌旨) 힘 있는 양반들이 제멋대로 만들었던 패지. 자리가 높은 사람이 낮은 사람에게 공식으로 주던 글말. 배자牌子. 배지. **양수거지**(兩手据地) 두 손을 마주잡고 서 있음.

에 좌기하고° 있던 군수는 눈썹 사이를 잔뜩 찡기었다.

"푸지위 하라니?"

"년흉이 들면 걸전을 탕감혜 주던 것이 국초 이래루 네려오던 법도라구 알구 있소이다. 해마다 년흉인디 올해 가뭄은 더구나 극심허기가 근년이 읎던 것이라 골 백성덜이 죄 밤잠을 못자며 애태구 있던 판인듸, 엎친디 덮치기루 눈 위에 서리친다구 엿돈오푼이 뭔 말씸이십니까유? 그렇잖어두 만반 왼갖 걸전이 부쩌지°를 못허던 헹펜인듸 더하여 아무 효험두 읎넌 긔우제 곱이루 지내기 위혜서 엿돈오푼씩 물 순 읎다 이런 말씸이올시다."

"관장 영을 거역한즉 대명률 어디에 저촉되는지 알고나 이러는가?"

"이 늙은것이 칠십평생을 두구 땅만 뒤져먹구 살다보니 밴 게 읎어 대명률은 물루지먼, 백성덜 맴을 떠난 대명률은 있을 수 읎다넌 건 알구 있소이다."

"크음."

"온 골 백성덜이 시방 삼문 밖에서 안전쥐 푸지위 네리시기만 지둘리구 있소이다."

"난민들 충동시켜 대동해 와 관정야료시엔 즉시 포살하라는 국법을 불고한단 말이드뇨?"

부쩌지 옴짝달싹. 꼼짝달싹.

짐짓 목청 높여 꾸짖어 보는 군수였는데, 목소리가 허청허청 들떠나왔다. 땅이나 파 먹는 땅두더지와 진배없는 무지렁이 농투산이 답지 않게 선은 이렇고 후는 이렇다고 조리닿게 말하는 도장두늙정이°도 그렇지만, 댓돌 밑에 한 일자로 주욱 늘어서서 독사대가리마냥 바짝 대가리를 치켜든 채 꼿꼿한 눈길로 올려다 보는 일곱 명 장두짜리들 눈빛이 새끼 난 범이나 곰 그것같이 사나워 보였고, 금방이라도 짓쳐들어올 듯 삼문 밖에서 들려오는 수수천명 민인들 함성에 부르르부르르 떨려오는 삭신이었다. 그 사내가 마른침을 삼키는데,

"저들은 난민이 아니라 어진 백성덜이올시다. 그러구 뉘헌티 쑤세긔질° 받어 온 게 아니라 스사루 두 발루 글어온 것이올시다."

천천히 말하던 도장두는

"저니덜°이 몰려 나온 연유럴 들어봅시우."

하더니, 헛기침을 하였다.

"무고헌 양민 츠녀럴 긔안탁멍 시킨 게 그 첫째요, 근실헌 넝군얼 흉서부착조인이루 근포혜서 하옥시킨 게 그 두째요, 지애비 있넌 아낙을 겁간헌 자넌 왈 양반녕색이라구 혜서 방셩허구 겁간당헌 아낙 지애비되넌 자럴 반좌율°루 엮어 잡어들인 게 그 싯째요, 흉서부착조인 근포헌다넌 멍픽이루 밥술이나 먹넌 백성덜

늙정이 늙은이. 늙다리. **쑤석이질** 가만히 있는 사람을 추기거나 꾀어 부추기는 것. **저니덜** '저이들' 내폿말. **반좌율**(反坐律) 거짓말과 쏘개질을 했다가 되잡히는 형률. 요즈막 '무고죄誣告罪'.

124

잡어들이넌 것이 그 닛째요, 됭학쟁이덜 잡어들인다넌 밍믹이루다 또한 밥술이나 먹넌 백성덜을 잡어들이넌 것이 그 다섯째요……."

배운 것은 비록 많지 않으나 찬물에 돌*인 도장두늙은이가 착가라앉은 목소리로 구슬을 꿰는 것모양 한가닥 한가닥 들이대었고, 음음. 저만치 뜰 아래 주욱 늘어서 있는 말 탄 군관들이며 병장기 갖춘 아병들을 내려다 보던 군수는 댕구방망이 끝을 힘껏 흔들었다.

"등장 온 사연은 익히 알았으니 그만 물러들 가라. 각자 귀가하여 생업에 힘쓰고 있은즉 본쉬가 알아 결처하리라."

바짝바짝 타들어 가는 입술에 침칠을 하여가며 간신히 정오품 문신 틀거지를 세워보이는데,

"그럴순 읎소이다."

도장두가 말하였고, 이놈 봐라. 빨간상놈 주제에 언감생심 정오품 문신 말을 거역해. 낯빛이 잘 익은 홍시빛깔이 된 군수가

"어허. 관장 영을 거역하다니, 고이헌 백성이로고!"

저도 모르게 발칵 증을 내었고, 도장두는 헛기침을 하였다.

"자고루 궁헌 쥐넌 괭이럴 문다구 헸소이다. 가뭄이루 실넝혜서 굶어죽으나 관장 영 그역헸다구 맞어죽으나 죽기는 매일반이

찬물에 돌 지조가 맑고도 굳셈을 이르는 말.

라. 이판사판*이루 분긔탱천헌 녕군덜이 안전쥐럴 담어내것다
구 울근불근인 것을 짐사과나리와 리군자나리 타이르시넌 것 조
차 간신히 진정시켜 등장 내러온 참인듸, 안전쥐께서 이냥 나오
시면 쇤네 저니덜을 달랠 섭수*가 읎소이다."

"무지한 백성들 충동시켜 난민으로 만드는 죄 즉시 포살해도
좋다는 저 부대시참수령을 몰라서 이러는가?"

군수 목소리가 가느다랗게 떨려나오는데, 도장두는 다시 헛기
침을 하였다.

"소인들은 이만 물러가겠소이다."

"본쉬 말뜻을 알아들었다 이말인가?"

"공주감영이루 가보것다 이런 말씀이올시다."

"엉?"

"우덜이 분을 아직 참구 이 연유럴 감사또께 의송*헤 보것다 이
런 말씀이올시다."

허옇게 센 민머리를 조금 숙여보이고나서 댓돌을 내려서는 도
장두였고,

"이, 이, 이런……."

반벙어리 소리를 내며 교의에서 일어서던 군수였는데, 웅? 저
도 모르게 얼른 하늘을 올리어다 보는 그 사내였으니, 송곳처럼

이판사판(理判事判) 본디는 수도승과 살림중을 가리키는 말이나, '죽기 아
니면 살기'라는 식으로 어떤 굳은 다짐을 할 때 쓰는 말임. **섭수** 꾀. 솜씨. **의
송**(議送) 인민이 원한테 패소하여 다시 관찰사에게 발괄하던 일.

따가운 햇살이 내려꽂히던 하늘이 갑자기 빛을 잃고 있었다. 먹장같은 구름장이 쫙 갈라지면서 후두둑후두둑 빗방울이 떨어져 내리고 있었다. 시커먼 허공에 흰빛이 번쩍하더니 하늘을 찢어발기는 듯한 소리가 들리어왔다. 뇌성벽력과 함께 면발처럼 굵직한 장대비*가 쏟아져내리고 있었다.

"두둥둥 상사디여. 어여루 상사디여."

퍼부어 내리는 장대비를 피하고자 이리 닫고 저리 닫으며 거미알 흩어지듯 하던 농군들이 저마다 한시 바삐 제 논에 물을 대기 위하여 집으로 달음박질쳐 가며 질러대는 메나리*였다.

"좋은 논은 일찍 심구 낮은 논은 늦심넌다."

"어여루 상사디여."

"큰들에는 만볏모*요 구렁배미* 달거오례*. 높은 논에 산돗모*요. 텃논*에는 찰벼*로다."

"어여루 상사디여."

"기러기떼 늘엎디어 그이* 걸음이 좋을시고. 투구 쓴 듯 담은 밥과 뻑뻑헌 보리탁주, 여픽남묘 하올 적에 전준 와서 좋아헌다."

"어여루 상사디여."

장대비 굵고 긴 막대기처럼 쏟아지는 비. **메나리** 농군들이 논밭에서 일하며 흥겹게 부르는 노래 하나. **만볏모** 제철보다 늦게 여무는 모. **구렁배미** 움푹 팬 곳에 있는 논. 구렁논. **달거오례** 일찍 베는 올벼. **산돗모** 산비탈에 심는 모. **텃논** 집 가까운데 있는 논. **찰벼** 찹쌀이 나는 벼. **그이** '게' 내폿말.

"초두벌 만도리*에 기음*을 매어갈제, 유월염천 더운날에 한적
화하를 어이할꼬."

"어여루 상사디여."

"경복궁 새대궐에 요순같은 우리임금, 술잔을 가득부어 남산
흔수 하여보세."

"어여루 상사디여."

비가 온다. 비가 온다. 대한칠년大旱七年 단비 온다.

마른 땅을 흠뻑 적시어 주는 빗님에 방금 전 울기들을 까맣게
잊어버린 농군들이 저저금* 제 식구들 밥상에 오를 옥같이 흰 쌀
밥 그려보며 진둥한둥 달려가는데, 이를 꼭 옥문 채 객관으로 숨
어드는 사내가 있었다. 천지를 삼킬 듯 퍼부어 내리는 빗줄기 속
이라 아무에게도 들키지 않게 전패를 훔쳐 적삼 속 깊이 감추어
넣은 그 사내는, 황부흥黃富興이었다.

엎더지며 곱더져 객관을 벗어나 큰길까지 나온 그는 어디로 갈
까하고 잠깐 망설이었다. 욱하는 성질에서 매나니*로 훔쳐낸 전패
라 왈칵 겁이 나면서 도무지 막막하기만 한 것이었다. 우두망찰*
퍼부어 내리는 빗줄기만 바라보다가 실성한 사람처럼 히죽히죽
웃으며 하염없이 빗속을 걸어가는 그 중늙은이 농군사내 두 눈에

만도리 볏논 마지막 김매기. **기음** 김. **저저금** 제각기. 저마다. **매나니** 일을 하
는데 아무 연장도 없이 맨손뿐임. **우두망찰** 갑자기 닥친 일에 정신이 얼떨
떨하여 할 바를 모르다.

서는 뜨거운 것이 흘러내리고 있었으니, 아아. 천지간에 혼자인 것이었다. 너르나 너른 천지간에 저 혼자서만 내팽개쳐져 있다는 생각이었다. 등장 간다고 해서 따라와 봤으나 저저금 제 잇속 따라 움직일 뿐 아무도 제 폭폭한* 설움 들어주는 이 없어 더욱 서러워진 그 사내는 비척비척* 빗속을 걸어가는 것이었으니—

참말루 환장허것구먼이. 일구월심이루 그렇긔 지둘리구 또 지둘리던 빗님이 오시년듸 긔우제 지낼 이치 읎으니 구렝이 아랫턱 같은 생돈 엿돈오푼씩 안 물어두 되넌 즤덜이야 좋것지먼, 난 뭐냐? 국 쏟구 보지 데구 탕긔* 깨구 서방헌티 매 맞은 짝인 난 뭐냔 말여?

싸게 나오우.
밤이 얼마나 깊었는가. 간살 밖 반공*에 걸리어 있던 달도 기울어 가냘프게 울어예는 풀벌레 소리만 고즈넉한데*, 쇠* 따는 소리가 나면서 속삭이듯 낮은 목소리로 손짓하여 불러내는 쇄장이였다. 반좌율에 떨어져 원옥에 갖히운 지 사흘째 되는 날이었다.
얼마나 욕보시는가?
쇄장이를 따라 들어간 곳은 쇄장이들 쉴청*이었는데, 손을 잡는 것은 천만뜻밖에도 최이방이었다. 합창이 되지 않은 방치께

폭폭한 팍팍한. 답답한. **비척비척** 이리저리 맥없이 비칠거리는 꼴. **탕긔**(湯器) 국이나 찌개 등을 담는 자그마한 그릇. **반공**(半空) 허공. **고즈녁하다** 잠 잠하고 호젓하다. **쇠** 자물통. **쉴청** 쉬는 곳.

가 욱신거려 엉거주춤 아그려쥐고 앉는 그에게 몇 마디 눈비음˚ 하는 걱정을 하고 난 최이방이 눈살을 찌푸렸다.

집장사령한테 돈냥이나 찔러줬기 그만하지 까딱했으면 장폐˚ 될 뻔 했잖은가.

으르신이 손을 써주셨다규?

허, 말도 말게, 집장사령이 형방과 손 닿는 자라서 여간 돈에야 눈썹 하나 까딱해야 말이지.

아이구우, 저 때매 공중……. 월마나 인정을 쓰셨간디유?

돈냥이나 조히 부서졌지만 자네와 나 사이에 그까짓 사슬돈푼 이 무슨 상관이겠나. 사람이 우선 살고봐야지.

그레두 저 때매…….

실. 거지 베두루마기 해 입힌 셈만 칠˚ 터이니 쓸데 없는 걱정 그 만두구. 욕창˚이나 안 나게 조섭이나 잘 하소. 왜상한테 구한 특등 금창산˚을 쇄장이한테 줬으니 합창˚시킬 궁리나 해라 이말이야.

정 깊은 살붙이라도 된다는 듯 곰살궂게˚ 말하는 최이방이었 고, 영 어지러워지는 황부홍이였다. 가만히 생각하여 보고 자시고 할 것도 없이 벼락방망이로 생불˚을 받게 된 진티˚가 모두 최이방

눈비음 남 눈에 들게끔 겉으로만 꾸미는 일. 눈발림. 눈치례. 눈흘림. **장폐** (杖斃) 장형杖刑 탓에 죽음. 장사杖死. **욕창** 곤장 따위로 매맞은 자리가 아물 지 않고 생채기가 생기는 것. **금창산**(金瘡散) 칼이나 창같은 쇠붙이로 받 은 생채기에 바르는 약. **합창**(合瘡) 종기나 생채기에 새살이 차서 아무는 일. **곰살궂다** 성질이 부드럽고 다정하다. **생불** 갑자기 받게된 나쁜 일. **진티** 일 실마리가 된 까닭. 일이 잘못되어 가는 빌미.

으로부터 비롯된 것인데, 말하는 것을 보면 또 살깊게* 저를 생각
하여 주는 듯하여 무어가 무언지 도무지 헛갈리는 것이었다.

엄장嚴杖이야 기위 당한 일이니 풀쳐생각으로 효주*하고, 지금
부터가 큰일이로세.

예에?

녹수*는 두째고 우선 영옥*으로 이수移囚되어 엄형납고*될 터
인즉, 장폐될까 두렵다 이말이야.

뭔 말씀이시래유?

최이방이 쓰는 넉자배기 문자속을 알아듣기 어려워 황부흥이
가 눈을 동그랗게 뜨는데, 츕. 잔입맛을 다시고 난 최이방이 말하
였다.

감영으로 끌려가서 치도곤을 당하게 된다 이말이야. 감영옥이
란 데가 이깟 시골 토옥과는 달라서 한 번 간혔다 하면 두 발로 걸
어나오기 어려우니, 어쩔 텐가?

얼라아? 지가 뭔 조이가 있다구 감영이루 끌려간대유?

이런 가르친사위* 같은 사람하고는. 이대루 은사죽음* 할 작정
인가.

살깊게 몸에 살이 많이 붙은 자리가 두껍게. 효주(爻周) 글을 '爻'자꼴 표를
잇달아 그어 지워버림. 녹수(錄囚) 사람이 옥에 간혔을 때 마땅한가 당찮은
가를 밝히는 일. 영옥(營獄) 조선왕조 때 팔도에 하나씩 있던 감영監營옥. 엄
형납고(嚴刑納拷) 엄한 형벌을 받아 관청 다짐에 붙여짐. 가르친사위 너무
나 모르는 것이 많아 하나하나 타일러 길들인 주변머리없는 사위. 은사죽
음 마땅히 드러나서 보람이 있어야 할 일이 나타나지 않고 마는 일.

은사죽음을 허다뉴?

본읍 안전쥐짜리가 악판˚이란 건 자네두 당혀봐서 알지 않는가.

알쥬.

그러니 이대루 아닌보살하고˚ 앉아 있기만 해서는 칠성판˚ 지구

나가기 십상이다 이말이야.

그럼 워치케 혜얀대유?

자고로 무물불성無物不成이니.

야?

허, 참나무전대구녁마냥 속이 콱 막힌 사람이로세.

알어듣게 가르쳐 줍시우.

자네 밥술이나 먹지 않는가.

굶지야 않지면…….

재물이 모두 얼마나 되는가?

야아?

몇 마지기 농사나 짓는가 이말이야.

자드락지기˚까장 합쳐 한 스무마지기쯤 되녀면유.

스물닷 마지기로 알고 있는데.

그까짓 다랭이˚서야 몇 되씩 근지지두 못휴.

악판(惡板) 형벌을 무섭게 쓰던 수령. **아닌보살하고** 시치미를 떼며 아닌 체
하고. **칠성판** 시신을 넣는 관 밑에 까는 얇은 널조각. 북두칠성을 본따서 일
곱구멍을 뚫음. **자드락지기** 나즈막한 산기슭 비탈진 곳에 있는 논배미. **다
랭이** 비탈진 산골짜기같은 곳에 있는 층층으로 된 좁고 작은 논배미.

좋의*.

야?

눈 딱감구 절반만 뚝 떼서 들여놓게.

야아?

얼음판에 자빠진 황소 눈깔이 된 황부흥이였는데, 날 잡은 놈이 자루 잡은 놈을 어찌 당하랴. 모두 합쳐 스물닷 마지기쯤 되는 논밭전지 가운데서 천둥지기* 자드락논* 세 마지기만 남겨 놓고 죄 올려바친 다음에야 옥을 나올 수 있게 된 것이었으니—

애고 애고 설운지고, 이내 신세 가긍하다. 불상한 이내 신세, 뉘 있어 알아줄고.

다 퍼먹은 김칫독* 모양으로 십리는 쑥 들어간 두 눈가에 눈물이 그렁그렁 간신히 샅 가리운 고의 뒤폭 툭미어져 빳빳 마른 볼기짝에 주장매 맞은 자리 구렁이가 감겼는 듯. 몹쓸레라. 몹쓸레라. 공다리쳇것들 몹쓸레라.

황부흥이 기가막혀 울음도 울 수 없고 사지가 나른하여 애고 이를 어찌할고. 고생 끝에 낙 있다던 옛말도 다 틀렸으니— 십세 전에 조실부모 혈혈한 이 목숨이 밤을 낮삼어 뼈빠지게 일헌 끝이 밥술이나 먹게 됐다지만, 생전 가야 넘헌티 싫은 소리 한 번 안 허구 적악積惡헌 일 읎건마는, 전생이 뭔 조이 많어 이 지경이 되단말가.

좋의 좋네. **천둥지기** 물 샘자리가 없고 물을 닿게 할 차림이 없이 오직 빗물에 기대어 부칠 수 있는 논. **자드락논** 나지막한 산기슭 비스듬히 기울어진 땅에 있는 논.

퍼부어 내리는 빗줄기 속으로 허공을 밟는 듯 허청허청 걸어가던 황부홍이는 걸음을 멈추었다. 더 이만 걸어갈 수가 없게 된 것이었다. 경결천京結川이 앞을 막아서고 있었다. 무섭게 불어난 냇물가에 퉁어리 적은˚ 사람처럼 우두망찰 서 있던 그 중늙은이 농군은 품에 끼고 있던 것을 꺼내어 들었다. 임금전殿 자가 새기어진 그 나무패를 한참동안 들여다 보다가 이를 꼭 옥물더니 콸콸 촤르르 흘러가는 냇물 속으로 휙 잡어던지었다.

국약심우민   國弱深憂悶
가소배가친   家蕭倍家親
나라가 약하면 백성이 걱정되고
집안이 쓸쓸하면 어버이 생각을 더한다.

책 매는 데 쓰고 남은 자투리 백면지白綿紙에 단정한 해서체楷書體로 씌어 있는 오언율˚을 읽어보는 김사과金司果 입가에 파뿌리 같은 잔주름이 잡히었다. 나라국國 자와 집가家 자로 운韻을 불러주었던 것이 어제 낮전 배강˚을 마쳤을 때였으니―

조순종요자태평   祖舜宗堯自太平

퉁어리 적다 옳은지 그른지를 모르고 아무 생각없이 움직이다. 오언율(五言律) 한 귀마다 다섯자로 된 한시漢詩. 오율五律. 배강(背講) 책을 보지않고 돌아앉아서 욈. 배독背讀. 배송背誦.

진황하사고창생   秦皇何事苦蒼生

부지화기소장내   不知禍起蕭牆內

허축방호만리성   虛築防胡萬里城

욧임금 순임금 시절에는 세상이 태평하더니

진시황은 어째서 창생을 괴롭게 하는가.

모든 재앙이 집안에서 일어날 줄 모르고서

공연히 우량하이를 막는다고 만리성을 쌓았구나.

접때 보았던 칠언률*두 그러허구, 봉생봉이요 용생용이며 호
부에 견자 날 리 읎다*던 옛사람 말은 증녕 허언虛言이 아니었고
녀. 운자*가 떨어지기 무섭게 용사비등* 허던 알관주 밍문시루 죽
죽 써 내려 가넌 것은 아니라구 헐지래두, 이칠*에 벌써 이만헌
시를 지을 수 있다면 그렇게 둔재는 아니잖넌가. 더하여 필법 또
한 곧구 굳세어서 서체書體에 맞으며 승품 또한 그다지 성글구 미
욱허지 않으니, 순하인여하인*일 것인즉. 그 시격詩客은 애븨만
뭇허나 수는 허겠고녀. 부허구 또 귀허게 되넌 것이야 다 제 헐 탓

칠언률(七言律) 일곱자로 된 글귀 넷. 곧 스물여덟자로 짜여진 한시 한 체.
칠률七律. 칠언절귀七言絶句. **봉생봉**(鳳生鳳)**이요 용생용**(龍生龍)**이며 호부**(虎
父)**에 견자**(犬子) **날 리 없다** 봉황새는 봉황새를 낳고 용은 용을 낳으며 호랑
이 아비가 개새끼를 날 리 없다. **운자**(韻字) 한시를 지을 때 운으로 다는 글
자. 한시 첫머리 글자. **용사비등**(龍蛇飛騰) 용이 날아오르듯 살아 움직이는
것처럼 매우 잘 쓴 힘찬 글씨. **이칠**(二七) 열네 살. **순하인여하인**(舜何人汝何
人) 순임금은 누구이고 너는 누구냐는 말로, 너도 힘써 애쓰면 훌륭한 사람
이 될 수 있다는 뜻에서 쓰던 말임.

이겠으되, 즉어두 요절은 허지 않겠어.

"쉑귀야"

우각테 꺽기다리 안경* 너머로 장손을 바라보는 그 늙은 선비 눈가에는 그러나 잔주름이 없다. 전에는 글궁구에 조금만 재주를 보여도 옳치, 옳치. 눈에 넣어도 아프지 않을 것 같은 눈빛으로 어루만지고는 하던 것이었는데, 교태심驕怠心을 경계하려는 것인가. 묵권*을 들여다 보는 시관試官인 듯 엄한 눈빛이다. 조손祖孫 간에 문답을 나누는데

"나라가 무엇이냐?"

"제각각 방역에 창생들이 모여 이루어진 것입니다."

"허면, 그 요체넌 뭣인고?"

"예. 무력이올습니다."

"무력이라?"

"승과 토지와 인민덜 살림살이럴 지켜주넌 것은 창 곧 무력인 탓이지유."

"집은 무엇이드뇨?"

"그 억조창생덜이 저마다 자리잡구 살아가넌 터전이지유. 부자리."

우각(牛角)테 꺽기다리 안경 쇠뿔로 만들어 반으로 접을 수 있게 된 것을 말함. 쇠뿔 하나로는 흔히 안경테 한 벌을 만들 수 있었는데, 밤빛깔이 고르게 퍼져 있는 암소뿔로 거의 만들어졌음. 묵권(墨卷) '먹 묻힌 책'이라는 말로, 과거시험 답안지를 뜻함.

"민은?"

"풀이지유."

"호오? 어찌헤서 그러한고?"

"옛적이 아승*께서 비록 궁헤서 백성자리에 지셨으나 마침내 양주*와 묵적*을 물리치시구 공씨孔氏를 높이니 천하가 모두 이를 따렀습니다. 이것은 거반 그 도덕이 짚이 달퉝되기 때문에 천하가 믿음직스럽게 여겨 복종헌 까닭이지유. 또 소연*은 비록 혼미헤서 아넌 것이 읋었으나 마침내 불도를 일으켜 천하가 따르게 되었으니, 이는 그 지위가 달퉝험으루써 천하가 뵉종허게 된 것이지유. 그러므루 공자님께서 말씀허시기를 군자* 덕은 바람이요 소인* 덕은 풀인듸 바람이 불면 풀은 반다시 쓰러진다 헀으니, 이런 것을 두구 허신 말씀인 것이지유."

"허면, 백성의게 가장 요긴헌 것이 뭣인고?"

"밥이지유."

"밥이라?"

"사람의게 가장 소중헌 것은 먹을 것인 까닭이올습니다."

아승 아성亞聖, 맹자孟子. **양주**(楊朱) 중국 전국시대 먹물로, 노자老子 무위독선설無爲獨善說을 좇아 즐거움을 파고드는 인생관을 세움. **묵적**(墨翟) 중국 춘추전국시대 노魯나라 철인으로, 형식·계급·사욕을 깨트려 꿈나라를 만들자는 '겸애설兼愛說'을 내대었던, 맑스보다 큰 손윗사람이었음. **소연**(蕭衍) 중국 양梁나라 무제武帝. 성은 소, 이름은 연. **군자**(君子) 학식과 덕행이 높은 사람이나 여기서는 임금을 말함. **소인**(小人) 수양修養이 적은 사람으로, 여기서는 여느 백성을 말함.

"허, 어찌혀서 그러한고?"

"왕자이민이위천王者以民以爲天이요 이민인이식위천而民人以食爲天이라 혔으니, 임금은 백성으루써 하늘을 삼구 백성은 먹넌 것으루써 하늘을 삼넌다구 헌 까닭이지유."

"워디에 나오넌 말이던고?"

"사긔*이옵니다."

석규는 또박또박 말하였고,

"훌륭하도다."

채수염 끝을 두어 번 끄덕이던 김사과가 나직하게 말하였다.

"대저 하늘이 가장 귀허게 여기넌 것은 사람이요, 사람이 줸정히 여기넌 것은 도로구나. 사람이 도를 크게 떨치넌 것이요, 도는 사람과 뜰리 떨어져 있지 않다. 도가 만일 높어진다면 사람은 저절루 귀허게 된다. 도를 도울 수 있넌 것은 오직 덕을 높이넌 것박긔 읎으니, 즉 도를 높이며 덕을 귀히 여기넌 것은 오직 법에 첫머리니라. 연인즉 비로소 백성들 맘에 만족허게 될 것이니라. 반다시 이름을 바루잡어야 큰 덕이라 이르넌 것이니, 이것은 도가 강허며 이름이 크구 덕이 이뤄지넌 것이루 올러가넌 것이라. 여긔에 지위와 이름과 수를 읃넌다 혰으니, 즉 교화라넌 말이 나오게 된 소이연이로구나, 허나……"

_____

『사기(史記)』사마천이 지은 중국 역사책.

138

반자를 올려다 보며 감사과는 문득 탄식하였다.

"이단은 날루 승허구 우덜 도넌 즘차 쇠잔혜지니, 백성은 금수와 같이 취급되구 도탄 속이서 헤매는도다. 온 천하엔 인심이 도도혀서 올바른 긔강이 서 있지 않으니…… 아, 통탄헐 일인저. 이일을 뉘 있어 바루 잡것넌가. 반다시 문장이 바르게 닦이구 도와 덕의 짚이 툉허여서 백성덜이 믿구 복종헐만헌 사람이라야만 이를 가히 바르게 헐 수 있을 것이어늘. 또 모든 믠서덜은 무식허구 어리석기만 헤서 스사루 취헐 것과 버릴 것을 믈르구 있구나. 장차 진실루 우덜 도에 달퉝헌 사람이 나타나서 그가 물리친즉 백성이 버리구, 그가 제창헌즉 백성이 화답허게 되야 헐 것이니라. 이는 거반 여늬 백성덜이 우덜 도에 달퉝헌 사람에 믿음직허구 븍종헐 만헌 바가 됨을 알 뿐이요, 도에 그릇됨과 올바름이 있음을 아지 뭇허넌 때문이로구나."

"도성덕립헌 군자가 즉다넌 말씀이신지유?"

석규가 조심스럽게 여쭈어보는데, 김사과는 다시 한 번 말없이 중연˚쪽을 올리어다 보았다. 구화반자˚에 붙어 있는 파리 한 마리.

"이로부터 네려오면서 위에넌 어진 인군이 읇구 아래루넌 참된 선븨가 읇으므루 시상에는 가르침이 쇠퇴혀서 사특헌 언설이

중연(中椽) 그리 굵지 않은 서까래. **구화반자** 국화무늬를 새긴 반자.

방자히 프지구 있넌듸, 도덕에 현달헌 위에 있넌 사람마저 이 풍
조를 좇어서 제창허니, 아. 그 폐단은 이루 다 말헐 수 읎고녀."

장탄식을 하는 할아버지를 보며 석규는 꿇고 앉은 두 무릎 위
에 올려놓고 있던 두 주먹을 꼭 오무리었으니, 근래 들어 더욱 심
하여지시는 장탄식인 것이었다. 장탄식 뒤를 잇는 것은 그리고
날이 갈수록 더욱더 어지러워지고 곤궁하여지는 나라와 백성들
에 대한 걱정. 그러므로 뻑뻑이 글궁구를 열중히 하여 도성덕립
道成德立한 군자가 되라는 말씀.

……도道에는 고금이 없으나 예전에는 성현이 있었고 지금은
성현이 없으니 선비된 사람이 어찌 옛것을 사모하지 않으리오.
백성은 상덕尚德을 타고났으나 학문이 아니면 그 이치를 밝힐 수
없으니, 선비된 사람이 어찌 학문을 하지 않을 수 있을 것인가.

명분만 옛것을 사모하고 학문을 하면서 방심하여 나쁜 짓을
하는 것은 유독 한때 폐단만은 아닌 것이다. 세상이 쇠하고 풍속
이 퇴폐하여 선비된 사람은 이미 향학의 정성이 적고, 시군세주
時君世主도 따라서 학문의 이름을 미워하니, 유자儒者가 저상沮喪
하고 유속流俗이 득지得志하는 것은 말세의 공인된 병인 것이다.
가유假儒들이 떼로 지껄이는 것이야 그 말을 상관할 것이 없다하
겠으나, 단지 한스러운 것은 임금 마음이 속류俗流와 깊이 합하여
마침내 선善을 좋아하는 쌌을 보전할 수 없으니, 어찌 울울하지
않으랴.

시대마다 각각 그 숭상하는 것이 따로 있다. 전국戰國시대에 숭상한 것은 부국강병과 '싸워서 이기고 쳐서 빼앗는 것'이었다. 서한西漢 '순후淳厚'와 동한東漢 '절의節義'와 서진西晉 '청담淸談'이 모두 한 시대가 숭상하던 것이었다.

인군人君은 마땅히 일대一代가 숭상하는 것이 어떤 것인가를 잘 살피어서 숭상하는 것이 바르지 못하면 그 폐단을 바로잡아야 할 것이다. 지금은 권간權奸들이 억압하는 때라 사습士習이 시들고 게을러서 단지 녹이나 먹고 제몸이나 살찔 것만을 알 뿐, 임금에게 충성하고 나라일을 걱정하는 마음은 조금도 없다. 비록 한두사람 뜻을 가진 이가 있지만 모두 유속에 묶인 바 되어 감히 기운을 내어 국세를 떨치게 하지 못하고 있다. 세속 숭상이 이와 같으니 성상께서 모름지기 크게 일을 하실 뜻을 발분하시어 사기士氣를 진작시켜야 할 것이어늘. 그래야만 세도世道가 가히 변할 것이어늘. 아, 우리 임금은 무얼 하시는가.

옛날 맹자는 필부 힘으로도 단지 말과 글만을 가지고 사람들을 가르쳐서 시러금 사설邪說을 없이하고 정로正路를 열어 우禹와 같은 공을 이룩하였다. 하물며 인군은 세상을 다스릴 책무를 맡았으니 시러금 사도°로서 인민을 가르치면 비단 후세에 교훈을 드리우게 될 뿐만이 아니라, 당대에 교화를 일으킬 수 있으니, 그

사도(斯道) 유가儒家에서 유교도덕을 일컬을 때 쓰는 말. 인의仁義에서 말하는 도의道義로 더구나 공맹孔孟 가르침을 말함.

공이 어찌 아성만큼 뿐이겠는가.

지금 민생은 곤란하고 사습은 바르지 못하다. 성상께서 즉위하신지 서른 해가 되었으나 치국하는 실효를 아직 보지 못하고 있으니, 금상이 격물치지*성의정심*공력에 지극하지 못한 탓 아니겠는가.

"쉑귀야"

"예"

"나랏일과 집일이 일체이며 길허구 흉헌 것이 뱁이 같다. 일찍이 시상사람덜을 보건대— 최상은 덕을 심구 복을 심넌 것이요, 그 담은 약을 먹구 수핑을 늘이넌 것이요, 그 담은 재물을 봐서 후손의게 즌허넌 것이며, 긔중 계책이 읎넌 것은 질벙과 재앙이루 인허여 백가지 방책을 다헤두 효력이 읎어서 허넌 수 읎어 집을 욍기구 방위럴 꾀허넌 긩책얼 써서 아득헌 가운디 만일에 요행을 바라구 이곳저곳이루 욍기기럴 마지 아니하여 솥이 깨어지구 표주박두 읎어져 집이 더욱 쓸쓸허구 괸궁이 더욱 심허게 되넌 것이니, 이것을 거울루 삼어야 할것이니라."

"밍림허것습니다."

"자고루 시라넌 것은 짓는 사람에 그 타구난 바 바탕자리인 승정性情이서 스사루 펴오르넌 곳과 같은 것이니, 힘써 뇌를 쓴다구

격물치지(格物致知) 사물 갈피를 꿰뚫어 앎에 이른다는 유가철학 고갱이 가르침. 성의정심(誠義正心) 의義를 밝히고자 살손붙이는 바른 마음.

헤서 되넌 게 아니로구나. 맴이 아릿다운즉 시두 아릿다웁구 맴이 추루헌즉 시 또헌 추루헤지넌 것이다 이말이여. 연인즉 더구나 힘써 궁구헤야 헐 것은 학문이니라. 늘리 보구 많이 긔억헤서 깅사자가*와 열장노불* 스책덜얼 두루 읽어 그 그윽헌 곳은 비쳐볼 것이며 짚은 곳은 탐색헐 일이다. 청밍聰明이 불여다독不如多讀이라. 청밍헌 것이 많이 읽넌 것버덤 못허니, 다다 많이 읽어야만 허넌 까닭이라. 어떤 책이던 모름지기 반다시 백 번씩은 읽어야만 어시호 그 뜻을 잊지 않을 수 있을 것이니라. 대저 학문에 공은 모름지기 한 책을 숙독험을 요하구, 또 츤츤히 그 뜻을 새겨봐야 허나니, 급속헌즉 그 맛을 맛보기 어려운 까닭이로구나. 뻑뻑이 맴을 바루잡어 승性을 증定헸을 때만이 대허넌 곳마다 툉헐 수 있넌 이치니라.

"밍룀허것습니다."

공근하게 대답을 하면서도 제가 지어본 시문에 대한 따뜻한 칭송 말씀 한마디가 없는 것에 실쭉하여*진 석규는 아랫입술만 잘근거리다가, 두 주먹을 꼭 오무리었다. 할아버지 저고리 진동* 자락 밑으로 보이는 등토시*에 주고 있던 눈길을 거둔 그 도령은 똑바로 할아버지를 바라보았다.

깅사자가 경사자가經史子家. 경서經書·사서史書·제자諸子·문집文集. **열장노불**(列莊老佛) 열자·장자·노자·부처. **실쭉하다** 싫어서 한쪽으로 비켜나려는 낌새가 있다. **진동** 소매. **등토시** 여름철 소맷자락이 땀으로 살에 달라붙지 않게 등藤으로 얼기설기 결어서 만든 토시.

"굉사자가럴 익히넌 것이야 사문*에 당연지사겠습니다만, 열 장노불은 이단이 아닌지유?"

"어찌하여 그러한고?"

"열자 장자 노자에 학은 적寂에 떨어져 있구 석씨釋氏 도넌 공空 에 떨어져 있으니 이단이라 말씀허셨지유."

"부도일이이의夫道一而已矣라. 대저 도라넌 것은 오직 하나일 따름이라. 오도지외유하도재吾道之外有何道哉니, 출천지 대승이 신 공부자 도 앞에서 그 무신 도가 있으리요만…… 폐일언허구 노장지학이라넌 것은 황탄허구 석씨에 도라넌 것은 무부무군지 교無父無君之敎니…… 더 말헐 게 읎다."

나직하게 말하다 말을 중동무이한 그 늙은 선비는 지그시 눈 을 감는 것이었으니, 너무도 허황무계하며 황탄하여 준신하기 어려운 것이 선도仙道와 불도佛道인 탓이었다.

오직 깨끗한 마음으로 물욕을 떠나 도를 닦으며 좋은 약 즉 불 로초 같은 것과 천장선주天醬仙酒를 얻어 마시면 능히 천년만년 을 오래 살면서 백일승천白日昇天도 하게 되고 장생불사와 호풍환 우하는 재조를 갖는다 하나, 이것은 믿을 수 없는 일. 또 불로초 로 말하면 그 유전하는 경서 즉 불경에 수백가지 이름과 팔만사 천 권수를 가지고 있다하나 한마디로 이 세상은 악한 일이 허다

144

하고 사람은 모두 죄얼罪孽을 많이 지어 욕해慾海에서 헤매고 있
으니 사는 곳은 진세고해塵世苦海요 죽어서 가는 데는 윤회지옥
이라는 것 아닌가. 그러므로 이승에서 일찍 삭발위승하고 조석
으로 일심히 염불독경하여 이르는 바 도를 닦아 깨닫게 되면 전
생에 죄악으로 금생에 금수가 된 자도 인도환생하여 영복을 누
리게 되고, 금생에 삭발위승하여 도를 닦고보면 입지성불立地成
佛하여 불생불멸하는 극락과 신통광대한 조화법술로 능히 옥황
상제 위 가는 권세를 가지게 되어 빈부화복은 물론이어니와 저
우주간 모든 길흉화복을 만들고 전지하며 금수라도 내생에는 사
람으로 태어나 백수백복을 누린다 하니, 말은 지극히 좋으나 믿
을 수 없는 것이— 이미 진세를 버리고 적멸 경지에 들어간 자가
어찌 다시 사바세계 잡사에 간섭하여 자식없는 집에 자식을 주
며 가난뱅이를 부자로 만들며 또 염라국 지옥재판까지 지휘한다
는 말인가. 이는 모두가 후세 사람들 허무맹랑한 날조위작이 아
니면 소위 천상천하유아독존天上天下唯我獨尊한다는 과대망상일
것이다. 이같은 선불가仙佛家 말이 이치에 당하지 않는 줄 알면서
도 여기에 침혹되는 저 불상한 무리들을 설복시킬 도리가 없으
니, 다만 답답할 뿐이로다.

　잠깐 말을 멈추고 안석*에 등을 기대었던 김사과는 타구를 끌

안석(案席·案息) 벽에 붙어 세워놓고 편하게 기대어앉을 수 있게 한 것으로
재료는 보료와 같다.

어당겨 가래를 배앝더니, 우각테를 밀어올리었다. 참적 본 아들 병윤이 고을살이* 할 때 서른냥을 주고 맞추어 준 계림* 옥돌 안경이었다. 그 늙은 유생은 이윽한 눈빛으로 손자를 바라보았다.

"쉑귀야."

"예."

"아무리 오래 둬두 썩지 않넌 것이루넌 뭣이 있넌구?"

"금옥이지유."

"옳커니. 진흙 속이서두 썩지 않으며 불 속이서두 타지 않넌 것이루넌 이 천지만물 가운데서 금과 옥밖긔 웂구나. 그 단단허구 야무진 바탕을 어찌 써 녹 나넌 구리나 썩넌 무쇠와 같이 볼 수 있 것는가? 허면, 식물 가운디서 기중 오래 사넌 것이루넌 무엇이 있 넌고?"

"쇵백이지유."

"옳커니. 비와 이슬루 자양을 섭취허며 주야루 승장허넌 것은 다른 초목과 다 마찬가지로되, 얼음이 얼구 서리가 네려 땅바닥이 갈러질 때에 이르러서는 혼자서만 유독 시퍼런 빛을 유지혜서 한결같이 뷘허지 않으니, 쇵백이로구나. 이것이 어찌 거름 위에 돋어난 버섯 따위와 비슷헌 것이기나 허것넌가. 옛사람덜이 소나무와 잣나무 푸르름에 븨겨 그 절개와 충의지심을 다짐헀던

고을살이 원노릇. 계림(鷄林) 신라 딴이름. 경주慶州 옛이름. 우리나라 딴이름.

소이연이라. 그러면 갑충甲蟲과 우족羽族 가운데서 기중 오래 사
넌 것은 무엇인고?"

"거북과 학이지유."

"옳커니. 거북이와 학은 태에서 분화되서 나왔구 해를 향혀서
숨쉰다. 그 울음 소리가 멀리 들리넌 것은 하늘까지 울려 프지며,
그 굄괵이 가벼워서 연잎 위에두 올러앉을 수 있으니, 이것은 여
늬 괴기나 새덜과 비슷헌 유가 아닌 것이다. 즉 물物 가운디 그 무
리에서 뚜렷이 뛰어나 유독 시상에 오래 산다넌 이름을 가진 것덜
은 모두가 자연이구루써 생긴 그것이요, 사람 손이루 맨들어지넌
것이 아니다 이말이구나. 어찌 써 물만이 그럴 것이랴. 사람 또한
마찬가질 것인즉. 도릉지학道陵之學이라넌 것은 선븨가 대긔大忌
허넌 바요, 사람이루 이 시상에 태어나서 도리어 애븨 읎구 임금
읎넌 우량하이* 가르침을 배우구 손발을 놀리구두 먹구사넌 완
악헌 백성이 되넌 것이 석씨 가르침이니…… 일러 무삼하리오."

안석에서 등을 뗀 그 늙은 선비는 손자아이 쪽으로 훨씬 윗몸
을 기울이었다.

"하래비 말은 학문에 하나루 그런 것덜까지를 두루 살펴두라
넌 것이지, 그 가르침을 좇으라넌 것이 아니니…… 새겨 들어야
헐 터."

우량하이 '순록馴鹿 치기'라는 말로, '오랑캐' 본딧말.

"예에."

아랫사랑채 서고書庫에 있는 열장노불列莊老佛이며 순한묵허荀韓墨許에 우리나라 역사책들인『삼국사三國史』『고리사高麗史』『국조보감國朝寶鑑』『문헌비고文獻備考』며 양이洋夷나라 사람들이 지었다는 서책들까지를 떠올려 보며 석규가 턱 끝을 주억이는데, 안석에 등을 기대며 김사과는 혀를 찼다.

"사문斯文 문장덜 치구 노불학老佛學을 미워허지 않넌 자 읎으나 실행에 있어서 노불학을 벗어난 자는 하나두 읎구나. 왜냐허면 그 동작주선을 둥글게 허구 모난 것을 싫어허넌 것이 노장학老莊學이며, 혼자서만 행헐 뿐 남을 구휼허지 뭇허넌 것이 불도佛道인 때문이다."

안경을 벗어 연상* 위 오동안경갑 속에 넣고 난 김사과는 장죽을 입에 물었다. 가만히 몸을 일으킨 석규는 가판* 위에 놓여진 부시*를 쳐 올리었는데, 공중 또 아버지 생각이 나시넌가베.

"육깅六經과 제자백사이 능퉁혜서 짚이 탐구허지 않넌 것이 읎었구 석전이는 더욱 짚었구나."

푸우— 긴 연기를 내어뿜고 나서 혼잣소리인 듯 중얼거리는 김사과 노안老眼에는 걱정스럽고 슬픈 빛이 어리어 있었으니, 걱정스러웁고 슬픈 그 늙은 선비 눈길이 가 닿는 곳은 훨씬 열어 젖

연상(硯床) 벼루와 붓·먹 등을 넣고 아래칸에 종이를 두게 한 상이다. **가판**(加板) 두꺼운 유지(장판지)나 나무판대기에 천을 받쳐서 방바닥이 긁히지 않게 한 깔개. **부시** 맞부딪쳐 불꽃을 일게 하는 강한 차돌과 강철조각.

히어 놓은 비늘창 밖 석련지石蓮池였고, 석련지 너머 돌죽담 밑으로 보이는 것은, 그리고 피처럼 붉은 백일초百日草 한 송이. 몇 번이고 눈을 껌벅이며 산당화 철쭉 영산홍 자산홍 목련 모란곶 분곶 채송화 같은 봄곶들 다 사라져버리고 그 이름마저 아슴아슴한 곳 몇 가지만 피어 있는 돌죽담 밑 곶밭을 망망연하게 바라보던 김사과는 눈을 감았다. 그 늙은 선비는 두 눈을 꼭 감았는데, 눈을 꼭 감으면 감을수록 어른거리는 것은, 그리고 자식이었다. 그 잘났던 자식이 까치두루마기* 위로 종종머리 나풀거리며 곶밭 가를 뛰어다니던 모습.

세 살 적부터 못하는 말이 없고 수를 천까지 세었으며 네 살 때 능히 책을 읽었는데 『천자문千字文』을 사흘만에 읽어마쳤으니, 왈 일송삼백*이었다. 다섯 살에 처음 병풍과 족자에 글자를 썼는데 운필하는 것이 귀신같아서 사람들이 신동神童이라 일컬었고, 붓을 잡은지 한 달도 못되어 능히 큰 글자를 썼다. 어른 키로도 거의 한길이나 되는 장강대필*이니 두 손으로 붓을 모아쥐고 엉금엉금 기면서 글씨를 쓰면 글자꼴이 웅장하게 힘차서 용이 잡아들이고 범이 움켜잡는 꼴 같았는데, 생선 뱃바닥처럼 흰 비백飛白이 더구나 아름다웠다. 소미사* 초권쯤은 눈을 감고도 줄줄 외우

<hr />

까치두루마기 어린아이를 곱게 보이고자 다섯가지 헝겊을 모아 지은 두루마기. 일송삼백(日誦三百) 하루에 삼백자를 외우는 것. 일송삼백이면 뛰어난 천재였음. 장강대필(長杠大筆) 길고도 힘 있는 글씨를 가리키는 말. 소미사(少微史) 『통감通鑑』딴 이름.

던 김병윤이 처음 시를 지었던 것은 여섯 살 때였다. 때는 봄이었고 온갖 곳들이 다투어 피어나고 있는 곳밭 앞에 아그려쥐고 앉아 무언가 깊은 생각에 잠겨 있는 듯하던 그 어린아이는 아이오 아버지 서실書室로 들어가더니 장강대필에 먹을 적시어 큰 글자 다섯을 쓰는 것이었으니—

화락천지홍花落天地紅

곳이 떨어지니 천지가 붉다는 싯귀였다.

김오세*와 리산해*며 장계곡에 정다산 버금가는 불세출 천재라고 입 가진 사람들 칭송이 자자하였으나, 아! 섬찟한 느낌에 부르르하고 온몸이 다 떨려오는 그 아이 아버지였으니, 떨어질 락落 자였다. 단명귀短命句였던 것이다. 단명귀로 볼 수밖에 없었다.

시를 이렇게 짓는다고 할 것 같으면, 아직 지지도 않은 곳잎을 떨어진 것으로 보는 그 노성老成한 지감知鑑으로 말미암아 초년에는 영달하겠으나, 요절지상夭折之相이라. 저 또한 곳잎처럼 떨어지지 않고 어찌 배기어내겠는가. 마음에 걸리는 것이 떨어질 락 자였다. 왜 필발發 자가 아니고 떨어질락 자인가. 떨어질락자 대신 필발자를 넣고 보면 '곳이 피니 천지가 붉어질 것'이어늘, 하필 왈 '곳이 떨어져야만' 천지가 붉어지는가. 락자를 빼고 필발자를 넣어보면 어떻겠느냐며 조심스럽게 중단*을 권하였으나

김오세(金五歲) 단종端宗 때 생육신生六臣 하나였던 매월당梅月堂 김시습(金時習, 1435~1493). 리산해(李山海, 1539~1609) 선조宣祖 때 정승. 중단(重斷) 개작改作. 글자를 고쳐 쓰는 것.

잘래잘래 도리질을 하던 그 어린아이였으니, 시참이었던가, 아
니면 전정前定된 명운.

"푸우―."

장탄식 섞인 긴 연기를 내어뿜고 난 김사과가 절레절레 도머리
를 치는데, 송신증*을 견디기 어려워 이리저리 몸을 돌려보는 석
규 눈에 들어오는 것은, 고머리였다. 춘동春同이. 종종걸음으로
석련지 돌아 댓돌 밑에 서는 그 어린 종아이를 보며 석규가 한쪽
눈을 찡긋하는데,

"나으리 마님."

새해로 접어들면서부터 부쩍 숙성하여 장정꼴이 뚜렷한 춘동
이 목소리가 퇴를 넘어왔고, 김사과는 눈을 떴다.

"무슨 일이드냐?"

"안전쥐께서 납시어 계시오니다."

"밍부*께서?"

"네. 나으리마님께 쥔문* 올리것다구 관차덜 저느리구……"

"크흐음!"

헛기침 한 번 되게 하고 난 김사과는 동안 뜨게* 말이 없다가

"뫼시거라."

낙낙하지* 않은 목소리로 말하였고,

송신증 지루한 느낌으로 온몸이 쑤셔오는 것. 밍부 명부明府. 원을 일컫는
안전案前 딴 이름. 쥔문 존문存問. 원이 고을 백성 가운데 힘있는 이를 찾아
인사하던 것. 동안 뜨게 사이가 있게. 낙낙하지 부드럽지.

"녜에."

허리를 한 번 굽신하고 난 종아이가 물러가는 것을 보며 그 늙은 선비는 망건 위에 얹히어 있던 방건°을 만져보았으니, 해괴한 일이로고.

장님 손 보듯 한° 도임 직후 존문 말고는 웃느라고 존문은 그만두고 세찬바리° 하나 보내오지 않던 명부짜리 아닌가. 며칠 전 수향이 한 번 찾아와 원이 문안을 오고자 한다는 선통이 있기는 하였으나, 전에 없던 일이라. 저마다 연비를 맺어보고자 드나들던 근읍 수령명색들은 차치물론하고 풀방구리 쥐 나들 듯° 연락부절이던 주쉬°며 수향° 아향°에 갖은명색 빈아지°들까지 갈로무 자르듯 발길을 딱 끊어버린 것은 병윤이 죽고 난 다음부터였으니, 좌수상사°런가. 물결처럼 휩쓸려 가는 염량세태°라. 억약부강°으로 종하종인°하는 속배俗輩들 탓하여 무엇하겠는가.

수령 한 등내°는 5년이나 당상품계 수령이나 식구를 데리고 가

방건(方巾) 외겹으로 된 정자관程子冠이다. 그냥 머리가 심심해서 쓰는 거겠지만 뜻있는 선비들이 써서 오히려 존경을 받았다. 세찬바리 세밑에 물선하는 몬을 소나 말 따위 등허리에 잔뜩 실은 것. 주쉬(主倅) 원. 수향(首鄕) 수령이 가르침을 받는다는 곳이던 유향소留鄕所 우두머리인 좌수座首. 아향(亞鄕) 좌수 밑에서 일보던 사람. 빈아지 어떤 빗에서 일하던 아전. 빗은 관아에서 일을 맡은 자리인 색色을 말함. 좌수상사(座手喪事) 세상인심 메마름을 말함. 염량세태(炎凉世態) 세력이 있을 때는 알랑대며 붙좇고 세력이 없어지면 푸대접하는 세속 인심을 말함. 억약부강(抑弱扶強) 힘없는 이를 억누르고 힘 있는 이에게 빌붙는 것. 종하종인(从下从人) 아래에서 남에게 붙좇는 것으로, 从은 從 본딧글자임. 등내(等內) 일 맡은 동안 임기任期.

152

지 않는 미설가˚ 수령 경우에는 2년 반이었지만, 참으로는 1년 안
짝 때로는 서너 달 만에 갈리는 일이 잦았으므로, 독립특행˚으로
몸을 지키며 도리만 구하는 감사과로서는 숫제 누가 내 고을 수
령으로 있는지 관심조차 없었으니, 이른바 역려지과객˚인 탓이
었다. 그러나 잠시 머물렀다 가는 나그네는 나그네이되 바람처
럼 그냥 잠깐 스쳐 지나가는 나그네가 아니라 백성들 살가죽을
벗기우고 골수를 짜내어 가는 나그네인 것으로― 뜻 있는 선비˚
있어 이렇게 적고 있으니―

'외방 수령을 자주 바꾸는 폐단은 민요民擾를 일으키는 원인이
되고, 단 하루라도 비어두는 것은 있을 수 없는 일이니 차대差代
하는데 자세히 살펴 하여야 하며, 자리가 빈즉 빨리 택하여 보내
되 도임을 재촉하여 주소서.' 하는 상소를 올리었던 것은 좌상左
相 김병시˚였던가.

이때에 외직外職으로 감사監司 유수留守 병사兵使 수사水使로부
터 아래로는 수령·진장鎭將을 방매하는 것이 예로 되어 있었다.

미설가(未挈家) 수령이 도임 때 식구를 데리고 가지 않는 것. **독립특행**(獨立
特行) 누구한테도 아랑곳받지 않고 제 줏대대로 살아가는 몸가짐. **역려지
과객**(逆旅之過客) 마치 여관같은 이 세상에 잠깐 머무는 나그네와 같다는
말. **뜻 있는 선비** 황 현黃玹. **김병시**(金炳始, 1832~1898) 고종 때 영의정을 지냈
는데, 끝까지 일본을 비롯한 서구 열강과 통상을 반대했던 사대당 수구파
우두머리였음.

그리고 돈을 많이 줄수록 좋은 자리를 얻었으니, 혹은 한 자리에 1만냥을 바치면 제수되었고 뒤에 또 몇 천냥을 더해 주면 먼저 제수받은 사람을 쫓아낼 수도 있었다. 벼슬자리 순차를 끌어올리는 데도 더 보태어 준 다음이 아니면 아니되었다. 그러므로 시골사람이 엽관운동을 하다가 파산하고 빈손으로 돌아갔고 도임하는 자가 혹시 도중에 어물어물하면 상부 관청에서 파직시키기도 하였으니, 백성이나 이속들이 보내고 맞아들이는데 황황하여 고달플 지경이었다.

영남 한 고을에서는 한 해에 네 번이나 신관新官을 맞이하였고, 그들은 몇 달이나 자리에 있게 될지를 몰라 소나기와 같이 재물 빼앗는데 급급하여 백만금 재물이라도 다 빼앗겨 없어지고 말았다. 그때에 부자나 가난한 사람이나 다같이 곤궁하여져서 백성들은 살 뜻이 없었다. 팔도가 거의 같았으나 오직 호서湖西일대에는 경재鄕宰 시골집이 빽빽하게 들어 있어 서울 권귀權貴들과 서로 호응하였으므로 사대부로서는 재물이 넉넉한 자는 서로 물고 뜯기를 교묘하게 변하였다. 그러나 여느 민서들은 무단자武斷者한테 가혹한 폐해를 입었고 심하면 다른 도 관원들까지 침입하였다.

서울 벼슬아치들은 간혹 문직文職을 팔기도 하였다. 음도*로 처음 벼슬은 도사都事·감역監役·참봉參奉·감찰監察 따위이고, 품

음도(蔭塗) 공신功臣자손으로 과거를 거치지 않고 벼슬자리에 나가는 것.

154

계 우열에 따라 정가에 높낮이가 있었다. 혹은 2·3만냥 혹은 만 냥에서 수천냥쯤 하였다.

이때에 이서배들은 갖은 농간을 부려 많은 공명첩*을 만든 다음 천냥을 받기도 하고 혹은 술 한잔과 바꾸어지기도 하였다. 이 것이 처음 시작될 때에는 돈 있는 시골사람들이 재물을 바치고라도 출세를 원하였지만, 오랜 시일이 지난 뒤에는 자주 좋지 않은 일을 보았기 때문에 서로 싫어하였다. 이에 부랑배들은 경향을 오가며 집안을 망치려 하고 혹은 이곳을 넘기어다 보며 당자도 모르는 사이에 강제로 임명되기도 하였다.

관문*으로 독촉하는 사례가 매우 엄하였으므로 지방관들은 뒤가 두려워 봉행하며 빼앗은 재물을 같이 나누거나 그 가산을 적몰하여 충당하였다. 이것을 일컬어 벼락감투別惡龕套라고 한다. 방언으로 풀면 벽력霹靂을 벼락이라고 하고 모자를 감투라고 한다. 말하기를 한 번 억지 벼슬을 하면 가산을 탕진하게 되는 것이 벼락을 맞은 것과 같다는 것이다. 이에 백성들은 더욱 난리가 일어나기를 바라게 되어, 한사람이 분개하여 소리를 지르면 그를 따르는 사람들이 구름처럼 모여들었다. 그리하여 백성들이 수령을 담아낸* 것이 한 해에 수십 건이나 되었다. 이것을 민요民

공명첩(空名帖) 성명을 적지 아니한 서임서敍任書. **관문**(關文) 1.상관上官이 하관下官에게 또는 윗 관청이 아랫 관청에게 보내는 공문서. 2.관청 허가서. **담아낸다** 성난 인민대중이 벌떼처럼 들고 일어나 못된 수령을 짚둥우리에 태워 고을 살피 밖으로 내놓던 것

擾라고 한다. 옛날 제도로는 백성을 충동하여 시끄럽게 한 자는 목을 베었다. 그러나 지금에 이르러서는 그런 사람들은 다 목 벨 수 없기 때문에 많이 너그럽게 처리하여 종종 유배에 그치고, 민요를 일어나게 한 벼슬아치도 돈을 바쳐 은근히 도와주기를 바라므로 잠시 뒤에는 다시 승체되어 옮겨간다. 이에 김병시는 누차 진언하면서 눈물까지 흘렸으나 아무 소용이 없었다.

호서 어느 강변에 강씨姜氏라는 늙은 과부가 살고 있었다. 집안이 조금 여유 있게 살았으나 자식이 없어 개 한 마리를 데리고 살았다. 그 개 이름은 복구福狗였다.

하루는 어떤 사람이 그곳을 지나다가 '복구'라고 부르는 소리를 듣고 남자 이름으로 생각하였다. 그 뒤 그는 강복구姜福九 앞으로 감역을 만들었다. 마침내 그 값을 받으려고 찾아가니 과부가 웃으면서 "손님께서 복구를 한번 보시렵니까?" 하고 말하며 소리를 질러 복구를 불렀다. 그랬더니 개 한 마리가 꼬리를 흔들며 나오는 것을 보고 그 사람 또한 크게 웃으며 떠나갔다. 그로부터 호서에는 구감역狗監役이 있게 되었다. 그 밖 일 또한 미루어 알 수 있을 것이다.

"문 밖에 새그물을 치고° 있는 누거에…… 어인 행차시오?"

학창의° 걸치고 복건 쓴 김사과가 중문 밖까지 나서는데, 춘동이 안동받아° 인궤° 든 통인 대령하고 들어오던 군수는 헛웃음을 치었다.

"한번 찾아뵙는다 뵙는다 하면서도 목민에 분주하다 보니, 도무지 예를 모르는 자가 되었습니다."

"부모 마음은 오직 자식이 빙날까 걱정험이니, 백성덜 애호허길 자식같이 헤야 헐 뫽뮌관이루서 당연지사겠지요."

"가뭄에 황충에 천재지변은 끊어지지 않는데 불인문부도지설不忍聞不道之說까지 나돌고 있으니…… 모든 게 시생이 부덕한 소치올시다."

"오릅시다."

군수를 안동하여 퇴에 오른 김사과가 막 영외*로 들어서는데,

"문안 여쭙겠습니다."

두 무릎 꿇어 방바닥에 주저앉으며 양손 짚는 군수였고, 김사과는 얼른 맞절로 예수*를 차리었다.

"댁내 균안들 하시온지요?"

"릠려지덕이외다. 빌래무양 허시오?"

"예. 모든 게 다 사과장 어르신 염려지덕이올습니다."

학창의(鶴氅衣) 웃가장자리를 돌아가며 검정헝겊으로 넓게 꾸민 창웃으로, 선비들이 입던 웃옷 한가지. **안동받아** 사람이나 몬을 따르게 하거나 지니고 가다. **인궤**(印櫃) 관아에서 쓰던 도장을 넣어두던 궤. 인뒤웅이. **영외**(楹外) 장지로 아래웃칸을 나눴을 때 아랫칸 아랫목에 주인이 앉고 웃칸으로 들어온 손님은 영외서 인사하고 대화하며 허락을 받아야 영내楹內인 아랫칸으로 옮겨갈 수 있었다. —이훈종『민족생활어 사전』에서. **예수**(禮數) 주인과 손이 서로 만나보는 몸가짐. 지체에 맞는 몸가짐.

"네려앉읍시다."

군수를 데리고 영내檻內로 내려간 김사과가 방사오리*에 등을 기대는데, 춘동이는 얼른 보료* 앞 방석을 들어 군수 발치에 놓았다.

"좌정하시오."

김사과가 말하였고,

"예."

군수가 반물빛*으로 은은한 도포자락 헤치며 방석 위에 앉자 물림퇴* 위에 서 있던 통인이 영외로 들어와 훨씬 문간쪽으로 모꺾어 앉았고°, 군수는 조촐하게 꾸미어진 사랑 세간살이들을 둘러보았다.

보료 위 장침* 사방침* 안석 궤상* 좌장*이며 서책들이 빼곡한 사방탁자*에 기다란 문갑*과 고비* 연상 장죽꽂이* 가판 요강* 타

방사오리 안석案席. **보료** 양반집에서 주인이 앉는 자리에 깔아두던 요. **반물빛** 짙은 검은빛을 띤 남빛. 쪽빛. **물림퇴** 본체 앞뒤나 좌우에 딸린 반 칸 너비 칸살. 물림간. **장침**(長枕) 나무로 판 위를 솜을 받쳐 보료와 같은 재료로 싸, 팔을 얹고 옆으로 기댈 수도 있게 해놓은 것으로 길게 된 것. **사방침**(四方枕) 장침과 같으나 사방 길이가 같은 것. **궤상**(几床) 팔을 얹고 쉽게 기댈 수 있게 만든 조그만 상이다. **좌장**(坐杖) 겨드랑이를 괴어 앉은 채 몸을 기댈 수 있게 한 짧은 지팡이. **사방탁자** 네 기둥을 세우고 사방이 탁 트이게 몇 개 층을 얹은 탁자를 말한다. **문갑** 책상쯤 높이되게 가로 길게 짜서 몬을 넣거나 얹게 한 궤. **고비**(考備) 글쓴 종이를 눈에 잘 띄게 넣어서 벽에 걸게 한 가구. 흔히 나무로 솜씨를 다해 짜나, 종이를 구부려서 붙인 간단한 짜임새 것도 있다. **장죽꽂이** 설대가 아주 긴 담뱃통을 아래로 가게 여러 개 세울 수 있도록 만든 연모.

구* 같은 것들이야 어지간한 선비명색 사랑에는 다 있는 것들인데, 얼음무늬 은은한 미리견* 유리병에 철따라 활짝 핀 곳송이들 꽂아놓고 옥타구에 백동요강이요 나비 새긴 은재떨이 놓여진 권문세가 사랑출입만 하여온 탓인가. 조촐하다 못하여 숫제 궁기가 흐르는 것으로 보인다. 서울 권문세가와 시골이라고 하더라도 행세하는 양반은 차치물론하고 심설 중인中人 나부랭이들 사랑에도 한두 점씩은 있게 마련인 당물* 왜물* 양물* 세간살이 한 점 보이지 않는 게 과시 독립특행으로 오로지 몸을 지키며 도리만 궁구한다는 늙은 선비 사랑답다. 도임 직후 존문 때도 그러하였지만 군수 눈길이 가 있는 곳은 김사과가 안석에 등을 기대고 있는 보료 곁 왼쪽이니, 검기劍氣를 빌어 벽사*를 하고자 함에서인가. 환도 한자루가 걸리어 있었다. 그리고 그 위쪽 벽으로 노송도老松圖 한폭이 걸려 있는데, 그 서리고 굽고 높고 꼿꼿한 줄기와 축축 늘어진 말쑥하고 끼끗한* 푸른 잎들이 여간 핍진*하지 않다.

"얘야."

김사과가 춘동이를 불렀다.

"안전께 담배 잡숴라."

"네이."

요강(溺矼)·**타구**(唾口) 요강은 오줌을 받는 그릇이며, 타구는 가래를 뱉아 받는 그릇이다. **미리견**(米利堅) 미국. **당물**(唐物) 중국 몬. **왜물**(倭物) 왜국 몬. **양물**(洋物) 서양 몬. **벽사**(辟邪) 사귀邪鬼 곧 요사스러운 귀신을 물리침. **끼끗한** 구김살 없이 깨끗한. 생기가 있고 깨끗한. **핍진**(逼眞) 참모습과 아주 비슷함.

영외 훨씬 문간쪽에 두 무릎 꿇고 앉아 있던 춘동이가 살그니 몸을 일으키었다. 발뒤꿈치를 치켜들고 조심조심 소리나지 않게 영내로 내려온 그 종아이가 십장생十長生 새기어진 나전칠기 담배합에 손을 대는데,

"아니올시다."

댕구방망이 끝을 흔드는 군수였다.

"평양일초˙나 승천초˙는 못되더래두 즉어두 수원불겡이˙쯤은 쌈지에 들어 있어야 행세허넌 집 사랑 출입을 헐 수 있다던디⋯⋯ 내 집 사랑엔 반불겡이˙밖이 읎으니, 숭이나 보지 마시오."

김사과가 빙긋 웃는데,

"아니올시다. 아무리 세상이 낙후하고 풍속은 투박하여 금수에 세상이 되어 가기로 언감생심 부집전배˙앞에서 맞담배질을 한다는 말씀이오니까. 예를 모르는 자라고 나무라시는 듯하여 듣자옵기 면구하오이다."

손사래를 치는 군수였다. 마뜩하지 않은 눈길로 홍감˙부리는 군수를 바라보던 김사과는 말없이 장죽을 입에 물었고, 춘동이가 부시를 쳐 올리었다. 길게 연기를 내어뿜고 난 김사과는 퇴 아래서 있는 손자를 들어오게 하였다.

평양일초(平壤逸草) 평양에서 나오던 담배. **승천초** 성천초成川草. 평안남도 성천에서 나오던 담배. **수원불겡이** 수원불경이. 수원에서 나오던 상길 살담배. **반불겡이** 반불경이. 1.빛깔과 맛이 제법 좋은 가운뎃길 살담배. 2.반쯤 익어서 불그레한 고추. **부집전배**(父執前輩) 아버지와 나이가 비슷한 전배. **홍감** 넌덕스러운 말과 몸가짐으로 정작보다 지나치게 떠벌리는 꼴.

"절허구 뵙거라. 우리 골 영각˚이시다."

공근하게 큰절을 하고 난 석규가 한발짝 뒤로 물러서며 무릎을 꿇고 앉는데, 군수가 김사과를 바라보았다.

"영손˚이오니까?"

"그렇소."

"허, 유시부에 유시자˚라더니…… 김장원을 빼다박은 듯하오이다."

"허, 사자는 불가부생˚이니…… 즌정된 천리를 어찌하리. 유경천위지지재˚면 뭣허구 두남재˚면 뭣허리."

단정하게 꿇고 있는 두 무릎 위로 놓여진 두 손등에 눈길을 준 채 그린 듯 앉아 있는 도령 생김생김을 요모조모로 뜯어보고 있던 군수 동탕한˚ 낯빛에 짐짓 놀랐다는 듯한 빛이 어리는데, 김사과는 헛기침을 하였다.

"그 사람과 믠분이 있든가요?"

"예에?"

"저 아희 애븨 말이외다."

"아, 면분뿐이겠습니까?"

"……?"

"수인사를 나눴던 게 기묘년˚ 회시 때였는데, 대재大才였지요.

영각(鈴閣) 원. **영손**(令孫) 남 손자에 대한 경칭. **유경천위지지재**(唯驚天偉地之才) 하늘과 땅을 놀라게 할 재주. **두남재**(斗南才) 북두칠성 아래, 곧 천하에 으뜸가는 재주. **동탕한** 살이 쪄서 통통한. **기묘년**(己卯年) 1879년.

그 재조만 빼어난 재사가 아니라 백령백리하고 능소능대*하고 백집사가감으로 속이 툭 터진 사람이었습니다. 참으로 아까운 인물이었으니, 나라에 큰 손실이올시다.”

“끄응.”

“출천지 그 재조만이 아니라, 신언서판이 우뚝하여 왈 황각*감 이었거늘……”

“허, 사자는 불가부생이니 즌증된 천리를 어찌허리.”

김사과 낯에 구슬픈 빛이 어리는데,

“영포* 년광*이 어찌 되는지요?”

군수가 물었고, 새삼 참척 본 자식 생각에 억장이 무너지는 듯하여 그 늙은 선비는 한숨을 삼키었다.

“이칠이외다.”

“바둑이 국수라면서요?”

“국수는 무신…… 겨우 밭 가넌 벱이나 아넌 풋바둑*입넨다.”

“도기짜리를 일패도지시켰으면 국수가 아니고 무엇이겠습니까.”

“문질빈빈*한 군자가 되야지 잡그나 잘 헤서 뭣허것소.”

“참으로 숙성하고 의젓하오이다. 관옥같은 얼굴에 총민한 눈

백령백리(百伶百俐) **능소능대**(能小能大) 여러가지 일에 칠칠하거나 모든 일에 슬기롭고, 모든 일에 두루 막힘없음. **황각**(黃閣) 의정부議政府 딴말로, 재상을 말하기도 함. 영의정을 말함. **영포**(令抱) ‘영손’과 같은 말. **년광**(年光) 나이. **풋바둑** 어린 바둑. **문질빈빈**(文質彬彬) 겉모습 아름다움과 그 속이 잘 어울려서 아름다운 것을 말하니, 생김새와 속내가 들어맞음을 말함.

빛하며 이칠에 벌써 이렇듯 헌헌장부 기상이 넘치니 차후로는 괄목상대해야 되겠소이다."

"크흠."

"요즈음 무슨 책을 읽고 있는지요?"

"육경*을 마치구 백사*를 익히게 허구 있소이다만…… 여러가지루 부족헌 둔재외다."

"허. 호패도 차기 전 나이에 벌써 육경을 떼고 그 어려운 백사를 익히고 있다니, 유시부에 유시자올시다."

"허허. 어로불빈허넌 치룽구니라니께 그러시오."

입에 발린 보비위말이라는 것을 잘 알면서도 자식 칭찬해 주어서 싫어하는 사람 없다고 김사과 입이 어쩔 수 없이 벙긋 벌어지는데, 군수가 눈을 깜작깜작하였다.

"영손을 등제*시켜볼 의향이 없으신지요?"

"등제라니요?"

"올해가 식년 아니오이까. 가을에 감시*가 있다는 것을 모르시는지요?"

"어즈버 그렇긔 되었넌가."

"예, 금년 가을 감영에서 사마시,"

___

육경(六經) 역경易經·서경書經·시경詩經·춘추春秋·예기禮記·악기樂記. '예기' 대신에 '주례周禮'를 넣기도 함. 백사(百史) 모든 역사책. 등제(登第) 과거에 급제함. 등과登科. 감시(監試) 감영에서 생원生員·진사進士를 뽑던 과거. 사마시司馬試. 소과小科.

하는데, 김사과는 손자를 바라보았다.

"그만 물러가거라."

"예."

몸을 일으킨 석규가 조심스러운 뒷걸음질로 방을 나갔고, 군수가 말하였다.

"요번 사마시에는 소관이 삼시관*이 될 듯하여 드려보는 말씀이올시다."

"과일두 아직 완증되지 않었거늘, 벌써 시관이 증혜졌단 말이오?"

"과일이야 아직 안 잡혔지만, 그렇게 될 듯하다는 말씀이지요."

"금백* 신임이 지극허신 모양이구려."

"허허, 신임이 지극혜서가 아니라……"

말을 중동부이고 댕구방망이 끝을 한 번 쓸어올리는 군수였으니, 모르셨소이까. 유전有錢이면 사귀신使鬼神이니, 무물불성無物不成 아니던가. 포폄 때 질러주었던 5천냥 가운데는 삼시관 자리도 들어있는 것이다.

외방에서 치루어지는 생진 초시에는 세 사람 고시관이 있는데, 상시上試 한 사람은 서울에서 차송差送하고 부시副試 한 사람과 삼시參試 한 사람은 그 도 감사가 도내 수령 가운데서 차출差出한다. 또 할봉관* 한 사람도 부시와 삼시 예에 따라 임명한다. 세

삼시관 초시初試 때 세 사람 감독관으로 첫 자리를 상시관上試官, 둘째를 부시관副試官, 셋째를 말시관末試官이라고 일컬었음. 금백(錦伯) 충청감사.

사람 고시관 가운데 오직 삼시가 붓을 잡은 연후에 방을 내걸게 된다. 그러나 부시와 삼시 가운데 한 사람이라도 의견을 달리하여 수결˚과 함자銜字를 두지 아니하면 내걸지 못한다.

봄 2월에 식년 소과 회시를 보며 생원진사 천여인을 방방하였는데 시관은 일소一所에 김영수˚요 이소二所에 정범조˚였다. 이들은 모두 임금이 직접 임명한 사람들로서 사람들은 이것을 가리켜 첨서낙점˚이라고 하였다. 무릇 어떠한 관원을 막론하고 임명할 때는 이조吏曹에서 삼망을 갖추어 낙점을 받는 것이 예로 되어 있었다. 그런데 임금은 그것이 공정하지 못하다 하여 스스로 마음에 두었던 사람들을 어필御筆로 써서 내리었던 것이다. 또한 내탕금˚이 고갈되었다 하여 2백인을 더 입격시켜라 하였으므로 부호들이 엽전 만꿰미˚를 바치고 백패˚를 받기에 이르렀다. 가난한 선비들한테 지극한 원망을 산 이 생진회시를 가리켜 나라에서는 경광˚이라 하였다. 이때에 세자와 정동갑인 갑술생˚ 사람은 시원

할봉관(割封官) 과거시험 답안지를 모아 큰 봉투에 넣어 풀로 붙여둔 것을 뜯던 사람. **수결**(手決) 예전 도장 대신으로 모든 벼슬이나 구실 이름 아래 쓰든 일정한 글짜꼴. **김영수**(金永壽, 1829~?) 1870년 문과에 올라 1884년 협판내무부사協辦內務府事와 1886년 이조판서吏曹判書를 거쳐 대제학大提學을 지내었음. **정범조**(鄭範朝, 1833~1898) 1859년 문과에 올라 공조·이조·병조·호조판서를 거쳐 우의정을 지내었음. **첨서낙점**(添書落點) 벼슬아치를 앉힐 때 삼망三望에 든 사람 모두 마땅치 않을 때 다른 이들을 더 넣어서 점을 찍어 아뢰깃던 것. **내탕금**(內帑金) 임금이 궤에 넣어두고 사사로이 쓰던 돈. **꿰미** 구멍 뚫린 돈을 꿰어묶는 노끈이나 철사끈 따위. 꿰어놓은 갯수. **백패**(白牌) 생진과生進科에 든 이들에게 주던 흰 종이 본메글발. **경광**(慶廣) 경사스러운 날 널리 인재를 구한다는 말. **갑술생**(甲戌生) 1874년생.

임대신 및 춘계방 학사 아들 사위 아우 조카며 공주 옹주에 이미 작고한 명현들 자손으로부터 임헌회˚송병선˚홍종영洪鐘永 아들에 이르기까지 모두 입격시켰으니, 이른바 갑술참방˚이었다.

경시관京試官은 따로 녹봉이 없고 행자行資로 돈 8백냥을 내사內賜할 뿐이다. 입격자를 발표한 뒤 묵권을 거두어 이를 팔아서 쓰는데, 이것을 낙폭전落幅錢이라고 한다. 낙폭전을 거두어들이는 것은 부시와 삼시 또한 똑같다. 이러니 사마 초시에 들어 생원·진사 소리를 듣는 것은 오로지 시관들 손에 달려 있는 것이었다.

"모름지기 공정한 고시를 하고자 하는 순사또대감 충정이시겠지요. 하온대 의향이 어떠하신지?"

무슨 커다란 은혜라도 베푼다는 듯한 눈빛으로

"리영재 리부호군˚이 계방˚에 그 성명삼자를 올렸던 게 열다섯 때였사오니다. 유시부에 유시자로 출일두지˚한 영손 재조가 아까워 드려보는 말씀이니 경망하다 나무라지만 마시고……"

임헌회(任憲晦, 1811~1876) 이기이원론理氣二元論을 내치고 기가 낫다는 것을 내대는 주기론자主氣論者로 천주학天主學을 힘껏 내쳤던 성리학자였음. **송병선**(宋秉璿, 1836~1905) 송시열宋時烈 뒷자손으로 문과를 거치지 않은 음자제蔭子弟로 좨주祭酒 거쳐 대사헌大司憲을 지냈던 사람으로, 을사늑약을 만나자 음독자진飮毒自盡하였음. **갑술참방**(甲戌參榜) 융희隆熙가 갑술생이므로 갑술생을 알아내어 모두 진사입격進士入格시켰던 데서 나온 말. **리영재**(李寧齋) **리부호군**(李副護軍) 리건창(李建昌, 1852~1898) 열다섯 살에 문과에 오른 천재로 글씨와 고문古文에 막힘없었던 문장이었음. 정치보다는 학문에 힘을 쏟았다. **계방**(桂榜) 문과급제자 성명이 내걸린 것. **출일두지**(出一頭地) 머리높이 만큼 빼어남. 남보다 한층 높고 뛰어난 것.

166

얕은 웃음기 섞어 눈비음으로 말하는 군수였는데,

"위를 위혜서넌 덕을 위허구, 아래를 위혜서넌 백성을 위허넌 것이 신하라구 헌 것은 상서*에 나오넌 말씀이던가요. 자고로 삼문 안이루 들어가넌 사람덜은 그 집을 봐서 우리 임금 받들 것을 생각허구, 그 터를 봐서 우리 백성 잘 살게 헐 것을 생각허며, 그 됭량을 봐서 제자리에 어긋나지 않을 것을 생각하면 될 것이외다."

딴전으로 하는 김사과 대답은 엉뚱한 것이었고, 군수는 헛기침을 하였다.

"그래서 찾아뵈옵는 길이올시다. 해마다 가뭄이요 가뭄 뒤끝에는 의례 폭우가 쏟아져 내리고 폭우가 지나면 또 온갖 괴질이 창궐하는데, 넘쳐나는 것은 도적무리올시다. 근자에는 더하여 불인문부도지설까지 나돌고 있으니, 좌불안석이오이다."

"자고로 헛되이 생기지 않구 반다시 그 영문이 되넌 바 있넌 게 재앙이라 혯소이다. 오늘날 재빈이 어찌 적연헌 천수*라구만 허겠소이까."

"천수가 아니라면 어찌 써 천재지변이 이토록 무심할 수 있다는 말씀이오이까. 궐도*만 해도 불감당인데 온갖 도적무리에 더하여 궁흉극악부도지설까지 나돌고 있으니……"

"대저 일을 모의허넌 것이 아니면 이루지 못허며, 곧은 것이 아

상서(尙書) 『서경書經』 옛말. **적연(的然)한 천수(天數)** 뚜렷이 그러하게 하늘이 정한 운수. **궐도(厥徒)** '그들' '그'를 조금 가볍게 쓰는 말. 궐자. 궐공. 궐야厥也. 궐.

니면 백성이 심복허지 않구, 은혜가 아니면 그리워허지 않넌 것
이니…… 다다 잘 살펴서 행혜야지요."

"설상가상으로 이서배들 작간질이 여간 아니라 당최 부쩌지를
할 수 없는 게 시재 목민관 된 자들 형세다 이런 말씀이올시다."

"수령노릇을 바루 허고자 헐진대 스사로가 먼저 발라야 헐 것
이요, 스사로가 먼저 발라지고 보면 모름지기 사람을 아넌 밝음
이 있게 되며, 일을 츠리허넌 방도 또한 즈절루 드러나게 되지 않
겠소이까. 증대흥께서야 어련하시겠소만 노파심절루 헤보넌 말
이외다."

짐승도 오히려 그 허물을 듣기 싫어하거든, 하물며 남 모자라
는 것을 털어 이야기할 수 없다는 생각에서인가. 군수짜리 근지
와 됨됨이며 그가 고을을 다스리는 방도를 모르지 않는 김사과
는 공자님 말씀으로 비사치기*만 하고 있었는데, 이맛전을 잔뜩
으등그려 붙이는 군수였으니, 엥이. 이런 안방샌님* 보겠나. 나잇
살이나 젊은 작자라야 말하기 쉽지 늙정이들 하고는 도대체 근력
이 팽겨서 못해먹는다니까. 더구나 책권이나 읽었다는 왈 선비명
색들하고는. 마음 속으로는 힘껏 도머리를 치면서도 동탕한 낮에
드리우고 있는 얕은 웃음기를 거두지 않는 군수였으니, 과연 근
본은 무서운 것이었다. 시호諡號 받은 중시조中始祖 둔 홍패짜리*

비사치기 에둘러 말해서 넌지시 알아차리도록 하기. 안방샌님 바깥 출입
을 거의 하지않고 늘 안방에만 쳐박혀 있는 사내를 웃자고 하는 말. 아낙군
수. 홍패짜리(紅牌--) 문과급제자.

와 한미한 가운데서 분궁질*로 얻은 남행짜리*. 같은 품계 전후래라 하더라도 격이 다른 것이다. 더구나 여느 홍패짜리인가.

총명이 절륜하여 어떤 서책이고 간에 한번만 보면 암송하였다 하였지. 과거 볼 시기가 이미 닥쳐왔으나 놀기만 하더니 하루는 칠서七書 책갑을 뽑아 한번 슬쩍 보고는 책을 덮고 다시 보지 아니하였는데, 그 할아비 앞서 배강할 적에는 깊은 뜻을 모두 새겨 말하면서 메아리같이 응답하였다 하였고. 간진* 마음이 있지 아니하였으나 부조 성화에 밀려 그때부터 서실에 파묻히니, 사서삼경과 예기춘추禮記春秋와 고금 역대 흥망득실에 다 통하고, 시부표책*에 다 능란하여 먼저 연방*에 오르고 이어 용방*에 오르니, 사람들이 모두 두 눈을 크게 뜨고 보았다 하였지. 부조 봉양을 하고자 몇 군데 잔읍에서 고을살이를 하였는데, 찢어진 갓과 성긴 도포에 찌든 색깔 띠를 두르고 조랑말을 타며 요도 베개도 없이 남루한 이부자리를 덮어 위엄을 세우되 가벼운 형벌조차 쓰지 않음에도 간사하고 교활한 무리들이 모두 숨을 죽이게끔 하면서 진실로 백성을 자식처럼 애호하는 자애로운 덕으로써 다스리다가 다만 한 수레 책만을 싣고 집으로 돌아왔다 하였지. 단

분궁(奔競)질 온갖 수를 써 벼슬자리를 얻고자 하는 것. **남행짜리**(南行--) 조상 음덕으로 하는 벼슬살이. **간진**(干進) 벼슬자리에 나가려는 것. **시부표책**(詩賦表策) 과거시험에 나오던 것으로 보고 느낀 것을 읊는 여러가지 체 귀글, 있은 일을 풀어 이야기하며 그려내는 '부', 정치문제에 대하여 임금께 올리는 글인 '표', 어떤 문제에 대한 계책이나 방책을 가리새 있게 풀어내는 '책'을 말함. **연방**(蓮榜) 생진과生進科. **용방**(龍榜) 문과文科.

정하고 근신하며 박학하고 아존한* 왈 군자라. 허나, 옳기는 옳은 일이다만 대장부 남아로 세상에 한번 나와서 어찌 써 이와 같이 옹색한 도덕군자로만 살아야 하겠는가.

나는 그렇게 살지 않으리니.

춘풍春風 아름다운 계절을 맞아 준마를 타고 이름난 고을로 들어서면 좌우 긴 소나무와 전나무는 큰길에 그늘을 이루게 하여 십여 리를 연하였고, 팔뚝을 반쯤 내놓은 소매 짧은 푸른 옷 나장이*가 쌍쌍으로 앞을 인도하고, 초금*과 피리소리가 어울리고 말이 날뛰어 그치지 않으며 역마꾼이 고삐를 잡아 달리며 대문 밖에 이르러서는 소라처럼 머리 딴 계집螺髮 수십 대가 길 왼쪽에 엎드려 혹은 머리를 쳐들어 우러러 보는 자도 있다. 나는 이때에 보지 않은 체하고 말에서 내려 상방上房으로 들어가서 혼자 마음속으로 생각하기를 '오늘 밤에는 누구하고 짝하여 잘꼬' 하다가 기생이 실과소반을 받들고 들어오면 나는 또한 생각하기를 '이 계집이 가할까 아니할까' 하여 반신반의 하다가 문득 주관主官이 찾아와서 문안을 드릴 때 동헌에 앉아 술자리를 마련하여 서로 술잔을 주고받고, 내가 일어나 술을 부어 돌리면 기생이 술을 받들고 들어오는데, 그 계집이 보기 싫게 생겨서 마음에 들지 아니하면 분하고 답답하고, 조금 부끄러워서 읍 가운데 산천이 모두 빛이 없고 좌우 사람을 볼 때 모두 몽둥이로 때려주고 싶다. 그 계집이 아름다워서 마음에 들 것 같으면 주관 거동이 모두 공황*이 움직이는 것 같아서 옥상 새도 또한 영리한 뜻이 있는 것 같았다. 며칠을 머무를 동안 낮에는 술에 고단하고 밤에는 잠자리에 고단하며 정신이 흐릿하고 분명하지 아니하여 가만히 스스로 생각하되, '이미 편안함이 없으니 오래 머무르면 병을 얻을 것이다' 하여 이때야 비로소 떠날 마음이 생겨 팔뚝을 베개삼아 흐느껴 울어 눈이 퉁퉁 붓게 된다. 주관이 문 밖에 자리를 펴고 아름다운 노래 몇 가락에 소매를 당겨 술을 권하여 전송하면, 부득이 말에 올라타고 떠날 때 해를 우러러 보면 노랗기만 하고 빛이 없다. 말 위에서 졸아 반은 깨고 반은 꿈꾸는 사이에 그 계집이 살푸슴*하며 표연히 나타나서 길가에 앉아 있는데, 눈을 문지르고 보면 곧 밤나무 숲이요, 귀에 가득 찬 바람소리와 물소리가 모두 노래하며 풍류 잡는 소리다. 날이 저물어 역에 투숙하면 연기가 쥐구멍에서 나고, 참새가 소나무 끝에서 지저귄다. 들때밑*이 농을 열어 자리를 펴면 나는 턱을 받치고 앉아서 만단수회*를 어찌 다 측량하여 헤아릴 수 있으리오.

겨울이면 또 돈피* 갖옷*을 입고, 푸른 모직으로 짠 모자를 쓰고, 자화즐발*을 타고 은빛 나는 좋은 매를 팔뚝에 얹고, 누런개

공황(龔黃) 중국 한나라 순리循吏인 공수와 황파. **살푸슴** 살풋 웃는 꼴. '미소'는 왜말임. **들때밑** 사나운 종. **만단수회**(萬端愁懷) 마음에 일어나는 갖가지 근심걱정. 온갖 시름. **돈피**(獤皮) 노랑담비 털. **갖옷** 가죽옷.

수대數隊가 따라오고, 뒤에는 기생을 태우고 가서 산에 올라 꿩을 쫓을 때 매가 꿩을 잡아 말 앞에 떨어뜨리면 사람들이 다투어 모인다. 골짜기 시냇가에 앉아서 마른 나뭇가지를 태워 꿩을 굽고 계집이 은바가지로 술을 따라 마시기를 권할 때 아래로 종에 이르기까지 남은 것이 돌아가는지라, 날이 저물어 올 적에 날리는 눈雪이 얼굴을 치는데, 반은 취하여 고삐를 잡아당겨 돌아오면 이는 참으로 행락취미 아니겠는가.

방아˚를 놓은 뒤에는 친구가 잔치하고 즐기는 곳을 찾아 기생을 끼고 앉아서 여러가지로 희롱하다가 밤이 깊어서 먼저 나와 기생과 더불어 같이 돌아오되 혹은 기생집에 같이 가고, 혹은 아는 사람 집으로 가서 비록 이불과 베개가 없으나 둘이서 옷을 벗고 같이 누우면 그 즐거움이 얼마나 지극한고. 나날이 이와같이 하되 항상 다른 사람으로 바꾼다. 만약 불법佛法으로 말하면 원하건대 평생에 호관˚ 숫말牡馬이 되어 수십마리 암말을 거느리고 마음대로 놀고 희롱함이 내가 즐거워하는 바이리니.

방탕하고 호걸스러우며 음특˚하게 살았던 전배 벼슬아치들 평생을 떠올려 보매 저 또한 그렇게 살아보리라고 작정하던 군수는, 간잔조롬한˚ 눈으로 김사과를 바라보았다. 과거를 아니볼 바에야 시관이 개떡같다˚지만, 지금은 어려운 청을 하러 온 자

자화즐발(紫花叱撥) 털빛깔이 밤빛인 말. **방아**(放衙) 공무를 끝내는 것. **호관**(壺串) 중국 한나라 때 궁중에서 말을 기르던 곳. **음특**(淫慝) 음충맞고 잔꾀 많음.

리가 아닌가. 남산골 샌님이 신청(선혜청) 안 고직이 시킬 재주
는 없어도 뗄 재주는 있다°고, 이 늙정이가 시방은 비록 꿩 떨어진
매° 신세라지만 고을 안 백성들한테 추앙 받는 왈 군자명색이니,
모름지기 잘 보비위해 둬야 할 터. 그 사내는 다시 한 번 헛기침을
하였다.

"곡재아의° 올시다. 모든 게 다 시생 글이 짧고 부덕한 소치로
여겨 일일삼성° 하고 있사온대…… 요즘 같아서는 당최 엄두가
나지를 않습니다."

"뭔 일이 있으시오?"

"민인들 말씀이올시다. 수쇄 나선 관원한테 손짓기° 를 하지 않
나, 죄없는 양반을 무함해서 발괄한 상것들이 관정발악을 하지
않나…… 당최 영이 서지를 않습니다."

"자고로 악인은 지혜루서 굴복허게 헐 것이요, 위엄이루 제압
허기 어렵습넨다."

"고신° 받고 내려와 중기° 하고 보니 전관前官 관채° 가 산같은데
동퇴서붕° 으로 온전한 공해° 하나 없습니다. 모내기철이 다 지나
도록 비 한방울 오지 않아 기우제를 올렸으나 감응이 없어 다시

간잔조롬한 졸리거나 술에 취하거나 저만의 어떤 생각에 잠겨 눈시울이
가늘게 처진. **곡재아의**(曲在我矣) 잘못이 제게 있다는 뜻. **일일삼성**(一日三
省) 하루에도 세 번씩 되돌아 살펴본다는 뜻. **손짓기** '손찌검' 그때 말. **고
신**(告身) 임명. **중기**(重紀) 사무를 인계할 때 전하는 문서. **관채**(官債) 관아에
서 진 빚. **동퇴서붕**(東頹西崩) 이리저리 쏠려 허술하다는 뜻. **공해**(公廨) 관
청건물.

한 번 곱기우제를 올려야겠는데, 허. 부비가 없어요. 이러니 십시일반으로 민인들한테서 그 부비를 걷을 도리밖에 없지 않겠습니까. 그런데 어리석은 백성들이 그 몇 닢 되지 않는 부비를 못 내겠다며 관장 영을 거역하고 있으니, 답답한 노릇이올시다."

"옛사람이 이르기를, 비록 뇌성벽력 위엄이래두 날마다 소리가 울리면 사람덜이 또한 두려워허지 않넌다 헸으니…… 다다 덕화루써 다스려야지요."

지그시 눈을 감은 채 김사과는 여전히 공자님 말씀만 하고 있었고, 군수는 여간 속이 타는 것이 아니었다. 점잖은 곁말로 에두르고 있지만 민인들 움직임이 심상하지 아니한 것이다. 갈꽃이라는 간나희를 기안탁명*시킨 것과 괘서죄인 근포한다는 명목으로 김억만이를 비롯한 여남은 명 목곧이들을 잡아들인 것에 황부흥이 쪼간이며 더하여 기우제 해자로 엿돈오푼씩 내라는 말에 울근불근한다는 이방놈 말이다. 배 먹고 배 속으로 이 닦자*는 최이방놈 말인지라 새겨들어야 할 것이지만, 다른 아랫것들 말 또한 크게 다르지 않으니, 정녕 일은 심상하지가 않은 것이다. 발괄하고 소지 돌리고 등장 들어오는 만큼이 아니라 숫제 제진이라도 나올 듯하니, 이러다가 지어 민요라도 일어나는 것 아닐까. 인뒹이를 빼앗긴 채 월품* 밖으로 담아내졌다는 다른 고을 관장

기안탁명(妓案託名) 기생명부에 이름을 올리는 것. 월품 살피.

들 소식이 떠오르면서 부르르 진저리를 치는 군수였으니, 목이 갈하구나, 갈해.

저도 모르게 목울대 쪽으로 올라가던 그 사내 손이 닿은 곳은 댕구방망이 끝이었다. 훨씬 떨어진 웃칸 문길에 통인과 마주보게 모꺾어 앉아 있던 종아이가 몸을 일으키고 있었는데, 허. 소해*치고는 제법 청수한 미목이다. 긴 머리를 땋아 늘이고 있는 통인은 대흥고을 수통인首通引으로 나이 근 서른 한 사람이었는데, 허위대*만 컸지 너부데데한 낯짝에 오동바가지 같은 살색이어서 더구나 그렇게 보이는가. 군수 눈에 부러워하는 빛이 어리었는데, 이건 또 뭔가. 낯짝은 보이지 않지만 삼베 도랑치마*밑으로 드러나는 붉은 알정강이가 알 밴 칡뿌리처럼 통통한 것으로 봐서 계집종아이일시 분명한데, 잡술상*인가 밤 이슥하도록 연앵이와 농탕질 치느라 늦잠이 든 탓에 목이 깔깔하여 입매 시늉으로 전복죽 두어 술만 뜨고 나오는 길이라 속에서 거시침*이 넘어오는 군수였다. 그러나 계집종아이한테 넘기어 받은 것을 두 손으로 받치어 들고 와 소리나지 않게 내려놓은 것은 허물벗은 긴짐승*인 듯 주칠이 벗기어져 희뜩거리는 목예반이었고, 대접 두 개만 달랑 놓여 있다. 청랭한 물 대접에 볶은 찹쌀가루와 강릉 석청石淸

소해(小嫈) 14~5세 사내 종. **허위대** 겉꼴이 좋고 큰 몸집. **도랑치마** 무릎이 드러날 만큼 짧은 치마. **잡술상** 손님이 잡수실 조촐한 다과상. **거시침** 가슴속이 느긋느긋거리며 목구멍에서 나오는 군침. 거위침. 거위오줌. **긴짐승** 배암.

타서 만든 제호탕*.

"잡수시오. 염천이 해갈허넌 디는 제호탕이 기중 낫습넨다."

김사과가 말하였고, 군수는 두어 번 잔입맛을 다시었다.

"솔안말 출입은 자조 하시는지요?"

"솔안말이라니요?"

"이허담 이문장 말씀이오니다. 사과장 어르신과는 자별한 사이가 아니시오이까."

"핑편이 소식이나 듣구 있소이다. 잡수시오."

두 번째 권유를 받고 나서야 제호탕 대접을 들어 한모금 맛을 보고 난 군수가

"청냉하고 달큰한 맛이 여간 아니오이다."

한마디 하더니, 콩소매* 속에서 삼팔주* 수건을 꺼내어 입가를 찍었다. 그 사내는 댕구방망이 끝을 뱌비작거리었다*.

"허담장께서는 숨어 계시는가요?"

"약존약무지 숨은 것이 아니오."

"하면, 산림으로 천거되기를 바라고 계시는가요?"

"허. 아무리 산림두 청이루 허넌 시상이라지면 오자*만침은 그

제호탕(醍醐湯) 오매육烏梅肉·사인砂仁·백단향白檀香·초과草果 따위를 곱게 가루로 빻아 꿀에 재워 끓였다가 냉수에 타서 마시던 음료. **콩소매** 옷소매 밑으로 볼록한 어섯으로. 예전 사람들은 주머니 갈음으로 썼음. 도포道袍자락 볼록한 소매. **삼팔주**(三八紬) 중국에서 나던 명주 하나. **뱌비작거리다** 자꾸 대고 뱌비는 짓을 하다. 뱌빚거리다. **오자**(吾子) 아주 친한 친구를 부를 때 쓰는 말.

176

런 사람이 아니외다."

"벼슬도 원하지 않고 숨지도 않았다면, 무얼하고 계시는가요?"

"내가 들으니 숨넌 사람은 그 몸만 숨을 뿐 아니라 또 반다시 이름을 쉼기며, 이름만 쉽길 뿐 아니라 또 반다시 맴까지 쉼기넌 것이니, 이는 다름이 아니라 남이 알까 두려워 헤서 남이 아지 못허게 허넌 것이요. 베슬허넌 것은 이와 뒤쪽이루 뮘이 반다시 죄정 위에 서서 좋은 관복과 큰 띠루 화려허게 갖춰 이름이 실지루 그 맴에 있넌 바가 증사에 나타나구, 시가詩歌에 올러 사방이 널리 빛날 것이니. 맴을 워찌 쉼기리오."

시부를 읊조리듯 나직한 목소리로 말하는 김사과였는데, 크음. 도둑이 제 발이 저리다고 공중 저를 나무라는 소리로 들려 심기가 잔뜩 비편*하여진 군수는 헛기침을 하였다.

"리군자 어르신을 한번 만나보시지요."

"내가 말이외까?"

"이문장과 짝하실 만한 분이라면 본읍에 어르신 말고 또 누가 있겠습니까."

"그 말을 허구자 이 누거를 찾으시었소?"

"몇 차례 사람을 보내었으나 당최 받자하지를 않으시니, 시생을 불치인류*로 여기신다는 말씀 아니겠습니까."

비편(非便) 거북함을 느낌. '불편不便'은 왜말로 조선사람들은 '비편'이라고 하였음. **불치인류**(不齒人類) 아직 이도 솟지않은 어린아이니, 사람으로 여기지 아니한다는 뜻.

"허. 잠부°로서 폐출입허구 책만 읽넌 게 워디 어제오늘 일이외까."

"명색이 관장된 자가 존문을 가겠다는 데도 그 문을 열어주지 않으니, 도무지 아랫것들 앞에서 얼굴을 들 수 없습니다."

"솔안말 뒷산이서넌 나물을 캘 만허구 물이서넌 또 괴기럴 낚을 만 허니, 죅히 시상이 구험이 욿어두 스사루 즐거움이 있을 것이외다."

"신선이올시다 그려."

"잡수시오. 허담이 고기를 낚넌 물만은 뭇허나 뒷동산 감로천 물루 탄 것이니 맛이 바히 욿지는 않을 거외다."

김사과가 말하고 나서 대접을 들어올리는데, 벌물 켜듯° 제호탕 대접을 뒤집고 난 군수는

"어르신."

하고 부르며 꼿꼿한 눈길로 김사과를 바라보았다.

"만동이라고 하던가요?"

"으응?"

"그 흉악무도한 겁수죄인°한테서는 무슨 기별°이 있습니까?"

"긔별이라니?"

김사과 낯에 핏기가 걷히는데, 군수는 빙긋 웃었다.

"이 댁에 그 아비되는 자가 있으니 말씀이오."

잠부(潛夫) 숨어 살며 잘못된 정사를 따지는 선비. **벌물 켜듯** 젖이나 술 같은 것을 세게 빨거나 들이키듯. **겁수죄인**(劫囚罪人) 죄수를 사나운 힘으로 빼앗아간 죄인. **기별**(奇別) 소식을 전함. 또는 알림.

"소식이 돈절*된 지 다서 해가 됬으나, 잠쥥븨적*헌 뒤루 종무 소식이외다."

"그럴 이치가 있겠소이까."

"대믱천지에 낯을 내놓을 수 읈게 됬으니…… 어느 산중의서 산돌이*가 됬던지 해도루 숨어들어 잔믱얼 보존허구 있으리니…… 살었다 헌덜 기위 죽은 뫽심 아니겠소."

"전 등내 때 있었던 일이나 소관 또한 그 일로 인해서 여간 곡경을 치루고 있는 게 아니오이다."

"어리석은 것 허구는……"

김사과는 혀를 찾고, 군수가 말하였다.

"반옥환포* 하라는 형조 관문이 추상같소이다. 삼척지율*이 지엄하니 잡히기만 하면 갈 데 없는 참형이올시다. 부대시참수*하랍시는 상 분부가 지엄하오이다."

"율대루 좇어 행허면 될 일."

"그래서 드려보는 말씀아니겠소이까."

"나이 갑년*을 넹긴지 오래라 한낟 썩잖은 시신에 불과허다구 혜서 겁박허넌 거외까?"

"겁박이라니요. 언감생심 그럴 수 있겠습니까. 겁박이 아니라

돈절(頓絶) 아주 끊어짐. **잠쥥븨적** 잠종비적潛蹤秘跡. 자취를 아주 감춤. 장종비적藏蹤秘跡. **산돌이** 산에 익숙한 사람. **반옥환포**(反獄還捕) 사로잡아 다시 감옥으로 돌아오게 하는 것. **삼척지율**(三尺之律) 예전 중국에서 석 자 길이 대쪽에 법률을 썼던 고사古事에서 '법'을 가리키는 말. **부대시참수**(不待時斬首) 죄수를 잡는 대로 목 베는 것. **갑년**(甲年) 예순한 살.

사정을 하고 있는 것이올시다."

"되었소이다."

김사과는 묵묵히 장죽만 빨았고, 몇 마디 더 말 속에 뼈를 넣어 일변 어르고 일변 부탁을 하여 보던 군수가 몸을 일으키었다.

"그 자를 잡아들이는 것이야 본관이 할 일이니 너무 괘념치 마시고…… 행차*께서는 허담장과 같이 민인들이나 잘 타일러 주십시오."

설렁줄*을 잡아당기는 김사과 손길은 가느다랗게 흔들리고 있었다. 쾌하지 아니하게 군수 존문을 받은 다음날이었고, 반쯤 뜬 점심상을 퇴하고* 나서 잠깐 눈을 붙이고 난 다음이었다. 다시 한 번 설렁줄을 잡아당기던 김사과는 왼손으로 얼른 물림퇴 평기둥*을 짚었으니, 선잠*을 한 탓인가. 평하는 어지럼증이 일어나면서 해정 못한 숙취 뒤끝인 듯 관자노리께가 욱신거리었다.

"찾아계시오니까, 나으리."

조심스러운 천서방千書房 소리에 눈을 뜬 김사과는 다시 한 번 힘껏 눈을 감았다 떴다. 그 늙은 선비는 충혈된 눈으로 증조할아버지 적부터 내려오는 씨종*인 비부쟁이사내를 내려다 보았다.

행차(行次) 웃어른을 우러른다는 뜻에서 어른 또는 맞선이를 높이던 말. 설렁줄 사람을 부를 때 잡아다니면 소리가 나게 방울을 매단 줄. 퇴하고 물리고. 평기둥 물림퇴를 받치는 기둥. 선잠 깊이 들지못한 잠. 씨종 대를 물려내려가며 종노릇을 하는 사람.

"브새˚넌 여물을 잘 멕이구 있너냐?"

"출타를 허시려넌지유?"

"오냐."

"낮뒤가 훨씬 지났사온대 워디루……."

"쉴안말 리군자 댁이니라."

"청부루˚가 아니라 브새이옵니까유?"

"오냐."

"나귀를 대령허것습지오니다유."

허리를 한 번 곱송하고 난 천서방이 몸을 돌리는데, 다시 한 번 힘껏 눈을 감았다 뜨며 김사과는 평기둥을 짚었다.

"업석아."

마악 한발짝을 뗴어놓던 천서방이 다시 몸을 돌리고

"녜, 나으리."

하며 툇마루 위 상전을 올리어다 보는데, 김사과는 가만히 한숨을 삼키었다.

"금아무개라넌 아희넌 어지간허더냐?"

"녜?"

"심꼴이나 쓴다며?"

"녜에. 풋심˚깨나 있기두 허지먼, 그만허먼 뱀뱀이˚ 있구 너울가

브새 버새. 암나귀와 숫말 사이에서 난 튀기. **청부루** 털빛이 푸르고 흰 점이 박힌 말. **풋심** 아직 익지않은 작은 힘. **뱀뱀이** 예의나 도덕에 대한 교양. 곧 어른을 공경할 줄 아는 습관. 배움배움.

지˚와 횟손 좋아 즤 또래 젊은 것덜 가운디서넌 되꾁지 노릇을 허
넌 덧 하옵니다유."

"흠. 요지막두 젊은 아해덜이 밤마실을 자주 오넌고?"

"젊으나 젊은 것덜이 밤저녁 도와 낫자루 하나락두 깎어 볼 생
각은 안허구 밤낮 귀둥대둥 잣단 얘기˚덜이나 뫼서 허구 있어 장
야단을 치구 있습지요만서두…… 쇵구시럽구먼유."

천서방 손이 꼭뒤로 올라가는데,

"근자이 믠인덜 뎡태가 심상허지 아니허다지?"

김사과가 물었고, 꼭뒤로 올라가던 그 사내 바른손이 배꼽 위
에 대고 있던 왼손 위에 얹히어졌다.

"울근불근허넌 게 똑 저 븽증년간˚ 짝입니다유."

"흐흠."

"나잇살이나 훔친 축덜은 발괄이나 허며 하회릴 보자구 허지
면 핏종발이나 있넌 젊은것덜은 당장이락두 악치수령을 담어내
얀다며 여간 울근불근인 게 아닙니다유,"

하는데, 끄웅 소리와 함께 섰던 자리에서 주주물러앉는˚ 김사과
였다.

"얘야."

<hr />

너울가지 남과 잘 사귈 수 있는 솜씨. 붙임성이나 너그러움 같은 것. **잣단 얘
기** 의젖지 않은 얘기. 점잖지 못한 얘기. **븽증년간** 병정년간丙丁年間. 1876
년·1877년 병자정축丙子丁丑년 사이. **주주물러앉는** 섰던 자리에 그냥 내려
앉는.

"녜에, 나으리."

"담뱃대 졈 내오련."

"녜에."

득달같이* 방으로 들어가 장죽에 남초를 담아 온 천서방은 얼른 부시생기*에서 꺼낸 부시를 쳐 올리었고, 푸우─. 긴 연기를 내어뿜고 난 그 늙은 선비는 댓돌 밑에 양수거지하고 서 있는 비부쟁이 사내를 내려다 보았다.

"업쉑아."

"녜에, 나으리."

"크흠."

헛기침 한 번 하고난 김사과는 장죽을 입에 물었다. 두어모금 연기를 빨아들이던 그 늙은 선비는 푸우─. 긴 연기를 내어뿜었다.

"혹여 뭔 긔별이래두 있더냐?"

"녜에?"

"큰 아희 말이니라."

"함흥차삽*지유."

"크흠."

"치룽구니 같은 애물단지* 때매 나으리께 뵐 믠뢱이 읎습니다유."

득달같이 잠깐도 머무르지 않고 그대로 재빨리. **부시생기** 부시를 넣던 주머니. 종들이 바짓말기에 차고 있었음. **함흥차사**(咸興差使) 심부름을 간 사람이 떠난 뒤 다시 돌아오지 않음을 뜻함.

천서방이 고개를 푹 숙이는데, 김사과는 장죽을 입에 물었다.

"아무런 소식두 읎더냐?"

"죽었넌지 살었넌지…… 소식두 읎구 긔별두 읎구먼유. 워디가서 뒈졋것지유. 살었다먼야 다서 해가 늠드룩 여태 꿩 궈 먹은 소식이것습니까유."

"됬너니라."

"……."

"크흠."

"그럼 브새럴 대령시키것습니다유."

"오냐."

"쇤네 이만 무루와가나이다.*"

허리를 한 번 곱송하고 난 비부쟁이 사내가 서둘러 몸을 돌리어 몇 걸음 걸어가는데,

"천서방."

하고 다시 불러세우는 상전이었다.

"아니다. 브새넌 관두구 청부루럴 대령시키거라. 그러구 춘됭이럴 올려보내두룩."

"녜에?"

하며 천서방 눈이 크게 떠지는데, 김사과 목소리가 조금 높아졌다.

애물단지 1. 몹시 애를 태우는 몬이나 사람. 2. 어린 나이에 부모보다 먼저 죽은 자식. **무루와가나이다** '물러갑니다'라는 종말. 좋은 항것한테 맞먹는 말을 쓰지 못하였으니, 언어의 계급성을 말함.

"어허, 싸게 춘뎅이럴 올려보내라넌디."

"녜, 나으리."

천서방은 다시 또 허리를 곱송하고 나서

"나으리, 외오˚여기지 마소서."

하더니,

몸을 돌려 잰걸음을 하였고, 끄웅. 김사과는 몸을 일으키었다.

방으로 들어간 김사과는 화류목으로 짠 벼룻집 뚜껑을 열었다. 두꺼비꼴로 된 백자 연적硯滴을 기울여 몇 방울 물을 따른 그 늙은 선비는 먹을 갈았다. 지그시 눈을 감은 채 먹집게˚로 토막먹˚을 집어 먹을 가는데, 내 나이 올해 몇인고? 팔오금˚이 저리면서 견대팔께가 욱신거려 온다.

김사과는 굴궁구에 뜻을 세우면서부터 늘 할아버지 앞에서 날마다 좋은 교훈을 듣고 열심으로 궁리하여 눈도 붙이지 아니하였고, 마디그늘이라도 이를 아껴쓰고 안일하게 지내는 것은 극약보다도 독하다고 생각하여, 아무리 수레와 말이 문 앞에 드나들어도 잠자코 못들은 체 하였으므로, 사람들이 모두들 "글에 미쳤다." 하였다. 홍지˚에 그 이름을 올리고 나서 몇 군데 고을살이를 할 적에는 체문˚을 적고 뎨김˚을 쓰며 보장과 봉장˚을 지어 올

외오 나쁘게 여김. 나쁘게 생각함. **먹집게** 닳아서 짧아진 먹을 껴잡아 집게 된 대나무 집게. 묵협墨挾. **토막먹** 닳아서 짧은 먹. **팔오금** 팔꿈치 안쪽. 오금. **홍지**(紅紙) 문과회시文科會試 급제자가 받았던 입격증으로, 붉은바탕 종이로 되어 있었음. **체문**(帖文) 고을 수령이 향교 유생에게 타일러 가르치던 글.

리는데, 붓을 휘두르며 먹이 달음질을 치는 것이 바람과 구름처럼 빠르게 움직이는 것이었으니, 금방 갈아놓은 먹이 버쩍버쩍 말라서 아전들 팔목이 모두 벗기어질 지경이었다. 아침에 동헌으로 오를 때는 밝은 별이 반짝였고 밤에 내아로 돌아올 때는 촛불이 환할 때였다. 나라일을 집안일처럼 걱정하였고, 사람을 쓰는 데도 마땅한 인재를 마땅한 자리에 썼으므로 비록 위의를 갖추고 소리와 기운을 움직이지 아니하여도, 족히 천하 일을 손아귀 안에서 만지작거리듯 하여 고을 안 생민生民들로 하여금 날마다 충후忠厚한 세계로 옮아가게 하였으며, 감히 율을 범하거나 기강을 문란시키는 자가 없게 되었으니, 왈 선치수령이었다.

벼슬에서 물러나 한가롭게 지내고 편안하게 책 읽으며 여생을 즐기니, 이슬비가 주렴에 뿌리고 뜰에 이끼 낀 고요한 날이면 바둑 두기에 알맞다. 빗물이 주르륵 흘러 섬돌에 방울지고 처마 밑에 오동잎 떨어지는 소리 들리는 밤이면 거문고 타기에 알맞다. 불꽃같은 더위는 이미 가시[洗]고 맑은 바람이 시원하면 술자리를 벌이고 시를 읊조리기에도 알맞다. 소낙비는 물방울을 튀기고 가랑비는 실낱처럼 흩날리기도 한다. 천천히 오기도 하고 빨리 오기도 하여 그 뒤바뀌는 형태를 종잡을 수 없는데, 안석에 기대앉아 쓸쓸히 자락自樂한다.

데김(題音) 관청에서 백성이 올리는 소장이나 청원서에 그대로 쓰는 분부. 또는 보고서에 쓰는 판결문을 가리키는 이두. 봉장(封章) 임금에게 올리는 글인 상소문上訴文.

허나, 또한 무슨 소용이라는 말인가.

글을 혼자서만 읽을 뿐 반드시 강론하지 아니하며, 시를 혼자서만 읊조릴 뿐 반드시 화답을 구하지 아니하며, 술을 혼자서만 마실 뿐 반드시 빈객과 함께 하는 것은 아니다. 때로 느지막하게 일어나서 곤하면 졸기도 하고 혹은 동산을 거닐기도 하며 혹은 또 평상에 눕기도 하며 생각에 즐거운대로 가니, 그림자만 함께 할 뿐. 이제 금석今昔을 생각하니 흥망과 득실 변화가 무궁한데, 지난 것이 다 꿈이고 참된 것이 아니라면, 앞으로 올 것이 다 꿈이고 참된 것이 아니라면 앞으로 올 것이 또 참될 것이라고 누가 말할 수 있으리오.

붓꽂이에서 숙양˙ 한자루 뽑아들고 간지 위에 직초난행˙을 휘갈기어 편지를 쓰는데, 늙었는가. 아니면 마음이 민민한˙ 탓. 무슨 까닭으로 담아보고자 하는 그 마음이 잘 풀려나오지 아니하고 글자 모양새 또한 잘 되어지지 않는것이었으니—.

夫人性, 卽天之命也, 天命也, 元亨而利貞, 於穆而不已者, 誠也. 其賦於人則爲五常之性…….

대컨 사람 성품이라는 것은 하늘 명이요, 하늘 명이라는 것은 원형이정이며, 아릿답기[於穆] 그지없는 것은 성誠이오이다. 그 (성을) 사람이 타고나면 오상五常이라는 성품이 되

숙양(熟羊) 좋은 양털로 맨 붓. 직초난행(直草亂行) 곧게 쓴 초서草書와 난하게 (어지럽게) 쓴 행서行書.(반쯤 초서로 쓴 것) 민민(憫憫)하다 매우 딱하다.

며, 인의예지신仁義禮智信이라는 명목이 있지요. 성인은 성품대로 하여도 하늘과 같이 순일純一하나 배우는 자는 반드시 면려勉勵하여야 합니다. 그렇게 한 다음이라야 그 본성本性 덕德이 능히 충실할 수 있는 까닭이올시다. 능히 면려하여서 충실하게 하는 것은 신信이라야 하나니, (이것은) 외물外物로 말미암아 높아지는 것도 아니고, 거짓이나 억지로도 못하며 본래부터 성분性分 속에 갖추어진 것인데, 다만 사람들이 물욕物慾에 가리게 되어서 힘써 하지 못하는 것이 걱정이오이다.

써보다가는 지우고,

> 眞隱者能顯也, 眞顯者能隱也, 凡涕唾爵位……

진실로 숨어서 살 수 있는 덕을 가진 사람은 나올 수 있는 역량도 있으며, 세상에 나올 수 있는 역량이 있는 사람이라면 숨어서 살 수도 있는 것입니다. 무릇 벼슬하는 것을 더럽게 여기며 부귀를 천하게 생각하고, 흰돌을 베개로 삼고 맑은 물에 이를 닦는 자는 숨어서 산다는 것을 표방하매 괴이한 것을 행할 뿐이지 그에게 세상에 나올 수 있는 역량이 없는 것이며, 공명심에 사로잡히어 출세에 골몰하여 머리에 감투를 쓰고 허리에 인뒤웅이를 차고 다니는 자는 세력을 얻기 위하여 허덕이며 이끗을 좇아다닐 뿐이지 그에게 숨어 있을 덕이 있겠소이까. 적당한 시기에는 물러나올 수 있어서 백이伯夷가 아니면 숙제叔齊 노릇을 하며, 적당한 시기에는 벼슬에 나아가서 고요˙가 아니면 기˙가 될 수 있을 것이므로 나아가고 들어오는 데 있어서 언제나 스스로 만족스럽지 않음이 없는 사람이라야 진실로 숨을 수 있고 세상에 나올 수도 있는 사람일 것입니다. 숨어 있을 때에는 도道도 함께 간직되며 세상에 나오면 도도 또한 행하여지는 것이 아니겠소이까.

써보다가는 다시 또 지우던 그 늙은 선비가 이윽고 쓰게 된 것은 '緊有面商事暫爲枉如何'라는 열 글자였다. 긴히 만나서 상의할 일이 있으니 잠깐 다녀가심이 어떠하오?

"솔안말까장 월마나 걸린다구?"

청부루 굴레부리˙를 쥐고 걷는 춘동이 곁을 따라가던 금칠갑쫑七甲이가 서편으로 넘어가고 있는 해를 바라보며 물었고,

"월마 안듀. 보리밥 한 뒤솥 짓기˙먼 될 테니께."

하고 빙긋 웃으며 춘동이가 말하는데,

"얘 점 봐. 보리밥 뒤솥 짓기가 월마 안되넌 거리란 말여."

어이가 없다는 눈빛으로 바라보며

"싸게싸게 가야것다. 이 군자 으르신 뫼시구 해전이 돌와야니

고요(皐陶) 요·순 두 임금 때 군신 사이에 나눈 아름다운 말들을 적어두었다는 『서경』 편명. **기**(夔) 외발 봉황새로, 예전 종정鐘鼎 따위에 이 무늬를 새겼다고 함. **굴레부리** 말머리를 감싸는 가죽 끈.

싸게 질 쳡혀 가야것어."

재촉을 하더니, 고읫말기에 손을 넣어 조대°를 꺼내들었다. 잠시 걸음을 멈추고 찰쌈지 열어 박초°를 다져넣은 다음 부시를 쳐 급하게 서너 모금을 빨아들이고 나서 잰걸음을 하였다.

"얼라. 철록에밀°세. 방금 전 집 나올 적이두 뒷간°이서 픠넌 것 같더면 그새 또 핀대유."

춘동이가 밉지 않게 타박을 주는데, 크윽! 돋우어 올린 가래를 길섶쪽으로 멀리 배앝고 난 그 젊은 머슴은 절레절레 턱 끝을 흔들었다.

"야, 물르넌 소리 마라. 이거래두 있으니께 살어간다. 요 담배락두 픠넌 재미가 있으니께 이 팍팍허구 흠헌 시상을 살어간다 이 말이여. 너두 한모금 혜볼쳐?"

조대를 내어밀었고,

"내비둬유, 그 독헌 내럴 뭣때매 들어마신댜."

홰홰 손사래를 치는 춘동이였다.

"긔넌 워치게 됐대유?"

잔뜩 찡기고 있던 눈썹 사이를 바로 펴며 춘동이가 물었고, 금칠갑이는 조대를 입에서 뽑아내었다.

"긔라니?"

조대 대나무와 진흙으로 담배통을 만든 싸구려 담뱃대. **박초** 값싼 잎담배. **철록에미** 쉬지않고 담배를 피워대는 사람을 놀리는 말. **뒷간** 대소변을 보는 곳. '변소'는 왜말이고, '화장실'은 양말임.

"달구재 밑이 산더넌 황서방 말유."

"으응. 짐억만이 쬐간이루 긔린잽혀 간 이."

"그 쬐간이야 텀벅질*루 이골 난 최이방이란 부라퀴가 군불이 밥 짓기 허자넌거였구…… 마누라 겁간당헌 쪼간 말유. 발괄 들어갔다가 무함률허구 거시기 관장발악인가 뭔가 허넌 조이목*이루다 납청장이 됐다메유."

"잘 아너먼 그려."

"그 담 말유. 그 담이 워치게 됐너냐니께."

"워치게 되긴. 하옥됐지. 원욀이루다 끌려가 갖은 괴긩을 다 치르구 있다 이말여."

"저런 급살맞일 늠덜 같으니라구. 조이 읎넌 사람 잡어다 그 지긩을 맨들어 노먼 워쩐다."

"조이 읎이 끌려가 납청장 되넌 게 워디 짐윽맨이 허구 황벵이뿐인감."

"긔덜 말구 또 누가 끌려갔넌듀?"

"한두사람이래야 말이지. 괘서조인 근포헌다며 잡어간 것만 헤두 수십 멩은 늠을 테니께."

"저런 마른하늘이 날베락이나 마질 늠덜 같으니라구."

"그러니 싸게 새 시상이 와야지. 새 시상이 열려서 양반 상늠

텀벅질 탐욕스레 걸터듬질 하는 것. 탐박貪縛질. **조이목** '죄목罪目' 내폿말.

따루 읎구 부자두 가난뱅이두 따루 읎이 쌍노라니 똑같이 고르게 살 수 있넌 그런 시상이 와얐단 말여. 사람 사넌 시상이."

손티* 있는 이맛전을 바투 좁히며 조대를 빨아들이는 금칠갑이었는데,

"뒹짠 모냥일세."

피식 웃는 춘동이였고, 푸우— 긴 연기를 내어뿜고 난 금칠갑이가 매롱매롱한* 눈빛으로 춘동이를 바라보았다.

"뒹짜라니?"

"시호시호 이내시호 부재래시 시호뢰다. 뒹학 허넌 이덜이 장허넌 말이잖유."

"쌀됼이헌티 뱄남?"

"쌀됼이성만이 아니라 다덜 그러잖유."

"읍세, 너야말루 뒹짠 뫼냥이다. 심굴을 다 아넌 걸 보니."

"픠, 누굴 들은귀*두 읎넌 치룽구니루 아나베."

"심굴말구 또 아넌 게 뭐 있네?"

"얼라아? 누굴 뒹시퉤착시킬 뫼냥일세."

"그게 아니라아. 나두 한 번 배볼라구 그런다."

"웃녘새 아랫녘새 전주고부 녹두새, 함박쪽박 딱딱후여."

"그거야 수십년 전버텀 떠도넌 노래구…… 다른 거 말여."

_____

손티 조금 얽은 얼굴 마마자국. 매롱매롱한 눈이나 정신이 또렷또렷한. 들은귀 1.들은 겪음. 2.잇속 있는 말을 듣고 그 때를 놓치지 않으려고 함을 이르는 말.

"다른 거야 으른사람덜이 더 알지 안즉 뒹굇두 뭇곳은 내가 워치케 안댜. 칠갭이언닌 으른이잔유. 비록 외자상툴망정."

"너 또 까불쳐?"

주먹을 들어올리는 시늉을 하였고,

"까불먼 뒹짜루 뒹시쫘착시키게."

자라 모가지 오그라지듯 고개를 쏙 오므리며 장난스럽게 웃는데,

"호강 한번 헤볼쳐?"

"호가앙?"

"이렇긔 노량이루* 가다간 아무래두 해전이 돌어오기 어려울 테니 말여"

"호강허넌 거 허구 그거허구 뭔 상관이 있대유."

"상관이 있지. 이런 때가 아니면 까만종놈 신세루 원제 호강헤 보것네."

혼잣소리인 듯 낮은 목소리로 말하던 금칠갑이는 춘동이를 바라보며 씩 웃었다.

"이럴 게 아니라 니가 이 말을 타구 가란 말여."

"예에?"

"그레야 빠르잔컷남. 긘마년 내가 잡어줄 뙤냥이께."

노량이루 노량으로. 허정허정 놀아가면서. 느릿느릿한 움직임으로.

"아이구우, 큰일 날 소릴 다 허네. 나리마님 출입허시넌디 소용되던 청부를 내가 워치케 탄댜."

동그랗게 뜬 눈으로 왼고개를 치는° 춘동이었는데,

"밭이 달러서 그런가?"

입안엣 소리로 중얼거리던 금칠갑이는 왼쪽발을 들어올리었다. 제기 차는 시늉으로 왼쪽발을 무릎 높이로 가로지게 들어올린 그 머슴사내는 바른손에 쥐고 있던 조대를 털메기° 바닥에 대고 탁탁 두드리었다. 탄지°를 털어낸 조대 동부리°를 입에 대고 픔픔 두어 번 불어본 다음 고읫말기에 지르더니, 춘동이를 바라보며 다시 한번 씩 웃었다.

"한번 타보라니께."

"안듀, 안된다니께."

"아무두 보넌 이 읎넌듸 워떻타네. 갱그찬으니께 싸게 타기나 혀."

"다리가 뷩퉁진° 것두 아닌듸 벌건 대낮이 워치게…… 말을 탄대유."

잘래잘래 고머리를 흔들어 보는 춘동이였으니, 아. 뒷말을 중동무이고 말았지만 까만종놈 신세로 그럴 수는 없는 노릇이었다. 아무도 보는 이가 없다지만, 그리고 친언니같이 살가운° 정을

왼고개를 치다 퇴짜놓다. **털메기** 모숨을 굵게하여 몹시 거칠게 삼은 짚신. **탄지** 담뱃대로 피우다가 덜 타고 남은 담배찌끼. **동부리** 담뱃대 입에 닿는 어섯. 물부리. **뷩퉁진** 봉퉁진. 부러진. **살갑다** 마음씨가 부드럽고 곰살궂다.

보여주는 금칠갑이 마음씀이 살 깊이 박히지 않는 것은 아니었지만, 하늘이 알고 땅이 알고 내가 알고 네가 아는데 차마 그럴수는 없는 노릇 아닌가. 아버지 대신 큰사랑나으리 태운 청부루나 버새를 견마잡고 갈 때는 감히 그런 꿈도 꿀 수 없었으나 자치동갑으로 친동기간인 듯 진더웁게 지내는 석규도령을 태우고 떠날 때는 가끔 말 위에 앉아 있는 석규와 견마잡고 있는 저를 바꾸어놓는 생각을 하여보지 않은 것은 아니었으니, 어마 뜨거라. 상혈되는 낯빛을 감추기 위하여 고개를 푹 꺾으며 잰걸음으로 굴레부리를 끌어보는 그 종아이였는데, 어.

"헐 수 읎네."

몇 차례 더 채근*을 하여보던 금칠갑이는 왼손을 춘동이 곁동*에 넣고 바른 손을 두 허벅다리 밑 오금에 질러넣더니 아카사니* 소리와 함께 담싹 들어올려 청부루 빈 안장 위에 올려놓는 것이었다. 어어…… 하면서 말 위에 올려 앉히어진 춘동이가 저도 모르게 얼른 굴레부리를 잡는데, 그것을 빼앗아 잡은 금칠갑이가 허리를 한번 굽신하였다.

"나으리, 긘마넌 쇤네가 잡것습니다유."

넓적한 잎사귀 팽나무와 동백나무 수펑이 다옥한* 등 하나를 넘어 아랫말쪽으로 내려가는데 저만치 떨어진 소롯길을 빠져나오

채근(採根) 뿌리를 캐내다. 캐어 밝히다. 조르다. 쐐치다. **곁동** 겻동. 겨드랑이. **아카사니** 무거운 몬을 들어올릴 때 하는 소리. **다옥하다** 무성茂盛하다.

고 있는 지겟목발이 보이었고, 읍치 안 나뭇전에 내어다 팔아 좁
쌀되라도 돈 사 오려는가. 푼거리* 나뭇짐을 진 엄지락총각이었
다. 베수건으로 이마를 질끈 동여맨 그 총각은 이쪽을 잠깐 바라
보더니 질러가려는지 행길을 버리고 물매진* 언덕 사이로 난 좁좁
한* 외자욱길*로 올라갔고, 금칠갑이 채근 받은 춘동이는 다시 말
에 올랐다.

"워워."

굴레부리를 잡아채어 말을 멈추게 한 금칠갑이가 춘동이를 올
려다보았다. 사람들이 보이고 안보이는 자취 따라 타며 내리며
저만치 읍성이 바라다보이는 큰뜸까지 내려왔을 때였다.

"예서버텀은 혼자 댕겨와야것다."

금칠갑이가 눈웃음을 치는데,

"맘대로 휴. 둘이서 하냥 댕겨오라구 허신 것두 아니께."

입술을 삐죽하며 춘동이는 땅 위로 내려왔고, 금칠갑이가 그
종아이 어깨를 탁 쳤다.

"무르팍발장치기* 갈쳐줄 테니께 뤔려말구."

용두*. 박아무개 현신이요오―.

푼거리 땔나무를 작게 묶어서 몇 푼 돈으로 사고파는 일. 물매진 비탈진. 좁
좁하다 아주 좁다랗다. 외자욱길 사람 한이가 겨우 지나갈 만 하게 좁은 길.
무르팍발장치기 다리로 무릎을 걸어 넘어뜨리는 씨름솜씨 한가지. 용두(龍
頭) 문과장원文科壯元.

196

여창*을 알리는 인의* 목소리에 따라 근정전勤政殿 안으로 들어서니, 성상聖上은 저만큼 용상龍床 위에 드레지게* 앉아 계시고, 그 아래 좌우로는 금관조복金官朝服 삼공육경三公六卿이며 대소신료大小臣僚들이 비둘기처럼 두 줄로 주욱 줄지어 서 있는데, 은은하게 울려퍼지는 장악원掌樂院 악공樂工들 장환곡長歡曲 맞추어 그 가운데 터진 길로 천천히 들어서자, 지화자. 지화자. 녹의홍상綠衣紅裳 떨쳐 입고 화관花冠 족두리 쓴 기생들이 부르는 아릿다운 노랫가락 하늘 높이 소소리쳐 오른다.

국구웅—.

길게 늘어어 빼는 인의 소리에 따라 허리를 숙이고,

재배애—.

소리에 맞추어 큰 절을 두 번 올린 다음,

평시인—.

소리에 따라 몸을 일으키어 두 손을 배꼽 앞으로 모아 잡으며 허리를 조금 숙이는데, 천근 무게로 느릿느릿 들리어 오는 것은, 성음聖音이다.

그대는 오경사서에 막힘이 없으되 더하여 육도삼략같은 무장전서武將全書에도 달통하다지?

천학비재한 하향궁유를 과찬하여 주시니 몸둘 바를 모르겠나

여창(臚唱) 의식 차례를 적은 것을 소리 높이 읽는 것. **인의**(引儀) 조정 의례를 치러나가던 통례원通禮院 종육품 문관. **드레지게** 위엄있게.

이다.

박장원 같은 현사賢士를 얻었으니 이는 나라에 홍복이로다. 백천간두에 서 있는 이 나라에 동량지재가 되라.

황공하여이다. 명심불망하겠나이다.

별감別監 안동받아 내사복시內司僕寺에서 하룻밤 잔 다음 아침 사처잡은 곳에서 쉬고 있는데, 전조˚에서 나온 방군榜軍이 전하는 것은 자그마한 함이다. 두방망이질 치는 가슴을 달래며 함을 열어보니, 붉은 비단보자기에 싸인 교첩˚에 씌어 있기를—

박 아무개를 홍문관˚ 응교˚에 명하노라.

성상께 나아가 사은숙배謝恩肅拜 드린 다음 광화문光化門 밖 척나서니, 어허— 이루후어˚. 입은 것은 청삼靑衫이요 꽂은 것은 사화賜花라, 세상에 부러울 게 그 무에 있으리오.

"나으리. 아이, 나으리이."

조심스러웁게 어깨를 흔드는 바람에 눈을 뜬 그 사내는 쩍 소리가 나게 입맛을 다시었으니, 꿈이었던가. 언제나 겪게되는 것

전조(銓曹) 문무관을 인물 됨됨이나 재주를 겨뤄보아 뽑던 이조吏曹와 병조兵曹를 두루일컫는 말. 교첩(敎帖) 임금 명령을 적은 글. 홍문관(弘文館) 조선왕조 때 사헌부司憲府 사간원司諫院과 함께 경적經籍·문한文翰·경연經筵을 맡았던 관아. 문원文苑·옥당玉堂·옥서玉署. 응교(應敎) 1.홍문관 정사품 벼슬. 2.홍문관 직제학直提學 아래 교리校理 가운데서 아울러 맡던 예문관藝文館 한 벼슬. 어허— 이루후어 장원급제한 사람이 사흘 동안 서울거리를 돌며 사람들한테 기림을 받을 때 기생들이 불러주던 노래 후렴.

이기는 하지만 대과大科 용두龍頭에 올라 어사화 꽂고 신래新來를 다니다가 삼일유가三日遊街 마친 다음 은안백마 높이 올라 금의 환향하는 백일몽白日夢을 꾸다가 깨고나면, 가장 먼저 찾게 되는 담뱃대인 것이었다. 영 쓴 훗입맛 탓.

"흉몽을 꾸셨나 봐, 안색이 들 좋으신 게."

할랑거리는 부채질 소리와 함께 생긋 웃으며 곁에 와 부니는˚ 것은 밤벌레같은˚ 갓나희˚다. 외대머리 취련翠蓮이.

"어찌하여 지화자 소리가 나지 않느냐?"

츱츱 잔입맛을 다시는데,

"아닌 밤중에 홍두깨 내민다더니, 어느 장원랑˚ 서방님이 도문˚ 이라도 했답니까?"

사내쪽으로 부채바람을 내어주며 눈웃음 치는 그 여자였고,

"물렀거라 질렀거라 장원랑이 되었은즉 도문뿐이겠느냐."

쓰게 웃으며 반쯤 남아 있던 술잔을 뒤집는 사내인 것이었으 니―

장원랑은 그만두고 방안랑˚도 못되고 탐화랑˚ 또한 못된다. 장원 방안 탐화랑만 못되는 게 아니라 방말˚에도 못오른다. 이러니 당상堂上은 언감생심이요 참상˚도 아득한데 참하˚ 또한 다만 꿈

부니는 가까이 따르며 붙임성 있게 구는. **밤벌레 같은** 어린아이처럼 살이 토실토실하고 살빛이 보유스름한. **갓나희** 젊은 여자. 잘 노는 계집을 말함. **장원랑**(壯元郎) 문과 첫째. **도문**(到門) 문과급제하여 홍패를 타가지고 집으로 돌아옴. **방안랑**(榜眼郎) 문과 둘째. **탐화랑**(探花郎) 문과 셋째. **방말**(榜末) 꼴지 입격. **참상**(參上) 육품 위 종삼품 아래. **참하**(參下) 육품 아래. 참외參外.

속일 뿐. 오경사서에 막힘이 없고 무장전서 또한 달통하다는 것이야 다만 꿈속 일일 뿐이라지만, 겉문리나마 터졌으니 시부표책 흉내는 낼 수 있고 남다르게 큰 허우대에 주먹심까지 있어 활줄이나 당길만 하니 급제는 못하더라도 출신은 할 수 있을 터인데, 생진방말에도 못오르고 거말*에도 못끼이는 것은 전수이 초림*이요 편반*이요 남반*이요 신반*이요 건각*이요 좌족*이요 점족*이며 일명*으로 태어난 서얼庶孽인 탓이었다. 첩 자식.

　보잘 것 없고 비천한 것이 서얼들인지라 비록 고관대작 몸에서 태어났다고 하더라도 품계 등급이 겨우 중인 그것과 맞먹는 탓에, 중서中庶라 불리운다. 벼슬길이 막혀 있는 탓에 다만 구복口腹을 위하여 살거나 혹은 업무*라고 하더라도 영장營將과 중군에 그치고 혹은 영막營幕 비장裨將 밖에 올라갈 수 없으며, 업유*라고 하더라도 기껏 군아郡衙 책실冊室밖에 될 수 없다. 어떻게 간신히 음로蔭路를 밟아 나간다고 하더라도 내직으로는 겨우 학관學官이나 검서檢書요 외직으로는 찰방察訪이나 감목관監牧官. 늙고 병들어 아무것도 못하게 되면 그 천한 것이 더욱 심하여지는 탓에 지기志氣가 조금이라도 있는 자들은 늙도록 벼슬하지 않고 굶주리면서도 칩거하는 것을 고상하게 여기니, 왈 사점백이* 팔자.

거말(擧末) 과거시험 응시자 끄트머리. 초림(椒林)·편반(偏班)·남반(南班)·신반(新班)·건각(蹇脚)·좌족(左族)·점족(點族)·일명(逸名) 양반 첩자식인 서얼庶孽을 두루 일컫던 말. 업무(業武) 양반첩 자식으로 무예를 닦아 '선달先達'과 같은 지체가 된 사람. 업유(業儒) 양반첩 자식으로 문장을 닦아 '유학幼學'과 같은 지체가 된 사람. 사점백이(士點--) 양반 서출庶出.

듣기 좋으라는 대접삼아 사람들이 그 성 밑에 선달을 붙이어 불러주는 박선달 박성칠朴性七이는 서울 태생이다. 성균관 거재居齋였던 박진사와 명륜당 급수비* 사이에 태어난 그는 타고나기를 대담하고 활수滑手하고 쾌활한 성품에 기상이 늠름한데다가 어려서부터 큼직한 뜻을 품고 열심으로 글을 배우는 틈틈이 무예까지 익히어 나이 스물 남짓 하였을 적에는 신언서판이 훌륭한 헌헌장부였다.

여러번 각종 과거를 보았으나 보는족족 낙방이었으니, 민머리를 면하지 못하게 되자 술과 노름과 싸움질과 계집질로 달래며 파락호破落戶 비스무레 하게 지내는 사람이다. 그 지벌이 보잘 것 없는 데다 윗대부터 색이 북인北人인 탓이었다. 흥선대원군興宣大院君이 권병을 잡았을 적에는 제 뿌리를 생각하여 허파와 밥통 사이와도 같은 남인南人과 북인을 밀어주기도 하였으나, 민족閔族이 권병을 잡은 다음부터는 오로지 노론老論 일색이다. 임금 스스로가 노론으로 자처하여 여러 신하들을 사색四色으로 나누어 대우하는데— 대과 급제자 여창 때 그가 노론이면 '친구'라 부르고 소론少論일 때는 '저쪽'이라 하였으며, 남인과 북인일 때면 '그놈'이라 하였으니, 그 색이 노론이 아니어서는 도무지 출세를 할 수가 없는 것이다. 이러한 까닭으로 숨이 끊어지고 나서도 뜨고 있던

급수비(汲水婢) 물 긷는 종.

어머니 눈을 감기어 드린 것은 벌써 십여년 전이고, 시부나 읊조리며 지내는 큰사랑나으리는 공중 헛기침만 할 뿐이며. 대방마님과 서방님짜리들 노파리 같고 풋감 같은 눈길이 싫어 큰댁과 발길을 끊은지 이미 오래전이다. 아직 서낙한° 어린 남매를 추스르며 길쌈과 구메농사품에 갖은 삯일로 신 벗을 사이 없는 안해 보기 차마 면구하여 허구한 날을 기생집 아니면 투전판이요 방귀깨나 뀐다는 토호들 집 사랑에서 묵새기°질 치는 그 사람 나이 올해 서른둘.

쇠천 셀 닢도 없는° 그가 사람들한테 하시를 당하지 않고 지내게 되는 것은 전수이 고기어魚자와 나라노魯자를 분간할 수 있는 식자 덕분이다. 게다가 남보매°에 그럴듯한 허우대요 더하여 어지간한 까리°나 발피°에 악소패거리°며 가한량° 나부랭이 대여섯 놈쯤은 외손질° 몇 번으로 패대기질° 칠 수 있을 만큼 출중한 용력과 무예 있으니, 다투어 그와 형님 아우님 하자고 손을 내어미는 놀량패°들인 것이었다. 그자들이야 다 제 실속 따져서 친하게 지내자는 것이겠지만, 비단옷 위에 곳을 꽂은 격°으로 사람이 좀스럽지 않고 속이 툭 터져 있어 간이라도 내어줄 듯 따르는 사색

서낙하다 장난이 지나치고 억척스럽다. 묵새기다 별로 하는 일 없이 한곳에 오래 묵으며 날을 보내다. 남보매 남 보기에. 까리 정해진 일자리가 없이 길거리에서 떠돌아다니는 발록구니. 날건달. 발피(潑皮) 몹시 사나운 건달패. 악소패거리 성질과 행동이 나쁜 악소년惡少年들. 가한량(假閑良) 가짜 한량. 외손질 한쪽 손만 쓰는 것. 패대기질 땅바닥에 내팽개치는 것. 놀량패 건달패.

친구 오색벗°이 많았으니, 게정꾼°들 도꼭지였다.

"아이, 선다니임. 또 주무셔요오?"

취련이 색먹인 소리에 눈을 뜬 박성칠이는, 음. 보일 듯 말 듯 턱 끝을 흔들었다. 뒤집은지 벌써 오래 전인 빈잔을 꽉 쥐고 있는 채로였다. 그 사내는 쥐고 있던 조그만 놋잔을 쭈욱 내어뻗치었다.

"술을 치지 않고 무얼하는가?"

"아직 별도 뜨지 않았는데…… 초저녁부터 이렇게 강술만 잡수시면 어떡합니까."

"찍어먹어 볼 게 없지 않느냐."

"나으리두 차암. 초다짐상°이라지만 요기 버섯국두 있구, 요기 누름적두 있구, 아이그, 요기 또 화채두 그대루 있네."

조그만 원반圓盤 위에 놓여진 채 손도 대지 않은 안주들을 손가락으로 찍어 가리켜가며 말막음° 같은 호들갑을 떠는데, 박성칠이는 짜른대를 입에 물었다. 부채질을 멈춘 취련이가 오엽선°을 내려놓더니, 치잣물 들인 세모시 적삼과 잇곳물 들인 세모시 분홍치마 사이에 차고 있던 노리개삼작° 귀주머니°를 끌렀다.

"푸우—."

사색친구 오색벗 각계각층 아는 사람들. **게정꾼** 불평꾼. 사회불만자. **초다짐 상** 정작상 앞서 내오는 간동한 상. **말막음** 남욕을 벗어나고자 어름어름하여 그 꾸짖음을 막고 벗어남. **오엽선(梧葉扇)** 둘레를 오동나무잎처럼 곡선을 내어 오려내고 꾸민 부채. **노리개삼작** 저마다 다른 세 가지 밑감, 세 가지 몬으로 된 삼작. **귀주머니** 거의 네모나게 지은 주머니를 세 가닥으로 모아 겹쳐서 아구리를 막아 끈으로 꿰어차게 된 주머니.

그 여자가 인촌˚ 긁어 붙이어 주는 담배를 한 모금 삼키었다가 길게 내어뿜고 난 박성칠이 화채대접으로 가져가던 손길을 거두었다.

"선손들은 어디서 오신 한량들이라고?"

"감영곳˚ 사는 상고˚들인데 천안 거쳐 서울로 올라간답니다."

"이렇게 빠져나와도 되겠나?"

"소춘이 성님이 계시잖아요."

"윤선다님한테서는 문슨 통기가 없고?"

"일간 한번 들르다면서도 통 발걸음을 안하시네요."

"허. 소춘이가 또 병탈˚하고 자리보존하겠구나."

"사내꼭대기가 왜 그리 쥐알봉순˚지……."

"실."

박성칠이 입에서 혀끝 말아올리는 소리가 나는데,

"기위 낙적˚시켜 들어앉힐 거라면 계집사람 원도 들어줘얄 게 아니것세요. 가린주머니˚짓 그만하고."

뾰로통한 입으로 종알거리는 취련이였고, 박성칠이는 빙긋 웃었다.

"소춘이는 원이 뭔고?"

인촌(燐寸) 범어사梵魚寺 출신 개화승이었던 리동인李東仁 스님이 김옥균金玉均 도움으로 일본에 몰래 들어가 가져왔다는 '성냥'이라고 함. **감영곳** 감영이 있는 곳. 공주. **상고**(商賈) 장사치. **병탈**(病頉) 병으로 말미를 바람. **쥐알봉수** 약은꾀가 많고 좀스러운 사람을 비웃는 말. **낙적**(落籍) 기적妓籍에서 기생몸을 뺌. **가린주머니** 단작스러운 사람을 놀리느라고 하는 말.

"외대머리 원이라면 다른 게 있것습니까. 홍주읍성 안 어디쯤에 집 한채 장만하고 상직꾼°이나 하나 딸려 한 백석지기쯤 떼달라는 거지요."

"취련아."

"예."

"부러우냐?"

"무에가요?"

"소춘이 말이다."

"부럽지요."

"쥐 밑구녘 같은 소리° 그만두고 술이나 쳐라."

"술이야 얼마든지 쳐 올립지요."

혼잣말인 듯 조그맣게 말하며 띄워져있는 표주박으로 푼주°에 담기어 있는 맑은 술을 따르고 난 취련이가

"나으리."

하고 불렀는데, 가느다랗게 떨려나오는 목소리였다.

"응."

"나으리는 풍류남아시지요?"

"내가 풍류남아라면 너는 절대가인이겠구나."

착 가라앉은 목소리로 받으며 잔을 집어올리는 박성칠이었는

데, 콤. 쌍글하게 밭은기침을 하고 나서 오엽선으로 제 얼굴을 가리며 잠깐 고개를 숙이었다가 다시 드는 그 여자 눈이 슴벅슴벅하여지는 것이었으니, 울었는가. 사내가 바라보는 스물다섯 살짜리 그 젊은 해어화解語花 눈에는 물기가 어리어 있었다.

"나으리."

"사람 숨 안넘어가는구먼 왜 대이구 불러쌓구 난리냐."

한 무릎 더 다가앉으며 그 여자는 한쪽 무릎을 세웠다.

"우리…… 서울로 가요."

"술이나 치거라."

"더구나 나으리 태생곳이잖습니까."

"쥐 밑구녁 같은 소리."

"동안에 모아놓은 돈냥도 있고 패물붙이라도 팔면 집칸이야 장만 못하것세요."

"낙적시켜 준다는 한량이라도 있는가 보구나."

"나으리."

"숨 안넘어 간다니까 그러는구나."

"야반도주 못할 것도 없지요."

"점점."

"서울이 싫으시면 어디 깊은 산중이나 해도루 들어가든지."

오복전조르듯* 졸라대는 취련이였는데, 끄응. 한숨을 삼키고 난 박성칠이는 말없이 잔 든 손만 내어뻗치었다. 그 여자는 물기

그렁그렁한 눈으로 말없이 바라만 보았고, 끙 소리와 함께 궁둥이를 들썩하는데, 콤. 쌍글하게 밭은기침을 하고 난 그 여자는 표주박을 집어들었다. 단숨에 잔을 뒤집고 난 그 사점백이 사내는 가슴이 답답한지 적삼깃을 몇 번 흔들었다.

"모든 일에는 다 때가 있음이니, 기다리거라."

"언제까지 기다리기만 한답니까."

"시호시호 어시호, 그 때가 박두하고 있음이니."

"그 때가 언제랍니까. 명토박아* 말씀해 주셔요."

취련이 손등이 눈께로 올라가는데, 문에 쳐놓은 대발 사이로 희끗한 것이 보이었다.

"아씨."

언년이*였다. 손대기로 있는 언년이 목소리가 발을 넘어왔다.

"선다님을 찾넌 손이 있넌디유."

박성칠이가 말없이 취련이를 바라보았고, 살그니 몸을 일으킨 그 여자는 방을 나갔다. 동안 뜨게 있다가 돌아온 그 여자는 시틋한* 낯빛이었다.

"게정꾼 하나가 찾아왔습디다."

"뉘든가?"

"첨 보는 얼굴이었셔요."

오복전조르듯 몹시 지나치게 조르는 꼴. **명토박다** 속속들이 누구 또는 무엇이라고 하는 모집음. **언년이** '어린년'이 줄어든 말로, 잔심부름을 하던 어린 계집아이를 가리키던 말임. **시틋이** 무슨 일에 몰려서 싫증이 나는, 시틋하게.

"으응?"

날카로운 눈빛으로 발께를 바라보던 사내가

"형용이 어떻든가?"

하고 묻는데.

"목자가 조금 불량해 뵈기는 하지만 생일꾼 같습디다."

하고 시쁘다는 눈빛으로 말하였고, 사내는 날카로운 눈빛을 거두었다.

"어허. 데리고 들오지 않고."

"알았세요."

뾰로퉁하여진 입술로 퉁명스럽게 대꾸하며 방을 나갔던 취련이가 웬 사내를 안동하여 들어오는 것을 본 박성칠이는, 어? 벌떡 몸을 일으키었다.

"선다님 재미지신 술좌석이 죽젓개질˚이나 허넌 게 아닌지 물르것습니다."

공중 미안하다는 듯 히뭇이˚ 웃는 사내는, 금칠갑이었다. 박성칠이가 조금 놀랐다는 듯한 목소리로 말하였다.

"거기가 여긴 웬일인가?"

"옥담거리서 이으리질 허넌 동무가 있어 왔다가 선다님 지척이 지시다년 말씸 듣구 문안이나 이으쭙구자 왔습지유."

죽젓개질 죽젓개는 죽 쑬 때 젓는 나무토막을 말하니, 죽이 끓어 넘으려고 할 때 죽젓개로 넘지 못하도록 젓는 것과 같이 무슨 일이 되어가는 동안 헤살놓는 것을 말함. **히뭇이** 가뭇없이 히죽하게. 히쭉.

"허허. 이리 와 앉음세. 독상을 받구 있던 참인데 잘됐구먼."

어서 오라는 손짓을 하던 박성칠이가 취련이를 바라보며

"여보게, 취련이. 여기 새로 술 한상 잘 차려 내오게."

하는데, 금칠갑이가 손을 내저었다.

"아닙니다유. 동무가 지달리구 있기두 허니 잠시 문안 말씸이나 여쭙구 가것습니다유."

느려터진 바닥말이었는데, 말소리는 한껏 소인스러웠으나 취련이쪽으로 던지었다가 거두어 박성칠이를 바라보는 그 사내 눈빛은 여간 매롱매롱하니 날카로운 것이 아니었고, 헛기침 한번 하고난 박성칠이는 취련이를 바라보았다.

"술상은 그만두고 잠시 나가 있거라."

"한 장 더 내걸어야 될 듯싶습니다."

불쾌하다는 낯빛으로 취련이가 방을 나간 다음 원반을 사이에 두고 마주 앉았을 때, 발께를 한번 바라보고 난 금칠갑이가 한 말이었다. 여간 다기져* 보이는 목소리가 아니었고, 말투 또한 아까와는 다르게 빠르며 그리고 대처물*을 먹은 사람 그것과 어금지금한* 것이었다.

"한 장이라니?"

다기져 힘차고 야무져. **대처물** 큰바닥물. **어금지금한** 서로 비슷한.

낮은 목소리로 되받아 물으며 박성칠이가 발께를 바라보는데,
금칠갑이는 목소리를 낮추었다.

"한 장이 아니라 한 서너 군데로 나눠서 내 걸면 더 좋지요."

"무슨 일이 있던가?"

"사세가 급허게 됐습니다."

"으응?"

"어제 낮전이 군수짜리가 다녀갔던디. 솔안말 리군자 으르신
과 하냥 백성덜 울긔럴 눌러달라넌 청이었습니다."

"받자하실 사과장 어르신이 아니잖는가."

"말을 안들으면 당장이락두 천서방 아저씨를 근포헤 갈 것마
냥 을러대넌 울골질이 여간 아니었습니다. 접수조인은 잡넌 즉
시 목 베라넌 임금 영이 추상 같답니다."

"그거야 장 하는 소리고. 사과장께서는 뭐라시던가?"

"장 하시넌 공자님 말씀이셨지만, 리군자 으르신 뫼셔오라구
춘됭이럴 보내신 게 방금 전이우."

"다시 내거는 것이야 어려운 일이 아니지만…… 그쪽들은 잘
되구 있는지 모르겠구면."

"시방이락두 당장 담어내자구 걸긔덜얼 돋우구 있으니 그건
렴려,"

하는데,

"아니이……"

하면서 턱 끝을 두어 번 흔들다가

"거기 동패들 말이 아니라 그쪽 말이야."

목소리를 조금 높이는 박성칠이와

"다 연툉이 되구 있으니 그건 렴려마시우. 예서 징 한번만 뛰디리면 풍우같이 짓쳐들오게 되 있으니."

낮았으나 힘주어 말하는 금칠갑이가 박성칠이와 처음 얼굴을 마주 대하게 된 것은, 단오 무렵이었다. 읍치 밖 가방원加方院 자리 못미쳐 있는 날밤집*.

밤은 을야*로 넘어가고 있는데, 찢어지게 밝은 보름달빛 아래 모래알들이 하얗게 배를 뒤집고 있었다. 아귀할미다리 밑 모래마당. 단오절도 마지막 날이라 이른저녁들을 든든히 먹고 나온 뒤에 간간이 탁배기잔이라도 걸치었는지, 이글거리며 타오르는 황덕불* 곁에 빙 둘러앉은 사람들 얼굴은 불콰한 것이었다. 활 반바탕 거리쯤 떨어진 저만큼 냇가 버드나무 가지에 매어놓은 그네줄 쪽으로 눈길을 던지는 것은 척척 땋아늘인 댕기꼬리가 등허리 지나 발치에까지 닿을 듯한 엄지머리들이고, 그넷줄 두 손에 바짝 쥐고 보름달 같은 볼기짝에 잔뜩 힘을 준 큰 애기들이 힘껏 반공을 박차오를 때마다 한껏 부풀어오르며 너울거리는 속곳*자

날밤집 밤새 술 팔던 주막. **을야**(乙夜) 하오 9시부터 11시까지. 이경二更. **황덕불** 사냥꾼들이 산중이나 벌판에서 짐승을 막고 추위를 쫓고자 피우던 모닥불. **속곳** 속속곳과 단속곳 모두.

락인데, 늴니리 삘, 삘 늴니리. 흐느끼는 것 같은 호각胡角소리 날
나리 소리 사이로 들려오는 것은, 익크! 에익크! 흥타령인 듯 서
로 얼르는 소리 사이로 터져나오는 것은 그리고 손뼉소리 웃음
소리 탄식소리였으니, 택견판이 벌어지고 있었다. 여남은 살짜
리부터 열댓 살까지 먹은 중다버지들이 나와 겨루던 애기택견˚이
끝나고 막 어른택견˚이 비롯된 것이었다. 낮술이 과한 탓인가. 까
르르 까르르 곳잎처럼 잘게 부서져 내리는 큰애기들 웃음소리마
저 무슨 까닭으로 듣기 싫어 그네줄과도 한참 떨어진 갯가를 혼
자 거닐어 보는 박성칠이었다. 취련이가 있는 생짜집은 오늘 밤
공다리들이 판을 벌인다니 틀렸고 비티 밑 향월이 주막 뒷방에서
벌어지고 있을 투전판에나 가볼까 하고 개울을 벗어나던 그가 택
견판 쪽으로 다시 발길을 돌린 것은, 전수이 어머니 탓이었다. 맷
돌을 올려놓은 듯 가슴이 터질 것 같으면서 문득 떠오르는 어머
니 얼굴이었다. 첩데기짓˚ 하는 년이라는 손가락질에 얼금뱅이
가 된 여자.

　이것 점 집어봐. 말랑말랑허니 따땃한 게 먹을만 허구만.

　봄석전˚을 지낸 날인가. 풋돔부˚까 넣고 지은 옥같이 흰 쌀밥에
산적˚ 누름적 곁들인 갖은 건건이˚서껀 돌알˚까지 두 개 담기어

애기택견 스무 살이 못된 어린사람들이 겨루던 택견. **어른택견** 스무 살 넘
은 어른들이 겨루던 택견. **첩데기짓** 첩질. **봄석전**(釋奠) 봄에 지내던 문묘대
제文廟大祭. 석전釋奠. **산적**(散炙) 쇠고기 같은 것을 길쭉길쭉하게 썰어 양념
을 해서 꼬챙이에 꿰어서 구운 음식. **건건이** '반찬' 내폿말. **돌알** 달걀.

있는 가달박* 한켠에는 떡 가운데서도 그가 즐기는 수리취 넣고
찐 백무리도 들어 있었다.

글 배서 급제하고 활 쏴서 출세하려면 첫째루 우선 몸이 튼튼
해야잖남.

아아.

힘껏 도머리를 치며 황덕불 쪽으로 재게 발을 놀리는 그 사내
귓청을 후비고 들어오는 것은, 손뼉소리였다. 다진 모래바탕 위
로 섶*을 깔고 그 위에 편 스무평 남짓한 멍석* 가를 따라 사람들
이 빙 둘러앉아 있었다.

손뼉치는 소리를 뚫고 우쭐거리며 나오는 사내는 평양기생 짝
으로 이마에 큰댓자 수건을 틀어매었는데, 상년* 단오절판에서
고패를 떨어뜨렸던* 거변居邊쪽 장정이다. 활등처럼 어깨를 좌우
로 비틀어가며 으쓱으쓱 우쭐우쭐 품밟아* 나온 그 장정은 멍석
가를 따라 천천히 돌았다. 대여섯 명씩 편을 갈라 솜씨를 겨루게
되어 있는데 지난 번 겨룸에서 진 쪽이 먼저 나와 품밟는 것이 택
견판 법도이다.

다시 손뼉치는 소리가 터져나오고 있었다. 맞은편이었다. 거
변쪽 장정이 질세라 끄덕대고 굼실대며 맞은편으로 돌며 품밟고

가달박 서너사람 몫 한때 음식을 담을만한 큰 바가지를 말함. **섶** 우죽. **멍석**
섶으로 새끼날을 써서 엮은 큰 자리. **상년**(上年) 지난해. '작년'은 왜말
임. **고패 떨어뜨리다** 하인下人이 상전上典에게 뜰 아래에서 절하던 것을 말
하나, 흔히는 겨루기에서 진 것을 말함. **품밟기** 택견을 겨루기 앞서 바탕법
식을 보여주는 것.

있는 것은 상년에 이겼던 근동近東쪽 장정이다. 그 장정 이마에도 큰댓자 모양으로 수건이 동이어져 있다.

두 사람 장정이 저마다 제 머리 높이로 발질을 해대고 두 팔을 머리높이에서 느즌배*까지 길게 상하로 흔드는 활개짓과 손짓을 하며 반바퀴쯤 도는 동안 갖은 꼴로 굼실대고 능청대고 으쓱거리며 우쭐대는 것이었으니, 얼르기였다. 얼르기를 주고받아 제가 지니고 있는 솜씨를 슬며시 뽐내면서 맞수와 틈을 재어보고 맞수 몸짓을 살펴보며 제 솜씨를 부려볼 수 있는 틈을 엿보는 것이었다.

섰거라!

얼르기를 마친 거변쪽 장정이 소리쳤고, 근동쪽 장정이 맞받아 소리쳤다.

섰다!

먼저 소리쳤던 장정이 바른쪽다리를 슬쩍 들어올리더니 근동쪽 장정 정강다리를 건드리듯 툭 찼다. 그러자 차인 정강다리를 슬쩍 빼어낸 근동쪽 장정이 거변쪽 장정 허벅지를 또한 슬쩍 받아쳤다. 두 사람 몸짓이 차츰 빨라지면서 명지바람*에 흔들리는 풀잎인 듯 봄바람에 일렁이는 물결인 듯 퍼들껑 날아오르는 멧새 발에 밀려난 버들가지인 듯 부드러워 보이는 손발놀림 속에

느즌배 택견에서 발차기 솜씨 하나. **명지바람** 부드러운 실바람.

매서운 서슬이 번뜩이기 비롯하였으니, 품밟기˚와 얼르기를 거쳐 본판인 겨루기로 들어간 것이었다.

흡.

한 서너 차례쯤 손짓발짓이 오간 다음이었을까. 거변쪽 장정이 숨을 삼키는 소리였다. 근동쪽 장정 왼편 손바닥이 거변쪽 장정 바른손등을 잡는 것과 함께 엄지손가락을 맞수쪽 바른손 엄지손가락 안으로 가져다 대면서 손바닥으로는 또 맞수쪽 손등을 힘껏 눌러줬었던 것이다. 삼키었던 숨을 배앝아 낼 사이도 없이 근동쪽 장정 바른손이 거변쪽 장정 손가락과 손쪽을 또한 바른쪽으로 양팔에 힘을 주어 돌리자,

어쿠!

눈깜박할 사이에 윗몸이 뒤틀리면서 맞수 바른쪽으로 몸뚱이가 돌아 뒹굴며 쓰러지는 거변쪽 장정이 내어지르는 외마디 소리였다. 근동쪽 장정은 그러나 붙잡고 있는 손을 놓지 않은 채 잇따라 따라붙었고, 탁! 거변쪽 장정이 손바닥으로 멍석을 쳤다. 아야소리 한번 할 틈도 없이 넘어지면서 상투에 꽂고 있던 나무동곳이 빠져버린 것이었다.

카아!

손뼉치며 웃고 떠들다가 한숨쉬는 사이로 장구소리 북소리 호

품밟기 바탕품새를 보여주는 것.

각소리 새납소리 들려오고 있었다. 덩실덩실 춤을 추며 멍석가
로 나온 근동쪽 장정이 독에 든 탁배기를 바가지 가득 퍼 벌컥벌
컥 마시고 나서 내는 소리였는데, 아니지. 그렇게 하면 아니되지.

절레절레 도머리치는 박성칠이였으니, 엄지손가락 잡고 돌리
기를 그렇게 하면 아니되는 것이었다. 맞수쪽 수가 낮아 동곳을
빠트리기는 하였으나 그런 식으로 허술하게 잡아돌리다가는 자
칫 갈빗대를 나꿔채일 수 있는 것이다.

나와라!

몇 사람이나 물리쳤는가. 택견마당 한복판에 떡 버티고 선 근
동쪽 장정이 어서 빨리 나오라고 큰소리를 쳐도 거변쪽에서는
선뜻 나오는 사람이 없다. 몇번 더 나오라고 큰소리를 쳐보던 근
동쪽 장정이 중배걸이* 배재기* 안오장치기* 칼잽이* 같은 솜씨
를 부리며 저 혼자서 본때보이기*를 하는데, 잽이수* 솜씨를 한번
보여줘. 창옷 자락 질끈 앞으로 묶고 나가서 주먹땅지르기* 상투
꼬이고 턱돌리기* 다리오금치기* 되돌아치기* 같은 갖은 본때를
보여줄까 생각하던 그는, 허. 쓰게 웃으며 보일 듯 말 듯 턱끝을
흔들었다.

술기운이 남아 있는 탓인가. 저도 모르게 일어나는 호승심好勝
心에 기역자를 긋고 나서 판을 뒤로 하고 아귀할미다리 위로 올

중배걸이·배재기·안오장치기·칼잽이 택견에서 쓰는 솜씨들. **본때보이기** 본
보이기. 시범示範. **잽이수** 윗수. **주먹땅지르기·상투꼬이고 턱돌리기·다리오금
치기·되돌아치기** 택견에서 쓰는 솜씨들.

라가는 박성칠이가 택견을 배운 것은 서울 아래대°에서였다. 박진사와 길카리되는 이가 집주름°을 하고 있는 구리개°에 머물며 과거에 목을 매던 때.

탁 소리가 나게 과문줄 적히어 있는 책장을 덮고 닷곱방° 밖으로 나선 것은 낮뒤도 한참 지났을 때였다. 어머니 생각을 떨쳐 버리고자 성균관成均館쪽과 뒤쪽 되는 곳으로만 거닐다 보니 어느덧 광희문光熙門을 벗어나 있었고, 늦더위를 피하여 그늘막을 찾다보니 왕십리往十里쪽이었다. 눈 앞에 살꼬지다리가 바라다보이는 야산 기슭.

풍진세상 온갖 우비희락憂悲喜樂과는 상관없이 저마다 다른 목소리로 지저귀고 있는 멧새소리 따라 하염없이 거닐던 그는, 응? 무춤 그 자리에 서버리었다. 문득 끊어지는 새소리 대신 들려오는 것은 나뭇가지가 흔들리는 소리였다. 아름드리로 굵직한 낙락장송들 가로 뻗고 세로 뻗은 가지들이 부르르부르르 진저리를 치고 있었다.

베고의만 걸친 채 윗통을 활짝 벗어부친 한 사내가 길길이 뛰어오르며 전후좌우로 재게° 손발을 놀리고 있었다. 나이 근 오십하여 보이는 중늙은이 사내였는데, 칠척은 되어 보이는 장한이

아래대 서울에서 동대문과 광희문光熙門쪽을 이르던 말로, 하급 군인들이 살았음. **집주름** 집 흥정붙이는 일로 업業을 삼던 사람. 가쾌家儈. 이제 '부동산 중개인'. **구리개** 이제 서울 을지로1가와 2가 사이. **닷곱방** 다섯홉, 곧 반되를 말하니 아주 작은 방. **재다** 움직임이 재빠르고 날새다.

었다. 숯가마에라도 들어갔다가 나온 듯 거무튀튀하고 대살져˚
보이는 몸뚱이가 한 번 솟구쳐 오를 때면 제 키를 넘어 길반에서
두 길은 좋이 되어 보이었고, 합기合氣하는 소리도 없이 힘껏 솟
구쳐오르면서 낙락장송들 중동을 손가락으로 찍고 손모서리로
내려갈기는 팔뚝은 알배인 칡뿌리처럼 아주 굵직한 것이었다.

나뭇가지 틈으로 그것을 바라보는 박성칠이가 숨이 멎는 느낌
이었으니, 도술˚이로구나. 말로만 듣던 도인道人이 도술을 부리
고 있는 것이로구나.

숨을 삼키며 가만히 보니, 이지러진 달모양으로 빙 둘러서 있
는 대여섯 그루 낙락장송에 그물이 매어져 있었다. 대여섯 자 높
이쯤 낙락장송에 새끼줄로 엮은 그물을 매어달아 놓고 그 위로
뛰어올라 앞으로 날면서 이쪽저쪽 소나무를 발로 차고 손으로
후려치는 것이었다. 발끝 하나 닿지 않게 그물 위로 솟구쳐 올라
간 몸뚱이가 다시 여남은 자 높이나 되게 훨씬 날아오르며 바른
쪽 소나무를 손모서리로 치고 팅겨져 나가 다시 왼쪽 소나무를
발모서리로 찬 다음 뛰어올랐던 곳과는 뒤쪽으로 사뿐히 내려앉
았는데, 그야말로 눈깜짝할 사이에 일어난 일이었다.

이번에는 그물 옆쪽으로 다시 몸을 솟구쳐 올리었고, 아까와
똑같은 몸놀림이 펼치어졌다. 가로지고 세로지게 몇 차례 그물

대살져 몸이 강팔라. **도술**(道術) 양반계급에서는 '무예武藝'라고 하였고, 농
군을 머리로 한 여느 백성들은 '도술'이라고 하였음.

위로 솟구쳐 오르며 똑같은 몸놀림을 펼치던 사내가 땅 위로 내려서는가 싶었는데, 허. 그물 밑으로 몸을 움추려넣는가 싶더니 길게 뻗친 발로 나무밑둥을 쓸어찼고, 이어 손가락을 독수리 부리처럼 감아올렸다 폈다 하면서 그물 위로 빠져나오며 획 몸을 솟구쳐 한 여남은 자쯤 되는 반공에서 팽그르르 한바퀴 몸을 돌리었다가 다시 사뿐 내려앉는 것이었다.

벌어진 입을 다물지 못하고 있는데, 획획. 허공을 찢는 소리가 났다. 지겟작대기 반쯤 되는 봉을 쥐고 이리저리 휘둘러대는데, 팔랑개비처럼 돌아가는 봉 끝만 보일 뿐 그 몸뚱이는 보이지 않았다. 획하는 바람소리와 함께 허공으로 날아올라간 봉이 소나무 윗동을 찍었고, 그것이 땅에 떨어지기 전에 몸을 솟구쳐올려 받아쥔 다음 다시 이리저리 날카롭게 휘둘러대는 사내였다.

박성칠이가 힘껏 눈을 감았다 뜨는데, 도술이 끝났다는 말인가. 그물 앞에 똑바로 서 있던 사내가 왼손바닥으로 바른쪽 손등을 덮으며 아랫배에 두 손을 포개더니 천천히 허리를 숙이는 것이었고, 허. 다시 한번 숨을 삼키는 박성칠이었으니—

철장처럼 뻣뻣한 손가락이었다. 옴두꺼비 등판 모양으로 우둘투둘한 손등은 푸르스름하게 군살로 덮여 있는데, 군데군데 엉그름*졌으며 나무등걸인지 녹 난 솥뚜껑인지 잘 분간이 안될 만

엉그름 차지게 갠 흙바닥이 말라터져서 넓게 벌어진 틈.

큼 거무스름하게 멍이 들어 있는 팔뚝이었다.

내 어찌 소인배들 좇아 붓과 벼루나 다스릴 것이랴. 제 아무리 빼어난 재조로 오경사서를 거꾸로 외우고 운자가 떨어지게 무섭게 알관주 명문시를 용사비등으로 죽죽 써내려갈 수 있다한들 사점백이 팔자로서야 조리에 옻칠하기°니, 이제부터 무武로 나가리라.

이를 옥물던 박성칠이는 옷깃을 바로하며 사내 앞으로 나아갔다.

빙그레 웃기만 할 뿐이었지만 훈련도감시절 날리던 솜씨였다고 하였다. 초장°이었다던가. 한손으로 호도알이나 가래알을 쥐고 깰 만큼 아귀힘이 센 그 사내는 칠척이나 되는 거한이면서도 그 몸이 표범과 같이 날쌔어서 수평이 나무 사이를 비호처럼 내닫기도 하고 사방에서 달려드는 사람들을 양손으로 어르며 왼발 오른발로 번개처럼 차넘기는 솜씨가 마치 번개치듯 하는 윗수°였다. 본이름은 아무도 모르고 다만 박털백이라는 별호로만 불리우고 있었다.

투필°한 박성칠이가 우대°패들과 겨룸에서 두발당성°으로 황학정° 들보를 차볼일 수 있었던 것은 고의적삼에 짚신을 신고 나무밑둥치를 발장심掌心으로 좌우에서 번갈아 치거나 짚으로 사

초장(哨長) 백명쯤 거느리던 한 초 우두머리. 윗수 견주어지는 것보다 훨씬 나은 솜씨. 상수上手. 투필(投筆) 문필을 던져버리고 무예에 몸붙임. 우대 서울 돌구멍 안 서북쪽에 자리한 동네로 인왕산仁王山 언저리 곳임. 두발당성 공중으로 솟구쳐올라 두 발로 천장이나 벽을 치는 택견솜씨. 황학정(黃鶴亭) 새문안 경희궁慶熙宮 안에 있던 활터로, 1922년 사직공원으로 옮겨졌음.

람 꼴 허수아비를 만들어 나뭇가지에 매달아 놓고 발질을 익힌 지 반년쯤 지났을 때였다. 호도까기˙와 까치발도둠˙ 같은 혹독한 단련을 하며 편자˙ 붙인 짚신이나 쇠징 박은 갓신˙을 신고 덤빌 경우가 아니고는 절대로 써서는 안되는 명치기˙와 눈찌르기˙ 같은 수를 익히고 난 그에게 낙함˙과 항정치기˙ 또는 줄띠자르기˙ 같은 비전祕傳 살수殺手들을 가르쳐 주며 박털백이가 한 말은, 맞수가 연장을 들고 덤벼 목숨이 위태로운 지경이 아니라면 결단코 써서는 안된다는 것이었다.

향월이 주막 뒷방에서 벌어질 투전판으로 가보려던 박성칠이 발길이 접어드는 곳은 가방원자리 쪽이었다. 그 조금 못미친 곳에 있는 날밤집. 수하 게정꾼들 가운데서 노름을 즐기지 않는 그들에게 술잔이나 걸치게 하여줄 작정으로 젖히어진 사립 안으로 들어서던 그는, 무춤 그 자리에 서버리었다. 모주 먹은 도야지 껄대청˙으로 으르딱딱거리는˙ 소리가 났던 것이다. 무슨 사단으로 불가불不可不이 붙었는지 모르겠으되 삿대질을 하여가며 소리를 지르는 것은 향곳말 얼안 모두 머슴들 가운데서도 힘꼴이나 쓴다는 억척이億尺伊였고, 마땅에 펼치어 놓은 멍석 위에 그린 듯 앉아 탁배기잔만 기울이고 있는 것은 처음 보는 얼굴이었다. 사람

호도까기·까치발도둠 택견솜씨 하나. 편자 말굽에 대어붙인 쇳조각. 제철蹄鐵. 갓신 가죽신. 명치기·눈찌르기·낙함·항정치기·줄띠자르기 택견솜씨 가운데 하나. 으르딱딱거리다 잇달아서 으르며 딱딱거리다. 큰소리로 으름장을 놓다.

들이 주고받는 말로 봐서 윗말 김사과댁에서 새로 들인 머슴이라는 것은 알겠는데, 이것봐라 싶었다. 어중간한 키에 또한 어중간한 몸피였으나 눈매가 매롱매롱하니 여간 매서운 게 아니었고 앙가바틈하게˚ 벌어진 어깨며 밭은 목이어서 한눈에도 여간 다부져보이지 않았다. 어디서나 흔하게 볼 수 있는 여느 하님˚이나 고공살이 하는 아랫것들과는 어딘지 달라보였다. 왜골˚로 호가 난 억척이가 금방이라도 무슨 일을 낼 듯 으르딱딱거리는 데도 아랑곳하지 않고 내전보살˚로 앉아 술잔만 기울이고 있는 그 틀거지가 더구나 그러하였다.

술기가 아직 남아 있는가 하고 힘껏 눈을 감았다 떴는데, 낮술에 취하여 골아떨어졌다가 한숨 푹 자고난 뒤끝이었으므로 간간이 쪽골이 패는 것 말고는 초롱초롱한 정신이었다.

굴러온 돌이 박힌 돌 뺀다˚더니 이런 스브랄 것.

입안엣 소리로 구시렁거리던 억척이가 앉아 있는 사내 면상을 걷어차려고 왈칵 달려드는데, 어? 휘청하고 윗몸을 비틀어 발길을 피한 사내가 발딱 몸을 일으키더니, 억척이 양어깨를 두 손으로 잡아채면서 바른발을 들어 맞수 정강마루를 걸고, 뛰어오르듯 왼발로는 맞수 느즌배에 갖다대고 뒤쪽으로 휠씬 몸을 뒤집

앙가바틈하다 짤막하고 딱 벌어졌다. **하님** 종끼리 서로 높여주던 말. **왜골** 1.허우대가 큰 사람. 2.말투가 얌전하지 못한 사람. ~뼈 허우대가 크고 말투가 막돼먹은 고집이 센 사람. **내전보살** 알고도 모르는 체하고 가만히 있는 사람을 가리키는 말.

으며 던져버리는 것이었으니, 무르팍치기*였다.

"아무리 꼭두군사라지만……."

박성칠이가 뒷말을 흐리는데, 금칠갑이가 말하였다.

"빙장기 말씀이신 덧헌디, 등장 나간 백성덜헌티 불질이야 허 것습니까."

"병장기가 아니라 만에 하나라도 낭패가 없어야 하니 하는 말 아닌가."

"그건 릠려 마시우. 하회럴 봐가며 담어내던 요정을 내던 헐 요량이니."

"그쪽과는 단단히 약조가 되어 있다 그말이지."

"이쪽이서 튕긔 오기만 지달리구 있다니 그러시우."

"삼족이 결딴나는 일이야."

"나으리야 절딴날 삼쵥이락두 있으시니 다행이우."

"저런 말버릇 하고는."

"허다 안되면 하냥 그쬑이루 들어갑시다. 지믜랄 것. 븤불븤*아니것수."

"알었으이."

_____

무르팍치기 택견솜씨 한가지. **븤불븤** 복불복福不福. 복있는 것과 복없는 것. 곧 사람 운수를 말함.

호리병모가지 꼴로 잘록한 너덜경에 올라서자 북문터였고, 반쯤 무너지다 만 성문 안으로 들어서 해자˙ 자리를 넘자 수수만만 백제유민들 원혼이 머물고 있는 드넓은 공터가 펼치어졌는데, 호. 내려치고 막고 찌르고 피하며 휘두르고 뛰어오르는 소리, 휘익. 퍽. 아이야. 휴. 허공을 가르며 주고받는 소리 바람을 찢는 것이었다. 중천에 달은 뜨지 않았으나 씨다리를 흩날려 놓은 듯 반짝이는 별무리가 하늘 가득 총총하여 대낮처럼 밝은 임존 옛성터에서 예닐곱 명 장정들이 목봉木棒을 휘둘러 대는 소리였다.

"칠갭이 지둘리다가 날 새것네. 저녁 먹은 담 즉시 뫼라던 사람이 웬 해찰이랴."

베고의적삼에 짚신감발 단단히 하고 흰 무명수건으로 이마를 질끈 동여매고 있던 장정들 가운데 하나가 밉지 않게 타박을 주는데, 금칠갑이 눈썹 사이가 바투어졌다. 그 사내는 마뜩하지 않다는 낯빛으로 장정들을 휘둘러보았다.

"퇴깽이 몰이럭두 나갈 참덜인가뵈. 몽뎅이질이나 허구 있게."

"얼라? 이게 왜 몽뎅이질이여. 장슨전나리 뫼시구 만뎅이랑 하냥 밴 무예구먼."

"눈감땡감이루다 그냥 휘둘러 보넌 스낙배긔덜 장난질이 아니라 곤방˙이다말여."

<hr>

해자(垓子) 성 밖으로 둘러판 못. 곤방(棍棒) 이십사반二十四般 무예 하나. 또는 그에 쓰는 막대기. 넉자나 다섯자가 되는 단단하고 둥근 나무로 여러가지 솜씨가 있었음.

"오리쥐딩이*를 안달어 그렇지 이게 이레븨두 창버덤 윗질인 중 물르넌 뵈냥일세."

"뜨건 정 한번 다셔봐야 것구먼 그려."

우스갯소리 섞어 저마다 한마디씩 흰소리들을 하는데, 금칠갑이가 픽 웃었다.

"이십사반무예 가운디서두 예중지왕藝中之王이라넌 곤을 하시헤서가 아니라 그걸 들구 갈 수는 읎으니께 허넌 말 아닌가."

"그럼 맨손이루 간단 말여."

"암만. 몸이 촌철이래두 지니구 있다간 난뮌이루 몰려 관빙덜 헌티 불질헐 빌믜럴 주게 되니 다다 맨손이루 가야지."

"관차늠덜이 빙장기 들구 막을 텐디."

"온 골 백성덜이 죄 들구 일어서넌디 그까짓 꾁두군사 나부랭이덜 녹 난 쇳날이 뭔 소용여."

"그레두 불질얼 헤대면?"

"어허, 그거야 다 생각이 있으니께 륌려말구. 우선 오또짜리 담어낼 때 쓰게 발질덜이나 익혀두라니께."

"날짜*덜 아니니께 륌려말구 본때나 한 번 뵈줘. 접때 뵈주던 물구나무雙발차기*말여."

시툿이 말하는데, 헛기침을 한번 하고 난 금칠갑이가

오리쥐딩이 오리주둥이 곤방 끝에 달렸던 날카로운 쇠붙이. **날짜** 생무지. 양말로 '아마추어'. **물구나무雙발차기** 택견솜씨 하나.

"개갈안나넌 소리덜 그만두구, 자아!"

활개짓을 하였고, 밤저녁마다 되풀이 되는 연재°인지라 시틋이 여기면서도 저마다 잽이수가 되어 동네방네 한껏 흰목을 잦히어° 볼 욕심으로 택견습련을 하는 것이었으니—

앞엣거리° 열한 가지로 몸들을 푼 다음, 품밟기와 발질손질에 막음거리° 널름새° 거쳐 두 사람씩 마주서 겨루는 마주걸이로 들어가—

딴죽° 밧짱다리° 오금치기° 중배걸이° 안낚° 뒷낚° 무릎걸고 발따귀° 는질러차고 딴죽치기° 두루치기° 걷어차며 오금치기° 곁치고 돌개치기° 곧은발질° 두발당성° 같은 갖은 솜씨를 익혀가는데—

"어허, 그렇게 허면 되나. 오여발을 앞이 놓구 바른발루 낚시걸이° 허며 손장심이루다 턱을 쳐야지. 자자, 다시 한번."

동무 하님들 잘못된 몸맨두리° 바로잡아 가며 담배 대여섯 대참 쯤 연재를 시키고 나서— 몽득이는 선학동仙鶴洞, 복개는 읍치, 신창쇠는 일남 이남, 밤쇠는 거변, 맹동이는 내북 외북, 맹출이는 근동 원동을 맡아 일에 어긋남이 없도록 하게끔 단단히 다짐을 둔 금칠갑이가 김사과댁 기슭집으로 갔을 때, 윗사랑에는

연재(鍊才) 무예습련武藝習練. 흰목 잦히다 터무니없이 제 힘을 뽐내다. 앞엣거리 품밟기 첫머리에 하는 몸풀기. 막음거리·널름새·딴죽·밧짱다리·오금치기·중배걸이·안낚·뒷낚·무릎걸고 발따귀 는질러차고 딴죽치기·두루치기·걷어차며 오금치기·곁치고 돌개치기·곧은발질·두발당성·낚시걸이 택견 솜씨들. 몸맨두리 몸꼴과 틀거지.

226

불이 켜져 있었다.

　밤이 얼마나 깊었는가. 매캐하게 코를 찔러오던 모깃불 내음도 차츰 꺾음하여지면서 두견이 소리만이 구슬픈데, 조으는 듯 깜빡이는 지등*빛 아래 조촐한 약주상을 마주하고 있는 두 늙은 선비는 말이 없다. 무슨 무거운 이야기를 나누던 뒤끝인 듯 어두운 낯빛으로 묵묵히 장죽만 빨아들이고 있다. 물부리를 입에서 떼어낸 것은 방 주인인 김사과였다. 그 늙은 선비는 백자로 된 호리병을 기울여 오랜간만에 찾아온 벗 잔에 술을 따루었다. 이른 봄에 올라오는 솔잎과 솔방울을 따서 팔팔 끓였다가 식힌 감로천물만 붓고 뒷동산 사당 곁 노송 아래 묻어두었던 것으로 술이라기보다는 차라리 차에 가까운 것이다. 솔차.

　"자고로 주주객반*허넌 것이 아동방 청구* 풍속이나, 한 잔 더 잡숫게."

　김사과가 말하는데, 허담虛潭이 빙긋 웃으며 가잠나룻*을 쓰다듬었다.

　"식무구포* 허라넌 게 승현에 말씀이나, 죽순나물 청상헌 맛에

─────────

지등 나무로 울거미를 하고 곱게 발라 방안에 놓고 쓰는 등집을 좌등坐燈이라 하는데, 종이로 바른 것을 지등이라 한다. **주주객반**(主酒客飯) 주인은 손에게 술을 권하고 손은 주인에 밥을 권한다는 말. **아동방**(我東方) **청구**(靑丘) 우리 동녘땅 조선이라는 말로, 예전부터 '조선'은 '청구'라고 불러왔음. **가잠나룻** 짧고 성기게 난 수염. **식무구포**(食無求飽) 먹음에 배부름을 구하지 말라는 뜻.

정신흘이 마시다 보니, 취긔가 오르이.”

점잖게 손사래치는 그 낯빛은 그러나 어린아이 그것과 같이 해맑았으며 말소리는 또 쇠나 돌에 부딪힌 듯 밝고 또렷한 것이었고, 음. 김사과는 반쯤 남아 있던 제 잔을 집어들었다.

“인심人心과 도심道心은 둘이 아니지. 다만 발한 후에 도道와 의義에 맞은즉 이를 도심이라 이르구, 식食과 색色에 맞았은즉 인심人心이라 이르니, 식과 색두 절節에 맞게 되면 이것두 역시 도심인 게 아닐까. 허담같은 진유眞儒가 어찌 이러한 이치를 모를꼬.”

간장종지만한 백자잔을 비우고 난 김사과가 말하는데, 허담이 들고 있던 술잔을 내려놓았다. 그 늙은 군자는 꼿꼿한 눈길로 김사과를 바라보았다.

“진유가 어찌 지금 시상에 나오것넌가. 지금 학문을 헌다구 자칭허넌 자덜은 거반 가유假儒로세. 만일 진유가 있다면 내 마땅히 무릎걸음이루 나아가 굉굉허구 사모허지 어찌 감히 흠길을 잡으리오.”

“오로지 도를 굳게 지키면서 안빈과욕*허니 진유 아니던가. 지키려넌 그 맴이 백성덜 맴에 남어 있구 빛나넌 이름은 물망*에 합허니, 워디서 그 짝을 구헐 수 있으리.”

“쇡유俗儒라구 나무라시넌 듯해서 듣기에 민구허이.”

안빈과욕(安貧寡慾) 욕심을 적게하여 편안한 마음으로 산다는 말. 물망(物望) 여러사람이 우러러 보아 드러난 이름.

나직하게 말하며 허담은 잔을 들어올리었고, 김사과가 말하였다.

"오직 툉달헌 사람이라야만 물物에 구애되지 않구 실實에 욱매이지 않구 자연 그대루 맽겨서 그 극진험을 지둘린다 하였지. 극진허면 빈허지 않넌 것이 옳지마는 그 참되게 허헌 것과 참되게 깨깟헌 것은 일찍이 그 가운데 있지 않음이 옳으니, 허담이 바루 그 사람 아니든가."

"산간이 엎드려 이나 쥑이구 있넌 쇡유라니께 그러넌가."

"븨록 가난허다지먼 편안허게 그처허며 굶어죽지 않구 따땃허지는 않다지먼 살 가릴 베가 있넌 것은 임금이 준 게 아니던가. 옷과 밥이 오넌 곳을 생각허면 가시같이 찌르넌 것이 등에 있구 괴기가시가 목구멍이 있넌 것 같어서 날마다 헐 일이 오직 임금에 덕이 짚어지기를 바레야 허지 않것넌가."

"임금은 마땅히 일대가 숭상허넌 것이 어떤 것인가를 바르게 살펴 숭상허넌 것이 바르지 못허면 그 폐단을 바루잡어야 허것지. 지금은 권간덜이 욱압허넌 때라 사습士習이 시들구 게을러져서 단지 녹이나 먹구 죄 뷩이나 살찔 것만을 알 뿐, 임금에 충성허구 나랏일을 걱정허넌 맴은 조금두 옳지 않은가. 비록 한두사람 뜻을 가진 이가 있다지먼 모두 유속流俗에 구속된 바가 되어 감히 긔운을 내서 국세를 떨치게 허지 못허구 있지 않은가. 시속에 숭상험이 이와 같으니 승상께서 뫼름지기 크게 일을 허실 뜻을 발분허시어 사긔土氣를 진작시켜야 헐 것이어늘, 그레야만 어시호 세도世道가 가히 뷘헐 것이어늘."

허담은 장죽을 입에 물었고, 김사과 또한 장죽을 집어들었다. 활짝 열어놓은 뒤란쪽 외밀이* 쌍창 밖으로 나뭇가지 흔들리는 소리가 나면서 물기 없는 바람이 지나가는데, 입을 연 것은 허담이었다.

"털끝 한 오리두 용납헐만 허지 아니헌 것이 츤리天理와 인욕 사이 아니든가. 둘은 츰버텀 두 근본이 대립된 것이 아니라 인심이 발허기 전이는 다만 흔연헌 츤리일 뿐인듸, 매양 동허넌 곳이서 슨과 악이 나뉘어지넌 것이니 맴이 동헌 뒤에야 인욕이 있게 되넌 이치라."

김사과가 받아 말하였다.

"동허넌 것은 긔氣루 인험이지. 긔에넌 청淸과 탁濁이 있기 때문에 슨과 악이 나뉘어지넌 것이니, 츤리와 인욕이 츰버텀 맴속이 뷩립헌 것이 아니라."

"옳으이. 츤리와 인욕이 츰은 두 근본이 아니나 이미 나눠진 담이는 한계가 심히 분명허여 츤리가 아니면 인욕이요 인욕이 아니면 츤리니, 츤리두 아니요 인욕두 아닌 것은 읎구말구."

"행허넌 것이 비록 슨이나 밍예를 구헐 맴이 있은즉 역시 츤리

외밀이 흔히 창바라지 안쪽에 달아 하나의 홈을 써서 외쪽으로 두껍집 속으로 밀어넣어 열었다 끌어내어 닫게 된 것이 '외쪽미닫이', 곧 외밀이임.

라 헐 수 읎지."

"밍예를 구허넌 맴이루 정情을 꾸며서 슨을 허면 이것은 인욕일 뿐."

"그 말이 옳지면 다만 삼대 이후의서 선븨를 구허려면 오직 밍예를 좋아허지 아니헐까 룀려되이. 밍예를 좋아허넌 선븨를 짚이 그르게만 여길게 아니니, 강작强作허기를 마지아니헌즉 군자가 될 것이야."

"츰이는 븨록 밍예를 좋아헀어두 후일에 맴을 고쳐 실질을 힘쏜즉 군자가 될 것이나, 만일 시종 밍예를 좋아허기만 헌즉 그 바탕이 읎넌 것이니, 으찌 써 군자가 되것넌가?"

시원스러운 술차로 입을 축여가며 사람으로서 지키고 궁구하여 마침내 이르러야 할 언덕인 그윽한 도道 경지에 대한 생각들을 주고받으면서도 영 민민하기만한 두 늙은 선비인 것이었으니, 마주앉게 된 까닭이었다. 낳고 자라서 늙어가는 고을 시재 형편. 발괄을 하고 등장을 내고 제진을 가고 원을 담아내는 것을 넘어 자칫하다가는 민요民擾까지 일어날 지경에 이르는 고을 민인들 뒤설레는 마음.

천시天時는 지리地理만 못하고 지리는 인화人和보다 못하다고 한 것은 맹자孟子였던가. 조정 대소신료와 외방 수령방백을 막론하고 무릇 벼슬자리에 있는 자들은 하나같이 이利라면 정신이 없고 재물이라면 이와 서캐처럼 달라붙어 공물貢物과 방납防納이

팔도에 깔려 있고, 토지와 노비를 침탈한 것이 변방 백성들에게까지 미치지 않은 곳이 없어서, 뇌물이 폭주하고 탐장貪贓이 낭자한 것은 이미 그 도를 넘은지 오래이라, 귀신과 사람들 통분함이 극도에 이르렀으나—

세상에 향기 풍기는 군자가 없고, 나라는 사호蛇虎같이 가혹한 삼척지율三尺之律만 일삼는구나. 참혹하기가 이미 부계°를 잡아가기에 이르렀고, 다스림 또한 어린양에 혹독하도다. 백성이 한 그릇 밥을 먹으면 벼슬아치가 침흘리며 달겨들고, 백성이 한벌 갓옷을 입으면 벼슬아치가 팔을 걷고 벗겨가네. 뜻 있는 선비 있어 들에서 굶어죽은 넋을 제사지내고, 유맹° 배에 곳을 덮어준다 한들 그 원통함이 가시지 않으리니, 어찌 또 백성들 초췌함을 말하리오. 어찌할까. 농군이 무지하여 도끼욕을 보고, 바람에 시달리며 달에 고생하니, 누가 이 끊어진 혼을 부르겠는가.

전 사간° 권봉희權鳳熙가 상소를 올렸던 것은 지난 3월이었는데, 기론°과 경론°이 없는 그저 그런 글이었으나 온 세상이 칠흑같이 어두운 가운데 나왔으므로 한 점 반딧불과도 같았고, 두 늙은 사람 마음과 크게 다르지 않은 것이었다. 두 늙은 선비만이 아니라 머리에 유건°을 얹고 있는 양반명색들 그것과 마찬가지.

부계(伏鷄) 알을 품은 닭. 유맹(流氓) 난세亂世 또는 관에서 그악하게 빼앗아가는 것에 견디지 못하여 옛살라비를 떠나 다른 고장에 떠도는 백성. 사간(司諫) 사간원司諫院 종사품 벼슬 세조世祖 12년에 지원사知院事를 이 이름으로 고쳤음. 기론(奇論) 놀라운 이론. 경론(硬論) 드센 논의. 유건(儒巾) 공자맹자 가르침을 닦는 선비들이 헝겊 따위로 만들어 머리에 쓰던 것.

232

이제 나라를 돌아보면 기근이 더욱 심하여 민생은 도탄에 빠져 있고 국고는 탕진되었으며 기강은 해이하여 정도正道가 흐려져서 이교異教가 횡행하고 있습니다. 이는 비유컨대 큰 솥에 물을 데우는데 속에서는 물이 끓고 겉은 이글거리며 늙은나무에 좀이 먹어 껍질만 서 있는 것 같으니, 장차 솥은 깨어지고 나무는 또 넘어지고 말 것인즉, 이 어찌 두려운 일이 아니겠습니까. 삼가 어리석은 소견을 말씀드리고자 하나이다.

성인 가르치심을 본받아 나라 기틀을 다지도록 기원할 것.

성심을 다하여 어질고 재주 있는 인재를 구할 것.

수령을 잘 가려뽑아 백성들 살림살이를 편안하게 할 것.

절약하고 검소하게 살아 나라 재정을 펴나갈 것.

기강을 바로 세워 민심을 안정시킬 것.

장수를 가려뽑아 군기軍紀를 밝힐 것.

정도正道를 보호하여 사설邪說을 물리칠 것.

전°에 이르기를 '임금은 배와 같고 백성은 물과 같으므로 배를 띄울 수도 있고 배를 엎을 수도 있다'고 하였습니다. 이것은 백성이 두렵다는 것을 극단으로 나타낸 것입니다.

그러나 오늘 수령들은 백성들을 다만 괴롭게만 할 줄 알지 백성을 편안하게 하는 것이 어떤 것인 줄은 모르고 있습니다. 바치

전(傳) 현인賢人이 지은 책 밑에 붙어 그 글을 새긴 책을 나타내는 말.

지 않으면 벼슬자리를 얻거나 지키지 못하니 그들은 오로지 백성을 괴롭게 하여 뇌물로 쓸 재물만 긁어낼 궁리에 좌상우사하고 있을 뿐인 것입니다.

요즈음 나라 기강은 땅에 떨어졌고 풍속 또한 아름답지 못하여 조정에 청렴한 기풍이 있다는 말을 듣지 못하였고 임금 그늘 아래 분수를 넘는 일이 날로 더하더니, 지어 상년에는 병대들이 횡포를 부리다가 수감되었고 아전들이 조정 선비를 때리고 욕하는 일까지 일어났습니다. 오호라! 이러한 병폐가 고황에 들어 일조에 낫기 어렵건만 약재를 쓰는 것은 고사하고 처방조차 내보려고 하지 않으니, 두 손을 묶고 앉아 죽기만을 기다리자는 것이옵니까.

서쪽으로부터 이교가 들어와 무지한 백성들이 그것에 젖어 들어가 식자들 걱정거리가 된 지 벌써 오래전이더니, 뜻밖에도 상년 겨울에 동학 무리들이 양호*에 나타나기에 이르렀습니다. 이들은 수가 많이 불어나 그 교를 선포하고 있지만 도신道臣과 수신帥臣들이 이를 금하지 않아, 이달에 들어서는 그들이 수십년 전에 이미 법에 굴복한 최제우*를 스승이라 칭하고 그 신원伸冤을 위하여 대궐문 지척에까지 몰려와 소란을 피우며 상소를 하였습

양호(兩湖) 호서湖西와 호남湖南, 곧 금강 서쪽인 충청도와 남쪽인 전라도. **최제우**(崔濟愚, 1824~1864) 호 수운水雲. 16살 때 태어난 경주를 나와 20여년 도를 닦아 37살 때 동학東學을 세워 뜨거운 손뼉을 받다가 41살 때 목이 잘렸음.

니다. 만약 그들 죄상을 논한다면 죽이고 귀양을 보내는 것이 오히려 가벼울 것이나 한번 효유曉喩로 물러가게 하였으니, 이것은 오로지 성인의 호생지덕이라고 하겠습니다.

그러나 이단을 물리치는 것이 정도를 어떻게 지켜내느냐에 달려 있다고 본다면 어찌 써 유풍儒風을 진작하고 사기士氣를 장려하여 교화教化를 일으키려고 하지 않으시옵니까. 엎드려 바라옵건대 학술과 덕망이 높은 어진 선비를 예로써 맞이하여 국자*책무를 맡기고 나라 안 수재들을 모아 엄하게 가르치는 위에 각 고을에서도 문장을 기른다면, 드높은 선비기운이 다시 펼쳐질 수 있을 것이옵니다.

"긔간 워찌 지내셨넌가?"

맞절을 나누었을 때 물었던 안부를 새삼스레 다시 또 물어보는 허담 낯빛은 아까와는 다르게 그늘이 깔려 있었고,

"해가 뜨면 그제야 지난밤에 아무런 일이 읎었던 줄 알게 되구, 해가 지면 비로소 오늘 편안히 지낸 것을 다행허게 여길 뿐."

낮은 목소리로 말하는 김사과 낯빛은 스산하였다.

"승을 쌀 못을 파넌디 죽을힘을 다허구두 떠나지 않넌 것은 사람에게 있구, 승이 높구 못이 짚으나 버리구 가넌 것이 또한 사람

국자(國子) 성균관成均館 딴이름.

에게 있다 하였거늘……. 이 골을 지키는 자가 과연 백성으루 하여금 모두 떠나지 않게 능히 허것능가. 혹은 버리구 가게 맨드넌 자가 옳지나 않것능가."

허담이 말하는데,

"대저 숑피松皮와두 같은 게 사람 아니던가. 숑피넌 두디리먼 떡이 되지먼 사람은 두디리먼 역적이 되넌 것이니…… 한번 떠나간 민심을 어찌 잡을 수 있다넌 말인가."

탄식처럼 말하던 감사과는 반자를 한번 올리어다 보았다.

"그쪽 민인덜 뎡태넌 어떠허던가?"

"민심이 요동치기는 예나 거기나 매일반이지."

"수재를 담어내것다구 울근불근이다 이말인가."

"곱긔우제 쪼간이 궁흉극악부도지설 조인 근포헌다넌 명뫼이루 밥술이나 먹넌 양인덜을 잡어들이넌 것두 그렇지먼, 불집은 뎡븨*덜이로세."

"으음."

"시상에 장차 큰 난리가 일어나넌디 뎡학이 아니먼 살 수가 읎으며 진인眞人이 나와 계룡산이다 도읍을 뎡허넌디 그 장상將相과 좌뎡굉신佐命功臣덜은 죄 뎡학을 믿넌 자 중이서 나온다넌 와언訛言이 물젖듯 프져 있으니, 증녕 큰일이로세."

뎡븨 동비東匪. '동학비적匪賊'이라는 말로, 떼를 지어 돌아다니며 살인·약탈을 일삼는 도둑무리를 가리킴.

몇 모금 장죽을 빨아들이던 허담이 김사과를 바라보았다.

"휴암."

"응."

"주리풍년이라넌 말을 아시넌가?"

"주리풍년이라니…… 옥사가 많이 일어난다넌 말인가?"

"글쎄. 요즘 떠도는 됭요니 낸들 알것능가만, 심상허지 않은 됭요인 듯 허이."

"삼부지넌 들어봤어두 주리풍년은 금시초문이로세."

삼부지三不知라는 동요童謠가 떠돌았던 것은 큰 흉황이 들었던 무자년부터였으니—

〈곡식이 없어도 풍년처럼 여겨지는 것이 일부지一不知요, 글이 없어도 선비가 많은 것처럼 여겨지는 것이 이부지二不知요, 임금이 없어도 태평스럽게 여겨지는 것이 삼부지일세.〉

이부지와 삼부지야 앞으로 닥쳐올 일일 것이므로 알 수 없으되, 일부지는 이미 징험하였다고 보는 민인들이었다. 근년에 없던 흉황인 무자년°이 가고 기축년°이 오자 봄과 여름에 곡식이 많이 나와 쌀값이 폭락하였으니, 그렇게 많은 곡식이 나와 쌀값이 폭락할 줄 아무도 몰랐던 것이므로 일부지가 아니냐는 것이었다.

무자년·기축년 1888~1889년.

두 사람은 말이 없다. 앞날 일을 미리 알고자 하는 궁구는 군자가 중히 여기는 바가 아니므로 두 늙은 선비는 더 말이 없었으나, 어두운 낯빛이었다. 어린아이들 노래를 거쳐서나 저자에서 떠도는 말들이 지난날 세상사 이치를 징험하여 주는 것이 많았다는 것을 잘 알고 있는 탓이었다. 동요나 민요가 풍속을 옮기고 바꾸는 이치는 역시 속일 수 없는 것이니, 나라 흥망과 천명과 인심이 돌아가는 바가 반드시 먼저 늦˚으로써 나타나는 것은 예로부터 있어온 일 아니던가. 이부지와 삼부지도 그러하지만 주리풍년은 또 무엇인가. 천지간에 일사일물一事一物 생사성패生死成敗와 무릇 하는 바가 전정前定되지 않음이 없는 것이라면, 이것은 또 무엇을 가리키는 것인가. 아! 아지못게라. 오직 허령불매˚하여 현미˚한 이치를 알아볼 수 있는 사람이라야만 가히 앉아서 추상하여 미리 측정할 수 있을 터.

"나으리 마님."

무겁게 가라앉은 방안 기운을 깨뜨린 것은 춘동이 목소리였다. 그 종아이가 조심스럽게 가져다 놓는 목예반 위 목접시에는 가지런하게 깎아 저며놓은 참외와 복숭아가 몇 점씩 놓여 있었고, 허담에게 자실 것을 권하고 난 김사과가 말하였다.

늦 조짐兆朕. 길흉吉兇이 생길 터무니가 미리 드러나 보이는 변화현상. 전조前兆. 조후兆候. 징조徵兆. 징후徵候. **허령불매**(虛靈不昧) 유가儒家 철학에서 말하는 본바탕 마음꼴 및 명덕明德 본바탕. **현미**(玄微) 허령불매한 마음자리로 가 닿을 수 있는 마지막 세계 모습을 나타내는 말.

"반다시 읍재*청이 있어서가 아니라…… 우리래두 나서 진정
시켜야 되지 않것능가."

읍재(邑宰) 원.

제19장
봉물짐과 최이방

　도련님들 붓매는데 쓰일 산양 여우 노루 족제비 살쾡이 껍질
과 그 꼬리털이며, 피물皮物은 피물대로 어물魚物은 어물대로, 그
리고 또 약재藥材는 약재대로 메지메지˚ 나누어서 잘 쌓아 봉하
여 놓으라고 일일이 신칙하여 총찰˚하느라, 예방비장청禮房裨將
廳을 종일 떠나지 못하는 감사監使였다. 감사 분부 받아 통인通引
들한테 이것저것 일을 시키는 것은 이방 최유년崔有年이다. 봉물
짐 꾸리는 것은 원래 예방비장 소관이나 위인이 공명정대한 성
품으로 간사위˚가 없는 사람이라 긴목˚인 최이방을 시키게 된
것이었다. 양전˚께 진상할 물목발긔˚며 세도집들 택호宅號와 물

메지메지 여러 몫으로 따로따로 나누는 꼴. **총찰**(總察) 모든 일이 돌아가는
것을 몰아서 살핌. **간사위** 1.빈틈없고 주변머리 있는 솜씨. 2.제 이끗을 위
해 애쓰는 약삭빠른 솜씨. **긴목** 심복지인心腹之人. 매우 가까운 사람. **양전**(兩
殿) 왕과 왕비. 임금 내외. **물목발긔**(物目件記) 물품 이름을 죽 적어놓은 종
이. '발긔'는 이두임.

종*적힌 종이쪽 들고 통인들 목대잡는* 최이방 곁에서 걸핏하면
증을 내며 호령호령하는 충청감사 조병호*였으니, 이만하면 될
라나.

청국비단 3백필에 능라綾羅 50필에 오홉들이 백동합白銅盒 5
죽에다가 이른바 팔도 보물들인 경주慶州에서 나는 수정水晶과
성천成川에서 나는 황옥黃玉과 장기長鬐곶에서 나는 뇌사磊絲와
해남海南에서 나는 양지석羊脂石과 흑산도黑山島 앞바다에서 나는
석웅황石雄黃은 천금을 들여 사들인 것이고, 관하管下 53관에서
거두어 바친 호피虎皮 3장에 세도대감네 안방마님들 덧저고리
안 바칠 초피貂皮 수달피水獺皮 청서피靑鼠皮 각 10장씩은 관서쪽
에서 사들인 것이요, 산사슴 자웅雌雄에 산삼 10근에 웅담 20근
에 팔도 보물 가운데 둘인 면천沔川에서 나는 오옥烏玉과 남포藍浦
에서 나는 벼룻돌이 있으며, 노성魯城 참게로 담근 게장과 보령현
保寧縣 앞바다와 안면도安眠島에서 잡아올린 민어 광어 도미 전복
같은 어물은 대전大殿 안 소주방*에 들일 것이요, 갖은 약재와 문
방제구文房諸具와 유명한 선현先賢들 서화書畫도 있으니, 각색 물
종만 하여도 예닐곱 짐은 착실하게 되는 데다 양전께 진상할 돈
꿰미만 하여도 노새로 두 바리요, 여기에다가 세도집 곳간에 넣
어 줄 각종 돈이며 그밖엣 것들까지 합하면 굉장한 것이었다.

물종(物種) 뭇 갈래. **목대잡는** 여러 사람을 도맡아 거느리고 일을 시키는. **조
병호**(趙秉鎬, 1847~?) 갑신정변 뒤 사대당事大黨 긴한이로 1893년 충청감사
를 하였음. **소주방**(燒廚房) 대궐 안에서 음식을 만들던 곳.

세공稅貢과는 따로 외방 수령방백들이 궁중 여러 전殿에서 소용되는 돓씨°들을 봉상封上하는 것을 가리켜 진상進上이라고 부르니, 국초 이래로 내려온 상례였다. 대전과 중궁전에 봉진封進하는 것만 진상이라 하고 그 밖 각 전에 바치는 것은 공상供上이라 하여 구분하기도 하였고, 종묘宗廟와 원묘原廟들 제향용은 유달리 천신薦新이라 하였으나, 이들 모두가 진상에 들어간다. 국왕과 왕실을 받드는 외방관들 예의표시라는 뜻에 따라 관비官備를 원칙으로 하였으나 참으로는 민호民戶들 부담으로 돌아갔고, 돓씨를 원칙으로 하였으나 참으로는 그 고장에서 나오지 않는 공물이 많아 민호들 부담이 더 컸는데, 경상 황해 전라도 다음으로 공물이 많았던 곳이 충청도였다. 진상 종내기°에는 탄일誕日진상 정조正朝진상 원월해자일元月亥子日진상 삼일三日진상 단오端午진상 유두流頭진상 추석秋夕진상 동지冬至진상 제야除夜진상이 있는데, 탄일진상품목 한가지만 보면—

표리백면포° = 대전에는 8필, 중궁전에는 5필로 한다.

백토주° = 대전에는 8필, 중궁전에는 5필로 한다.

의대용 토주° = 대전과 세자빈궁에는 각 6필, 중궁전에는 7필, 세자궁에는 4필로 한다. (여름철에는 12새 저포苧布로써 대신 봉진한다)

돓씨 제바닥치. **종내기** 종류種類. 갈래. 가지. **표리백면포**(表裏白綿布) 안팎이 다 하얗고 깨끗하게 짜여진 가장 웃길 무명. **백토주**(白吐紬) 바탕이 두텁고 색깔이 희고 깨끗한 웃길 주사니것. **의대용**(衣襨用) **토주**(吐紬) 임금 옷을 만들 웃길 주사니것.

모라익선관° = 대전에 1부로 한다.

마미두면류관° = 세자궁에 1부로 한다.

흑록자피혜°·백양모정구° = 대전과 세자궁에 각 1부로 한다.

흑당피삽혜° = 대전과 세자궁 각 1부.

흑당피결화온혜° = 중궁전과 세자빈궁에 각 1부로 한다.

생밤 = 양전 각 9말로 한다.

잣씨 = 양전 각 4말로 한다.

배 = 양전 각 1백개로 한다.

개암나무열매 = 양전 각 3말로 한다.

홍시 = 양전 각 2백90개로 한다.

석류 = 양전 각 15개로 한다.

유자 = 양전 각 15개로 한다.

서과° = 양전 각 12개로 한다.

정과°용 모과 = 양전 각 20개로 한다.(철이 아니면 생강으로 대신
봉진하여야 한다)

　이것은 그러나 경국대전經國大典에 박아놓은 물목에 지나지 않
고, 만수절과 천추절이면 온 나라 안 수령방백들이 다 본곁°붙이
들을 다리놓아 진상을 바치게 되어 있는데, 정해년° 7월에 이런
일이 있었다.

서과(西瓜) 수박. **정과**(正果) 온갖 실과·새앙·연근蓮根·인삼 등을 꿀이나 설
탕물에 졸여 만든 과자. 전과煎果. **본곁** 비妃나 빈嬪 친정. 본곳. **정해년**(丁亥
年) 1887년.

민영소˚와 민영환˚이 같이 입시入侍하였을 때 김규홍˚은 전라감사로 있었고, 김명진金明鎭은 경상감사로 있었다. 민영환이 먼저 김명진이 올린 진상품 물목을 바쳤는데, 왜중˚ 50필과 황저포˚ 50필뿐이었다. 임금 낯빛이 변하여지며 그 물목단자를 용상 밑으로 던졌고, 민영환이 황공해 하며 얼른 그것을 주워 소매 속으로 집어넣었다. 이어 민영소가 김규홍이 물목을 바쳤다. 춘주˚ 5백필과 백동白銅 5홉, 바리˚ 50개였고, 다른 몬도 또한 이와같이 많았다. 임금 낯에 기뻐하는 빛이 감돌며 "번신˚ 예가 마땅히 이와 같아야 되지 않겠는가. 완백˚은 참으로 과인을 아끼는 사람이로다." 하고 말하였다. 민영환은 그 즉시 나가서 자기 돈 2만냥을 더 얹어서 바쳤으니, 민영환이 김명진이 사위가 되는 탓이었다.

명주 1백필을 올렸던 어느 도 감사 물목단자를 왕이 집어던졌다는 소문이 떠돈 것은 상년. 왕이 군변과 정변을 겪은 다음부터 항상 곁에서 무슨 일이 일어날까 두려워한 나머지 미리 피란을

민영소(閔泳韶, 1852~?) 민씨 척족戚族 거물로 왕 밀지密旨 받아 일본으로 뺑소니 친 김옥균金玉均·박영효朴泳孝 암살을 부추기고 홍종우를 시켜 김옥균을 죽인 막된 친일파. 민영환(閔泳煥, 1861~1905) 고종 14년인 1877년 정시문과에 병과로 급제, 1881년 동부승지同副承旨를 거쳐 대사성大司成이 되었음. 1905년 을사늑약으로 나라를 빼앗기게 되자 유서 3통을 남기고 자진自盡하였음. 김규홍(金奎弘, 1845~?) 고종 원년인 1863년 증광문과增廣文科에 을과乙科로 급제, 전라·경기·황해도 관찰사를 지내었음. 본관 청풍淸風. 왜증(倭繒) 바탕이 얇은 주사니것 한가지. 황저포(黃紵布) 계추리. 춘주(春紬) 봄에 잦은 주사니. 바리 놋쇠로 만든 여자 밥그릇. 번신(藩臣) 관찰사. 병마 절도사. 완백(完伯) 전라도 관찰사. 전라감사.

하기 위하여 교군꾼*20명에게 후하게 대우하며 궁성 북문에 대기하도록 하면서 한발짝도 떼어놓지 못하게 하고, 한밤중에 난이 많이 일어났으므로 대궐 안에 전등을 밝혀 새벽까지 밝게 하는지라 하룻밤 사이에 드는 부비만 천꿰미나 허비된다 하였다.

내삼천內三千 외팔백外八百 벼슬아치들 모두 그 자리 크고 작음에 따라 돈을 받쳐야만 자리가 지탱되니, 감사 1년에 들어가는 돈만 3만냥에서 5만냥이었다. 영의정 한 달 녹봉이 쌀 2섬8말에 콩 1섬5말이고, 6품짜리는 쌀 1섬1말에 콩 10말이며, 9품짜리가 쌀 10말에 콩 5말. 이러니 그 많은 돈과 물품들이 다 어디에서 나오겠는가.

통인 시켜 최이방을 불러오라 이르고 난 감사는 이마를 잔뜩 찡기었다. 만수절 봉물짐이야 크게 책잡히지 않게 꾸려놓았다지만 구월 스무닷새가 천추절이니 이제부터 장만하여 놓기 시작하여야 할 것이요 잇따라 진령군 리씨*생일이 또 닥쳐오니, 여간 숨이 가쁜 게 아니다. 진상몬 구하는 일이야 고양이 달걀 굴리듯° 하는 최이방이 다 알아서 해 줄 것이지만, 요는 돈이라. 양전과 양전보다도 더 무서운 민문閔門들 눈 밖에 나지 않으려면 적어도 한 십만꿰미*는 있어야 년종年終을 넘길 터인데, 관하 수령들

교군꾼(轎軍軍) 가마를 메는 사람. **진령군(眞靈君) 리씨(李氏)** 고종 19년인 1882년 임오군변壬午軍變으로 중전 민씨가 충주 장호원長湖院에 몸을 숨겼을 때 궁궐로 돌아가게 될 것을 점쳐줌으로써 믿음을 얻어, 궁궐에 드나들며 힘부림을 하던 무당임. **십만꿰미** 백만냥.

닦달질도 한도가 있으니 마냥 올려바치라고만 할 수도 없는 노릇이고, 이번 섣달 도목에는 무슨 수를 쓰던지 간에 내직으로 승탁되어 올라가야지 어디 기운 빠져 해먹겠나.

"찾아 계시오니까, 사또."

선화당* 앞창 밖에 양수거지하고 서 있는 것은 최이방이었고, 감사는 안석에서 등을 떼었다.

"네 생각엔 어떤구."

"녜에?"

"누가 마땅하겠느냐 이말이니."

"녜에?"

"봉물짐 영거해 보낼 자 말이니라."

"예에."

"누구우?"

"소인 소견으론 중군*이 어떨까 싶사오이다만……"

"상께 올릴 봉물짐만이 아니라 여러 댁에 은밀히 전해드려야 할 물선꾸러미 또한 불소한데, 남들 이목이 있지 어떻게 중군을 시킨다는 말이냐."

마뜩하지 않다는 낯빛으로 불쾌스러웁게 말하는 감사를 올려다 보던 최이방이

선화당(宣化堂) 감사가 일하는 방. 중군(中軍) 여러 군영軍營 우두머리나 그에 버금가는 사람.

"용맹이 놀라운 중군이라 중로에 적변˚같은 것이 염려스러워 드려보는 말씀이오니다."

하고 발명을 하는데, 감사가 히뭇이 웃었다.

"네가 갔다오면 어떻겠느냐?"

"녜에? 소인입시요?"

"오냐."

"아니올시다."

"아니라니."

"사또 영을 거역하자는 게 아니라 그런 중난한˚ 일을 소인 혼자서 맡기에는 역부족이다 이런 말씀이오니다."

"누가 너 혼자서 갔다오라더냐. 힘꼴이나 쓰는 군관들 서넛 딸려 병방비장˚ 시켜 영거하랄 텐데, 무슨 걱정이란 말인구. 병방비장이라면 더구나 중군 못지않게 용맹이 놀라웁고 더하여 힘이 장사 아니더냐."

"병방비장이오니까?"

"오냐. 병방비장이라면……"

"사또오."

"허, 어찌하여 똥 먹은 곰상˚을 하고 그러는고?"

"병방비장나리와 소인이 의뜻˚이 잘 맞지않는 사이라는 걸 잘

적변(賊變) 도적을 만나 큰코다치는 것. **중난**(重難)**한** 매우 크고 어려운. **병방비장**(兵房裨將) 외방 관아에서 병전兵典에 딸린 일을 맡아보던 우두머리.

아시면서 그러시오니까."

"입에 맞는 떡°이 있겠느냐. 고양이 개 보듯° 하지만 말고 요번 행로에 잘 사귀어 보려므나."

"무슨 살°이 꼈는지 소인만 보면 영 트집만 잡으러 드는 통에 당최 견딜 수가 읎사오니다."

"잔말 말고 다녀오거라."

"사또께서 다녀오랍시면 다녀옵지요만……"

"요번 봉물행차 성패는 민당상° 대감한테 달려 있으니 폐일언하고 안면 밝은 자네가 다녀오도록 준비를 차리게."

말투까지 바꾸어 곡진하게 이르는 감사였고, 실쭉한 낯빛을 외로 꼰 채로 동안 뜨게 손만 부비고 섰다가

"알겠습지오니다."

깊숙하게 하정배°를 올리고 나서 선화당 앞 뜨락을 물러나오는 최이방이었는데, 이거 야단났구나.

타고나기를 백령백리하고 능소능대한 데다 안벽 붙이고 밭벽 붙이는° 간사위 좋아 윗사람들한테 보비위 잘하는 최이방이다.

의뜻 같은 말인 의意와 뜻을 겹쳐 쓰고 있으니, '마음' 또는 '생각'을 그루박을 때 씀. 살(煞) 사람이나 몬을 해치는 독하고 모진 기운. 민당상(閔堂上) 민영휘(閔泳徽, 1852~1935) 첫이름 영준泳駿. 고종 14년인 1877년 정시문과에 병과로 급제. 여흥민씨驪興閔氏 척족세력을 타고 정계에 나와 김옥균의 갑신정변을 누르고 사대당에 들어감. 형조·예조·공조·이조판서를 거쳐 민씨 세력 우두머리로 1894년 갑오년 동학혁명이 일어나자 원세개袁世凱에게 청군 지원을 요청, 혁명군 토벌을 했음. 하정배(下庭拜) 지체가 낮은 사람이 윗사람을 뵐 때 뜰 아래에서 절하는 것.

조아무개가 충청감사로 도임하여 왔을 때 전관이 당기어 쓴 산 같은 관채로 골머리를 앓고 있는데 염찰* 한번에 깨끗이 꺾자쳐* 준 사람이다. 홑되게 관차만 꺾자쳐 준 것이 아니라 순사또나리 드레를 차리는데 쓰시라며 2만냥 돈을 은밀하게 납상하여 준 사람이다. 백집사가감*으로 여간 똑똑하고 영리한 위인이 아니어서 사자 어금니같이°여기게 된 감사가 여러 막객*들 다 제쳐두고 관내 일을 모두 주관하게 하니, 감사 앞방석*을 차지하여 긴목이 된 까닭이었다. 감사 노랑수건*으로 갖은 협잡질을 다하여 누만 재물을 모았으나 그 비행을 모르지 않음에도 아랑곳없이 짐짓 모르는 체하는 감사였으니, 동악상조*.

봉물짐을 영거하여 가게 된 것은 처음이나 서울 출입이 잦은 최이방이다. 감사 은밀한 전인傳人으로 어음쪽 든 절간*, 곧 청편지* 전하러 드나드는 곳은 대개 민당상댁이다. 평안감사로 있을 때 금을 녹여서 부림짐승 꼴을 만들어 바친 다음부터 금송아지대감*으로 불리우는 민영준. 선혜아문宣惠衙門 당상에 친군통위

염찰(廉察) 감사가 관내 고을을 돌며 백성들 살림살이와 고을 수령들이 다스리는 것을 살펴보는 것. **꺾자치다** 1.본메글발 같은 중요로운 문서 빈데에 꺾자를 그리다. 2.글에서 글줄이나 글자를 지워버리고자 꺾자를 그리다. **백집사가감**(百執事可堪) 무슨 일을 하든지 넉넉히 갈망할 수 있다. **막객**(幕客) 감사監使·수사水使·유수留守·병사兵使·견외사신遣外使臣들에게 따라다니는 관원 하나. **앞방석** '비서' 노릇. **노랑수건** 힘부림 하는 이 밑 심부름꾼. **동악상조**(同惡相助) 나쁜사람이라도 하려는 일을 이루기 위하여서는 서로 돕고 힘을 모은다는 뜻. **절간**(折簡) 청질하는 편지나 검은 돈. **청편지**(請便紙) 청질을 하는 편지. 청질을 하여 맡아내는 편지. 청간請簡.

청親軍統衛廳 통영사統營使요 친군경리청親軍經理廳 경리사經理使며 여기에 내무부內務部 독판督辦까지 겸하고 있어 민문 가운데서도 첫째로 세력이 빨랫줄 같은 사람이다.

민대감댁 허술청 청지기들과도 너나들이로 지낼 만큼 엉너릿손˚ 좋은 최이방은 아랫다방골에 상관하고 지내는 기생도 있는데, 낙적시켜 첩실로 들어앉혀 달라는 성화가 대단하다. 논밭전지로 바꿔놓은 재물과 집안 부엌바닥 깊숙이 파고 항아리 속에 넣어둔 엽전이야 날개 돋쳐 도망갈 것도 아니겠으니 염려없으나 진상봉물 장만하고 물목발기 적을 때마다 구메구메˚ 빼돌려 놓은 갖은 피물 어물 약재 금붙이며 옥 비취 산호 주사朱砂 진주같은 진귀한 보물들을 유루遺漏없이 보존하기 위하여서도 서울 다녀올 틈을 엿보고 있던 최이방이 영 요강뚜껑으로 물 떠먹은 것 같은 낯빛인 데는 까닭이 있으니—

그 애를 불르넌 일직사자˚가 있구먼유.

온몸이 불덩이처럼 뜨거우면서 헛소리만 해대는 고명딸˚을 보고 창무娼巫가 하는 말이었다.

그 일직사자가 긔 아부지 되넌 이 배꼽 밑이 들어 있다 이말이유.

덩더꿍˚ 치는 무당년 말인지라 신지무의˚하기 어려워 귓등으로

금송아지대감 나중 영휘泳徽로 고친 민영준閔泳駿이 평안감사 때 금송아지를 만들어 고종 내외에게 바치고 냅다 몰아쳤다고 해서 붙여진 이름임. 엉너릿손 남 마음을 끌고자 어벌쩡하게 서두르는 솜씨. 설레발. 구메구메 남모르게 틈틈이. 겨를 있을 때마다. 일직사자(日直使者) 하룻만에 잡아간다는 염라대왕 심부름꾼. 고명딸 아들 많은 사람 외딸.

250

흘리었는데, 어허. 금방이라도 땅보탬이 되려는 듯 숨을 할딱이는 딸내미였고, 그런 까닭으로 받게 된 살빼기굿이었다. 살 박힌 사람 혼자서만 신당神堂으로 오라는 것이었는데, 군웅살*이라던가. 초협한 신당 안에서 밤새도록 굿을 하던 무당이 살빼기를 하자며 손을 잡아끈 것은 새벽녘이었다. 옷을 홀딱 벗고 드러눕게 하더니 무당 또한 홀딱 옷을 벗고 배 위로 올라타는 것이었다. 감투거리* 한바탕을 장하게 마치고 난 무당이 한 말인즉, 칠월달 안으로는 공주지계를 벗어나지 말라는 것이었다. 딸내미야 지금 집으로 가보면 씻은 듯 부신 듯* 나았을 것이니 아무 걱정할 것 없고, 정작으로 걱정되는 것은 그 아비되는 이라는 것이었다. 칠월 한 달 동안은 매일 밤 살빼기굿을 하되 더구나 명심불망*할 것은 공주지계를 벗어나지 말라는 것이라며 꼭꼭 비틀어짠 물명주 수건으로 이마와 가슴팍 땀을 찍어주던 그 여자는 이렇게 말하며 부르르부르르 진저리를 치던 것이었다.

북방질은 사문死門이니 북방질루 가지마라아.

감사 분부 받은 병방비장 김재풍金在豊이 서울 갈 채비를 차리는데, 일행이 도합 열이었다. 병방비장과 최이방은 수에 넣지 않

덩더꿍 북을 두들기는 소리. **신지무의**(信之無疑) 꼭 믿어 의심하지 않는 것. **군웅살**(軍雄煞) 예전에 싸우다 죽은 병정들 한맺힌 넋이 붙은 것으로, 내외간 사이가 안좋은 것. **감투거리** 여성이 남성 배 위에서 하는 어르기. **씻은 듯 부신 듯** 아무것도 남지 아니한 가난한 자리를 이름. **명심불망**(銘心不忘) 마음속에 새기어 두고 오래 잊지 아니함.

는다고 하더라도 장교 셋에 짐꾼이 넷에 마부가 셋이었다. 들어
나르기 조심스러웁지 않은 봉물짐과 돈꿰미와 길양식을 실은 복
마*가 네 필이요 부담마 한 필인데, 달걀섬 다루듯° 하여야 되는
보물상자와 게장항아리며 꿀단지 같은 것들은 짐꾼하여 엄뚱여*
지우게 하였다. 김재풍이는 영거하여 갈 사람으로 저 하나면 족
하다고 하냥다짐*을 치었지만 힘꼴이나 쓰는 건장한 장교 셋을
뽑아서 데리고 가게 하였으니, 병방비장과 규각*이 진 최이방이
감사한테 취품取稟을 한 탓이었다.

공주에서 서울까지 거리는 4백 13리인데, 가는 길이 세 군데
이다. 정산定山 쪽으로 해서 청양青陽과 대흥大興 거쳐 예산禮山 신
창新昌 온양溫陽 지나 천안天安으로 가는 것은 역참驛站길이고, 유
구維鳩 쪽으로 해서 예산 신창 온양 지나 천안으로 가는 것은 대
흥과 예산 지계에 있는 송림산松林山 줄기를 타고 넘는 것이며, 장
깃대나루 건너 마곡사麻谷寺 옆길로 해서 차령車嶺을 넘고 천안
직산稷山 지나 경기도 양성陽城에 이르러 진위振威 수원水原 과천
果川으로 해서 서울에 이르는 것이 그것이다. 첫 번째 길은 탄탄
대로이나 가장 먼 것이 흠이고 두 번째 길이 그다음이며 험준한
산길이기는 하나 세 번째 길이 가장 빠른 지름길이다.

일행이 공주를 떠난 것은 칠월 열이렛날이었다. 길 떠날 차비

복마(卜馬) 1.짐 싣는 말. 2.다 큰 숫말인 상마. **엄뚱여** 얼기설기 묶어. **하냥
다짐** 일이 잘 되지 않으면 목이라도 내놓겠다고 두는 다짐. **규각**(圭角) 말과
몸가짐에 모가 나서 남과 뜻이 아니맞는 것.

를 다 차린 것은 열닷샛날이었으나 구기[•]하는 것이 심한 최이방이 자꾸만 밍기적거린 탓이었다. 열엿샛날이 파일[•]이나 불의출행일[•]이 아님에도 무릅쓰고 짐꾼 하나를 다른 사람으로 갈아들인다는 핑계로 하루를 더 허비하였던 것은 전수이 창무년 그 사설 탓이었다. 그 짐꾼은 선자통인[•] 청을 받고 뽑아들인 자였는데, 위인이 걸까리지고[•] 목자가 불량한 것이 어쩐지 께름하였던 것이다. 선자통인과 재종간[•]이라는 그 장정을 퇴하고 동네 장정 하나를 들여세우기는 하였으나, 똥 누고 밑 안 씻은 것처럼° 어쩐지 께름하기는 마찬가지였다.

그러나 감사또짜리 눈과 귀를 속이는 것도 한도가 있어 영 찜찜한 마음으로 길을 떠날 수밖에 없게 되었는데, 두 번째 길이었다. 만수절까지는 꼭 여드레가 남았으니 촉박한 행로였다. 말 타고 가기로 하면 나흘길이요 놀량으로[•] 걸어간다고 하더라도 엿새면 넉넉하니 그렇게 촉급한 길이 아니지만, 봉물짐만 전하는 것이 아니라 그 전에 세도대감네를 찾아뵙고 청편지 겸한 선물 꾸러미를 들이밀어 주어야 하니, 여간 서둘러야 한다. 한나절이라도 길을 좁혀보자며 병방비장은 세 번째 길을 주장하였으나 감사 긴목으로 위세가 후끈한 최이방 주장을 꺾을 수는 없는 것

구기(拘忌) 꺼리는 것. 파일(破日) 매달 5·14·23일로서 출입과 나그넷길을 기릏하는 날. 불의출행일(不宜出行日) 그날 운기運氣가 먼길 떠나는 것을 꺼리는 날. 선자통인(扇子通引) 부채에 말미암는 일을 맡아보던 외방관아 아랫도리 사람. 걸까리지다 사람 몸피가 크고 실팍하다. 재종간(再從間) 육촌 사이. 놀량으로 노는 것처럼 천천히.

이었다. 두 번째 길도 많이 양보한 것이니 생각같아서는 적변 염려가 적은 역참길로 가고 싶은 최이방이었다.

일행이 첫날 길을 떠나는 데도 무엇이 안보이네 무엇이 빠졌네 새삼스럽게 몰목발기를 들여다보며 봉물짐을 풀었다가 다시 싸는 둥 늦잡들인* 까닭에 숙소하게 된 곳은 온양 쪽으로 겨우 삼십리 간 유구역참이었다. 이튿날은 송림산 밑 주막에서 중화하고 오행제고개 밑 새술막 가서 숙소할 작정으로 길을 떠나게 되었다. 신례원新禮院서 숙소하고 신창 거쳐 온양서 중화하고 천안 가서 숙소하자는 최이방 주장이었으나, 한나절 아니 반나절이라도 길을 좁혀야 된다며 병방비장이 한사코 우기다가 마침내는 어깨너머로 지르고 있던 환도자루에 손을 대기까지 하고 나서야 겨우 작정된 것이었으니—

"오행제고개 쪽으루 넘어가는 것은 불긴할* 듯하우."

하고 딴죽을 치고* 나오는 최이방이었다.

"서울길 댈 일이 촉급헌 마당에 지름길루 쵑혀가자는데 불긴헐 게 무에란 말인가."

병방비장 짙은 눈썹이 꿈틀하는데, 최이방이 밭은기침을 하였다.

"불긴하다는 건 차라리 헐후한* 말이구 정작으루 말하자면 극

늦잡들이다 정신차리지 못하고 늦게 잠도리하다. **불긴(不緊)하다** 종요롭지 않다. **딴죽치다** 맞장구쳤던 일을 어기다. **헐후(歇后)하다** 대수롭지 않다.

히 위태롭다구 해야할 것이우."

"곡절이 무엔가?"

"행로를 좁혀보자시는 나으리 그 단심을 헤아리지 못하는 바는 아니나, 그렇다구 해서 섶을 지구 불구뎅이루 들어갈 수는 읎는 게 아니겠소이까?"

"불은 무에구 섶은 또 무에야. 에두르지˚말구 곡절을 말하라니까."

병방비장 목소리가 높아졌고, 최이방은 다시 밭은기침을 하였다. 그 사내는 길섶 돌전에 궁둥이를 걸치고 앉아 담배를 태우고 있는 일행들을 주욱 둘러보았다. 송림산 마루를 넘어 신례원과 온양쪽으로 갈라지는 갈래에 이르렀을 때였다.

"충청도땅 안에서두 도적떼가 기중 기승헌 데가 저 오행제고개다 이런 말씀이올시다."

"그까짓 깨묵쇵이˚ 같은 구메도적˚늠덜 무서 피해가잔 말인가?"

"구메도적이 아니라 화적패올시다. 박대장패라구 그 세가 여간 아닌 대적이 출몰헌다는 소문두 자자하오이다."

"흥. 림꺽정˚이래두 되구 박긴다리˚락두 된단다냐."

"림꺽정이 박긴다리는 못되것지만 홀홀히˚ 볼 수만은 읎는 대적이란 소문 자자하올시다."

에두르다 둘러막다. 깨묵쇵이 '깻묵송이' 내폿말. 구메도적 좀도둑. 림꺽정 조선왕조 명종明宗 때 의적 림거질정(林居叱正. ?~1562). 박긴다리 조선왕조 가운데 때에 지리산 얼안에서 기운차게 움직였던 활빈당活貧黨 우두머리. 홀홀히 가볍게. 대수롭지 않게.

"그래서?"

"조금 에여가는* 길이기는 하지만 인가가 잇달아 있는 탄탄대로로 가는 게 좋은지 지름길이라고는 하지만 적변 염려가 높은 심심산골로 가는 게 좋은지는 삼척동자라두 분간할 수 있지 않겠소이까."

"무에야?"

"제 소견대루 말하자면 만사는 불여튼튼이니 튼튼할 성으루 다다 조심하는 게 상수다 이런 말씀이외다."

잔뜩 하시하는 눈빛으로 쏘아보며 살차게* 웃는 최이방이었고, 이자가. 대신댁 송아지 범 무서운 줄 모른다*고 네놈이 시방 감사또짜리 앞방석이다 이거지. 아이오 담기가 뭉클 솟구쳐 오르면서 얼굴이 선독같이 검붉게 된 병방비장 왼손길이 가는 곳은 갈집이었으니, 이런 단칼에 목을 쳐죽일 놈 같으니라구. 항오발천* 하여 감영 병방비장을 살고 있다지만 더 이만 올라가볼 자리가 막혀 있는 그 쉰줄 무골武骨은 사점백이 출신이었다.

"갈밭이 쥐새끼 같은 화적늠덜쯤이야 백 명 아니 천 명이 온다 해두 본관이 신명떨음* 한판에 능준히 담당할 것인즉, 다시는 쥐밑구녕 같은 소리 말거라. 가자!"

꺽짓손* 세게 일행을 휘몰아 오행제고개 쪽으로 가는 병방비장

에여가다 비켜가다. 돌아가다. 살차다 바탕이 붙임성 없고 차며 매섭다. 항오발천(行伍發薦) 병졸에서 장관將官에 올라감. 신명떨음 신이 올라 추는 칼춤. 꺽짓손 억세어서 호락호락 넘어가지 않는 솜씨.

이었는데, 흥. 되지못한 막객놈 주제에 감히 거센체 하기는. 거말
도 못한 사점백이루 항오발천한 주제에 원 아니꼽살믜시러서.
서울길 다녀온 다음에는 내 무슨 수를 쓰던지 간에 가래터 종놈
같은°이자부터 올림대°놓게°하리니. 내 비록 시방은 양수거지
하고 서서 쉰네를 개어올리고 있는 속소위°아전 나부랭이에 지
나지 않는다만, 정충무공°처럼 되지 말라는 법 없을 터. 그 어른
남여°가 종가鐘街를 지나갈 적이면 말꾼들 걸음이 빠르기가 구름
같고 발짝소리에 땅이 울렸다 하였것다. 금송아지대감 불알을
잡고 늘어져서라도 체지 한 장 받아낼 터인즉. 이를 옥물며 진둥
한둥 병방비장 뒤를 미좇아 가는 그 사내가 하는 말인즉―

"원체 후미지구°흠헌 재°라 뤼려가 되서 드려본 말씀이오니다
요. 적변 같은 것두 염려스럽지 않은 건 아니지만 말님두 그렇구
짐꾼들 가래톳°서서 걷지 못하게 될까봐 그러하오니다."

예산현 한갓골에서 온양군 강장리康蔣里 쪽으로 넘어가려면
지날 수밖에 없는 오형제고개는 다섯 개 재가 있어 붙이어진 이
름이었다. 두 재는 예산 쪽에 있고 두 재는 온양 쪽에 있는데, 가
운데에 있는 재가 가장 높다. 예로부터 유명짜한 재였으니, 산천

올림대 받숟갈. 속소위(俗所爲) 세상, 곧 저잣거리 사람들이 일컫는 바. 정충
무공(鄭忠武公) 인조仁祖 때 명장 정충신(鄭忠信, 1576~1636). 통인 출신이었
음. 남여(藍輿) 걸상 비슷하고 위를 덮지 아니한 작은 가마. 후미지다 1.물가
나 산길이 휘어서 굽이진 곳이 매우 길다. 2.무서울 만큼 호젓하고 깊숙하
다. 재 사람이 넘어다니도록 길이 나 있는 높은 산 고개. 영嶺. 가래톳 불두
덩 옆 허벅다리 사이 살이 부어 켕기고 아프게 된 멍울.

경개가 좋아 유명한 것이 아니라 대낮에도 해를 보기 어려울 만큼 소나무와 참나무만이 하늘을 가려 가장 그윽하고 깊숙한데다가 독 있는 벌레와 사나운 맹수가 들끓을 만큼 심심하지 않게 화적도 난다하였다. 다섯 개나 되는 후미지고 험한 고갯마루를 일터 잡아 장꾼들 짐이나 벗기는 소소한 구메도적들도 있지만 내포칠읍˙에 출몰하며 돈냥이나 있는 부잣집을 털어가는 기승한 화적패들 소굴이 있다는 소문도 자자하였다. 일곱고을 원들 이문˙ 받고 기별審別 받은 공주 감영 군관들과 서울 포도군관들이 와서 며칠씩 묵새기며 화적 종적을 수탐˙한다 하였으나 아무런 소득이 없었고, 죽어나는 것은 오로지 민인들 뿐이었다.

　서울에서 공주를 가고자 하면 천안 지나 온양땅을 거쳐야 되는데, 온양읍에서 역말˙ 지나 서남쪽으로 조금 내려가다 보면 삼거리가 나서니, 공주로 가는 길과 예산으로 가는 갈림길이다. 예산 쪽 길을 잡아 보리밥 한솥짓기쯤 가다 보면 울울창창한 낙락장송 수펑이가 앞을 막아선다. 솔수펑이 사이로 난 좁좁한 외자욱산길˙ 따라 올라가노라면 숨이 턱에 차오르니, 여기서부터 재가 비롯되는 것이다. 예산땅에까지 다다르기 위하여서는 다섯이나 되는 재를 넘어야 하는데, 햇빛이 잘 들어오지 않게 빽빽한 솔수펑이에서는 이상한 새 소리와 함께 짐승들 울부짖음만 들려오

내포칠읍(內浦七邑) 서산瑞山·당진唐津·청양靑陽·예산禮山·홍성洪城·보령保寧·서천舒川. **이문**(移文) 관청끼리 주고받던 공문서 한가지. **수탐**(搜探) 찾아내고 캐어냄. **역말** 역마을. 역참驛站이 있던 마을.

는 것이어서 담력이 제법 있다는 장정이라도 머리칼이 하늘로 솟구쳐 오르게끔 영 후꾸룸한° 기분이 된다. 재 거리가 자그마치 이십 리. 재 앞뒤로 두 개 주막이 있는데, 온양 쪽 주막을 구술막이라 부르고 예산 쪽 주막을 새술막이라고 부른다.

"해찰 부릴 틈 옰으니 싸게싸게들 가자."

길 재촉하는 병방비장 목소리에 짜증기가 묻어 있는데, 끙. 고불이 이 앓는 소리를 내는 것은 최이방이었고, 푸우. 된숨을 내어쉬는 일행이었다. 새술막에 닿기 위하여서는 얕은 곳으로 골라가며 딛는다고 하더라도 제법 넓은 내를 건너야 하고 오형제고개만은 못하다지만 여간 가파르지 않은 너덜겅을 넘어야 하는 까닭이었는데, 휘적휘적 저만치 앞장서 가며 각전에 난전 모듯° 하여대는 병방비장이었다. 봉물짐과 돈꿰미와 길양식에 은금보화며 갖은 패물 꾸러미를 실은 복마와 부담마 입마구리로 흰 거위침이 흘러내리고 엄뚱여 등에 진 짐짝이 갑자기 무거워진 짐꾼들과 말몰잇군이 헉헉거리며 팟죽 같은 땀을 노드리듯° 하는 것은 차치물론 하고 빈손인 장교들까지 모두 입을 벌린 채 헐헐 단내나는 된숨들을 내어쉬고 있었다.

부담틀° 지운 비루먹은° 나귀라도 타지 않고서는 먼 길을 걸어

후꾸룸하다 어쩐지 무서운 생각이 든다. **노드리듯** 노끈 같은 빗발이 죽죽 퍼붓는 꼴. 빗발이 노끈을 드리운 것같이 쏟아지는 꼴. **부담틀**(負擔-) 부담농을 싣고 사람이 타려고 말잔등에 잡아매는 틀. **비루먹다** 개·나귀·말 같은 것이 비루에 걸리다. 비루: 짐승 살갗에 생기는 병. 온몸에 털이 빠짐.

본 적이 없는 최이방이 맨손임에도 가장 헉헉거리었으나 본 체도 하지 아니한 채 서둘러 잿마루에 오른 병방비장은 다들 짐을 벗어놓고 땀을 들이게 하였다. 최유년이 소행을 생각하면 부시한번 못 치게 하고 구술막까지 내처 가게 하고 싶었으나 빈대가 밉다고 집에 불을 지를° 수는 없는 일 아닌가. 괄기°가 인왕산 솔가지인° 무골이라고는 하나 감영 안 공다리들 가운데서 누구보다도 사람이 자상하여 하정°을 잘 살피는 그 사내는 최유년이와 십여간통이나 떨어진 바윗전에 궁둥이를 붙이고 앉아 짜른대를 입에 무는데, 내일이 온정° 장날인가. 새술막에서 자고 식전 아침 일찍 온정장을 대어 가려는 듯 쪽지게 가득 등이 휘게 지거나 질빵°을 해서 걸머지고 또 양손으로 몬 보퉁이를 든 선길장수° 등짐장수°들이 후이— 후이— 휘파람 소리와도 같은 긴 숨을 내어뿜으며 잿마루로 올라서고 있었다. 막중한 봉물짐을 영거하여 가는 길인지라 기찰°을 하여보라고 할까말까 망설이고 있는데,

"무슨 짐들인가?"

하고 말하며 그 사내들 쪽으로 걸어가는 장교가 있었고,

괄다 1.불기운이 세다. 2.성질이 느긋하지 못하고 괄괄하다. **괄기는 인왕산**(仁王山) **솔가지라** 매우 괄괄한 성깔을 이름. **하정**(下情) 아랫사람들 셈판. **온정**(溫井) 땅 속에서 더운물이 솟아나는 것이나 솟는 데를 이르는 말로, '온천溫泉'은 왜말임. **질빵** 몬을 묶고 같은 끈으로 양쪽 어깨에 걸치는 것. **선길장수** 봇짐장수. 몬을 보자기에 싸서 메고 다니며 파는 사람. 보상褓商. **등짐장수** 몬을 등에 지고 팔러다니는 사람. 부상負商. **기찰**(譏察) 남모르게 알아봄.

"장돌림°들이올시다."

하고 대답하며 촉작대°로 쪽지게를 받쳐놓는 사내들이었다.

"무슨 짐들인지 구경 점 함세."

뒤쫓아 온 두 사람 장교 가운데 하나가 말하였고,

"이장 저장 맨날 육장치구° 댕기넌 장돌뱅이 짐이랬자 뻔헌 거 아니것수."

억지웃음을 지으며 느릿느릿 펼쳐 보여주는 등짐장수 촉지게에 실려 있는 것은— 소금 건물 진물 솥 그릇 담배 누룩 죽물 꿀 기름 체 엿 짚신 같은 것들이고, 등짐장수가 펼쳐 보여주는 누렇게 땀 절은 무명보자기 속에 담겨 있는 것은— 삼베 비단 솜 종이 모시 패물 인삼 가죽 갓 녹용 우비 참빗 담뱃대 벼루 먹 놋그릇 같은 것들이다.

"어디서들 몬을 해가나?"

날카로운 눈빛으로 장돌림들 아래위를 훑어보며 장교 하나가 반말로 묻는데, 등짐장수가 무어라고 불퉁가지°를 부리려는 것을 팔을 잡아 막으며 봇짐장수 하나가 턱 나서서

"강갱이°올시다."

하고 대답하였다.

장돌림 여러 장시場市로 돌아다니며 몬을 팔던 장돌뱅이. **촉작대** 부보상들이 가지고 다니던 물미장勿尾杖. **육장치다** 한달에 여섯 차례씩 열리는 장을 돌아다니며 보는 것. 늘. 항상恒常. **불퉁가지** 고분고분하지 않고 퉁명스러운 성질. 불퉁이. **강갱이** 강경江景.

"강갱이라."

"예."

"사는 데가 어딘가?"

장교 하나가 다시 물었고,

"네, 네."

하고 허리를 굽신거리며 하는 대답은 힘꼴이나 쓰게 다부져보이는 체수와는 다르게 여간 살부드러운 게 아니다.

"쉰네는 덕산 삽다리 살구, 이 동무년 체냥° 먹뱅이 살구, 저 동무년 아산 나뭇골 삽지유."

"시방 어디로들 가는 참인가?"

장교 하나가 또한 하게°로 묻는데,

"온정장이 풀어멕이자°먼 싸게 새술막 가서 저녁 먹구 한숨 푹 자둬야지유."

깎듯하게 공대하여서 하는 대답이 여간 사근사근°한 게 아니었고, 무슨 트집거리라도 잡아볼까 하여 에멜무지로° 하여 보는 기찰인지라 더 이만 물어볼 말이 없어진 장교들은

"음. 그래 많이들 파시게."

한마디 던지고는 몸을 돌리었다. 장교 하나가 쇠이방 쪽을 바

체냥 청양青陽. **하게** 벗이나 아랫사람한테 쓰는 여느 낮춤말. **풀어먹이다** 음식이나 재물을 여러사람에게 기뿌주다. 여기서는 몬을 팔아먹는다는 뜻임. **사근사근** 성깔이나 생김새가 부드럽고 상냥한 꼴. **에멜무지로** 1.보람을 바라지 않고 헛일하는 셈치고. 2.몬을 단단히 묶지 않은 채로.

라보더니 히뭇이 웃었다.

"우리도 새술막서 숙소할 터인즉, 코골이들이나 하지 마시게. 코 고는 소리만 들으면 본븽이 도지는 으른이 지시니께 말이여."

병방비장이 서천에 걸리어 있는 해를 뺌어보는데*, 박장대소하는 소리가 났다. 무슨 재담 아니면 축축한 음담이라도 하고 있는지 최이방 앞에 쭈그리고 앉아 있는 짐꾼들 입은 헤벌어져 있었다.

"멩색이 예산땅이서 태어났다먼서 그 유명짜헌 오형제고개 등사*두 물른다니 말이 되넌가."

짐꾼 하나를 바라보며 하는 최이방 말이었고,

"태생이 예산이다 뿐이지 감영곳서 자랐으니 난 감영곳 사램이우. 감영곳 사램이 워치게 오형제고개 등사럴 안단 말이우."

우세*를 하게 된 짐꾼이 발명*을 하는데,

"얘기 점 헤주."

"오형제고갤 늠을 사램덜이 그 유명짜허다넌 등사 얘길 물른대서야 말이 되우. 얘기 점 들읍시다."

"싸게싸게 헤주."

오복전조르듯 한마디씩 졸라대는 짐꾼말꾼들이었다. 병방비장쪽을 힐끗힐끗 바라보던 최이방이 큼큼 헛기침을 하였다.

뺌어보다 재어보다. **등사**(等事) 일. 탈. 사달. '사건事件'은 왜말임. **우세** 남한테 비웃음을 받는 것. **발명**(發明) 잘못이 없음을 밝힘.

"예전 이 오형제고개서 살변이 일어났는데 죽은 사람이 모두 넷이었네 그려. 한 사람은 온정 쪽 첫고개서 또 한 사람은 예산 쪽 첫고개서 모두 갈 맞어 죽고, 두 사람은 한복판 고개서 아무런 다친 데 읎이 죽었다 이말이네. 참증°헐 만한 것이라고는 오직 술두루미 하나와 돈꿰미만 한복판 고갯마루에 놓였는데, 실인°을 알 도리가 읎더라 이말이야."

"그레서유?"

"온양골 안전쥐께서 이 살변등사를 처결하는데, 진퇴양난이라. 근고에 읎이 흉악한 살변이 났는데 간증두 읎구 긔장°두 읎으니 이 살변 원범°을 워디가서 잡을꼬. 좌상우사하던 끝에 위선 새 술막 쥔인 문첨지를 잡어들였지."

"워째서유?"

"형증°이라고는 오직 술두루미 하난데 그 술두루미가 문첨지네 주막것이었거든."

"오오."

"결곤°을 당하여 장폐될 지경에 이르렀는데, 하늘이 무너져도 솟아날 구멍이 있다°구 원범이 밝혀졌다 이말이야."

"얼라아. 워치게유?"

참증(參証) 도움거리가 될만한 본메본짱. 실인(實因) 죽임당한 사람 죽은 까닭. 긔장 기장記帳. 치부책에 적어둔 것. 원범(原犯) 형률에서 잘못을 저지른 사람. 정범正犯. 형증(形證) 겉으로 드러난 본메본짱. 결곤(決棍) 곤장棍杖을 때리는 것.

"문첨지 주막에 유허구 있던 단양_{丹陽}서 온 김도령이란 사람이 백모˚루 궁구한 끝에 네 사람이 죽게 된 까닭을 이회˚허게 되었다 이말이니."

"이호이? 이호이란 게 뭐이래유?"

"이런 목불식정하는 치룽구니같은 화상하고는."

"당최 알어먹기 어려워 그러니 점 풀어 말씀헤주."

"실."

최이방 입에서 혀끝 말아올리는 소리가 나는 것을 본 다른 짐꾼 하나가

"이호이면 워떻구 저호이면 워떻다구 대이구 촉새˚마냥 덧게비질˚이라나."

밉지 않게 타박을 주더니

"워치게유? 누가 그렜댜?"

뒷말을 재촉하였고, 최이방이 헛기침을 하였다.

"그날이 마침 온정장날인데 세 늠은 도적늠이구 한 늠은 돈냥이나 지니구 있던 장꾼이었지. 네 늠이 구슬막까지 동행해서 하냥 가게 됐는데 돈 지닌 장꾼은 구슬막서 자구 간다는 것을 동행이 넷이나 되니 걱정할 거 읇다구 억지로 끌어서 재 하나를 넘게 되었는데, 돈 지닌 장꾼을 게서 갈로 찔러 쥑였다 이말이야. 그러

백모(百毛) 이것저것 여러가지. **이회**(理會) 갈피를 알게됨. **촉새** 입싼사람 곁말. **덧게비질** 이미 있는 것 위에 쓸데없이 덧엎어 대는 일.

구 나서 세 늠이 그 돈꿰미를 가지구 재를 넘어갔는데 목이 마르므로 한 늠을 시켜 새술막이루 술을 받으러 보냈던겨. 욕심이 많은 두 도적늠이 서루 상의하기를 술 받어 가지구 오는 한 늠을 쥑이구 그 돈을 노나갖자구 언약을 했지. 그래서 컴컴한데 술 받아 가지구 오는 동무 도적늠 하나를 갈루 느닷읎이 가슴을 찔러 쥑여버렸구먼. 그러구 나서 그 받어가지구 온 술을 가지구 다시 한 잿마루루 올라가서 두 늠이서 그 술을 먹었던 겨. 그런데 그 술은 워떤 술인고 하면 그 술 받아가지구 온 도적늠두 돈에 욕심이 나서 그 돈을 저 혼자서 독차지하려구 술에다가 븨상*을 탔더라 이 말이야. 이러니 어찌 되겠는가. 네 늠이 똑같이 죽게 된 소이연이라."

최이방 이야기가 끝난 뒤에 김도령이라는 사람 뇌가 제갈공명보다 나으니 뭇하니 흉악한 도적놈들이 죄 죽은 것은 잘코사니*라느니 도적놈들한테 죽은 장꾼만 불쌍하다느니 씩둑꺽둑 지껄이는 것을 병방비장이 호령기 있게 몰아세워 새술막에 당도하였을 때는 땅거미가 깔리고 있었다. 긴긴 여름해라 아직 밤은 되지 않았다지만 병방비장 불같은 재촉에 밀려 백리길을 넘게 온 까닭에 저녁밥을 먹자마자 이내 코그루를 박는* 수종꾼*들이었다.

넓직한 봉놋방에 잡인을 들이지 못하게 한 다음 봉물짐짝들을

<hr />

븨상 비상砒霜. 청산가리. **잘코사니** 남이 안좋은 일을 당한 것이 고소해서 하는 말. **코그루를 박다** 잠을 자다. **수종꾼**(隨從-) 따라다니며 심부름 하는 하인.

들여놓고 병방비장이 총찰하여 지키게 되었는데, 하정을 잘 살피는 사람인지라 명색이 주막에 숙소하면서 차마 그럴 수는 없다는 생각에서 숟가락을 놓기 바쁘게 코그루를 박고 있는 수종꾼들을 흔들어 깨워 탁배기 한 대접씩을 돌리게 하였다. 사내들은 술보다 잠이 더 좋다며 대접을 비우는둥 마는둥 다시 또 바로 쓰러졌고 장교들은 술이 적어 짬짬한 낯빛˚으로 군입맛들만 다시었으나 타고나기를 술이 받지 않는 최이방은 안주로 나온 몇 점 쌀골집˚ 맛만 보다가 방을 나갔다. 코고는 소리가 비각˚이라 몸채˚ 뒤 숫간˚으로 간다는 것이었다.

이것은 그러나 핑계에 지나지 않았고, 계집이었다. 술과 잡기는 즐기지 아니하나 성긴 눈썹이 아래로 굽은 천생 색골이라 하루저녁도 혼자서는 자지 못하는 사람인데 오늘은 더구나 낯선 주막에서 유하는 객지잠이 아닌가. 안보는 체하면서도 힐끔힐끔 곁눈질을 하여보니 주인여편네한테 양식거리를 꺼내어 줄 때 설핏 본 것이지만 부엌 아궁이 앞에 쪼그리고 앉아 불지피고 있는 젊은 계집 낯짝은 촌간에서는 보기 드물게 여간 해끔한 것이 아니었다.

동자아치˚라기에는 근 삼십하여 보이는 나이인데다 면추를

짬짬한 낯빛 무엇이 조금 모자라 아쉬워 하는 눈치. **쌀골집** 순대. **비각** 서로 물과 기름처럼 맞지않는 일. **몸채** 여러 채로 된 살림집에서 내세우는 채. **숫간** 몸채 뒤에 나지막하게 지은 광. 또는 객실客室. 거의 시골집에 많음. **동자아치** 남 집에서 부엌일을 맡아하는 여자.

넘어 해반주그레한 면판이요 소쿠리*를 엎어놓은 듯 둥그넓적한 볼기짝에 찰기 있게 뽀오얀 살빛이니, 술어미*인가. 본금*이 얼마 안들어 가는 벌이 쏠쏠한* 장사라 어디서 요분질* 잘하고 감창 놀라운 갓나희를 데려다 놓았다는 말인가. 이것들을 당장 통간률*로 걸어 돈냥이나 받치게 해.

제버릇 개 못주고° 개고기는 언제나 제맛이며° 포도군사 은동곳 물어뽑는다°고 천생 이서배다운 용심을 하여보던 그 사내는 얼른 도머리를 치었으니, 사흘 굶은 범이 원님을 안다더냐°. 창무년과 관계를 하였던 것이 칠월 초이레라, 두장 도막이나 넘게 계집맛을 못보았던 터수에 동자치면 어떻고 보리꽃*이면 또 무슨 상관이란 말인가. 길양식으로 싣고 온 쌀자루에서 조석 두 끼거리를 떠내어서 주인 여편네를 주는데, 네 끼거리도 푼푼하였다*. 생각같아서는 해우채가 얼마냐고 직접 물어보고 싶은 마음 굴뚝같았으나 밤이 되기를 기다리기로 하고 일행이 있는 봉놋방*으로 간 그 사내였다.

서둘러 본채 쪽으로 가던 최이방은 무춤 그 자리에 서버리었

소쿠리 앞이 트이고 테가 둥글게 겯은 대그릇. 술어미 주막에서 술 파는 여자. 주모酒母. 본금 본밑. 본전本錢. 원금元金. 쏠쏠하다 바대, 대중, 템 따위가 어지간하여 쏠만하다. 요분질 어르기 할 때 여자가 남자한테 좋은 느낌을 주려고 몸을 요리조리 움직여 놀리는 일. 통간률(通姦律) 임자 있는 남녀가 정을 통하다 받게되는 법. 보리꽃 싸구려 막창. 푼푼하다 1. 넉넉하다. 2.옹졸하지 않고 서글서글하다. 봉놋방 주막집 대문 가까이 있는, 여러사람이 합숙合宿 하는 큰방.

268

다. 두세거리는* 소리가 나면서 희끗희끗 사람들 자취가 눈에 들어왔고, 그 사내는 헛기침을 하였다. 잡인을 금하라는 병방비장 호령 한마디에 마굿간 곁에 붙어 있는 닷곱방으로 쫓겨나게 된 장돌림 사내들이 마당으로 나오며 두런거리고 있었다. 최이방을 본 사내들이 주춤거리는데,

"어디로들 가시는가?"

잔뜩 조빼는* 투로 묻던 최이방은, 크흠. 다시 한번 헛기침을 하였다. 장교들이 기찰할 적에는 보이지 않던 사내 하나가 끼어 있었는데, 풋낯이나마 있는 자였던 것이다. 어디서 봤더라? 길양식 떠내주면서 보았던 계집 생각에 자꾸만 헛갈리는 정신을 추스려 보니, 어? 걸까리진 몸피와 불량하여 보이는 목자 밑으로 돈짝만하게 찍혀 있는 퍼런 점이 어쩐지 영 께름하여 갈아치웠던 바로 그 장정 아닌가. 감영 선자통인과 길카리 된다던 사내.

"자네가 여긴 웬일인가?"

최이방이 놀란 목소리로 묻는데,

"아무래두 인연인 뫼냥이우. 예서 또 뵙게 됐으니."

불량한 목자로 쏘아 보며 낙낙하지 않게 말하는 점백이 사내 차림새는 곁에 서 있는 장돌림들과 어상반* 한 것이었다.

"패랭이짜리루 나셨단 말인가?"

두세거리다 조금 사이를 두고 서로 말을 띄엄띄엄 주고받는 소리나 꼴. 조 (操)빼다 지저분하게 굴지 않고 짐짓 조촐한한 티를 나타내다. 어상반(於相 半) 서로 비슷함.

"으르신께서 받자하지 않으시니 별조* 있수. 목구녕이 포도청이라 촉작대 들구 나섰수다."

엄벌나게* 말하는 사내였고,

"크흠!"

헛기침 한번 되게 하고난 최이방은 무슨 까닭으로 비편한 마음이 되어 다른 장돌림들한테로 고개를 돌리었다. 생각같아서는 감때사나운* 장교들한데 청하여 뜨거운 정을 다시게 하여 주고 싶었으나, 똥이 무서워 피하랴*. 해반주그레한 낮짝에 차져 보이던 몸피 그 갓나희 후려볼 생각에 몸이 달아 꾹 눌러 참고는, 꼿꼿한 눈길로 장돌림들을 쏘아보는 그 사내였다.

"거기들은 시방 어디로 가시는가?"

"봉놋방이루 가우."

"엉? 거긴 안되지. 잡인들 출입을 금하고 있다는 것을 익히 알 터인데."

"알우."

"헌데?"

"목이 갈헤서 그러우. 탁배기잔이나 은어 마셔보려구."

"자네들 방에서 따로 받아다 마시면 될 거 아닌가."

"물것*두 극성이지만 방이 원체 코딱쟁이만 헤노니 답답헤서

별조 별수. 엄벌나다 제 마음대로 움직여 벗나가는 낌새가 있다. 감때사납다 성질이 몹시 억세고 거칠다. 매우 감사납다. 똥이 무서워 피하랴 약한 사람은 맞서 겨루기보다는 비키는 것이 낫다는 말.

당최 전딜 수가 읎어 그러우."

"술긔운이락두 빌려 일쯕 자보려구 그러우."

"하정을 잘 살피신다넌 븽방븨장 나리니 설마 내치기야 허실 라규."

씩둑깍둑 한마디씩 지껄이는 장돌림들이었고, 최이방은 슬그 머니 몸을 돌리었다.

"딱 한대접씩만들 마시고 가 자게. 이녁*들도 그렇지만 우리도 식전아침 일쯕 길 떠나얄 사람들인즉."

서둘러 사처잡은* 숫간으로 간 최이방은 주인 불러 술상을 보 아오게 하였다. 동안이 오래 걸리어서야 술상이 나오는데 봉놋 방에서 보았던 것과 진배없는 박주상이었고, 최이방은 이마에 내천자를 그리었다.

"이걸 시방 술상이라고 내오는가?"

"녜에?"

"아무리 궁벽진 두멧주막이라지만 술명색이라고는 탁주밖에 읎더냐 이말이니"

"아무리 멧주막이나 핑색이 주막인데 탁주밖에 읎것수만 봉놋 방의서두 탁배기덜 잡숫길래……."

비장 나으리 모시고 길 떠난 이방놈 주제에 무슨 타박이냐

물것 사람을 잘 무는 모기·빈대·벼룩·이 같은 것을 다 일컫는 말. **이녁** 하오할 사람을 마주 대하여 낮게 일컫는 말. **사처잡다** 사사로이 쓰려고 얻은 방.

는 듯 심드렁하게 대꾸하며 개밥도둑*만 문지르는 주인사내였는데,

"어허!"

눈을 지릅떠* 보이다가

"눈치가 빠르면 절에 가서도 조개젓을 얻어먹는다*는데 술깃대* 꽂구 있다는 위인으루 이다지 눈치가 욿어서야 원."

최이방은 혀를 찬다.

"녜에?"

"송순주* 있는가?"

"욿수."

"소곡주*는?"

"송순주도 욿구 소곡주도 욿지만 가이당주*는 있습녜다."

"그거 한 두루미허구 육포쪼가리나 좀 내오게."

"녜."

"자, 이건 술값이니 넣어두고."

염낭 속에서 엽전 한 닢을 꺼내어 주는데, 벽걸이 등잔불빛 아래 반짝하고 빛이 나는 은전銀錢이었고, 아이구. 아무리 값나가

개밥도둑 코. 지릅뜨다 1.눈을 치올려 뜨다. 2.눈을 크게 부릅뜨다. 술깃대 예전 주막집에서 문간에 술주酒자를 쓴 등을 걸어두었던 것. 송순주(松筍酒) 소나무 새순을 넣고 빚은 술. 소곡주(燒穀酒) 충청도 한산韓山에서 나던 술로 '앉은뱅이술'이라고도 하니, 맛이 좋고 순한 듯해서 한잔한잔 마시다 보면 일어날 수 없을 만큼 취한다고 해서 붙여진 이름임. 가이당주(桂當酒) 계피桂皮와 당귀當歸를 넣어 곤 소주.

는 계당주라고 하지만 한 두루미에 서돈반이라 마른안주 몇 점 값을 얹는다고 하더라도 너돈이면 푼푼하니 곱장사도 넘는 횡재 여서 입이 딱 벌어지게 속으로는 당길심*이 굴뚝같았으나

"나랏일루 욕보시는 으른헌티 이렇게 과헌 술값을 받어서야……."

하고 체면을 차리는 체 하다가

"넣어두라니까."

스르르 눈을 감으며 채근하는 최이방 손짓을 받고나서야

"아이구, 이러시면 안되넌디……."

나이 근 오십한 주막쟁이 사내는 왼손으로 사양하고 오른손으 로 받으며°

"이거 조이만헙니다유."

허리를 한번 굽신하더니, 얼른 술푼주와 술사발을 집어들고 밖으로 나갔다. 과연 돈이 장사라°더니 아까와는 다르게 득달같 이 새로 술상을 보아 나온 주인이

"가이당주야 귀허신 으른덜 찾으실제 유비헤서 뵈축헤둔 것입 니다만 원체 후믜진 촌간이라놔서 안주가……."

하면서 망건 뒤를 긁적거리는 시늉을 하는데, 돈 앞에서는 본성 이 나오는가. 처음과는 다르게 똑딴* 충청도 바닥말투였는데, 주 인을 바라보는 최이방 눈길은 여간 꼿꼿한 것이 아니었다.

당길심 무엇을 바라거나 하고 싶어 움직여지는 마음. **똑딴** 똑같은. 똑떨어 지는.

"황송헙니다유."

버릇대로 허리를 다시 한번 굽신하고 난 주막쟁이 사내가

"원체 후미진 두멧주막이라놔서 술맛 부조헐만헌 안주가 빈빈 찮습넨다유."

하고 다시 망건 뒤를 긁적거리는 시늉을 하는데,

"안주 타박을 하는 게 아니고."

사내 쪽으로 조금 윗몸을 기울이며 눈가에 가선을 잡는 최이 방이었다.

"네에?"

"가시에미°가 따뤄두 술은 계집이 따뤄야 술맛이 난다는 속담 두 모르는가."

"아, 네."

"허면."

"가이집°뗀 지 십년두 늠긴 했지먼 쉰네 예편네짜리락두 들어 오라구 허릿까?"

"허. 답답헌 송사°로세."

"술장사 십년이 구긔°밖의 안남었다지먼 예펜네 하나만큼은 워찌 간수허구 있넌 쉰네올시다. 븨록 믠추°두 뭇되넌 추물이긴 헙니다만 술 치넌 솜씨 하나만침은 윗슙지유."

가시에미 가시어미. 장모丈母 낮춤말. **가이집** 개집. 여자가 몸할 때 차는 헝겊. 서답. **구긔** 구기拘器. 술이나 기름 따위를 풀 때에 쓰는 자루가 달린 국자보 다 작은 그릇. **믠추** 면추免醜. 여자 얼굴이 겨우 지저분한 것을 면함.

"곳은 반만 핀 것이 곱구 술은 반만 취한 것이 좋다"는 말두 모르는가."

"황송하올시다만 쉰네 주막엔 그럴만한 갓나희가 읎습넨다."

한냥짜리 은전 한 닢을 받은 주인이 츱츱한* 웃음기를 흘리는데, 콤. 밭은기침을 한번 하고난 최이방이

"아까 부엌에서 불 지피던 계집사람은 뒀다가 국끓여 먹자는 겐가?"

하고 짜증기 있게 말하였고, 아이구. 주인은 홰홰 손사래를 쳤다.

"아이구, 그 사람은 술에믜가 아니올시다."

"아니면 동자치란 말인가."

"술에믜두 아니구 됭자치두 아니올시다."

"허면?"

"쉰네 당질녀* 되넌 아이올시다."

"당질녀라면, 먼촌 조카딸짜리 된단 말인가."

"네."

"그런 여인네가 무슨 연유로 주막에 와 있단 말인가."

"그럴만한 곡절이 있습넨다."

공궐 지키는 내관상*을 하는 그 사내였고, 음. 턱 끝을 몇 번 주억여 보던 최이방 입가에 잔주름이 잡히었다.

츱츱하다 야마리 없이 다랍고 더럽다. **당질녀**(堂姪女) 종질녀從姪女, 곧 조카가 낳은 딸을 정답게 일컫는 말.

"지아비가 있는 여인이다?"

"그런 셈이지유."

"그런 셈이라니, 무슨 대답이 그런가."

"지애븨빙색이 있다지먼 하냥 살 수 있넌 헹펜이 뭇되니께 그 렇지유."

"소박데기°가 됬단 말인가. 아니면 수자리°라도 살러 갔어."

"그렇긔두 허구 아니기두 허구……."

"허허. 과택°이로세 그려."

"과택은 아니지유."

"허면, 처녀라는 말인가?"

"실토정°이루 말씸 올리자면 그런 셈이지유."

주인은 한숨을 내쉬었고,

"허."

대답하는 것으로 봐서 반드시 무슨 곡절이 있는 계집일시 분 명하여 벌어진 입을 다물지 못한 채 눈만 깜짝깜짝하는 최이방 이었는데, 푸우. 짜장 괴롭다는 듯 긴 숨을 내려쉬고 난 주인사내 가 들려주는 당질녀짜리 기구한 사연인즉—

온양땅 그머리에 사는 가난한 농군 딸 박씨녀° 집과 예산땅 간

___

소박데기 남편한테 소박맞은 여자. 수자리 나라 살피를 지키는 일. 또는 그 민 병民兵. 위수衞戍. **과택**(寡宅) 과부. 홀어미. **실토정**(實吐情) 참 그대로 말함. **씨 녀**(氏女) 예전 평민 여자에게는 거의 이름이 없어 성 밑에 그냥 씨만 붙여 '○ 씨녀'라고 부르고 적었음.

량골 사는 김도령댁 간에 혼삿말이 오가게 된 것은 그 여자 나이 열아홉 살 때였다. 풀방구리 쥐 나들 듯하며 재여리*가 하는 말은 오직 한가지 뿐이었으니, 양반이라는 것이었다. 삼순구식하는 냉족이라고 하나 어엿한 반가 후예한테 딸을 여게 된 상사람 박서방은 뛸 듯이 기뻐하였는데, 초례청*에서 보게 된 신랑은 일곱 살짜리였다. 장가를 들면서 칠성이라는 아명을 버리고 치백致伯이라는 본이름을 썼으나 여전히 일곱 살밖에 안 되는 어린아이였고, 이팔 넘고 이구*를 지나서도 한 해를 넘긴 신부 나이는 꽉 찬 열아홉이었으니, 규각이 나는 만큼을 넘어 여간 어지빠른 짝이 아닌 것이었다.

아줌니, 밥 줘.

끼니 때마다 부엌에 쫓아나와 남편이 하는 소리였고, 안해가 대답하기를—

뜸 들을 때까장 쬐끔만 참으서유.

아줌니.

예, 서방님.

뉘룽진 원제 주넌겨?

서방님두 차암. 아, 밥을 퍼야 뉘룽지를 긁지유.

하루같이 후질러* 놓는 남편 바짓말기 터진 데를 꿰매려고 반

재여리 주릅. 홍정꾼. 중개인仲介人. 뚜쟁이. 중신어미. 매파媒婆. 초례청(醮禮廳) 혼인 지내는 예식인 '초례'를 치르는 곳. 이구 열여덟. 후지르다 '더럽히다' 충청도내폿말.

진고리를 열던 박씨녀 흰 이마에 파란 힘줄이 돋아났다. 실패채로 보이지 않는 것이었다. 그것도 여느 실을 감아놓은 실패가 아니라 방물장수 할미한테 여느실값 곱을 주고 들여놓은 왜실*꾸러미였으니, 벌써 몇차례인가. 종이연을 만든다며 남편이 또 훔쳐내간 것이다. 누룽지를 달라며 방으로 들어오는 남편을 본 박씨녀는

　그 비싼 왜실을 대이구 가져가먼 워쩐대유.

　꾸짖는 시늉을 하며 가슴팍을 떠다밀었는데, 앙. 힘없이 뒤로 넘어지며 울음을 터뜨리는 것이었다. 아무리 열두 살 밑 어린아이라지만 명색이 그래도 남편인지라 미워서라기 보다 서낙한 버릇을 고쳐줘야겠다는 생각에서 저도모르게 남편 몸에 손을 대었던 그 여자는 어쩔 줄을 몰라 하였다. 두 다리 뻗고 앉아 으앙으앙 울어대는 남편을 갖은 보비위말로 달래고 있는데, 자식 울음소리에 놀란 시부모가 달려왔고, 두 무릎 꿇고앉아 눈물로 발명을 하였으나, 시루는 이미 깨어져버린 것이었다. 어떠한 경우를 막론하고 안해로서 남편 몸에 손짓기를 한다는 것은 역가죄*가 되니, 소박이었다. 소박은 오히려 대수롭지 않은 것이고 조리돌림*을 당하거나 심하면 시댁 어른들한테 사다듬이질을 당하여 병신이 되거나 죽기까지 한다.

왜실 왜국에서 들여온 실. **역가죄**(逆家罪) 집안에서 지켜야 할 사람답게 사는 길을 거슬리는 몹쓸짓으로, 양반 사대부가에서 지키는 불문률이었음. **조리돌림** 죄인을 벌주려고 행길로 끌고다니며 우세 주는 것.

시부모한테서 용서를 받은 것은 다서 해만이었다. 남편한테서 버림을 당하는 소박보다 더 감당하기 어려운 시부모소박은 풀렸으나 또다른 소박이 박씨녀를 기다리고 있었으니, 스물네 살. 밤이 익으면 스스로 벌어지듯이 활짝 핀 한송이 곳이 된 한창 때 젊으나 젊은 그 여자가 제일로 견디기 어려운 것은 공규˚였다. 음양지리˚. 남편명색은 이제 겨우 열두 살로 음양지리에 눈을 뜨기에는 아직도 아득한 나이였다. 여태도 밤에 오줌을 싸는 통에 이부자리를 버리는 철부지였다. 안해 몸에 달라붙을 때가 없지도 않았으나 그때는 그저 무서운 꿈을 꾸었을 때 뿐.

잠을 이룰 수가 없었다. 뜬 눈으로 밤을 새우는 날이 잦아졌다. 어렴풋이나마 음양지리에 남편이 눈을 뜨자면 앞으로 대여서 해는 더 기다려야 하는데, 그 때면 내 나이 몇인구? 여자는 서른이 환갑이라 나는 슬 쉰 무수˚가 되니, 남편은 첩을 얻겠지. 아아. 백 모로 생각하며 밤마다 베갯닛을 적시던 끝에 마침내 참지 못하고 친정으로 밤도망을 친 박씨녀였다.

친정부모가 무섭게 꾸짖고 아무리 타일러도 무가내˚로 고개만 가로젖는 박씨녀였고, 낭패였다. 구경가마리˚로 개꼴˚이 되는

공규(空閨) 오랫동안 남편 없이 안해 혼자서 자는 방. 공방空房. **음양지리**(陰陽之理) 음양에 대한 이치, 곧 암수 사이 갈피. **설 쉰 무우** 때가 지나 볼 것 없이 된 것을 이르는 말. 삼십 넘은 계집. **무가내** 어찌할 수 없음인 '막무가내莫無可奈'를 이르는 말로, 무가내하無可奈何. **구경가마리** 하는 짓이 우스워서 남 구경감이 되는 사람. **개꼴** 볼썽이 엉망이 되어 말할 수 없이 부끄럽게 된 꼬락서니.

것은 그렇다고 하더라도 자칫하면 멸문지화를 당할 우려마저 있었다. 어떤 고을에서 강상°을 어지럽히는 일이 일어나면 그 집안을 멸문시키고 집터를 파서 연못을 만드는 것과 함께 군郡을 깎아 현縣으로 하거나 현 이름까지를 바꾸어버리는 것이 국초 이래로 내려온 나랏법이 아니던가. 문틈에 손을 끼었으니°이 노릇을 어찌할고. 식음을 전폐하고 누워 끙끙 앓기만 하던 그 여자 아비는 마침내 삽짝 밖을 보고 손짓을 하였으니, 가반자°는 나가라는 것이었다. 예로부터 내려오는 그 비방대로 하여보라는 것.

자시°가 되기를 기다리던 박씨녀는 삽짝을 나섰다. 이를 꼭 옥문 채 고양이걸음으로 고샅을 빠져나가는 그 여자 머리 위에는 밥사발 하나와 수저 한 매, 그리고 옷가지 몇 점이 들어 있는 보따리가 얹히어져 있었다.

마을을 벗어나 행길까지 나온 박씨녀는 달음박질쳐 산길로 들어섰고, 서낭당이 있는 곳까지 가자 먼동이 터오르기 시작하였다. 붉고 푸르고 노랗고 흰 갖가지 색깔 헝겊쪼가리며 명다리°무명자락들이 휘감기어 있는 서낭목°아래 돌무덤 곁에 쪼그리고 앉으며 두 팔로 곰배팔이 담배목판 끼듯° 꼭 끌어안는 그 여자 꼭꼭 졸라맨 말기 밑 가슴은 자꾸만 두방망이질 치는 것이었으니,

강상(綱常) 삼강오륜三綱五倫. 곧 유교에서 말하는 사람이 지켜야 할 바른 길. **가반자**(嫁反者) 시집에서 쫓기어 친정에 온 색시. **자시**(子時) 십이시十二時 첫째 시. 곧 밤 열한시부터 상오 한시까지 동안. **명다리** 신神이나 부처를 모신 상像 앞 천장 가까운 곳에 원願을 드리는 사람 생년월일시를 써서 매다는 모시나 무명. 명건命巾. 명교命橋. **서낭목** 서낭당, 곧 성황당城隍堂에 있는 나무.

누굴라나? 워떤 남정네가 나타날라나?

이제부터 처음 만나게 되는 사람이라면 그 사람이 사내꼭대기*인 한 서방으로 받들어 살아야 한다. 그 사내가 수건머리든 패랭이짜리든 쇠백장 고리백장에 갓바치 숯무지 쇠점일꾼 여리꾼에 떠돌뱅이 술장수며 남의집 고공살이에 장사치든 바치쟁이든 건설방*이든 게꼬리*든 굴퉁이*든 날피*든 키꺽다리든 땅딸보든 언청이든 째보든 절름발이든 입비뚤이든 통고리*든 조막손이든 혹부리든 간에 그 사내와 내외지간 연분을 맺을 수밖에 없다. 낙향하는 귀인貴人이나 암행 나선 수의사또를 만나 아나서*님으로 팔자를 고치는 경우도 없지 않아 있기도 하다지만 엄지머리 아니면 제땅마지기나 지닌 상처한 홀아비 만나 그 배필이나 후취짜리로만 들어갈 수 있다면 더 이만 바랄 게 없다.

발그레 달아오르는 두 뺨이 선뜩하여지게끔 촉촉하게 깔리고 있는 는개 사이로 워낭*소리가 들려오고 있었다. 워낭소리는 차츰차츰 가까이서 들려왔고, 투레질하는 소리가 났다. 부르르 진저리를 치며 그 젊은 습첩*짜리 여자는 눈을 떴는데, 아. 복 없는

사내꼭대기 남자는 높이고 여자는 낮추던 예전 남자를 비꼴 때 쓰던 말. **건설방** 아무런 가진 것 없이 오입판 같은 데 쫓아다니면서 더러운 짓을 하는 사람. **게꼬리** 재주없는 사람. 게 꽁지만 한 재주밖에 없는 사람. **굴퉁이** 1.겉만 그럴듯하고 속은 보잘것없는 몬이나 사람. 2.씨가 안 여문 늙은 호박. **날피** 애옥한 데다 헛되고 미덥지 못한 사람. **통고리** '애꾸눈이'를 가리키는 곁말. **아나서** 정삼품正三品 아래 벼슬아치 첩을 하인들이 이르던 말. **워낭** 마소 턱 아래 늘어뜨린 쇠고리. 또는 방울. **습첩**(拾妾) 소박맞은 여자가 서낭당 아래 서 있으면 처음 만난 남자가 데려다 첩으로 삼던 것.

계집은 봉놋방에서 자도 고자 곁에서 자게 된다°고, 나귀를 타고 있는 사내라는 것이 하필이면……

"그게 그러니까 박첨지 자네였단 말이지."

연방 고개만 끄덕이며 들을만 하고 있던 최이방이 하는 소리였고, 객주집 칼도마°같이 생긴 주막쟁이사내는

"다 제 팔자소관 아니것습니까유."

하며 긴 한숨을 내쉬더니,

"그날밤따라 손들이 먹다 냉긴 제육방지°를 아깝다며 밤늦게 걸터듬질°허더니면 급살맞일 예펜네가 새벽이 급곽란°이 났지 뭡니까유. 그래서 길손이 매 둔 나귀 빌려 타구 약지러 가던 질였쥬."

발명하듯 말하는데, 최이방이 히죽 웃었다.

"전고의 법도에 따라 습첩을 했겠구먼."

"아이구, 이거 왜 이러십니까유. 멍색이 숙질간이디, 습첩이라니유."

"말이 좋아 숙질간이지 팔촌 건너 십촌 지나서 십이촌으로 넘어가고 보면 생판 남남 사이나 매일반 아니던가."

"백죄 그런 말썜 맙시우. 강상조인이루다 누굴 포청남간°이 뜰 어뜨릴라구 그러슈."

"웃자고 해 본 소린데 웬 증을 다 내구 그러나."

제육방지 날돼지 고기를 얇게 썰어 소금을 쳐 구운 것. **걸터듬질** 이것저것 닥치는 대로 찾아먹는 짓. **급곽란**(急霍亂) 먹은 것이 없처 갑자기 토하고 설사가 호된 급성 위장병. **포청 남간**(南間) 포도청 사형수방.

"아무리 넝이랙두 헐 말 있구 안헐 말 있지 누굴 인륜두 물르넌 가이색긔루 아나베."

"웃자고 해 본 소리라니까."

"천지신멍헌티 걸구 맹세를 치럿까? 하늘이 알구 땅이 아넌디 만약 그렇다면 내 이부지자二父之子유. 삼천육부지자三千六父之子 노랑가이색긔다 이말이우."

발칵 뺏성을 내며 대어드는 주인이었는데, 이거 왜 이러시나. 충청도 53관 아전붙이들 도꼭지로 등 치고 배 문지르는 수단 영롱한 감영이방 최유년이인지라 좋은 말로 얼마동안 수작하여 주인사내 뺏성을 숙지게 한 다음,

"계집이 쳐주는 술 한 잔 마시기가 이렇게 힘들어서야 원."

혼잣말인 듯 중얼거리더니, 간잔조롬한 눈으로 주인사내를 바라보았다.

"이러다가 건밤 새것네."

"일찍 주무셔야 질 떠나지유."

"그래서 하는 말 아닌가."

"쉰네 아둔헤서 당최 못알어듣것습니다유."

"당질녀짜리 말일세."

"가엾은 아휩넨다."

"허, 쇠먹미레* 같은 사람이로세."

혀를 차던 최이방이 주인더러 가까이 다가오라는 손짓을 하

였다.

"자네, 봉놋방에 쟁여놓은 것들이 뭔지 아는가?"

"뷩물짐 아니우."

"봉물짐이면 그냥 봉물짐인 줄 아는가."

"굉장헙듸다. 주막쟁이질 십년간 뷩물짐 올라가넌 것 숱허게 봤지먼 저같이 굉장헌 봉물짐은 츰 봅넨다만."

"그 속엔 천하보물이 다 들어 있네그려."

"남이 돈 천냥이 내돈 한푼만 못허다°구 천하보물이 둥덩산마냥 쌓였으먼 뭐헌대유."

"저것을 영거하여 가는 사람이 바로 나로세그려."

"업세. 뷩방비장나리가 아니굽쇼."

"어허, 병방비장이야 건호령°이나 했지, 모든 것을 총찰하는 것은 나다 이말이야."

"그레서유."

"귓구멍에 마늘쪽을 박았나°?"

"마늘쪽은 양넘이 써야지 왜 귓구녕이다 박넌대유."

주인사내 입에서 잔입맛 다시는 소리가 나는 것을 본 최이방은 염낭 속에서 다시 은전 한 닢을 꺼내어 사내 손에 쥐어주며

"당질녀짜리를 들여보내게."

쇠멱미레 소 턱밑에 붙은 고기로 매우 질기므로, 미련하고 고집 센 사람을 놀리는 말. **건호령**(乾號令) 크게 소리나 질렀지 알맹이가 없는 것.

잔물잔물 웃는 것이었고, 주인이 못이기는 체 몸을 일으키었다.

"글쎄유우. 이렇게까지 나오시니 말씀은 즌혜보것습니다만 원체 다긔진 아이가 되놔서 장담은 헐 수 읎습넨다유.

꾹꾹 다져넣은 불겅이* 한 대를 거지반 다 태웠을 때쯤 박씨녀가 관에 들어가는 소*처럼 들어와 주저주저하고 문길에 서 있다가 가까이 오라는 최이방 채근을 몇 차례나 받고 나서야 술상 앞에 모꺾어 앉았는데, 햐. 저도 모르게 생침을 삼키는 최이방이었으니, 삼베로 된 동구래저고리에 도랑치마를 입고 있던 아까와는 다르게 무명으로 된 다홍치마*에 민들레곳빛으로 샛노란 저고리를 받쳐 입었는데, 옥으로 깎아 만든 듯 잡티 하나없이 맑고 깨끗한 얼굴바탕은 세워놓은 계란 같았고, 군살없이 호리호리한 몸맵시는 그야말로 물찬 제비인 듯 돋아오는 반달인 듯, 일색이라. 나이 스물일곱이라지만 아이를 낳아 보지 못한 것은 그만두고 사내와 상관을 하여 본 적이 없는 까닭에서인가. 워낙 나이들어 보이지 않게 생기어서 앳된 티가 아직 가시지 않은 그 계집 얼굴은 숫제 이십 안팎 처녀만 같은 것이었다. 무릎에 거문고 뉘어놓고 줄만 뜯게 한다면 그대로 똑딴 외대머리였다. 그 여자를 바라보는 최이방 눈초리에 가선이 졌다.

"당숙되는 이한테서 긔막힌 곡절 다 들었으이. 그래, 얼마나 욕

불겅이 붉은 빛 나는 살담배. **관에 들어가는 소** 푸줏간에 들어가는 소라는 뜻이니, 몹시 두려워하는 꼴을 이름. **다홍치마** 짙게 붉고 산뜻한 빛깔인 다홍빛 치마. 홍상紅裳. 홍치마.

보시는가?"

"………."

"서방이 제 구실을 하게 될 때까지는 생과부로 지내야 하고, 서방이 장성한 뒤로는 첩들한테 내줘야 허니…… 이런 긔막힐 일이 또 어디에 있으리오."

"………."

"허. 서낭당서 만난 게 또 하필 왈 당숙짜리라니……."

곡경에 빠진 피붙이라도 대하는 듯 짜장 진더웁게 말하며 혀를 차 보는 최이방이었는데, 고개를 외로 꼰 채로 앉아 검다 희다 말이 없는°박씨녀였고, 콤. 밭은기침을 한 번 하고 난 최이방이

"자고로 복 있는 과부는 앉아도 요강꼭지에 앉고 복 없는 과부는 봉놋방에 자도 고자만 만난다고 그것두 다 팔자라면 어쩌겠는가. 그럴수록 다다 맘 다부지게 먹고 살아야지."

어루만지는 수작을 하던 것을 얼른 중동무이하였으니, 앵두를 따는가°. 살포시 턱끝을 내린 채 저고리고름만 뱌비작거리고 있던 여인이 뱌비작거리던 저고리고름을 들어 눈께를 찍어내는 것이었고, 콤. 다시 한 번 밭은기침을 하고 난 최이방이

"어찌 생각 마시게. 나는 다만 이녁 사정이 차마 딱하여 하여보는 말인즉, 뭔 수가 있지 않겠는가. 궁하면 통허구 죽을 병에두 살 약이 있다구 뭔 수가 있지 않겠어."

논 이기듯 신 이기듯°쓰다듬는 시늉을 하는데,

"아뉴."

잘래잘래 턱끝을 흔들다 말고 최이방을 바라보는 그 여자 눈자위에는 붉은빛이 어리어 있었다. 다시 한 번 저고리고름으로 눈께를 꼭꼭 찍어내고 난 그 여자는 코맹맹이 소리를 내었다.

"으르신 말씀이 고까워°서가 아니라 이년 팔자가 하 긔박혀서 그러넌 거니께 맴이 두지마서유."

"허허. 내가 할 말이로세. 자고로 여자 팔자는 윷쪽이니 도가 나올지 모가 나올지 누가 아는가. 자네 팔자가 펴고 못 펴는 것은 시방부터다 이말이네."

"팔자 도망은 독 안이 들어두 못헌다°지먼 이년 같은 정우가 또 있을라규."

"시방부터라니까."

자상스럽게 어루만져 주는 소리°를 듣자 새삼스럽게 슬픔이 복받쳐 오르는지 다시 턱끝을 내린채 아랫입술만 잘근거리던 박씨녀가 고개를 들었다. 물기 그렁그렁한 눈으로 보꾹을 한 번 올리어다 보고난 그 여자는 포옥하고 짧은 한숨을 삼키었다.

"아무리 믄춘이라지먼 펭색이 쉭질간이 이런 뱁이 워딧대유."

"으응?"

"아무리 흠헌 시상이라지먼 아재비 조카딸 간이 워치게……."

고깝다 섭섭해서 언짢은 느낌이 있다.

"엉? 뭔 일이 있었는가?"

상피*라도 났다는 말인줄 안 최이방이 눈썹 사이에 내천 자를 누비는데, 포옥. 다시 한 번 한숨을 삼키고 나서 하는 그 여자 말인즉

"아무리 돈이 제갈량*인 시상이라지면 멩색이 조카딸내미짜릴 술에믜루 내미는 정우가 워딧난 말씸이구먼유."

들으나마나한 신세자탄 소리인 것이었고,

"허허."

남이 퍼먹다 남긴 죽사발인 것으로 알아 입맛이 썼던 그 사내는 헛웃음을 치었다.

"그건 내가 청한 일이로세. 자네 자색이 하 양귀비 외딴치는지라 객로에 말동무나 하고자 내가 특청을 넣었던 까닭이야."

"아뉴. 으르신 탓을 허넌 게 아니라 당숙 말씸유. 당숙에 소행이 하 야속헤서 듸려보넌 말씸이구먼유."

"허물이 있다면 나한테 있을 터인즉, 너무 나무라지 말고, 자."

최이방은 잔을 집어들더니

"자아. 한 그늘에서 쉬는 것도 인연이니 어디 일색이 쳐주는 술 한 잔 마셔봄세."

잔 잡은 손을 쭈욱 내려뻗치었다.

상피(相避) 가까운 겨레붙이 남녀 사이 어르기. **돈이 제갈량** 돈만 있으면 무엇이나 할 수 있다는 뜻. 돈이 장사라.

"그이발 물어던지 듯헌°이년을 이처럼 생각혜 주시니 몸둘 바를 물르것구먼유."

"어서."

"야."

"술 한 잔 쳐보라니까."

"야."

요조숙녀°인 듯 새초롬하게 눈길을 내리고 있는 것과는 딴판으로 대목대목 받는 수작이 여간 영롱한 것이 아니었다. 그러나 예예 대답만 하였지 술 칠 생각을 하지 않는 것이어서 조급증이 난 최이방이

"어허, 팔 떨어지것네."

웃음엣 말로 다시 한 번 채근을 하였고,

"야."

대답을 하고 나서도 무슨 생각을 하는지 아랫입술만 잘근거리다가 이윽고 마음을 바로잡은 듯 술두루미를 집어들더니, 옥비녀를 톡 분질러 놓은 듯한 왼손가락으로 두루미 조롱목°을 잡고 바른 손으로는 두루미 밑바닥을 받친 그 여자가 병을 기울이는데, 아이그머니나. 눈자라기°오줌발처럼 가느다랗게 조심조심 흘러나오던 술발이 아이오 울컥 넘치면서 간장종지만한 크기 사

요조숙녀(窈窕淑女) 성깔이 조용하고 포근하며 얌전한 여자. **조롱목** 조롱박 꼴로 생긴 몬. **눈자라기** 아직 곧추앉지 못하는 어린아이.

깃잔 운두°를 넘어 최이방 손등을 적시어 버린 것이었다.

"이 노릇을 워쩐댜. 이 노릇을 워쪄."

누가 손가락으로 폭 찌른 듯 쏙들어가는 조개볼° 가득 분홍빛이 담기면서 어쩔 줄 몰라하던 그 여자는, 안기는 듯 얼른 최이방 윗몸께로 제 윗몸을 기울이더니, 왼손으로는 최이방 등토시를 잡으며 바른쪽저고리 소맷자락으로 손등 위에 엎질러진 술방울을 꼭꼭 찍어내는 것이었다. 싸아하게 끼쳐오는 머릿기름 내음이며 머릿기름 내음보다 더 야릇하게 코 끝에 와 휘감기는 그 여자 살내음에 정신이 다 몽롱하여진 최이방이 음음 고불이 이 앓는 소리만 내고 있는데,

"이 노릇을 워쩐댜. 이 노릇을 워쪄."

같은 말만 되풀이 하며 이미 닦이어져 뽀송뽀송하여진 손등 위를 찍고 또 찍다가 게걸음으로 몇 발짝 물러서더니 두 손등을 이마에 올려붙이며 납신 절을 하는 것이었다.

"조이만시럽구먼유."

고두리에 놀란 새°처럼 잔뜩 기어들어가는 목소리로 사죄를 하는 박씨녀였고, 음. 이년이 여우로구나. 삯매 모으듯 하던° 처음과는 딴판으로 금방 깎아놓은 배마냥 착착 감겨드는 것을 보면, 요년이 불여우야. 단단히 정신을 차려야겠다고 속다짐°을 한

운두 그릇이나 신발같은 몬 둘레 높이. **조개볼** 조가비처럼 가운데가 폭 들어간 볼. 보조개. **고두리에 놀란 새** 어찌할 바를 모르고 두려워만 하고 있음을 이르는 말. **속다짐** 속셈. 심산心算.

최이방은 깡동한 수염을 앞으로 꼬부려 쓰다듬으며 눈을 지려감았다*.

"허허. 술치다 엎지르기 불수예사*지, 무얼 그러는가. 편히 앉게."

"뱀뱀이 읎넌 촌년이라 생전 츰 약주럴 따루다 보니 당최 스툴러서 이리 됐구먼유. 하늘같은 으르신헌티 이런 베릇 읎넌 짓을 저질렀으니 워쩐대유. 쳥구시럽구먼유. 늘리 살펴주서유."

"허허. 괜치않다는 데도 그러는가."

"황송시럽구먼유."

"황송이고 노랑송이고 간에 술이나 치게."

소도 대우大牛라면 좋아한다고 수정갓끈 늘이고 큰갓 쓴 도포짜리 못지않게 깍듯한 대접을 받고 한껏 해낙낙하여*진 최이방이 저도 모르게 비워버린 잔을 내어밀었고,

"요번인 그런 일 읎을 것이니께."

쏙 들어가는 조개볼로 생긋 웃으며 두루미를 기울이는 그 여자 목소리는 단참에 색을 바꾼* 것이었다.

"쭈욱 비우서유."

"과허이."

"아이, 으르신두. 순사또 실함이시면서 왜 이러신대유."

"엉?"

지려감다 슬쩍 감다. 불수예사(不數例事) 언제나 일어날 수 있는 일. 해낙낙하다 마음이 흐뭇하여 기쁜 빛이 있다. 색을 바꾸다 목소리 결을 바꾸다.

"요번 칭칭감사께서넌 순사또 차함*을 허시구 순사또 실함*을 허신 것은 으르신이라넌 소문이 뜨르르허잖남유."

"이 사람, 누구 죽는 꼴을 보려고 이러는가."

"아무두 듣넌 이 읎넌디 워쩟대유."

"밤말은 쥐가 듣구 낮말은 새가 든다*는데 왜 이래."

"아이, 나리두. 뵙기버덤 봇장이 즉으셔."

"허허. 자고로 사내는 뱃장이요 계집은 절개라는데 나야 대대루 작사청* 물만 먹다보니 쏠개자루*가 바짝 오그라붙어 이리 됬다지만 거기는 워떤구? 거기 절개는 워뗘?"

"줄 읎이 울리넌 거문고두 있답디까."

"허."

"잔이나 비우서요."

"진정이네. 괜치않네. 태생이 술과는 비각이라 한 잔도 과한데 두 잔이라니."

급하게 털어넣은 계당주 한 잔이 벌써 온몸에 퍼지는지 불콰하여진 낯빛인 최이방이 홰홰 손사래를 치는대

"약주두 뭇허시면서 왜 술치라구 그러셨대유."

밉지않게 흘기어대는 그 여자 눈꼬리에 어리는 검푸르죽죽한*

차함(借銜) 정작 일하지 아니하고 이름만 올리는 벼슬. 영직影職. **실함**(實銜) 정작 일하는 벼슬. **작사청**(作事廳) 아전들이 일하던 곳인 '질청'을 아전들이 드레를 세우고자 진서眞書로 말한 것. **쏠개자루** '쏠개'를 힘주어 말한 것. **검푸르죽죽하다** 푸른빛이 나면서 거무죽죽하다. 감파르족족하다.

빛을 바라보던 최이방은, 윽. 탕갯줄이 풀어지듯 사대육신 팔만
사천 마디 힘줄이 죄 풀어지면서, 저도모르게 뿌듯하여지는 살
께인 것이었으니, 손에 붙은 밥풀 아니 먹을까°. 그러나 조금 더 파
적破寂을 하다가 꼭지를 따자°는 생각으로 용대기°처럼 솟구쳐
올라오는 외눈박이를 지그시 눌러막으며 헛기침을 하였다.

"동무 따라 강남 가란° 말인가. 권에 못이겨 방립 써라° 이말이야."

"증 싫으면 냅두서유. 쇤네는 그만 물러갈 테니께."

물기 쏙 뺀 목소리로 말하며 금방이라도 일어날 듯 한쪽 무릎
을 세우는 박씨녀였고,

"아니, 아니."

술상 앞으로 훨씬 윗몸을 기울이며 가로지게 손을 흔드는 최
이방이었다.

"농이로세. 농이라니까."

"귀허신 으른이니 깎듯허게 뫼시라넌 당숙 말씀 하 곡진허시
길래 나와봤지, 객적은 희영수°나 받잡자구 나온 지집사람 아니
구먼유.

"됬으이. 됬어. 일색이 쳐주넌 것이라면 술이 아니라 븨상이라
두 마셔야겠지. 암, 마셔야 허구말구. 허나,"

"………."

용대기(龍大旗) 임금 거둥 때 앞장서던 큰 기. **희영수** 남과 실없는 말이나 짓
을 함.

"자고로 술이란 것은 잔을 주고받는 맛에 마시는 것이니, 먼저 내 술 한 잔 받아야지."

"술치넌 사람 손맛이루 잡숫넌 게 아니구유."

"자네 손맛이 너무 달보드레하니°까 하는 말 아닌가."

"얼굴이 쥐오르너먼 왜 대이구 이러신대유."

"면치레°로 하는 말이 아니라 진담이로세. 자네같은 천하일색은 처음 봤음이야."

"아이, 으르신두."

"자, 쭈욱 들고 잔 이리 내게."

두루미를 기울여 잔을 채운 최이방이

"자."

하면서 활줌통 내미듯° 뻗치던 잔을 거두어 소반 위에 놓더니,

"가만있자아. 천하일색한테 첫잔을 주는 마당인데 맨입으로 줄 수야 있나."

웃음기 넘치는 말을 하며 염낭 속에서 꺼내는 것은 비취빛으로 은은한 옥가락지 한쌍이었다. 진상물품 가운데서 훔쳐낸 것으로 계집들 후릴 때마다 끽긴하게° 써먹는 갖가지 패물 가운데 하나였다. 박씨녀 두 눈이 휘둥그래지는 것을 본 최이방은

"넣어두게."

달보드레하다 조금 달큼하다. 들부드레하다. 면치레 겉으로만 꾸며 낮을 닦음. 끽긴(喫緊)하게 매우 종요롭게.

죽순같이 보드라운 그 여자 손바닥 안에 옥가락지를 올려놓아 준 다음 잔물잔물 웃음기 어린 눈으로 바라보며 잔을 내어미는 것이었는데, 음. 씨 바른 고양이 같은°최이방이라 속으로 얼른 산목算木을 놓아본 다음이었다. 의뭉한 년이 고추 따며 똥누는 척한다고 네년이 시방 내전보살하고 있다만, 두고 보라지. 한번 그 맛을 보기만 한달 것 같으면 석달열흘을 굶고 살아도 그것 없이는 하루도 못살 테니. 주머니 돈이 쌈짓돈°아닌가.

"넣어두라니까."

"얼라? 이게 뭐래유?"

"가락지 중에서도 기중 첫째로 쳐주는 옥가락지로세."

"아이그, 이게 그러니께 옥가락지다 이말이래유?"

"암만. 이런 촌간에서는 구경하기도 어렵구 서울에서도 한다 하는 대갓집 대방마님들이나 껴볼 수 있는 보물 중에 보물이구 말구.

"아이그."

동그랗게 뜬 눈으로 이리저리 조리요리 들여다 보다가 손가락에 끼어보며 입이 한껏 벌어지던 박씨녀는 그것을 다시 한 번 들여다 보더니,

"으른이 주시는 거니 고맙게 받어 지니것구만유."

깊숙하게 고개를 숙이어 보였다.

"받게."

최이방이 잔을 내어밀었고, 두 손으로 잔을 받은 그 여자는 고개를 조금 옆으로 돌리었다.

"으이그."

부르르 진저리를 치며 잔을 비우고 난 박씨녀는 빈잔에 두루미를 기울이었다.

"요번인 으르신께서 잡수셔야쥬."

"암."

"이것 점 맛보셔유."

말린 조갯살 한 점을 집어주는 박씨녀였고,

"받게."

"아이그, 안되넌디."

고개를 조금 옆으로 돌리며 잔을 비우고 난 박씨녀가 다시 잔을 내어밀며,

"받으서유."

"암만."

그만 상을 퇴하고 자리를 펴라고 최이방이 말한 것은 그렇게 주고받은 술잔이 석 잔 넘어 다섯 잔을 채웠을 때였는데, 반벙어리 소리였다. 보리밭만 지나가도 주정할° 만큼 술이라면 비각인 사람이 박씨녀 미색에 넋을 앗기어 마시기에는 부드러우나 속에서 독하게 퍼지는 계당주를 다섯 잔이나 마셨으니 이미 오래 전에 풀어져 버린 망울이라 눈 앞에 앉아 있는 계집이 둘로도 보이

고 셋으로도 보이었다.

"어, 어서……."

최이방이 다시 혀꼬부라진 소리로 재촉하는데,

"뭥색이 대장부 사내라면서 그까짓 썩은물 몇 잔이 이렇듯 맥을 못추실까."

잔뜩 낮춰보는 목소리로 지청구°를 주고 나서 스스로 잔을 채우더니 눈살 한번 찌푸리는 법 없이 단숨에 뒤집어 버리는 그 여자인 것이었다.

"어, 어서……."

"아이참. 싸전이 가서 밥달라것네°."

"어, 어……."

괴 불알 앓는 소리°를 하던 최이방이 쿵소리와 함께 모잽이°로 쓰러지는 것을 본 그 여자는, 푸우. 긴 숨을 내어뿜었다. 그리고 술두루미를 끌어당기어 다시 잔을 채우더니 맛보듯 한모금씩 천천히 마셔가며 프으와프으와—. 뜨거운 입바람 소리를 내어뿜는 최이방을 바라보다가 몸을 일으키더니

"으르신. 아이, 으르시인."

어깻죽지에 손을 얹고 몇 번이고 흔들어 보는 것이었다.

"으르신. 아이참, 으르시인."

_____

지청구 까닭없이 남을 탓하고 미워하는 짓. 모잽이 옆댕이.

다시 한번 이번에는 사내 앙가슴께를 흔들어 보던 그 여자는 사내 허리띠를 끌렀다. 고의를 벗기어내리자 고윗말기에 매어진 물명주로 된 발내포˚ 다리속곳이 나왔고, 아이그머니나! 소스라치게 놀라 얼른 손을 때는 그 여자였으니, 눈을 뜨고 있는 것이었다. 그러나 미치광이처럼 이상한 소리를 지르는 것과 함께 사기그릇 깨어지는 소리로 이를 가는 것으로 봐서 눈을 뜨고 자는 것은 버릇인 듯하였다. 잠깐 눈살을 찌푸리던 그 여자는 조개볼 가득 붉은 기운을 담더니 무릎 밑으로 내리다 말고 킥 웃음을 깨어물었는데, 서리맞은 가지처럼 축 늘어져 있는 그 외눈박이는, 그리고 우멍거지˚인 것이었다. 엄지와 검지손가락 끝으로 톡 한번 그것을 튕겨보고난 그 여자는 사내 머리에 퇴침을 받쳐준 다음, 발딱 몸을 일으키었다.

"푹 주무슈. 술 깨넌던 그저 잠백기 읇으니께."

때가 어찌 되었는가?

목타는 갈증에 눈을 뜬 최이방은 힘껏 눈을 감았다 뜨면서 머리맡으로 손을 뻗쳐 자리끼˚를 더듬었으나, 잡히는 것이 없다. 지게문께가 번한 것으로 봐서는 아직 정밤중˚인 것도 같은데, 고춧가루를 뿌린 듯 속이 쓰리면서 메식메식 울렁거리는 속이었고

발내포 옷길 주사니것. **우멍거지** 포경包莖. 자리끼 밤에 마시려고 잠자리 머리맡에 두는 물. **정밤중** 한밤중.

끌로 찍는 듯 쪽골은 또 패이는 것이었다. 한속°이 오는지 부르르 부르르 떨려오는 삭신이었고, 엉? 아랫도리께가 웬일로 허전하여 손을 대어보니, 맨살이다. 깜짝 놀라 벌떡 윗몸을 일으키며 네 둘레를 둘러보지만 아무도 없는데, 욱. 금방이라도 넘어올 듯 넘어올 듯 그러나 아무것도 넘어오는 것 없이 울렁거리기만 하는 속을 간신히 눌러막으며 서둘러 다리속곳과 고의를 꿰는 그 사내였으니, 몇 잔이었던가.

옥가락지 한쌍을 내어주며 박씨녀라는 계집과 몇 마디 수작을 하던 것까지는 생각이 났으나 검은고양이 눈 감은 듯° 도무지 갈피를 잡을 수 없다. 다리속곳까지 벗고 있는 것으로 봐서는 박씨녀라는 계집과 상관을 한 것도 같은데, 그 계집사람 행방술行房術이 어떠하였던지 영 생게망게하기°만 한 것이었으니, 고양이가 알 낳을 노릇이라°. 조개볼 가득 차고 넘치던 홍조紅潮였은즉 홍안다수°일시 분명하거늘, 고윗말기 밑으로 집어넣고 만져보는 외눈박이는 뽀송뽀송하기만 하니, 헛물만 켰단말가. 줄 듯 줄 듯 하면서 잔뜩 애만 먹이던 자지갓나희° 만나 헛물만 켰어. 쓴웃음을 깨물다 말고 얼른 허리끈에 매달려 있는 염낭을 만져보았는데, 겻갈 말고는 잡히는 것이 없다. 후둘거리는 손길로 아구리를 죄어 묶었던 끈을 끌러보았지만 마찬가지. 갓어리질° 할 적마다

한속(寒粟) 추울 때 몸에 이는 소름. 소름. **생게망게하다** 당최 생각이 나지 않다. **홍안다수**(紅顏多水) 낯빛이 발그레한 여자는 샘물이 많다는 말. **자지갓나희** 솜씨있게 노는 계집.

끾긴하게 써먹는 갖은 은금붙이에 산호 청강색 유리로 깎은 보배구슬이며 우황 사양 웅담같은 약재며가 하나도 남아 있는 것이 없다. 허나 또 어쩌다가 소피라도 보러 갔는지 모른다는 생각에서 짜른대를 집어드는 최이방이었는데, 후둘거리는 손길로 꾹꾹 눌러 다져넣은 불경이 한 대를 다 태웠어도 끝내 기척이 없는 그 여자였다. 빡빡 소리가 나게 동부리만 빨아들이고 있는데 장닭이 홰를 쳤고 길 떠날 차비들을 하는지 두세거리는 소리가 들리어왔다.

등잔불 아래 서둘러 조반요기를 한 일행이 첫째고개에 올라섰을 때에야 둥두렷˚ 해가 떠올랐다. 뜨거운 햇살 내려꽂히기 전에 한발짝이라도 더 길을 좁혀야 된다며 병방비장이 호령호령한 탓이었는데, 가장 헉헉거리는 것은 술이 아직 덜 깨어서 아침밥도 변변히 먹지못한 최이방이었다. 패랭이짜리들은 첫새벽에 길을 떠났다는 주막쟁이 말이었고 너무 이른 시각이라 장꾼들 하나 보이지 않는 잿마루에는 벌써부터 송곳처럼 따가운 낮전 햇살이 내려꽂히고 있었다. 구슬막까지 가서야 중화참을 댈 것이므로 재를 다섯이나 넘어야 하니 빈속으로 떠나기가 무엇하여 억지로 뜬 몇술이었는데 뒷간에 죄 게워낸 다음이었고, 노드리듯 흘러내리는 것은 송진같은 식은땀이다.

갓어리질 오입譨入질. 사내가 노는 계집과 어울리는 일. **둥두렷** 둥글고 뚜렷하게.

생각같아서는 부담짝 들어내어 장교명색들한테 지고가라 하고 말께 오르고 싶은 마음 굴뚝같으나, 병방비장도 정강말°타고 가는 마당에 그럴 수도 없는 일. 근지도 모르는 갓나희 한번 행실 내렸다°가 게도 구럭도 다 잃어버린° 그 사내는, 요년! 요 단매에 쳐죽일년 같으니라구. 내 행로 바빠 그냥 떠나간다만 서울 일 마친 즉시 되짚어 내려와 요정을 내고 말리니.

너무도 분하고 억울하여 결창이 터질 것 같아 물 얻어먹는다는 핑게로 부엌에도 들어가 보고 마방에 헛간에 마구발치°로 몸채 뒤란이며 심설 뒷간까지 짯짯이 더듬어 보았으나 콧중배기°도 볼 수 없는 그 계집이었으니, 뒷간 개구리한테 하문을 물렸구나°. 기러기 부른 지° 오래인 계집을 건공대매로 찾아나설 수도 없는 노릇이라 여편네와 같이 밥상을 들어나르는 주막쟁이 사내놈한테 눈만 몇 번 지릅떠 보이고는 할 수 없이 일행을 따라 나서는데, 땡감을 씹는 듯한 기분은 조금도 나타내지 아니하였다.

남초 한대씩을 태운 다음 둘째고개에 오르자 늦은아침 때였고 젯마루 앞뒤로는 개미새끼 한마리 보이지 않았다. 장교 둘 좌우로 거느린 병방비장이 앞을 서고 짐꾼 넷에 복마 두 필씩과 부담마 모는 말꾼 셋이 중간에 들고 걸음 못걷는다는 핑게로 최이방이 따라갔다. 장교 하나가 맨뒤에 처져서 뒷머리°를 살피는 가운

정강말 두 발로 걷는 것. 행실(行實) 내다 아랑곳 맺다. 마구발치 마굿간 뒷쪽. 콧중배기 '코'를 낮춰 부르는 말. 뒷머리 1.넓이가 있는 크고 긴 몬 뒷쪽. 2.벌인 줄 뒷 어섯.

데 세번째고개에 오른 일행은, 후유우—. 긴 숨들을 내려쉬었다. 오형제고개 가운데서도 가장 높고 험하다는 가운뎃고개를 올랐으니 이제 두 고개만 더 넘으면 탁배기잔 곁들인 중화참 하며 한 동안 쉴 수가 있는 것이다.

저만큼 떨어진 길섶 바윗전에 궁둥이를 붙이고 앉은 병방비장이 짜른대를 입에 물자 모두들 담뱃대에 손이 가는데, 워낭소리가 났다. 모두들 워낭소리 나는 쪽을 바라보니 솔수펑이 사이로 난 좁좁한 오솔길을 뚫고 말 한 필이 올라오고 있었다. 온양쪽에서였다. 수종꾼한테 견마잡힌 구렁말 은총이˚ 위에는 갓 쓰고 중치막 걸친 선비짜리 하나가 앉아 있었다. 견마잡힌 말을 탔다고 하나 흉지는 그만두고 백지에도 그 성명삼자를 올리지 못한 백두白頭인 듯 때꼬작물이 조르르 흐르는 중치막 가슴통 앞으로 느리운 물 안들인 술띠˚가 나달나달하였다˚. 원행 나선˚ 길인 듯 희칠희칠˚ 낡은 양태˚에 먼지 낀 통량갓˚전 손바닥으로 차일˚하여 좌우 산세를 살피며 그 선비짜리가 천천히 일행들 앞을 지나가는데, 프—. 마악 입에 물었던 담뱃대를 뽑아 땅 위에 내려놓고

구렁말 은총이 털빛이 검붉은 밤빛에 흰점이 박힌 말. **술띠** 두 끝에 술을 단 세조細絛띠. 술: 가마·띠·끈·여자옷 같은 것에 치레로 다는 여러가닥 실. **나달나달하다** 여러가닥이 가늘게 늘어져 곧 끊어질 것처럼 흔들거리다. **원행** (遠行) **나선** 먼길 나선. **희칠희칠** 몬 바탕이 드문드문 치이거나 미어진 꼴. **양태** 갓양태. 갓 밑둘레 밖으로 넓게 바닥이 된 어섯. 갓양. 양. **통량갓** 경상남도 통영에서 만든 갓으로, 가장 좋은 갓으로 쳤음. **차일**(遮日) 햇빛을 가리고자 무엇으로 막는 것.

302

나서 말머리를 막고나서는 장교들이었다.

"잠깐 내립시우."

"엉?"

"우린 봉물짐 영거해 가는 감영군관들이우."

"그래서?"

"순사또나리 분부 받잡아 긔찰하려는 거니 싸게 내립시우."

"긔찰이라니? 이 사람들이 눈깔이 멀었는가."

"눈깔 똑바루 뜨구 있으니 살펴보자는 겝지우."

"벌건 대낮에 길 가는 선비 잡구 긔찰이라니, 화적이라두 났다 든가?"

"진상봉물 영거해 가는 길이라잖우."

"그래서, 내가 화적으루 뵌단 말인가?"

"누가 화적으루 뵌다구 헙디까. 잠깐이면 되니 그저 싸게 내립시우."

"듣자듣자 하니 이자들이 시방 못하는 말이 옰지않나. 너희가 하마하란대서 하마할 사람 아니니, 썩 비켜서지 못할까."

"하마 안하시면 길 비켜드릴 수 옰으니 알아서 합시우."

"허. 일진이 사나우려니 별 봉욕을 다하는군."

"지체할 틈 옰으니 싸게 내립시우."

"허 참."

천둥같이 화를 내며 호령질을 하여 보았으나 진득찰도깨비*

같은 장교들은 물러서지를 않았고, 하늘을 우러러 탄식하며 견마잡이 부축받아 하마를 하는 선비짜리였는데, 병방비장이 보니 건밭에 부룻대* 같은 사람이었다. 나이 근 사십하여 보이는 그 사람은 아객질* 나선 행색으로 꺼칠한 낯이어서 그렇지 의관만 분명하다면 깎은선비*였다. 끼끗하지 못한 의관에 초췌한 신수로 견마잡힌 구렁말은총이 위에 앉아간다는 게 수상쩍다며 장교들이 으르딱딱거리는 바람에 실갱이가 벌어지고 있는데, 병방비장이 쫓아왔다. 행색도 그러하고 수작하는 것으로 봐서 수상쩍은 자는 아닌 듯한데 공중 실갱이를 하느라 시각을 허비할 것 없다는 생각에서였다. 가난한 백두짜리*들 고단한 처지를 잘 아는 그 사점백이 출신 무골이

"법도에 좇아 기찰을 하자는 것이었으니 마음에 두지 마십시오."

웃는 낯으로 말하자, 선비짜리는 불쾌한 낯빛으로 헛기침을 하였다.

"내 비록 출사는 못하였을망정 원하고 형하고 이하고 정하는 천지이치를 깨닫고자 한시도 서책에서 눈을 떼지않는 왈 선비명색이어늘, 이런 대접이 어디 있다는 말이오."

"죄만하외다."

진득찰도깨비 끈끈하게 늘어붙어서 떨어지지 않는 사람을 빗댄 말. 건밭에 부룻대 쑥하게 키가 크고 곧음을 이름. 아객질(衙客-) 아는 원을 찾아다니며 외방 관아에 묵는 일. 깎은선비 말쑥하고 얌전하게 차린 선비. 백두짜리(白頭--) 벼슬하지 못한 민머리 선비.

"자고로 목베임을 당할지언정 욕을 당하지는 않는 것이 국초 이래로 내려온 아 조선 청구 선비이어늘, 이런 흉패무도한 짓이 어디 있다는 말이오."

"황송하외다."

"예산골 이교리어르신 화갑 송축하러 가는 길인지라 거조차 릴 틈 없기도 하거니와, 예수 아는 이 무변 낯을 봐서 그냥 가네 만, 일후엔 모름지기 조심들 해야 할 것이야."

교가 적은* 사람인 듯 몇마디 점잖은 말로 장교들을 꾸짖고 나 서 그 선비는 다시 말께 올랐고, 병방비장이 말하였다.

"살펴 갑시오."

아무리 겉 볼 안이라*지만 뚜렷한 증질*이나 형증도 없이 명색 이 선비짜리한테 그런 봉욕을 시켜서야 되겠느냐며 좋은 말로 장교들을 타이르고 난 병방비장은 퍼지르고 앉아* 있는 일행을 일으켜세웠다. 기찰을 한답시고 선비짜리와 실갱이를 하는 바람 에 늦잡드린* 길을 벌충하려는 병방비장 재촉 불같아 모두들 숨 이 턱에 차 헐헐하며 넷째고개에 올랐을 때는 해가 중천에 걸리 어 있었다.

잿마루에 오르자마자 가장 먼저 짐꾼들이 나무그늘 밑으로 들 어가 짐을 벗었고 말꾼들이 나뭇가지에 굴레부리를 매고 나서

교(驕)가 적다 젠체함이 적다. 겉 볼 안이라 생김새만 보고서도 속마음씨를 미뤄볼 수 있다는 말. 증질(證質) 도움거리가 될만한 본사람 말. 퍼지르고 앉 다 팔다리를 아무렇게나 뻗고 앉다. 늦잡드리다 풀어져서 늦추어지다.

웃통을 벗어부치었으며 장교들과 최이방도 그 뒤를 따랐다. 품 삯받고 따라나선 짐꾼말꾼들이야 그렇다고 하더라도 그들을 어 거하여야 할 장교들이며 무엇보다도 이방명색 그 지망지망한 행 동거조에 눈살이 찌푸려져 한마디 납박을 줄까하던 병방비장은 일행과 두어간통 떨어진 나무그늘 밑에 앉아 짜른대를 꺼내었 다. 가장 험하다는 복판고개를 넘었으므로 이제 한 고개만 넘으 면 되는데 새벽같이 길 떠나 한낮이 되었으니 장설간이 비어* 근 력들이 부치리라 풀쳐생각을 하였던 것이다. 최이방이 부담마쪽 으로 가더니 오그랑망태* 속에 들어 있는 자라병*을 들고와 마개 를 열었다.

"해갈이나 하십쥬."

병방비장은 넘이 없다며 손을 내젓다 말고 소피라도 보려는지 잡목수펑이 사이로 들어갔고, 몸을 돌려 걸어가며 몇 모금 물을 마시던 최이방이 그것을 장교들한테 건네주었다.

"앗따 갈허구먼그려."

"저쪽 가서 물 한모금 읃어먹구 오지 그려."

"물이 아니라 술이 갈허다 이말이것지."

"사둔네 남말허구 있네. 거긔는."

술생각이 간절하여 씩둑깍둑 찌껄이고 있던 짐꾼말꾼들 구메

장설간이 비었다 배가 고프다는 말. **오그랑망태** 아가리에 돌려 맨 줄로 오그 리고 벌리게 된 망태기. **자라병** 자라꼴로 만든 병. 물이나 술을 넣어가지고 다녔음.

306

소리°가 딱 멎었다. 워낭소리였다. 딸랑거리는 워낭소리와 함께
온양쪽 고개 밑에서부터 견마잡힌 말 한 필이 올라오는데, 뒷다
리가 쭉 빠지고 갈기가 다옥하여 힘차보이는 호호말° 높이 빼그
어° 앉아 있는 것은 외대머리였다. 큰머리° 위에 가리마° 덮고 몽
도리° 입은 그 젊은 여자가 무어라고 하자, 이히잉!이히잉! 투레
질 하는 소리가 났고, 일행과 두어간통 떨어진 나무그늘 밑으로
말을 끌고 돌어온 견마잡이가 나뭇가지에 굴레부리를 매고 나서
등에 지고 있던 짐짝을 내려놓았는데, 술통이었다. 부담짝에서 돌
돌 말린 것을 꺼내온 그 젊은 사내가 풀밭에 펼치자 사람 한이°가
들어누울 만한 돗자리가 깔리었고, 그 위에 좌정하고 앉아 땀을
들이는 외대머리한테 두 손으로 받쳐올리는 것은, 별각간죽° 은연
통°이었다. 부시를 쳐 올리고 난 견마잡이가 돌통대를 꺼내는데,

"여보."

하며 짐꾼 하나가 수작을 붙이었다.

"봐허니 술퉁인 모냥인듸, 시방 워디루 가지구 가넌 것이우?"

구메소리 툭 터놓지 못하고 수군거리는 소리. **호호말** 만주와 중국 북방에
서 나던 호말胡馬을 힘주어 그루박을 때 쓰던 말. **빼그어** 뽐내어. **큰머리** 큰
일 때 아낙 머리에 크게 틀어올린 딴머리. 어여머리 위에 또 나무로 만든 큰
머리를 얹음. **가리마(加里亇)** 아낙이 잔치 차릴 때 큰머리 위에 덮어쓰는 검
정 헝겊. 차액遮額. 낯가리개. **몽도리** 기생이 잔치에 나아가는 제대로 된 차
림이다. 풀빛으로 원삼 비슷이 지어입고 큰 띠를 등 뒤로 매어 드리운다. **한
이** 사람을 셀 때는 반드시 한이, 둘이, 서이해야지, 하나, 둘, 셋하고 말하면
안됨. **별각간죽(別刻簡竹)** 유다르게 잘 만든 담배 설대. **은연통(銀煙筒)** 은으
로 물부리를 만든 담뱃대.

"그건 왜 물우?"

견마잡이 사내가 불량한 목자로 쏘아보며 낙낙하지 않게* 되물었고, 사내 낯짝이 똑 곽란에 죽은 말 상판대기°같아 공중 점적하여진 짐꾼은 헛기침을 하였다.

"똑같이 짐 지닌 사람 사이에 말 물어보기 예사지 웬 증을 내구 그러우."

"증을 내긴 누가 증을 낸다구 그러우."

"워디루 가넌 것이우?"

"예산읍치유. 예산읍치 이교리댁 환갑잔치 가넌 질이우다."

"술 이름이 뭣이우?"

"앉은뱅이술*이우."

"앉은뱅이술이라."

"충청도 사람이 그 유명짜헌 한산 앉은뱅이술두 물르슈."

"허."

짐꾼말꾼들이 짬짬이* 입맛만 다시고 있는데, 장교들이 다가왔다.

"그 술 우리한테 파는 게 어떻겠나."

간잔조롬한 눈으로 외대머리를 훑어보던 장교들 가운데 하나가 반말을 턱 내어붙이는데, 견마잡이 사내는 절레절레 턱 끝을

낙낙찮다 만만할 만큼 힘이 없지 않다. **앉은뱅이술** 한산韓山 소곡주燒穀酒. 맛이 좋고 부드러운 듯하여 한잔한잔 마시다 보면 일어날 수 없을 만큼 취한다고 해서 붙여진 이름임. **짬짬이** 만날 때마다 틈틈이. 간간이.

흔들었다.

"안되우."

"안되다니. 누가 그냥 달라는가. 술값을 치루면 될 거 아닌가."

"잔치집 지구가넌 술을 팔면 우리는 워쩌란 말이우?"

"술값이야 헐하지 않게 치를 테니 다시 받어다 주면 되잖는가."

"업세. 이 술을 사려면 한산땅까장 다시 되짚어 가야넌듸, 그 고상을 누가 헌단 말이우. 박절헌 것 같지먼 싫우."

"앗따 그 하님 쇠먹미레 같은 사람이로세. 장사가 되서 이만 남으면 되지 **빡빡하게** 나올 게 뭐 있누."

그냥 달라거나 억매흥정˚을 하자는 것이 아니라 값을 쳐주겠다는데도 아랑곳 없이 마냥 욋고개만 치는 것이 괘씸하여진 장교 하나가 실까스르는˚ 말을 하는데,

"이니덜이 시방. 앰헌˚ 행인 붙잡구설랑 희영술 허자넌겨 뭐여."

발칵 뱃성을 돋우는 견마잡이 사내였고, 장교가 한걸음 다가서며 삿대질을 하였다.

"이자식이 시방 말하는 뽄세 좀 보게. 여러 명 사람들이 그것두 하늘같은 봉물짐 영거하여 가는 관인펑색들이 목이 타 죽을 지경이라 해갈이나 하자는데 팔 수가 없다니, 이자가 순 도척˚ 같은 자 아닌가."

억매흥정 당찮은 값에 억지로 사고팔려는 흥정. **실까스르다** 트집을 잡다. **앰한** 애먼. 죄없는.

어이가 없다는 듯 픽 웃으며 동무 장교들을 바라보았고,

"관인핑색이면 뮌인덜 몬을 함부루 채뜨려 가두 된다넌 겨, 시방."

"말 귀에 염불°하느니 뜨건 맛 한번 뵈줘야 것네."

"그자식 주릿댈 앵길 늠이로세."

"허, 참나무 전대구녕 같은 자로세."

한마디씩 던지며 우르르 달려들어 무릿매라도 안기려는 듯 주먹을 부르쥐는 장교짜리들이었는데, 콤. 쌍글한 기침소리가 났다. 아닌보살하고 앉아 긴대°만 빨고 있던 외대머리가 내는 소리였다. 그 젊은 외대머리는 견마잡이를 바라보았다.

"노서방."

"예, 아씨."

"공덕 중에도 급수공덕°이 기중 첫째라는데, 사람이 왜 그리 답답한가."

"예에?"

"막중한 봉물짐 영거하여 가는 어른들이 술을 자시면 얼마나 자시겠는가. 뒤잔씩들 자신다 하더라도 죽 떠먹은 자릴° 테니 어서 해갈들이나 시켜드리게."

도척(盜跖) 중국 춘추시대 현인賢人 류하혜柳下惠 아우로 무리 구천 명과 떼지어 늘 온나라를 휩쓸었다고 함. 몹시 악한 사람을 빗대는 말로 쓰임. **긴대** 긴 담뱃대. 장죽長竹. **급수공덕**(汲水功德) 목마른 사람에게 물을 길어주는 공덕. **죽 떠먹은 자리** 무슨 일을 저질러 놓고 감쪽같이 자취를 남기지 아니한다는 말.

310

"그럽시다, 까짓것."

밤 문 소리를 하며 그 사내는 부담짝 뒤져 표주박을 가져왔고, 입주* 한모금 하는데 침안주면 족하다며 손들을 내젓는 것을 아무리 그렇더라도 술좌석 법도 아는 외대머리로서 차마 그럴 수 없다며 견마잡이 시켜 꺼내어 오게 하는 것은, 열 개씩 맞추어져 있는 홍합 두 줄이었다. 저마다 입에 침이 마르게 칭송을 해대며 마악 한 표주박씩 술들을 마시고 나서 홍합을 씹고 있는데,

"뭣들 하는 게냐?"

대꼬챙이로 째는 듯한 소리°가 났다. 먼데*를 다녀오던 병방비장이 지르는 소리였다. 달팽이눈이 된° 짐꾼말꾼들은 장교들만 바라보았고, 망건 뒤를 긁적거리던 장교들 가운데 하나가 진둥한둥 뛰어가며 무어라고 발명을 하는데,

"나으리."

하며 몇 발짝 앞으로 나서는 것은 부담짝에서 빨주*와 술잔 그리고 전복꼬치 한 개를 꺼내어든 외대머리였다.

"나으리도 이리 오셔서 목이나 좀 축여 보서요."

"봉물짐 영거하여 가는 막중지사에 술이라니."

"아이, 나으리두. 엎어진 김에 쉬어간다°는 말도 모르서요. 이리 와 좌정부터 하시어요."

입주(立酒) 선자리에서 마시는 술. 먼데 뒷간. 여기서는 수평이에서 뒤를 봤다는 말임. 빨주 술병.

색먹인 콧소리를 내며 부진부진* 옷소매를 잡아끄는 외대머리였는데, 크음. 쇳소리 나는 헛기침 한번 하고난 병방비장은 꼿꼿한 눈길로 그 여자를 바라보았다.

"너는 누구냐?"

"보면 모르셔요."

"어느 고을서 한량들 동곳이나 뽑고 있는 갓나희냐 이말인즉."

"동곳을 뽑다니요? 저같은 계집들 속사정 잘 아실 나으리께서 그렇게 말씀하시면 이년 눈물이 나려고 하옵니다."

"어허! 어느 골 색차지* 밑에 있는지를 묻고 있음이야."

"온양고을서 홍등* 내달고 있는 홍월이라 하옵네다."

"어디로 가는 길인가?"

"예산읍치 사시는 이교리댁 환갑잔치에 가는 길입네다."

"이 염천에 몽고리 차림으로."

"약조한 시각이 촉급하다 보니 개복*할 시각이라도 줄여보자는 생각에서지요."

"그렇게 급한 걸음인즉 웬 해찰인고?"

"그건 제가 여쭤보고 싶은 말씀이니 수하들한테 물어보셔요."

"흠."

"이교리 나으리댁 환갑잔치에 쓸 아주 귀한 술인데 경우도 없

부진부진(不盡不盡) 끊어지지 않게 잇따라서. **색차지**(色次知) 빛아지. 놀이에 기생을 맡아 뒤스르던 사람. **홍등**(紅燈) 기생집임을 알리는 표시로 문간에 장대를 세우고 등을 매달았음. **개복**(改服) 옷을 바꾸어 입음.

이 자꾸만 팔라시어 인정상 한 잔씩 해갈이나 시켜드리는 중인데, 정 그러시면 이만 가봅지요."

발걸음을 돌리는 그 여자였고, 일행들이 내어쉬는 한숨소리를 듣던 병방비장이 헛기침을 하였다.

"인정은 고맙네만 우리도 촉급한 걸음이라 그러지 않은가."

"소매 긴 김에 춤추고° 활을 당겨 콧물 씻는다°고 이것도 인연일 테니 나으리도 이리와 목이나 축이고 가서요."

마음을 돌린 듯 다시 옷소매를 잡아끄는 외대머리였는데,

"가만."

바른손을 들어 그 여자 손길을 막은 병방비장이 엄한 눈빛으로 일행을 바라보았다.

"곡진한 성의를 마다하는 것도 예가 아니니 고맙게 받기루 헌다. 허나, 딱 슥 잔씩들만 마시도록. 슥 잔을 넘기는 자가 있을 시엔 내 엄히 다스릴 터인즉 명렴들 해야할 것이야."

"어서요."

"음."

마지못한 듯 돗자리 위에 앉는 병방비장이었고, 외대머리는 빨주를 집어들었다.

"흠허기루 충청도 안에서두 기중 유명짜헌 오형제고개를 넷씩이나 넘어오셨으니 얼마나 목이 타시것세요."

"술이야 구술막 가서 먹으면 될 터인즉 천연할 틈 욿으이."

"그러지말고 한 잔만 잡수서요. 나무갈로 귀를 베어가두 모를°
만큼 달보드레한 게 맛이 제법 삽상하답°네다."

놋종발°가득 따른 술을 두 손으로 받치어 올리는 외대머리
였고,

"허, 이러면 안되는데."

하면서 마지못한 듯 잔을 받는 그 사내였다.

"그럼, 딱 한 잔만."

단숨에 종발을 뒤집어버리는 병방비장 김재풍金在豊은 색은
밝히지 아니하나 술이 과한 편이었다. 한 말 술을 지고 가라면 못
지고 가도 마시고는 갈 만큼 누구보다도 술을 좋아하였으나 봉
물짐 영거라는 워낙 중난한 일을 맡고나서부터 한 방울도 입에
대지않고 있던 참이었다. 주막에서 중화하고 숙소할 적마다 아
랫사람들한테만 술을 먹이면서 주리 참듯 하던°판인지라 속으
로는 침을 삼키게 당길마음이 있으나 차마 어쩔 수 없어 사양을
하던 그 사내였다. 그러나 해반주그레한 낯짝에 머릿기름내 나
는 외대머리 계집이 옆에 와서 갖은 색먹인 말로 부니는 데는 용
빼는 재주가 없어 딱 한 잔만 먹자고 다짐하며 잔을 비운 것이었
는데, 간에 기별도 가지 않았다°. 그러나 말한 체면이 있어 쩝쩝
입맛만 다시고 있는데,

삽상(颯爽)하다 바람이 시원하여 마음이 아주 상쾌하다. **놋종발** 중발보다
작고 종지보다 조금 크게 놋쇠로 만든 나부죽한 그릇. **주리 참듯 하다** 못견
딜 것을 억지로 참는다는 뜻.

"이것 좀 잡숴보서요. 스산 앞바다에서 건져올린 것이라는데 맛이 제법 신통하답니다."

꼬치에 꿰인 전복 한 점을 뽑아 입에 넣어주는 외대머리였다. 아무리 색에 범연한 사람으로 호가 났다고는 하나 아랫것들 보는 앞에서 넙죽 받아먹기가 무엇하여

"온양골 산다고?"

에멜무지로 한마디 던져보는데,

"받으서요."

대답 대신 다시 병을 기울이는 그 여자였다.

"온양골 안전쥐께서는 다복도 하시이."

"무에가요?"

"자네같은 일색이 쳐주는 술을 마음만 있다면 하루도 거르지 않고 장 마실 수 있을 테니 말이야."

"아이, 나으리두. 물고뽑은 것 같은 한량들 동곳 뽑아들이는 감영곳 외대머리들에 비하면 저같은 계집이야 축에도 못들 텐데 왜 이러서요."

"좋의."

"무에가 말씀입니까?"

"허허. 술맛 말이로세."

"그런데 나으리이."

"왜 그러나?"

"저어기 나으리는 왜 외따로 계시답니까?"

십여간통이나 떨어진 저만큼 나무그늘 아래 혼자 앉아 짜른대만 빨고 있는 최이방을 가리켰고, 큼. 헛기침 한 번 하고난 병방비장은 얼른 종발을 비웠다.

"저 사람은 색만 즐길 뿐 술은 즐기지 않는다네."

"나으리는요?"

"엉?"

"나으리께서두 색만 즐기고 술은 즐기지 않으시어요?"

"허허. 거꾸로세."

"정녕?"

"무에 말인가?"

"자고로 영웅호색이라는데 나으리같은 대장부 장재˚로서 색은 마다하구 술만 즐기신단 말씀이서요."

"허. 온양골 안전쥐께서 밤마다 무릎깨나 벗어지겠구나."

"아이 참 나으리두. 못하는 말씀이 읎으셔어."

분결같이 희고 조그만 주먹 들어 앙가슴을 쥐어박는 시늉을 하며 부끄럽다는 듯 살포시 턱 끝을 내리는 그 여자 웃는 듯한 분홍빛으로 보글보글한˚ 두 뺨을 바라보던 병방비장은, 빈 종발을 쭉 내어뻗치었다.

장재(將才) 장수감. 보글보글하다 물이나 거품이 좁은 테두리 안에서 제물로 자꾸 끓거나 일어나다.

316

"막잔이니라."

세 번째 잔을 비우고 나서 외대머리가 내어미는 자그마한 감복˚한 개를 입에 넣고 우물거리며 그만들 길 떠나자는 소리를 하려고 일행쪽을 바라보던 병방비장은, 꿀격 입안엣 것을 삼키었다. 짐꾼말꾼은 차치물론하고 장교들까지 모두 넉장거리˚로 나가자빠져 있는 게 아닌가.

그까짓 새오줌 같은 술 석 잔씩에 골패쪽 쓰러지듯 나가자빠져 있다니, 이런 밥병신녀석들 같으니라구. 수하 장교들한테 혼찌검을 내어줄 작정으로 몸을 일으키려던 병방비장은, 웅? 뭉치로 정수리를 얻어맞은 것처럼 핑하는 현기증이 일어나면서 탕갯줄이 풀어지듯 온몸 맥이 탁 풀려버리는 것이었다. 무슨 까닭으로 도무지 갱신을 할 수가 없었다. 어, 내가 왜이러지? 세차게 머리를 흔들어 보며 발을 내딛는데 구름을 밟는 듯 발에 걸리는 것이 없으면서 휘청 앞으로 몸이 쏠리었다. 젖먹던 힘을 다하여 쓰러지려는 몸뚱이를 간신히 바로 세우는데 밀랍˚을 쳐바른 듯 스르르 감기어지는 눈앞에 앉아 있는 외대머리계집 낯짝이 둘로도 보이고 셋으로도 보이는가 싶더니 안개에 가린 듯 이윽고는 가물가물하여지는 것이었다. 다시 한 번 세군차게˚ 머리를 흔들어 보며 발을 내어딛었으나 땅뜀도 할 수 없는 것이었고, 음. 패에

감복(甘鰒) 전복에 꿀·기름·간장을 쳐서 만든 음식. **넉장거리** 네 활개를 벌리고 뒤로 벌떡 나자빠짐. **밀랍(蜜蠟)** 꿀을 짜내고 남은 찌끼를 끓여서 만든 유지油紙 같은 것임. **세군차다** 힘차다.

떨어졌구나*. 미인계美人計.

생글거리는 계집 낯짝 너머로 곽란에 죽은 말 상판대기 같은 견마잡이사내가 다가오는 것이 보이는가 싶었고, 으윽. 이를 옥물며 왼손으로 갈집을 쥐어 옆으로 벌리고 오른손을 동달이 어깨 너머로 돌려 갈자루를 잡으려던 병방비장은 바람맞은 수숫대처럼 힘없이 건들거리다가, 앞으로 푹 고꾸라졌다.

"어, 저자식이!"

품속에서 활시위를 꺼내어 들고 병방비장 뒷결박을 지우려던 견마잡이사내가 뒷쪽을 바라보며 질러대는 소리였다.

"이런 육시럴늠 같으니라구!"

예산쪽 고개 밑으로 갈팡질팡 부담마를 몰아가는 사내가 있었는데, 최이방이었다. 견마잡이가 벌떡 일어서는데,

"내비둬유."

하고 말하며 생긋 웃는 외대머리였다.

"내비두구 하던 일이나 하서유."

"저늠이 시방 부담마 몰어 도타허구 있넌듸 내비두라니 그게 뭔 말이대유?"

"멫 조금 못가서 되짚어 올 테니 뤼려말구 어여 묶기나 허라니까요."

패에 떨어졌다 속임수에 빠졌다는 말.

"내빼넌늠 잡잖구 자뻐진늠버텀 잡으라니 당최 뭔 말인지 물르것네."

비 맞은 중놈*처럼 구시렁거리던 견마잡이는

"싸게싸게 맡은 일이나 하잖쿠 웬 잔말이랴! 항우장사같은 빙방비장이 깨나면 워쩔려구 해찰여!"

쇳소리 나는 퉁바리를 맞고나서야 몸을 돌리었다. 개혜엄치는 사람처럼 앞으로 내어뻗친 채 푹 고꾸라져 있는 병방비장 두 팔을 등 뒤로 모아잡더니 바른쪽 무릎을 등뼈에 대고 꾹 누르며 꽁꽁 뒷결박을 지은 다음 몸뚱이를 뒤집어 놓고, 끙. 육실허게 무겁기두 허네. 몸뚱이를 뒤집어 놓고 품속에서 길다란 무명자락을 꺼내어 아갈잡이를 시키는데, 고꾸라지면서 자갈 깔린 맨땅에 면상받이를 하였던 병방비장 이맛전에서는 피가 흐르고 있었다. 견마잡이가 두 팔로 병방비장 양쪽 곁동을 끼어잡아 일으키고 외대머리가 두 다리를 잡아 쳐들며 부축하는 데도 워낙 엄장 큰 체수라 질질 끌다시피 숲속에 들여놓고 난 두 사람은 장교와 짐꾼말꾼들이 널브러져 있는 곳으로 나왔다. 먼저 장교짜리들 뒷꽁무니에 차고 있던 오랏줄 꺼내어 뒷결박을 지우고 창옷속에 두르고 있던 남전대*띠 끌러 아갈잡이* 시킨 다음 수평이에 끌어다 놓고 나와서 짐꾼말꾼들한테로 간 견마잡이사내가 혀를

비 맞은 중놈 남이 알아듣지 못하게 푸념 섞인 말을 중얼거릴 때 이르는 말. 남전대(藍纏帶) 구군복具軍服 속주머니. 아갈잡이 소리를 못지르게 헝겊이나 솜 따위로 입을 틀어막는 것.

찾다.

"이런 넨장맞을."

결박하고 재갈물릴 끈과 헝겊쪼가리가 없는 것이었다. 두어간 통 떨어진 나무그늘 밑에 퍼지르고 앉아 긴대를 빨고 있는 외대머리를 힐끗 보며 무어라고 낙지를 파던* 그 사내는 널브러져 있는 사내들 허리띠를 끌러 뒷결박을 지우고 무릎 밑으로 흘러내리는 베고의 벗겨 아갈잡이를 시키는 것이었는데,

"아이그머니나!"

계집사람 쇳된 소리가 났다. 몇 모금 담배로 가뿐 숨을 돌리고 나서 일을 거들어 주기 위하여 다가오던 외대머리가 홀라당 벗기어진 아랫도리 가랑이 사이로 서리맞은 늦고추처럼 축 늘어져 있는 짐꾼말꾼들 외눈박이를 보고 터뜨리는 소리였다. 얼른 몸을 돌리어 종종걸음으로 훨씬 물러서는 외대머리를 곁눈질하며 는짓는짓* 웃던 견마잡이사내가 끙끙 여섯 명 사내들을 수평이 속에 들여다 놓고 나와 막 담배를 태우는데, 두세거리는 소리가 났다.

"으응?"

얼른 동부리를 뽑아낸 견마잡이가 벌떡 몸을 일으키다말고, 끙. 섰던 자리에 다시 주저앉았다. 패랭이 양쪽으로 주먹만한 목

낙지 판다 '비 맞은 중놈'과 같은 뜻임. 는짓는짓 능청스럽고 징글맞게.

화송이를 단 사내들이 온양쪽 고갯길을 넘어오고 있었는데 물미 장만 집고 있을 뿐 빈손들이었다. 발딱 일어난 외대머리가 반색을 하며 뛰어가는 것을 본 견마잡이사내는 팽 소리가 나게 코를 풀었다.

"언늠덜은 산삼 먹구 언늠은 무수 먹구 드러서 뭇헤 먹것네."

그 사내가 다시 낙지를 파고 있는데 패랭이짜리들이 잰걸음으로 다가왔다. 첫새벽에 새술막 떠나 온정장으로 갔다던 장돌림들이었고, 맨 앞장 서 오는 것은 최이방한테 내침당한 점백이사내였다. 날카로운 눈빛으로 복마와 봉물짐짝들을 살펴본 그 사내가

"욕봤네."

하고 말하는데

"싸게싸게덜 와서 거들잖구 왜 인저덜 오넌겨. 나 혼자서 워척허라구."

견마잡이가 밤 문 소리를 하였고, 점백이가 네둘레를 휘둘어 보았다.

"최가늠허구 부담마는?"

"내 뺏구면."

"엉?"

"장달음을 났단 말여."

"으웅?"

점백이 눈썹 사이가 바투어지는데, 콤. 쌍글하게 밭은기침을
하고난 외대머리가 생긋 웃었다.

"리진사 으른이 계시니께 그건 림려마서유. 곧 되잽혀 올 테니께."

"음."

턱 끝을 몇 번 주억이던 점백이가 수펑이에 들어갔다 나오더니,

"림려 웂것수?"

외대머리를 바라보았고, 그 여자는 다시 한 번 생긋 웃었다.

"빨러두 보리밥 뒤 솥 짓기는 되야 깨성할 테니께 림려헐 거 웂
세요. 깨나봤자 또 막대 잃은 장님˚으루 옴나위를 뭇헐 테니 아무
걱정 웂구."

"그러다가 영 올림대 놓넌 거 아닌지 물르것네."

"걱정이 반찬이면 상발이 무너진다우˚."

"몬만 앗으면 그만이지 다다 인명을 상허게 헤서는 안된다는
대장님 당부가 즤중허셨으니 말 아니우."

"대장님은 애 여적 안오신대유?"

"글쎄에, 오실 때가 됬넌디······."

하고 말하며 온양쪽 고개를 바라보던 점백이가

"어이들."

웅긋쭝긋˚ 서 있는 사내들을 둘러보았다.

장달음 놓다 뺑소니 치다. 막대 잃은 장님 기댈 곳을 잃고 꼼짝을 못한다는
뜻. 웅긋쭝긋 굵고 잔 여럿이 군데군데 고르지 않게 머리가 쑥쑥 불거진 꼴.

"오가넌 장꾼덜 눈두 있구허니 우선 저것버텀 안침이루 들여놓구 봐야것네."

복마와 봉물짐짝을 가리켰다. 대장만 오면 금방 떠날 터인데 힘들게 두 번 일 할 것 있느냐며 견마잡이가 툴툴거리는 것을 날카로운 눈빛 한번으로 눌러막고 난 점백이가 잡는 목대에 따라 복마와 봉물짐짝들을 사람들 눈에 뜨이지 않게 더 안쪽 수펑이로 들여놓고 나온 일행은 저마다 담뱃대를 꺼내었다. 길가 풀섶에 아그려쥐고 앉아서 씩둑깍둑 지껄이며 몇 모금 연기들을 빨아들이고 있던 일행이 벌떡벌떡 몸을 일으키었으니, 투레질하는 소리였다. 말 두 필이 예산쪽 고개를 넘어오고 있는데 한 필은 아까 넘어갔던 선비짜리 것이고 한 필은 최이방이 몰고 갔던 부담마였다. 견마잡이 사내가 가운데서 두 필 말 굴레부리를 쥐고 있었는데 선비짜리가 타고 있는 말 뒤쪽 껑거리˚에 가로질러 척 붙들어 매어져 있는 것은 사람 송장이었다.

일행과 초간하게˚ 떨어진 나무그늘 밑에 앉아 무슨 수를 써서라도 박씨녀라는 계집 찾아내어 혼뜨검˚내어 줄 생각으로 궁리궁리하고 있던 최이방은, 어? 저도모르게 벌떡 몸을 일으키었으니, 술통 앞에 빙 둘러 퍼지르고 앉아 귀둥대둥 되잖은 소리나 지

껑거리 길마를 얹을 때 소 궁둥이에 막대를 가로대고 그 두 끝에 줄을 매어 길마 뒷가지에 좌우로 잡아매게 된 몬. 초간(稍間)하다 조금 멀다. 초원稍遠하다. 혼뜨검 혼이 나가게 꾸지람을 하거나 닦달하는 것.

껄이며 술 몇 표주박씩을 마시는가 싶던 일행들이 아이오 강풍 맞은 짚단 쓰러지듯 픽픽 나가자빠지는 것이었다.

저런 똥물에 튀헐˚ 늠덜 같으니라구. 나야 워너니 술이 받지않는 사람이라 몇 잔 술로 뒷간 쥐한테 하문을 물렸다만, 네늠덜은 멍색이 장골이요 더구나 장교짜리들 아닌가.

시쁘다는 듯 잔뜩 하시하는 눈빛으로 흘겨보며 입가에 잔주름을 잡던 그 사내였는데, 가만. 어젯밤에 내가 그러하였듯 우리가 시방 도적놈들이 쓴 패에 떨어진 것이 아닌가 하는데 생각이 미치면서 외대머리쪽으로 눈길을 돌려보니 또한 맥없이 쓰러지는 병방비장이었고, 아. 범의 아가리에 떨어졌구나˚. 박씨녀라는 그 계집년도 그렇고 술에 약을 탔던 것이야. 그렇다면 이것들이 다 동패라는 말인가. 한목으로 다 짝짜꿍이 되어 봉물짐 가로채 가려는 대적놈들? 하고 생각하던 최이방이었는데, 그렇다면 그거야 나중에 따져볼 일이고 우선 이 범 아가리를 벗어나고 봐야 하는데, 어쩌면 좋다는 말인가.

말로만 들었지 난생 처음으로 당하게 된 적변이라서 도무지 신통한 꾀가 떠오르지를 않아 잠깐 허둥대던 최이방은 부담마 굴레부리를 꽉 움켜쥐었다. 맨몸이라면 수평이로 들어가 멀지않은 온양이나 예산 관아를 찾아 우선 군병을 내게 한 다음 공주감

튀하다 새나 짐승 털을 뽑으려고 끓는 물에 잠깐 담갔다가 꺼내다.

영에 이문을 부치고 서울 포청에 기별을 띄우게 하면 되겠지만, 아니되지. 힘껏 도머리를 치는 그 사내였으니, 부담마였다. 부담마 위에 둥덩산같이 쌓여 있는 갖은 보물짐들.

외대머리계집과 견마잡이사내 정신이 쓰러진 병방비장한테 쏠려 있는 것을 곁눈질 하며 조심조심 안쪽으로 조금 더 들어가서 예산쪽 고개로 길을 틀어 내려가다가 슬그머니 고개턱께로 나오는데 견마잡이사내가 지르는 소리가 들리어왔고, 아이구. 이젠 죽었구나. 오금이 딱 들어붙는데 웬일로 쫓아오는 발짝소리가 없어 그 사내는 서둘러 고개를 내려갔다.

우마 한 필이 겨우 지나다닐만 하게 좁좁한 오솔길 따라 진둥한둥 얼마쯤 걸음을 재촉하자 저만큼 복판고개가 보였는데, 무춤 서버리는 최이방이었다. 고개 밑에 우거진 나뭇가지 틈으로 희끗한 사람 자취가 보였던 것이다. 자라한테 놀란 놈이 솥뚜껑 보고 놀란다°는 격으로 사람 자취에 덜컹 가슴이 내려앉았던 최이방은 푸우—. 긴 숨을 내어쉬며 다시 잰걸음을 치었다. 투레질 하는 소리가 들려오면서 옷갓한 사람 모습이 눈에 들어왔는데, 아까 넷째고개 위에서 장교들한테 졸경을 치루던 그 선비짜리였던 것이다.

쏜살같이 말을 몰아 예산관아에 적변을 고하라고 부탁하여야 겠다는 생각으로 재게 부담마를 끌고가던 최이방은 다시 무춤 걸음을 멈추었다. 예산골 이교리댁 화갑 송축하러 가는 길이라

거조차릴 틈 없다던 사람이 왜 여태 저기에 머무르고 있는가 하는데 생각이 미치면서 부쩍 의심이 들었던 것이고, 그러고 보니 외대머리계집년도 이교리댁 환갑잔치에 가는 길이라던 말이 뒤를 이어 떠오르면서, 틀림없구나. 틀림없이 이 년놈들이 동패로구나.

멍석 위에 새앙쥐 눈 뜨듯°하고 있던 최이방은 이를 꼭 옥물었다. 저편에서도 이미 이편을 보았으니 받아논 밥상°이었고 사중구활°이라는 문자도 있지 않은가. 죽을 지경에 빠졌다가도 살길이 생긴다니 혹여 또 누가 아는가. 무슨 피치 못할 사정이 있어 길을 지체하고 있는지. 그러고 보니 견마잡이 하던 종놈이 보이지 않는 것이어서 힘써 저한테 유리한 쪽으로 생각하며 천연스레 걸음을 옮기는 최이방이었다. 한간통쯤 앞까지 갔을 때였다.

"축지하는 사람인 모양이로세."

히뭇이 웃는 선비짜리였다. 유산遊山나선 사람인 듯 굴레부리 매어둔 은총이 옆 민틋한 풀밭에 두 다리 쭉 뻗고 앉아 긴대를 입에 물고 있었다.

"벌써 한양길을 다녀오는 길이란 말이야?"

"수종꾼은 어디 가구 석사°께선 왜 혼자 여기 계시우?"

선비짜리 앞까지 간 최이방이 손등으로 이마 땀을 훔치는데,

사중구활(死中求活) 죽을 수밖에 없는 자리에서 한가닥 살 길을 찾아냄. 사중구생死中求生. **석사**(碩士) 벼슬이 없는 선비를 높여 부르던 말.

그 사내가 픽 웃었다.

"약조한 시각이 있으니 사유나 말씀 올리라구 그 사람은 먼저 보냈으이."

"녜에에."

"장가들러 가는 놈이 불알 떼놓구 간다°구 줄글° 지은 걸 놓구 왔지 뭔가."

"줄글이라면, 장문° 말씀이시우."

"암만."

"이교리나으리댁 화갑 송축하러 가시는 길이라면서 구글°이라면 모를까 웬 장문이랍니까요."

"구글 가지구 상소 올리는 것 봤나."

"상소라굽쇼?"

"암만. 충청감사 조아무개가 요번 만수절 봉물짐을 꾸려 올리고자 얼마나 많은 민인들 등골을 빼먹었으며 그 밑에서 노랑수건노릇 하는 최아무개라는 자는 또 얼마나 많은 행악°을 하였는가 상소라도 올려야 하지 않겠는가. 하기야, 받아먹는 놈이 있어 올리는 것이니 그래봤자 소용없는 일이긴 하지만."

히죽히죽 웃으며 착 가라앉은 목소리로 말하는 선비짜리였고, 음. 봉적°하게 된 연유를 확적히 알게된 최이방은 감발친 짚신

줄글 회갑回甲을 기려 쓴 긴글. 산문散文. **장문**(長文) 긴글. **구글** 귓글. 시詩. **행악**(行惡) 못된 짓. **봉적**(逢賊) 도적을 만남.

돌기총˚을 만지는 척 윗몸을 구부리면서 염낭 곁에 찼던 겻갈˚을 꺼내었다.

"나으리."

등토시 안쪽으로 날이 들어가게 바른손에 겻갈 자루를 꽉 움켜잡은 최이방은 몸을 일으키며 코가 땅에 닿게 허리를 숙이었다 들며

"살려줍시우."

하고 다 퍼먹은 김칫독 같은 눈으로 구슬프게 말하였는데, 선비짜리가 픽 웃었다.

"그거야 다 자네가 할 탓 아니겠나."

"일러줍시우."

"그래야겠지."

"쉔네 소종래˚를 다 꿰구 계시다니 긴 말씀 드릴 것은 읎구, 제발덕분 살려만 줍시우."

"출호이자반호이˚가 아승에 말씀이니."

"구복이 원수라˚. 군두목질˚이나 하여 연명하고 있는 천질˚이 언감생심 어찌 문자를 알겠습지오니까요. 너그러이 살펴줍시우."

돌기총 짚신·미투리 중턱 양편에 앞총을 당기어 맨 굵은 총. **겻칼** 칼집이 있는 작은 칼. 장도粧刀. **소종래**(所從來) 지내온 자취. **출호이자반호이**(出乎爾者反乎爾) 모든 것이 저 스스로가 지은 바에 말미암는다는 말. **군두목질** 진서眞書 본디 뜻이야 어찌되었든지 음흡과 새김을 따서 본 이름을 적던 것으로, 조선왕조 끝무렵 아전들이 만들어 썼음. **천질**(賤質) 제 품성品性을 낮추어 일컫는 말. 천품賤品.

최이방이 왼편 손바닥으로 겻갈 감추어진 바른편 손등을 문지르는데

"최이방."

"녜에, 나으리."

"나를 따라가야겠으이."

"녜에?"

"우리는 그냥 여느 화적패가 아니로세."

"의호° 그러시것습지요."

"우리는 시방 홍경래° 대원수 영 받고 출진할 날만 기다리고 있는 의인들로써 우리에게는 지금 십만 철갑군°과 범같은 장수 팔십인이 있다 이말이야."

"홍경래 대원수라굽쇼?"

"암만."

"그러시면……."

하다가 최이방은 얼른 마른침을 삼키었으니, 대흥고을 객사에 나붙었다던 괘서가 떠올랐던 것이다.

"그 장수님이 시방까지 살어 지시단 말씀이십니까요?"

"그렇구말구."

"어디에 말씀이시오니까요?"

의호(宜乎) 마땅히. 마땅한 꼴. **홍경래**(洪景來, 1780~1812) 순조純祖 12년인 1812년 서북농민항쟁 목대잡이었던 혁명가. **철갑군**(鐵甲軍) 쇠갑옷으로 몸을 두른 싸울아비들.

"그것은 나를 따라가 보면 알 것이고, 자네는 그저 조감사가 민인들 홀태질하고 덧거리질*한 행악발기*만 조목조목 토설*하여 주면 되네."

"그러면 소인 목숨은 살려주시는 겁니까요?"

"암만."

"하랍시는대루 다 일분부시행*할 터이니 제발덕분 살려만 줍시우. 글자하는* 선븨시니 더구나 호생지덕*을 펴 줍시우."

"문자깨나 농하는 것을 보니 선비는 내가 아니라 자네로세 그려."

손에 붙은 밥풀이라고 생각하여 허턱* 마음을 놓은 듯 선비짜리가 지그시 눈을 감은 채 턱 끝만 주억이는데, 코가 땅에 닿게 하정배를 드리며 들을만 하고 있던 최이방이 등토시 속으로 감추고 있던 곁갈을 바로잡더니, 에잇! 소리를 지르며 선비짜리 앙가슴을 겨냥대어 힘껏 찔러들어 갔다. 두 다리 쭉 뻗고 앉아 계정풀이* 삼아 공깃돌 놀리듯 말마다나 던져보고 있던 선비짜리 앙가슴이 하마 육적꼬지*가 되는가 싶은데, 창그랑! 휠씬 몸을 비틀어 갈날을 피하면서 내려치는 긴대 담배통에 갈날이 부딪치며

덧거리질 인민들이 내게되는 결전結錢에 덧붙여 빼앗아 가는 것. 행악발기(行惡發記) 나쁜짓을 한 것을 속속들이 적어둔 것. 토설(吐說) 숨기었던 진짜를 비로소 밝히어 말함. 일분부시행(一吩咐施行) 한번 이르는 대로 곧 들어 행함. 일분부거행. 글자하는 유식한. 많이 배운. 호생지덕(好生之德) 목숨을 살리는 공덕. 허턱 아무 생각없이 문득 나서거나 행동하는 꼴. 계정풀이 투정질하는 것. 육적꼬지 제사나 잔치에 쓰려고 고기산적을 대꼬챙이에 꿰어두는 것.

내는 소리였다.

"이놈 어디 견뎌봐라!"

낮게 소리치며 최이방은 이를 꼭 옥물었다. 흉악한 대적놈들과 한패라고는 하더라도 문자깨나 읊조리는 것으로 봐서 책상물림˚일시 분명하니 비록 겻갈이라지만 갈명색까지 쥐고 빈손인 자를 못해내랴 싶어 어서 빨리 이자를 요정내고 말께 올라 부담마 잡아끌어 고개를 넘어가야겠다는 급한 마음에서 겻갈을 마구 휘둘러 보는 것이었는데, 푸. 마음만 급하였지 잘 되지 않는 것이 갈이라고는 생전 부엌갈 한번 잡아본 적 없이 입 하나만 가지고 살아온 사람이라 긴 담뱃대를 휘둘러 갈끝을 막으며 요리조리 기름챙이˚빠져나가듯 하는 선비짜리를 잡을 수가 없는 것이었다.

"네이놈 게 섰지 못할까!"

민인들한테 하던 뽄˚으로 호령을 내어지르며 가로세로 마구 갈을 휘두르던 최이방은

"쥐새끼같은 도적늠이 어디루 도망하려구."

뜨물 먹은 당나귀청을 내며 달려들어 선비짜리를 저만큼 물러서게 한 사품에 뒷쪽으로 얼른 몸을 돌리더니, 길 건너편 수평이를 바라보며 똥줄이 빠지게˚달음박질 하였다. 뒷걸음질 치는 선비짜리 뒤켠에서 고윗말기를 추스르며 나오고 있는 사내가 보였

책상물림 글만 읽다가 세상에 처음 나서서 모든 인심에 어두운 사람. **기름챙이** 미끄러운 미꾸라지. **뽄** 해오던 대로. 식으로. **똥줄 빠지다** 혼이 나서 급히 달아남을 이름.

던 것이다. 견마잡이를 하던 자였다. 담뱃대 하나 겨우 쥐었을 뿐인 책상물림 하나 못해내는 판에 가장비 같은˙놈을 무슨 재주로 당한단 말인가.

"이늠, 어디루 내빼느냐?"

땅을 찍는 소리와 함께 다시 한번 호령하며 거칠게 쫓아오는 발짝소리가 났고, 최이방은 눈앞이 아득하였다. 걸음아 날 살려라 하고 엎더지며 곱더져 달음박질을 치는데 검은 고양이 눈 감은 듯하여 도무지 갈피를 잡을수가 없다. 이맛전을 할퀴고 콧잔등이며 두 뺨을 찔러대는 가시덤불 나뭇가지 헤아리지 않고 눈 먼 고양이 갈밭 매듯˙죽을둥 살둥 줄달음질쳐 보지만 달음박질할 줄 쇠배˙모르는 사람이라 당최 나아가지지가 않는다. 견마잡이사내가 고성치는 소리 하마 꼭뒤에 닿는가 싶어 오줌을 지릴˙판이데, 옳치. 달음박질쳐 도망가는 곳으로부터 두어간통 떨어진 옆쪽으로 길이 넘는 억새밭이 눈에 들어왔고, 최이방은 얼른 그 속으로 몸을 숨기었다. 하늘이 무너져도 솟아날 구멍이 있다고, 푸우―. 생사관두˙위경˙에서 숨을 곳을 찾아낸 그 사내가 억새밭 사이로 들어가 바짝 몸을 웅크리며 거친 숨결을 다잡고 있는데, 쿵! 몽둥이로 땅을 찍는 소리와 함께

"갈밭에 쥐새기같은 이늠이 워디루 내뺐댜?"

가장비(假張飛) **같다** 생김새가 우악스럽고 거센 사람을 이름. **쇠배** 전연. 조금도. **지리다** 똥오줌을 못참고 조금 싸다. **생사관두**(生死關頭) 죽고 삶이 달려 있는 아슬아슬한 고비. **위경**(危境) 아슬아슬한 자리. 바드러운 때.

중얼거리는 소리가 들려왔고, 최이방은 숨을 삼키었다.

"제깟늠이 도망쳐 봤자 부처님 손바닥 안일 것이여."

투덜거리며 이리저리 찾아다니는 것 같던 사내 발짝 소리가 딱 멎었고, 최이방은 두 눈을 꼭 감았다. 사내 발걸음이 멎은 것은 바로 제가 쪼그리고 앉아 있는 코앞이었던 것이다. 집 몇 채 들어앉아도 좋을만큼 제법 넓다란 억새밭이었는데 우선 숨이 턱에 차 깊이 들어가지 못하고 입새에 겨우 몸만 감추었던 것이다. 금방이라도 기침이 터질 듯 저려오는 오금을 주리참듯 하고 있는데, 고읫말기를 추스르는지 부시럭거리는 소리가 났고, 이런 급살맞을 늠 같으니라구. 밖을 살펴보기 위하여 얼굴만 조금 든 채 바짝 쪼그리고 앉아 있는 바로 그 면상 위로 쏟아져내리는 오줌발인 것이었다. 면발처럼 굵직한 오줌줄기는 멈출 줄을 몰랐고, 그 사내는 정통으로 면상을 때리며 쏟아져내리는 오줌발을 피하여 고개를 조금 틀며 올려다 보는데, 앗불싸. 무춤 멎는 오줌발이었다. 발각이 된 것만 같아 저도 모르게 얼른 감았다 뜨는 그 눈에 들어오는 것은 호두알 두 개를 매달아 놓은 듯한 불°이었고, 음. 이판사판이다. 옛말에 이르기를 죽을 땅에 빠진 뒤에 산다°하였으니 어찌 죽기만 생각하고 살아날 방책을 헤아리지 아니하리오. 낭심°한 번 깊게 찔러 이놈이 눈깔을 까뒤집는 사이 오리문자°

불 불알을 싸고 있는 살로 된 주머니. 불알. **낭심**(囊心) 불 한가운데. **오리문자** 문귀가 겹치는 것을 나타내는 '乙乙' 따위 글자.

초서같이 휜두루쳐˚달아나리라.

겻갈 쥐고 있던 바른손에 힘을 주며 이를 꼭 옥문 그 사내는 좌우를 두리번거리며 다시 오줌줄기를 내어갈기고 있는 견마잡이 낭심을 겨냥대고 젖먹던 힘을 다하여 몸을 솟구쳐 올리었는데, 억! 젖먹던 힘을 다하여 찔러들어 갔다고는 하나 무릎 높이쯤 둔덕진˚ 곳에 서 있던 견마잡이라 정통으로 낭심을 찌르지는 못하고 낭심 밑 훨씬 아래쪽 넓적다리께 베고의를 찢으며 슬쩍 긁히운 것에 그치었고,

"이런 육시럴늠!"

발길질 한번에 저만큼 겻갈 날려버린 견마잡이사내는 펄썩 주저앉으며 최이방 모가지를 왼편 겻동 사이에 꽉 끼어 잡았다. 최이방이 붙잡힌 모가지를 빼치려고 버둥거리는데 철퇴로 조이는 듯 꼼짝도 하지 않는 모가지였고, 윽! 내어지르는 견마잡이사내 바른손 주먹이 명치끝에 꽂히면서 내는 소리였다. 견마잡이가 두어 번 더 주먹질을 하자 윽! 윽! 하고 무엇을 뱉아내는데, 주먹만한 핏덩어리였다. 비린내가 코를 찔렀다.

"얼라. 이 육시럴늠이 뒈진 거 아녀."

허턱 마음을 놓고 볼일 보다가 넓적다리를 찔리는 바람에 꼭뒤까지 골이 치밀어올라 앞뒤 가릴 것 없이 복장을 내어질러 숨

휜두루쳐 재빨리 휘갈겨서. **둔덕지다** 땅바닥이 두둑하게 언덕이 생기다.

을 끊어놓았는데, 산 채로 잡아와야 된다던 리진사 말이 떠오르면서 꾸지람들을 일에 마음이 켕기어 몇 차례 더 어깻죽지도 흔들어 보고 뺨도 갈기어 보고 코끝에 귀를 대어보기도 하며 뭐라고뭐라고 구시렁거리던 그 사내는, 끙 소리와 함께 최이방 송장을 어깨에 메었다.

제20장

명화적 만동이
明火賊

"워째 이렇긔 안오신댜."

"글쎄 말여. 너무 늦으시너먼 그려."

"뭔 일이 생긴 거 아녀."

점백이 사내를 따라온 패랭이차림들이 한마디씩 걱정하는 말을 하는데, 노서방이

"온양관아럭두 두려뺴시넌* 뫼냥이지. 그깐 꾁두군사 나부랭이야 백멍 아니라 천멍이 달려든대두 외손질 한번이 닝쿤히* 물리칠만헌 장사시니께."

출반주하고 나서 한마디 하고는 제가 가장 근사하게 요량이나 잘하였다는 듯 곤댓짓*까지 하였다. 그 사내가 다시 무어라고 말

두려뺴다 빼앗는다. 무너뜨린다. **닝쿤히** 능준히. 가늠에 차고도 남아서 넉넉하다. **곤댓짓** 제가 젠체해서 기운을 뽐내는 것.

하려는데

"실."

점백이 입에서 혀끝 말아 올리는 소리가 났다.

"개갈 안나넌 소리 작작허구 말님허구 븽물짐짝덜이나 잘 점 살펴봐. 대장 오시먼 득달같이 떠나야니께."

"이녁은 내가 뭔 말만 허면 똑 쌍지팽이 짚구 나서데°."

밤 문 소리를 하다가

"실."

점백이사내 입에서 다시 혀끝 말아 올리는 소리가 나자

"누가 뭐라구 허남."

입안엣 소리로 말하며 복마와 부담마 쪽으로 몇 발짝 걸어가 던 그 사내 발길이 무춤하였다. 말밥굽소리였다. 거칠게 달려 올 라오는 말발굽소리와 함께 자욱한 흙먼지가 피어오르고 있었다. 온양쪽에서 넘어오는 고갯마루였다.

"워, 워."

손에 쥐고 있던 굴레부리를 잡아다녀 말을 세운 허영허제°같 은 사내 하나가 절따마°맹이° 위에서 사뿐 내려서는데, 만동萬同 이였다. 양태 넓은 통량갓에 은은한 반물빛 도포를 걸치고 있었 다. 겁수죄인劫囚罪人으로 앵두장사가 되었던 게 다시 해 전으로

허영허제 헌칠하고 끼끗하고 열기 있고 시원스러워 엄청난 일을 할 듯한 사 람. **절따마** 털빛이 붉은 말. **맹이** 말안장 몸뚱이가 되는 몬. 그 위에 안갑鞍匣 을 씌움.

스물두 살 때였으니 이제 스물일곱 살 나는 왕년 아기장수 만동이는 구척장송˙같고 마치 숯가마에서 금방 나온 숯무지 같이 거무튀튀한 얼굴에 또 깍짓동만 같은 체수는 전보다 더 불어난 것 같았으나 다서 해 동안 많은 세상풍파를 겪었는지 깊게 들어간 눈빛에 노성˙한 얼굴이었다.

"늦으셨구먼유."

"월매나 걱정했넌지 물른답니다."

점백이와 외대머리짜리가 반갑게 웃으며 다가서는데, 장꾼 차림 사내들 여섯 명이 고개를 넘어와 만동이 곁으로 웅긋중긋 섰고, 초간하게 떨어져서 긴대를 빨고 있던 선비짜리가 잰걸음으로 다가왔다. 그 사내는 열적은˙ 웃음기를 띄우며 만동이를 바라보았다.

"이거 뵐 면목이 옰게 됐소이다."

"무슨 말씀이우?"

선비짜리가 제 뒷전에 서 있는 견마잡이사내를 돌아보며

"뒹치가 그만 일을 내구 말었소이다그려."

하고 쓰게 웃는데,

"으응?"

만동이 짙은 송충이눈썹이 꿈틀하는 것을 본 견마잡이 사내

구척장송(九尺長松) 아홉자나 되는 큰 소나무. 키 크고 우람한 사람을 그릴 때 쓰던 말임. 노성(老成) 푹익음. 열적은 조금 부끄러운.

리동치李同致가

"전 아무 조이두 읎구먼유."

하고 발명하였다.

"최가늠을 요정냈느냐?"

"그 급살맞일 늠이 먼저 갈루 찌르넌 바람의 까딱헸으먼 고탯
골˚갈 뻔헸구먼그류."

"그래서?"

"워어니 갈밭이 쥐새끼같은 늠이라서 잔뇌 굴리지 뭇허게 헐
요량이루 복장 한번 쥐질렀넌디 그만 올림대를 낳지 뭡니까유."

"리진사는 가만히 보구만 지섰수?"

"그자가 어찌나 덴 소 날치듯 하는˚지 까딱헸으먼 이 사람도 당
할 뻔헸소이다그려."

"천참만륙˚을 헤두 오히려 그 조이가 남을 늠이나, 그자한테 토
설받어야 헐 일이 있은즉 다다 인멍만은 상허지 않게 허라구 그
렇긔 일렀거늘."

만동이 언사가 불쾌스러웁게 나오는 것을 본 선비짜리는 머쓱
한 낯빛으로 먼산바라기만 하였는데, 리동치가 허둥지둥하며

"모든 잘못은 다 저헌티 있으니 꾸짖으시려면 절 꾸짖어 주시우."

하고 말하더니 고개를 푹 떨구었고,

고탯골 이제 서울 은평구 신사동에 있던 공동무덤. 천참만륙(千斬萬戮) 수없
이 베어 여러 동강을 내어 끔찍하게 죽임.

"장령 어긴 조이목은 갯골 가서 다스리기루 허구."

엄한 눈빛으로 쏘아보며 짧게 끊고 난 만동이는 외대머리쪽으로 고개를 돌리었다.

"김븨장이라넌 이가 그렇긔 허펍헌˚ 사람이 아니라던듸, 뭔 일이나 읊었남?"

"아무리 천하장사면 용뺴는 재주 있답디까. 쳥발술 슥 잔에 푹 재웠지요."

"힘만 장산 게 아니라 무예 또한 출중허다던듸."

"창갈 쓰는 법수 좀 안다한들 이 끝향이가 내린 닭똥쇠주에 안 떨어지는 장사 있답듸까. 손 안대구 코풀기˚지."

"아무리 뫽헌 닭똥쇠주˚라지면 그래 슥쳥발이 떨어진단 말이냐?"

"븨방을 좀 썼지요."

"으응?"

"약을 좀 탔다는 말씀이어요."

"욕봤구나."

몇 마디 앞뒤 곡절을 더 듣고 나서 치사를 하여주는 만동이 낯빛은 그러나 밝지가 않았다. 육십근짜리 철퇴를 공깃돌 놀리듯 할만큼 힘이 장사인데다 법수 갖추어 익힌 무예 또한 놀랍다는

허펍하다 겉만 그럴듯 하지 속은 텅 비었다. **닭똥쇠주** 닭똥소주. 여름에 보리밥이 쉬면 버리지 않고 쪄서 소주로 내렸음.

소문 짜한° 공주감영 병방비장 김재풍이인지라 신명떨음 하번 하여 그 소문이 정녕 적실한 것인지 몸소 알아보고 싶었으나 저희들한테 맡기라는 리진사와 끝향이 말 하 곡진하여 그만두었던 것이 영 아쉬운 듯 잔입맛을 다시는데, 리진사가

"요번 거사에는 끝향이 공이 기중 큽넨다. 약주 몇 잔으루 범같은 장수라는 김아무개와 그 아래 여남은 명 장골들을 골패쪽 쓰러뜨리 듯하였으니 말이외다."

짜장 빈말만은 아닌 듯 치사를 늘어놓더니, 리동치가 앉아 있던 수평이쪽을 가리키었다.

"저 송장은 어찌하실 것이오?"

"김재풍이 아래 자빠뜨린 자들은 시방 어디다 두었수?"

"조오기 나무그늘 속에 안치해 놨소이다."

"그리루 끌구 갑시다."

"삭불이가 앞장을 서게. 동치는 저 송장 메구 따라오구."

달음박질쳐 간 리동치가 최이방 송장을 어깨에 메었고 노삭불盧朔弗이가 앞장서 수평이로 들어갔다. 일행을 거느리고 그 뒤를 따라가던 만동이가 쓰러져 있는 병방비장 앞에 서더니 낯을 찌푸리었다.

명색이 감영 병방비장으로 갈을 뽑아보는 것은 그만두고 손

짜하다 퍼진 소문이 왁자하다.

한번 제대로 놀리어 보지도 못한 채 새파란 계집사람이 쓴 패에 떨어져 뒷결박 지우고 아갈잡이 당한 처참한 몰골로 널브러져 있는 것이 보기에 차마 무엇한 모양이었다. 병방비장과 조금 떨어진 곳에 아랫도리를 홀랑 벗기운 채 널브러져 있는 짐꾼말꾼들과 장교짜리들을 보고는 숫제 고개를 돌리더니

"영 땅보탬 되넌 건 아니것지."

혼잣말처럼 중얼거리는데, 끝향이가 생긋 웃었다.

"군잠˚들 하고 있지만 곧 깨날 테니 림려마서요."

"뿔 뺀 쇠상˚이로구나."

"네?"

"뵈기에 들좋아."

"제가 잘못했나요?"

"네 재주가 용치 않다는 게 아니라, 장부가 쓸 뇌는 아니다 이 말이야."

"나무라시는 말씀만 같아 듣기에 거시기 하네요."

하고 말하며 끝향이가 뾰로통한 낯빛이 되는데, 리진사가 웅긋쭝긋 서 있는 수하를 시켜 널브러져 있는 사람들을 모조리 잡아 일으켜 앉히게 하였다. 그러자

"워쩔 작정이시우?"

군잠 깊이 든 잠. **뿔 뺀 쇠상**(相) 뿔을 빼어버린 쇠꼴이니, 1.볼품없이 되었음. 2.자리는 있어도 힘은 없음을 이름.

하고 앞으로 나서며 따지듯 묻는 것은 점백이였고, 리진사가 낯을 찌푸리었다.

"이대루 두고 갈 텐가?"

"두구 가잖으면……"

"처치를 해야지."

"츠치라면…… 쥑인단 말씸이우?"

"그래야 하지 않겠는가."

"쥑이다니? 다다 인맹을 상허게 허지 말라시넌 대장님 분부 물러서 그러시우."

"이자들이 깨어나서 발고하면 어쩔 텐가?"

"그렇다구 죄 쥑인단 말이우?"

"여기다 이대루 두구갔다가 무슨 낭패를 볼지 모르니, 뒤조지*를 단단히 해둬야 된다 이말이야."

"난 또.

"서둘러라."

리진사가 목소리를 높이었고, 리동치와 노삭불이를 비롯한 패랭이짜리들이 불불이* 달려들어 짐꾼말꾼들 하나 남은 베적삼마저 벗기어 낸 다음 상투 풀어 두 사람씩 맞잡아 매더니 장교짜리들한테 달려들어 옷을 죄 벗기고 또한 상투 풀어 세 사람이 하

뒤조지다 뒤끝을 단단히 다지다. **불불이** 재빠르게 서둘러.

나 되게 맞잡아 매고 나서 병방비장한테로 달려드는데, 헛기침 소리가 났다. 만동이였다. 만동이 낯이 찌푸려지는 것을 본 리진사가 바른손을 들어 가로 흔들었다.

"자고로 패군지장은 불가이언용*이라 유구무언이겠다만, 예수아는 우리로서 그렇게까지 욕보여서야 되겠느냐."

훨씬 더 안쪽 수평이로 들어가 실팍한 나무기둥에 묶어놓게 한 리진사는 만동이를 바라보며 앞쪽을 가리키었다. 그들이 서 있는 앞쪽으로는 사람 하나가 겨우 지나다니게 좁좁한 외자욱 산길이 나 있었다.

"전에 우아무개라고 말씀드린 바 있지요."

"흠."

"이 길 따라서 쭉 가다보면 그 자 산채가 나오는데, 잠시 들러 중화나 하고 떠나시는 게 어떻겠소이까."

"대흥군수가 뵝물짐 올려보내넌 게 원제라구 허셨수?"

"내일 아침이니 시각은 넉넉하외다."

"우아무개라는 자 세가 어지간 허우?"

"이쪽 가근방이선 제법 흰목을 잦히고 사는 자올시다."

"그레봤자 장꾼덜이나 노리넌 구메도적 아니것수."

"웬걸요. 병장기 다루는 것도 제법 법수가 있고 담기 또한 어지

패군지장(敗軍之將)은 **불가이언용**(不可以言勇) 한번 크게 삐끗한 사람이 그 일에 대해 이러쿵저러쿵하지 못함을 이르는 말.

간 하여 소소한 패거리들 과는 다릅넨다."

"수하는 멫이나 되우?"

"한 열댓명쯤 되지요."

"리진사와는 긔맥*이 튕허넌 사람이라지요."

"예. 제법 의기두 있고 속이 툭 터져 있어 좀사내*는 아닙니다."

"오형제고개면 내포 칠읍을 손바닥 들여다 보덧 헐 수 있넌 곳
인듸 이런 목존 델 차지허구 앉어 그래 긔껏 구메도적질이나 헌
단 말이우."

"이따금 큰일을 내는 것 같기도 합디다. 지난 겨울에는 온양원
이 올려보내는 세찬바리를 뺏었다지요, 아마."

"그레봤자 구메질 아니것수."

"천장사."

"왜 그러시우."

"사람마다 그 그릇이 다 다른데 그거야 어쩔 수 없는 일 아니겠
소. 우대장패 산채루 가서 중화나 하구 가자는 데는 실은 다른데
그 뜻이 있소이다."

"그게 뭐유?"

"저자들을 저렇게 붙잡아 매뒀다고는 하지만 종내에는 발각
되구 말 터인즉, 갯골까지 돌아가는데 시각을 벌어보자 이런 뜻

긔맥 기맥氣脈. 서로 통하는 낌새. 좀사내 성질이 잘고 그릇이 작은 사내.

이올시다."

"들어봅시다."

"서울서 내려오는 포도군관에 충청감영 군관에 인근 열읍 수령들이 조발하여 나올 군병들이 몇 날 며칠씩 묵새기며 우리 종적을 수탐할 터인즉, 우대장하고 인사나 닦으면서 봉물짐 가운데 얼마쯤 떨어뜨려 주고 가 군병들 이목을 돌려놓아 보자 이런 말씀이올시다."

"우아무개라는 이더러 두께비가 되라* 이말이구려."

"돌에 칠만큼 허펍한 사람이 아니올시다."

"그것두 벙서에 나오넌 것이우?"

"성동격서*올시다."

"승뎡긕서라기 보다넌 차도살인* 이구려."

"예로부터 군략가들이 즐겨 써 왔던 계략이올시다."

"그건 나두 아우만 싫우."

"예에?"

"일이란 모름지기 뗭뗭백백헤야지 어찌 구차스럽게 헌단 말이우."

"예로부터 장수된 이들이 즐겨 써오던 계략인 것을 왜 마다하

두꺼비가 되라 '애매한 두꺼비 돌에 치인다'는 말처럼 남이 한 짓을 뒤집어 써라. **성동격서(聲東擊西)** 서쪽을 칠 작정이면서 동쪽에서 소리를 질러 적 눈과 귀를 흐뜨려 놓는다는 말. **차도살인(借刀殺人)** 남 칼을 빌려 사람을 죽인다는 말이니, 다른 사람에게 죄를 넘겨버린다는 뜻.

시오이까?"

"그거야 워쩔 도리읎넌 죽을고*이 빠졌을 적이나 쓸 수 있넌 기략이지 사내답지 못헌 짓이우."

끝향이 올려태운 호호말 견마잡고 부담마 굴레부리 잡은 노삭불이가 앞장서고 봉물짐짝 등에 진 패랭이짜리들이 가운데 들고 만동이 따라온 장꾼차림 사내 둘이서 복마 두 필씩 나누어 모는 뒤로 힘꼴이나 쓰고 길눈 밝은 수하 하나 총찰시켜 산채가 있는 가야산 중턱 갯골로 떠나보낸 만동이는, 나머지 일행을 거느리고 가운뎃고개쪽으로 말을 몰았다. 새술막 가서 늦중화하고 송림산 줄기에 매복하고 있다가 대흥군수 조아무개가 올려보내는 만수절 봉물짐 가운데서 가장 당쌩*인 보물짐 앗아갈 작정으로 말을 모는 그 사내 가슴은 무슨 까닭으로 이상하게 두근거리는 것이었으니, 다시 해만이었다.

한일자로 입술을 꾹 다문 만동이 고개가 가로 흔들리는 것을 본 리진사는 중치막자락을 헤쳐 허리에 차고 있던 행연*을 꺼내었다. 콩소매 속에서 돌돌 말린 종이쪽 한 장을 꺼내어 바윗전에 올려놓더니 행연 곁에 끼워져 있던 붓에 먹물을 찍어

〈不求利而 自無不利

　求利未得而 反爲害之〉*

죽을고 죽을 고비. **당쌩** 당사향唐麝香. 당나라에서 들여온 사향이 약효가 좋다는 말이 나중에는 중국에서 들여온 사치품과 나아가서는 가장 좋은 몬을 일컫는 말로 쓰임. **행연**(行硯) 허릿말기나 염낭에 차고 다니던 들손 벼루.

라 쓴 다음 만동이를 올려다 보며

"누가 하수*한 것으로 하릿가?"

하고 물었고,

"하늘이 아니것수."

쓰게 웃는 만동이를 보고는 '天誅*'라 썼으니— 맹자孟子 유훈
이었다.

글발 적힌 종이쪽이 최이방 얼굴에 덮이는 것을 본 만동이는
점백이를 불러 졸개들한테 봉물짐을 지우게 하였다.

오리나무라는 것은 십리 밖에 섰어도 오리나무요 고향목이라
하는 것은 타관에 섰어도 고향나무요 숯섬이라 하는 것은 저무
내 있다가도 숯섬이요 북이라 하는 것은 동서남북 사방에 걸렸
어도 북이요 새 장구라 하는 것은 억만년 묵었어도 새 장구인가.
대흥읍성 돌아 향굣말 위쪽 아랫말 지나 가운뎃말 거쳐 윗말 김
사과댁까지 가려면 고개를 세 개나 넘어 예산지계 백리를 건너
가야 하련만, 벌써부터 대흥지계 들어선 듯 자꾸만 두방망이질
치는 가슴 어거하기 어려워, 푸우—. 단내나는 긴 숨 내어쉬며 공
중 아무것도 없는 어리중천만 올리어다 보는 것이었으니, 만가
지 감회가 어우러져 명치끝이 타는 것 같다.

제아무리 장부 기상을 뽐내어 보며 큰소리를 쳐본다 한들 돗

---

* 구하지 않으면 이로운 일이 있고 이를 구하고자 하면 얻지 못하고 도리어 해를
받는다. 하수(下手) 손을 댐. 천주(天誅) 하늘이 베었다.

진갯진 아니겠는가. 구메도적질이나 하는 좀놈이라고 우욱근禹
旭根이라는 자를 웃어주었지만 구메도적이던 명화적이던 도적
이기는 매한가지니, 삶은소가 웃다가 꾸러미 째지겠다˚.

　개똥밭에 굴러도 이승이 좋다˚고 해서 우선 살아놓고 보자는
생각으로 화적패 괴수가 된 것은 아니었다. 겁수죄인은 잡는 즉
시 참수하게 되어 있는 것이 나랏법이니, 무슨 도리가 있다는 말
인가. 붙잡히거나 자수自首하여 효수를 당하지 않으려면 첩첩산
중으로 들어가 미사리˚가 되거나 해도海島로 숨어들어 섬것이 되
는 도리밖에 없는데, 홑몸이 아니다. 한 꼬치에 꿰인 산적신세가
된 장선전나으리와 인선아기씨를 어찌한다는 말인가.

　황포수 안동받아 덕산지계로 들어선 일행은 우선 황포수 집이
있는 귀신모랭이로 갔다. 사흘을 머물고 나자 더 이만 머무르기
가 어려웠다. 황포수집은 북문거리 북쪽에 있었는데, 밤이면 귀
신이 나온다고 하여 귀신모랭이라는 이름이 붙었을 만큼 여간
후미진 데가 아니어서 사람들 눈을 피하여 숨어 있기에는 십상
이었으나, 더 이만 묵새길 수가 없었다. 삼남매 거느린 황포수 내
외가 늙은 홀어머니 모시고 사는 삼간초가라 우선 방이 째이는˚
것도 그렇지만, 양식이 없는 것이었다. 노래기 족통도 없어˚ 불질

미사리 산속에서 사는 털 많은 자연인. **째이다** 째다. 살림이 어렵다.

로 겨우 연명이나 하는 살림에서 이마빡 흰 가야산 대호를 잡아 들이라는 덕산현감 엄명받고 황포수가 집을 떠나는 바람에 양식 이 간당간당*하였는데 만동이 호의로 벼름질* 받은 백목 한 필마 저 언제나 받을 수 있을런지 부지하세월*이었다. 보릿되라도 변 통하여 오느라 신 벗을 사이도 없는 안주인 꺼칠한 몰골을 보는 것도 차마 못할 노릇이었다. 만동이야 말할 것도 없지만 장선전 부녀 또한 마찬가지였으니 찬찬히 짐을 꾸린다고 하더라도 워낙 불고 쓴 듯한 애옥살이여서 팔아서 돈사볼 것이 없겠지만 그나 마 옷가지 몇 점과 병장기만 집어들고 황황히 떠난 길이라 돈될 것이라고는 더구나 없었다. 보다못한 인선이가 향랑 속에 지니 고 있던 은가락지 한쌍을 내어놓았으나 그것이 죽은 안해가 물 려준 것이라는 것을 아는 장선전은 서글픈 웃음을 웃었다. 치산 할 줄 쇠배 모르는 무인서방 만나 갓방인두 달 듯 종종걸음만 치 다 오십수도 못 채우고 이뉘를 떠난 안해가 남긴 마지막 몬을 판 다는 것도 차마 못할 노릇이지만, 그것을 팔아본다고 한들 비단 이 한끼랴*.

조비비듯* 하고 있는데, 주저주저하며 나서는 것은 황서방이 었다. 장선전이 자라난 서천 문덕이와 재 하나 넘어 동네인 한티 에서 농사를 짓던 황서방 아비가 군옥에 갇히우게 된 것은 황서

간당간당 떨어질락 말락 가느다랗게 매달려 있는 꼴. **벼름질** 고루 별러서 나 누어 주는 것. **부지하세월**(不知何歲月) 언제나 될지 그 날짜를 알지 못함. **조 비비다** 마음을 몹시 졸이거나 조바심을 내다.

방 나이 열아홉 나던 해였으니, 근고近古에 없는 흉황으로 수수만
명 생령들이 죽어나가던 병자년이었다. 결전 독촉 나온 호방과
불가불이 벌어져 발괄을 하겠다고 들어간 관아에서 몇 마디 목
소리를 높이다가 그만 관정발악률로 걸리어든 아비가 결곤을 당
하여 장폐될 위경에 떨어진 것을 속바치고˚ 빼내어준 것이 장선
전 부친이었다. 이런 인연이 있어 급한대로 우선 비비고 앉은 일
행이었지만, 영 민민하기만 한 장선전이었다. 그렇다고 해서 벌
써 기별이 가 거리마다 용모파기˚ 나붙어 있을 고향땅으로 가 볼
수도 없는 노릇이라 손톱여물만 썰고˚ 있는데, 가 볼 데가 있다는
황서방이었다. 외사촌 아우 되는 이가 밥은 굶지않고 있으니 어
떻게 몸을 기대보자는 것이었다. 옥에서는 나왔다지만 시름시
름 앓던 끝에 이윽고 땅보탬 되고만 부친 초종˚을 치룬 다음 처가
붙이들이 사는 덕산땅으로 이접하여 어려서부터 재주 있던 불놓
이˚로 업을 삼게 된 황포수는, 의기 있고 정이 많은 사람이었다.
죽이 되든 밥이 되든 하냥 모시고 살며 무슨 모양도리를 강구하
여 보는 것이 인두겁˚을 쓰고 이 세상에 태어난 사람으로서 도리
가 아니겠느냐며 눈물까지 보이던 그가 말한 곳은 당진이었다.
일행이 일어서는데 짐이 되는 것이 마음에 싫은 마서방은 앞날

속바치다 속전을 내다. 속전贖錢: 죄를 벗고자 바치는 돈. **용모파기**(容貌疤
記) 어떠한 사람을 잡고자 그 사람 생김새와 남다를 표를 적발이 함. 또는 그
적발이. **손톱여물만 썬다** 일을 만나서 아퀴를 못짓고 애를 태우는 꼴을 이
름. **초종**(初終) 초종장사初終葬事. 초상이 난 뒤로부터 졸곡卒哭까지를 일컬
음. **불놓이** 총 쏴서 짐승을 잡는 것. **인두겁** 사람 탈. 사람 겉꼴.

두량°을 하는 동안만 황포수 집에 그냥 머문다고 하였다. 만동이
가 같이 가자고 권했으나 언제고 쓰일 때가 있으리라며 싱긋 웃
는 마서방이었다. 당진까지 가는데 사람들 내왕이 잦은 큰길로
가는 게 재미적어 산길로 질러가기로 한 일행이 회목재 마루턱
을 보고 올라가는 중이었다.

"싸게 네리지덜 못헐까!"

고성치는 소리와 함께 서너간통 앞길 수펑이 사이에서 뛰쳐나
오는 사내들이 있었다. 저마다 이마에 흰 무명수건을 동이고 손
에는 실팍한 몽치를 꼬나쥐었는데 여남은 명은 되어 보였고, 그
가운데 환도와 창을 든 자가 둘이었다. 환도 든 자가 우두머리인
듯 발을 굴렀는데,

"싸게싸게덜 네리라넌듸, 말이 안들리네!"

무엇을 생각하는 듯 잠깐 눈썹 사이를 찡기고 있던 만동이가
말에서 내리는 것을 본 갈 든 자가 턱짓을 하자 몽치 든 자 하나가
부담지운 철총이 굴레부리를 아금받게° 틀어쥐더니 제 동패들
이 웅긋쭝긋 서 있는 곳으로 갔고, 갈 든 자가 가장 거드름을 빼면
서 만동이 아래위를 훑어보다말고

"업세. 저것덜 점 봐."

구렁말은총이 위에 앉아 있는 장선전 부녀를 바라보며 같지않

앞날 **두량** 앞으로 살아갈 얼거리를 짜 보는 것. **아금받다** 알뜰하게 발밭다.

352

다는 듯 히죽 웃더니, 수리목진 목청으로 호령을 내어질렀다.

"늬덜은 시방 내 말이 안들리네?"

그러자 몽치를 놓은 졸개 둘이서 불불이 뛰어 가더니 장선전 중치막자락과 인선이 치맛자락을 잡으려고 손을 내어뻗치었는데, 흑! 내어뻗치던 손으로 허공을 긁어내리며 지르는 외마디소리였다. 섰던 자리에서 훌쩍 뛰어 갈 든 자 상투꼭대기를 넘어간 만동이가 두 사내 뒷꽁무니를 양손에 틀어쥐고는 난짝 치켜들었던 것이다. 두 사내를 어깨 위로 훨씬 치켜든 채 뚜벅뚜벅 갈 든 자 앞에까지 온 만동이 두 눈에서는 불이 철철 흘렀다.

"블°두 듬이 있다넌듸, 아무리 불학무도헌 되적늠덜이기루서니 닝깔두 읎네."

금방이라도 패대기질을 치려는 듯 공중제비°로 서너 번 휘술레°시키던 두 팔 받친 바른발을 들었다 내려딛는데, 자갈 섞인 땅바닥이 서너 치는 푹 파이면서 자욱한 흙먼지가 피어올랐다. 그 사내 송충이눈썹이 꿈틀하고 비틀리었다.

"하늘같으신 양반 으르신과 그 양반으르신댁 안애긔씨헌티 헤라를 놓다니, 이런 싹둥배긔 읎넌 자식 보것나."

패대기질 한번이면 빈자떡°이 될 판이라 찍쩍 소리도 못한° 채

불 벌. **공중제비** 두 손을 땅에 짚고 두 다리를 공중으로 쳐들어서 거꾸로 넘어가는 재주. **휘술레** 사람을 함부로 끌고 돌아다니며 우세를 주는 일. **빈자떡** 껍질을 벗긴 녹두를 맷돌에 갈아 온갖 나물이나 쇠고기·돼지고기 같은 것을 섞어서 번철에 부쳐 만든 음식.

허공중으로 들리워져 있는 두 사내 입천장에 적이 앉았고, 몽치든 사내들 입은 벌써부터 딱 벌어진 채 다물어질 줄 몰랐는데, 달팽이눈이 되어 있던 갈 든 자가

"혹시 대홍골 사시던 천장사 아니시우?"

하고 떨리는 목소리로 묻다가

"아무리 흑백이 읎넌 시상이라지만 이런 무도헌 경우는 읎을 터."

준절하게 꾸짖는 말을 듣더니,

"아이구."

하면서 허둥지둥 갈을 내던지고 만동이 앞으로 다가와서 땅에 엎드리었다.

"눈깔은 있어두 망울이 읎어° 애긔장술 물러뵙구 잘못했소이다. 죽을 조이를 졌어."

그러자 만동이가 치켜들고 있던 두 사내를 땅에 내려놓았는데, 캑캑. 얼굴이 잘 익은 홍시빛깔로 물든 그 사내들은 두 손으로 목울대를 움켜쥐며 거위침만 흘리었다.

"일찌기 슨성°을 들어 뫼셨으나 이렇긔 즉접 뵙게 될 줄은 물러 큰 허물을 저질렀으니 용서허시우."

갈 들었던 자가 거듭 사죄하는 것을 본 만동이는

"물르구 그랬다니 됬수. 싸게 일어나우."

슨성 선성先聲. 전부터 알려진 이름.

하면서 엎드려 있는 자를 붙들어 일으키더니,

"저 으르신헌티 가 사죄허슈."

하고 말하였고, 진둥한둥 장선전 부녀한테로 간 사내는 넙죽 땅
에 엎드리었다.

"쥑여줍시우, 나으리."

"됬느니라."

장선전 목소리는 가느다랗게 떨려나왔는데, 사내가 몸을 일으
키었다.

"소인은 승명을 깅안달이라구 헙니다. 저 고릿적 깅 댓자 승짜
장군 뒷자손입지요."

경안달慶安達이 안동받아 올라가게 된 곳은 회목고개 넘어 가
사봉 밑이었다. 내포에서는 오서산烏棲山 다음으로 꼽아주는 장
산壯山인 가야산伽倻山 중턱.

일찌기 청화산인*이 『택리지擇里志』에서 말하기를—

　서쪽은 큰 바다이고, 북쪽은 경기도 바닷가 고을과 큰못
하나를 사이에 두고 마주했는데, 곧 서해가 쑥 들어온 곳이
다. 동쪽은 큰 들판이고 들 가운데 또 큰 개浦 하나가 있다. 개
는 유궁진由宮津이라 하며, 밀물이 들어오지 않으면 배를 이

청화산인(清華山人) 리중환(李重煥, 1690~1756). 30년간 전국을 돌아다니며
실사구시實事求是하는 실학사상에 빛나는 보람을 남겼음.

용할 수 없다. 남쪽은 오서산이 막아 다만 산 동남편으로 공주公州와 통할 뿐인데, 오서산은 가야산에서 온 맥이다.

가야산 앞뒤에 있는 열 고을을 함께 내포內浦라 한다. 지세가 한 모퉁이에 멀리 떨어져 있고 또 큰 길목이 아니므로 임진년과 병자년 두 차례 난리에도 여기에는 적군이 들어오지 않았다. 땅이 기름지고 평평하며 또 생선과 소금이 매우 흔하므로 부자가 많고 여러 대를 이어 사는 사대부집이 많다.

그러나 바다와 가까운 곳은 학질과 염병이 많으며 산천이 비록 평평하고 넓으나 수려한 맛이 적고, 구릉과 원습*이 비록 아름답고 고우나, 천석泉石의 기이한 경치는 모자란다. 오직 보령保寧만은 산천이 가장 훌륭하다. 고을 서쪽에 수군절도사水軍節度使 군영이 있고 영 안에 영보정永保亭이 있다. 호수와 산 경치가 아름다웁고 활짝 틔어서 명승지라 부른다.

북쪽에는 결성結城 해미海美가 있고 서쪽에는 큰개 하나를 건너 안면도安眠島가 있다. 세 고을이 가야산 서편에 위치하였으며 또 북편에는 태안泰安 서산瑞山 등이 있다. 강화江華와 남북에서 서로 마주보고 있으며 작은 바다를 사이에 두고 있다.

서산 동편은 면천沔川 당진唐津이고 당진 동쪽으로 큰 개

원습(原隰) '원原'은 높고 마른땅이고, '습隰'은 낮고 축축한 땅.

를 건너면 아산牙山이다. 다시 북쪽으로 엇비뚜름하게 경기
도 남양南陽의 화량花梁과 작은 바다를 사이에 두고 서로 마
주하였다. 이 네 고을은 가야산 북쪽에 있으며 가야산 동쪽
은 홍주洪州 덕산德山이다. 아울러 유궁진 서편에 있어서 개
동편인 예산禮山 신창新昌과 더불어 뱃길로 한양과 통하며
매우 빠르다.

홍주 동남쪽은 대흥大興 청양靑陽인데 대흥은 곧 백제 임
존성任存城이다. 이 열한 곳은 모두 오서산 북편에 있다.

오서산 앞쪽에서 나온 한 맥이 남쪽으로 가서 성주산聖住
山이 되었고, 산 서편은 곧 비인庇仁 남포藍浦이다. 땅이 아주
기름지고 서쪽으로 큰 바다에 임하여서 생선 소금 메벼를
거래하는 이利가 있다. 산 남쪽은 서천舒川 한산韓山 임천林川
인데 진강鎭江 가이다. 땅이 모시 가꾸기에 알맞아서 모시로
얻는 이득이 통국에서 첫째이다. 강과 바다 사이에 위치하
여 뱃길 편리함이 한양보다 못할 바 없고, 진강 남쪽은 곧 전
라도와 경계이다.

산 동쪽에는 홍산鴻山과 정산定山이 있다. 홍산은 임천 북
쪽에 있는데 동편으로 강경江景과 강을 사이에 두었고, 정산
은 청양 동편에 있어 공산公山과 경계가 맞닿았다. 이 일곱
고을은 풍속이 대략 같고 또 여러 대를 사는 사대부집이 있
다. 그러나 청양 정산 두 고을은 샘에 장기가 있는 지대이므

로 살만한 곳이 못된다.

뒷쪽은 주봉主峰이요 남연군° 체백體魄이 묻히어 있는 대덕사
大德寺터를 왼쪽으로 끼고 한식경쯤 나무갓°길을 오르다 보면 솥
뚜껑을 엎어놓은 듯한 더기°가 나오는데, 천여 명 사람들이 둘러
앉아 바오달° 치기 딱 좋을만큼 드넓은 새밭°이다. 나는 새라도
지나가기가 어려울 만큼 깎아지른 듯한 벼랑이 양옆을 둘러싸고
있는 가운데 전면으로 말 한 필 통할만한 비탈길 하나가 뚫렸으
니, 그곳만 막는다면 아무도 들어오기 어려운 천험의 요해지였
다. 이른바 일부당관에 만부막개° 곳.

초막 세 채에서 십여 명 무리들과 오가는 행인들 봇짐이나 벗
겨먹고 살던 경안달이 산채에 갑자기 군식구° 세 사람이 들이닥
치자 우선 거처할 데가 여간 째이는 것이 아니었다. 저 혼자서 쓰
던 가장 크고 깨끗한 토막을 얼른 치우게 하여 장선전 부녀를 들
여앉힌 경안달이는 수하들이 쓰던 두 채 가운데 한 채를 비우게
하여 만동이와 같이 쓰기로 한 다음, 서둘러 역사役事를 시작하였
다. 호의는 고마우나 일간 떠날 것이니 그럴 것 없다고 말리었으
나 호령호령 수하들을 휘몰아친 경안달이가 새 초막 세 채 역사

남연군(南延君, ?~1822) 흥선대원군興宣大院君 리하응李昰應 아버지. **나무갓** 나
라에서 나무를 못하게 하던 곳. **더기** 고원高原. 곧 높은벌에 있는 펀펀한 땅.
덕. **바오달** 병정들이 둔치던 군막軍幕. 군영軍營. **새밭** 억새밭. **일부당관**(一夫
當關) **만부막개**(萬夫莫開) 한사람이 지키면 만사람이 열 수 없다 함은 지나가
기 매우 감사납다는 뜻. **군식구** 집안 식구 밖에 덧붙어서 먹고 있는 식구.

를 손떨어지게˙ 한 것은, 닷새만이었다. 기왕에 있던 원채와 뜨음하게 떨어진 더기 안침으로 나무 한그루 사이에 두고 앉힌 두 채가 장선전 부녀 거처였고, 중간쯤에 앉힌 것이 만동이 거처였다.

처음부터 적당˙이 될 작정을 하고 그곳에 머물렀던 것은 아니었다. 간다간다 하면서 아이 셋 낳고 간다˙는 옛말과 같이 내일은 떠나야지 떠나야지 하면서도 떠나지 못하였던 것은 전수히 어떻게 하여야겠다고 정한 것이 없는 탓이었다. 얼떨결에 하게 된 파옥이요 앵두장사라 아무런 마련도 없었던 것이다. 황서방 외사촌아우가 산다는 당진으로 갈 작정으로 나선 길이었지만 그곳까지 간다고 하더라도 종내에는 또 며칠간 져보는 신세에 지나지 않을 터. 수하들 데리고 회목재로 내려가 일을 하여오는 경안달이 공궤는 깎듯하였으나 장선전은 말이 없었다. 아무리 백사지白沙地에 떨어진 신세라지만 명색이 반자돌림 쓰는 위인으로 늦깎기 도적놈이 되는 것도 차마 못할 노릇이거니와, 무남독녀 외딸따니˙ 인선이를 도적놈 자식으로 만드는 것이 더욱 마음에 싫은 듯하였고, 만동이 또한 마찬가지였다.

아무리 헐수할수˙ 없게 된 신세라지만 그럴 수는 없는 일이었다. 마음속으로부터 꺾자를 친 지 벌써 오래전이라고는 하나 출신을 하여 권관 별장 중군 첨사˙ 만호˙ 거쳐 병수사兵水使도 되어

손떨어지다 해나가던 일이 끝나다. **적당**(賊黨) 도적무리. **딸따니** '딸'을 정겹게 부르는 말. **헐수할수** 이러지도 저러지도. **첨사**(僉使) 각 진영鎭營에 두었던 종삼품 무관 벼슬.

보고 마침내는 천군만마 호령하는 도원수都元帥 되어보고자 이십사반 무예를 익힌 자로서 어찌 차마 그럴 수 있다는 말인가. 내 비록 비부쟁이 전실 자식으로 태어난 남인종*이나 작은사랑 서방님 남다른 권주*받아 통감권이라도 읽은 자 아닌가. 아무리 갑자을축이 거꾸로 돌아가는 세상이라지만 인두겁을 쓰고 이 세상에 태어난 만큼 사람으로서 지켜야 할 도리라는 게 있는데, 어찌 차마 남 재물을 빼앗는 도적놈이 된다는 말인가. 아무리 백사지에 떨어졌기로서니 모래강변에 혀를 박고 죽는 한이 있더라도 그럴 수는 없는 일. 힘껏 도머리를 쳐 보는 것이었는데, 답답한 것이었다. 막막한 것이었다. 무엇을 과연 어떻게 하여야 될 것인지 아무런 생각도 떠오르지를 않는 것이었다.

생각같아서는 인선아기씨 하나만 달랑 꿰어차고 어디 만경창파 머나먼 바닷속 섬으로라도 들어가 살고 싶지만, 안여. 다시 또 힘껏 도머리를 쳐 보는 것이었으니, 장슨전 나으리는 워찌 되시구 아부지는 또 워찌 되시며 뭣버덤두 그러구 애기씨께서 날 따러가 주실랑가. 예까지는 오셨다지먼 그거야 어마지두*에 그렇게 된 것이것구, 그렇긔까지 혜주시것냐 말여.

반상을 떠나서, 그리고 더구나 친동기간 위로 살보드랍게 대해주는 것이야 선학동仙鶴洞에서나 여기에서나 하나도 다를 게

만호(萬戶) 각 도道 여러 진鎭에 두었던 종사품 무관 벼슬. **남인종** '남노男奴' 예전 말. 남인종노奴. **권주(眷注)** 보살핌. 돌봄. **어마지두** 무섭고 놀라와서 정신이 얼떨떨한 판.

없지만, 아. 그것으로 그만이다. 더 이만 올라가지도 않고 더 이만 내려가지도 않는다. 은산철벽*. 터질 것 같은 가슴을 어거하기 어려워 졸개들이 디밀어주는 밥숫가락 놓기 바쁘게 초막을 뛰쳐나오는 만동이였다. 마루터기* 오르내리며 벌터질도 하여보고, 물푸레나무 몽둥이 하나 움켜쥔 채 짐승도 좇아보고, 바윗덩이 들어올려 멀리 집어던져 보기도 하고, 볏섬만한 바위 치켜들고 산마루까지 오르내리기도 하고, 나뭇가지 잡고 멀리 뛰어보기도 하고, 어지간한 나무밑동 붙안아 뿌리째 뽑아보기도 하고, 나무 위를 걷기도 하고, 높은 바위 꼭대기에서 뛰어내리기도 하고, 곤두로* 서서 손가락으로 걸어가기도 하고, 철총이 휘몰아 조롱목같은 외자욱 비탈길 내리달았다가 다시 치달아 오르기도 하다가, 저 멀리 잡힐 듯 황해바다 바라다 보이는 산꼭대기로 줄달음질쳐 올라가 천지가 무너져내릴 만큼 한고함을 질러보기도 하지만, 아아! 닿지가 않는다. 천인단애로 아아라한 천길 벼랑끝 바위틈에 웃는 듯 찡기는 듯 홀로 피어 숨막히는 한송이 곳, 산란山蘭.

사방 여남은 자쯤 되는 너뷔바위* 위에서 갈춤을 추다 말고 달음박질쳐 올라가 잡아보는 것은, 쟁기였다. 너뷔바위 위쪽으로 활 한바탕 거리만큼 굽돌아* 올라가다 보면 우거진 솔수펑이 곁

은산철벽(銀山鐵壁) 은으로 된 산과 쇠로 된 벽이라는 말로, 뚫고나갈 수 없는 셈평을 말함. **마루터기** 산마루나 지붕마루 두드러진 턱. 마루턱. **곤두로** 거꾸로. **너뷔바위** 네둘레가 펀펀한 넓은바위. **굽돌아** 구부러진 길을 휘돌아.

에 예닐곱 고랑쯤 되는 부대기*가 있는데, 읍성이 한눈에 내려다
보였다. 산채 식구들이 파수삼아 푸성귓단이나 갈아먹으며 오얏
구시 사람들이 물어나르는 읍치 속내를 모아오는 곳이기도 하였
다. 일우명一牛鳴쯤 밑에 오직 하나 보이는 민촌*인 오얏구시 여
남은 집 사람들은 모두가 산채와 액내*였고, 맞은편으로 한마장
쯤 떨어진 등너머에 있는 사기점골 사람들과도 기맥을 통하고
있었다. 총찰두령* 되어 산채 세를 후끈하게 일으켜달라는 경안
달이 청을 쓴웃음으로 눌러막고 나서 식구들한테 창갈 쓰는 법
수나 가르쳐 주는 것으로 밥값을 하던 판이었다. 해토머리*였다.

"이랴! 이랴!"

춘뎡이늠 아직 긁젱이* 질두 뭇헐 테니 아부지 혼자서 센일* 허
시너라 월매나 글력이 팽기실구*. 팥죽같은 땀을 흘리며 신 벗을
사이 없으실 아버지 굽은 어깨가 눈에 밟히어 힘껏 도머리를 치
던 만동이였는데,

"어?"

휘둥그래지는 두 눈이었다. 방갓을 눌러쓴 웬 사내 하나이 저
아래 산모롱이*를 돌아오고 있는 것이었다. 만동이가 놀란 것은

부대기 부대앝. 부대. 화전火田. **민촌**(民村) 민인들이 사는 마을. **액내**(額
內) 한집안 사람. 한동아리에 든 사람. **총찰두령**(總察頭領) 도틀어 이끄는 모
가비. 우두머리. **해토머리**(解土-) 얼었든 땅이 녹아서 풀리기 비롯할 때. **긁
젱이** 긁정이. 논밭을 가는 연장 가운데 하나. **센일** 쟁기질처럼 힘드는 일. **글
력이 팽긴다** '근력筋力이 모자란다. 힘이 든다. 힘이 달린다.'고 볼 때 쓰는 내
폿말. **산모롱이** 산모퉁이가 빙 둘런 곳.

그 사내 걸음이 엄청나게 빠르다는 점이었다. 산소라도 둘러보고 가는 사람인 듯 터벅터벅 걸어오는 것이었는데, 축지縮地하는 사람인가. 나는 듯 빠른 걸음이었다. 만동이 저도 어지간히 빠른 걸음이 아니어서 아침밥 먹고 윗말 떠나 점심밥 전에 구십리길 감영까지 대어갈 수 있었으나, 방갓 쓴 사내와 견준다면 아무것도 아니었다.

"빌 사람두 다 보것네."

꼭지와 잡좆°, 그리고 탑손°을 놓은 만동이는 짜른대를 입에 물었다. 불경이를 다져넣고 부시를 쳐 막 한모금 빨아들이는데, 허. 산모롱이로 돌아들어 잠깐 안보이는 듯하던 방갓이 다시 눈에 들어왔고, 너뷔바위였다. 너뷔바위 위에서 네둘레를 두리번거리다가 이쪽을 보았는지 뚜벅뚜벅 걸어 올라오는 그 사내 걸음은 여느사람 그것이었다.

"말 좀 물어봅시다."

만동이 앞까지 온 사내가 말하였는데 방갓을 깊숙이 눌러쓰고 있어 눈빛은 보이지 않았으나 텁석나룻 위로 길게 찢어진 입에서 나오는 목소리는 여간 꺽진° 것이 아니었다. 마음이 실쩍하여°진 만동이가

꼭지와 잡좆 술바닥 반대쪽 끝은 뾰족하게 깎아서 밭가는 이가 왼손으로 쥐고 가누는 곳을 '꼭지'라 하고 중간쯤에 밑으로 향해 꽂혀있는 손잡이 나무를 '잡좆'이라 한다. **탑손** 보습을 쥐는 손. **꺽지다** 억세고 꿋꿋하며 기운차다. 다부지다. **실쩍하다** 싫다는 기분이 들다.

"물유슈."

하고 낙낙하지*않은 목소리로 대꾸하는데, 방갓이 다시 물어왔다.

"천장사라는 이가 산다구 해서 찾아왔소이다."

"으응?"

"대흥골 살던 애기장수 말이우."

"댁은…… 뉘슈?"

"그사람 사는 데만 일러주."

"그사람은 왜 찾우?"

"그건 알 거 읎으니 일러나 주."

"여보."

"왜 그러우."

"만나려는 곡절을 알어야 일러주든 말든 헐 것 아니것수."

"그거야 당자를 만나 할 일이니 일러나 주."

"여보."

"왜 그러우."

"딴꾼*이슈?"

"허."

"아니면, 툉부짜리*?"

"그렇게 뵈슈."

낙낙하다 삶이나 무엇이나 만만하여 다루기가 쉽다. **딴꾼** 포도청에 매여서 포교 심부름을 하며 도둑 잡는 데 거들던 사람. 딴. **툉부짜리** 통부通符짜리. 도둑을 잡는 포교가 범인을 잡는 증표로 차던 것.

"인적읋넌 산속의까지 와서 사람을 찾으니 말이우."

"그거야 이녁이 상관할 바 아니구, 알우? 물루?"

"허허."

"왜 웃수?"

"업은 애 삼이웃 찾넌다°더니 이녁이 똑 그짝이라 그러우."

"으응?"

"내가 그 천아무개유."

만동이가 빙긋 웃었다. 그러자 사내가 방갓을 위로 치켜올리며 만동이 아래위를 훑어보는 것이었는데, 게슴치레한° 눈빛이었다. 사내가 방갓을 내리었다.

"노형이 천장사유? 애기장수루 유명짜헌 대홍골 그 천장사란 말이우?"

"새 까먹은 소리°지 장수는 뭔 장수것수."

"노형이 맨손으루 그 이마빡 희다는 가야산 대호를 때려잡았수?"

"뒷발이 친°거 아니것수."

"힘깨나 쓰는가 보우."

"두부살이 바늘뼈°유."

"대관절 힘이 얼마나 허우?"

하고 묻던 방갓이 가리키는 것은 갈아엎다 만 밭고랑 사이에서

_____

게슴치레하다 거슴츠레하다. 졸리거나 병이 나서 눈에 정기가 없고 감길 듯하다.

되새김질을 하고 있는 황소였다.

"저 쇠꼬리를 잡구 몇 차례나 휘두를 수 있것수?"

"에이 여보. 농담두 유분수지 그게 뭔 말이우."

만동이가 픽 웃는데,

"농?"

하고 되받아 물으며 다시 방갓을 치켜올리는 사내 두 눈은 아까
와 마찬가지로 업혀가는 도야지눈°이었는데, 목소리에는 그러
나 쇳기°가 들어 있었다.

"농이라니? 내가 농이나 하러 한양서 예까지 일부러 온단 말이우?"

"한양이라면 서울말이우?"

"그렇수."

"서울서 원제 떠났수?"

"언제 떠나긴, 조반들구 떠났지. 사백리두 못되는 길을 그럼 며
칠씩 다닌단 말이우."

"으음. 중화는 허셨수?"

"장떡° 몇 점으루 요기한 게 평택이었나."

"허."

만동이 딱 벌어진 입이 다물어지지 못하는데

"자, 어디 저 쇠꼬리 잡고 한번 둘러보우."

쇳기 쇠붙이가 부딪칠 때 나는 것 같은 날카로운 기운. **장떡** 된장떡. 된장을
섞어서 만든 떡.

채근을 하여 오는 방갓 말투는 여간 울뚝*한 것이 아니었고, 음. 저도모르게 아랫입술을 꼭 깨어무는 만동이였으니, 문 틈에 손을 끼었다. 서울에서 덕산까지 사백 리가 넘는 길을 한나절만에 왔다니 축지하는 도인일시 분명한데 체수 또한 여간 걸까리진 것이 아니어서 힘깨나 쓰게 생기었는 데다 크고 우악스러운 손은 또 고목등걸만 같았다. 그 주먹으로 한번 치면 쇠솥이라도 부서질 만큼 두려운 것은 그러나 그런 주먹이 아니라, 소였다. 육칠백 근은 좋이 되는 길치*여서 휘둘러질는지 의심되는 탓이었다. 아니, 휘두르는 것은 그만두고 꼬리를 잡아 위로 치켜들어 볼 수나 있을 것인지가 우선 자신이 없었다. 버새만한 멧도야지 꼬리를 잡고 훼술레시켜 뽕을 뺀 적이 있다지만 저 황소는 그 멧도야지 곱도 넘는다.

"어서 한번 둘러보우."

방갓이 다시 줴쳤고*, 음. 어금니에 힘을 주어보는 만동이였으니, 이판새판*이다. 명색이 아기장수 소리를 들어온 자로서 못한다고 나가자빠질 수도 없는 일이었고, 여태 해보지는 안하였지만 어쩌면 될 듯싶기도 하였다. 그리고 가만히 생각하여 보니 방갓 또한 저는 못할 노릇을 나한테 시켜 등떠보려는* 수작같기도

울뚝 성미가 급해 참지 못하고 말과 행동을 마구 우악스럽게 하는 꼴. **길치** 남조선에서 나던 황소. 살지고 기름기가 흐르나 억세지 못하였음. **줴치다** '쥐어치다'를 그루박는 말. **이판새판** 이판사판. **등떠보다** 에멜무지로 시켜보는 것.

하니, 한번 둘러봐서 둘러지면 이자 간담을 서늘하게 하여줄 터.

"청이 하 곡진허시니 한번 헤봅시다그려."

한마디 하고 나서 천천히 소한테로 다가간 만동이는 쇠사슬로 된 비잡이*를 떼어낸 다음, 파리를 쫓느라고 연방 내두르는 쇠꼬리를 잡아 바른손에 힘껏 감아쥐었다. 잠깐 숨을 고르고 나서

"억!"

하고 한고함을 치며 젖먹던 힘을 다하여 바른팔을 높이 치켜들었는데,

"쿵!"

땅이 무너지는 소리가 났다. 만동이 머리 위로 훨씬 치켜올라간 황소가 한간통이나 뒤쪽에 떨어지며 내는 소리였다. 만동이가 손바닥을 털며

"그느믜 소 요새 잘 먹질 않더니면 살이 빠진 모냥이네."

하고 흰목을 잦히어 보는데, 방갓이 말하였다.

"한번만 하구 그만두우?"

"한번 헌 일을 두번이라구 뭇허것수만, 워디 노형이 한번 둘러보우."

축지하는 술객이라고 해서 이만한 힘을 쓸 수 있겠느냐는 듯 한껏 조빼는 투로 말하는데,

비잡이 쇠꼬리 밑으로 가로걸쳐 봇줄 끝끄리를 이은 나무토막이 머구리밑, 거기서 쟁기머리로 잇는 끈.

"그럽시다."

선선히 대꾸하는 방갓이었고, 어? 방갓이 쇠꼬리를 감아쥐고 휘두르는데, 한고함은 그만두고 숨소리 하나 나지 않았다. 휙휙, 바람을 가르는 소리와 함께 팔랑개비처럼 공중에 동그라미를 그리던 황소가 땅 위에 떨어져 몇 번 뒷다리를 떨다가 쭉 뻗어버린 것은 동안이 지난 다음이었다.

"속이 출출하니 요기나 좀 시켜주."

사지를 쫙 벌린 채 죽어 나자빠진 황소를 머리 위로 치켜든 방갓이 말하였고, 만동이는 말없이 아랫입술만 잘근거리었다. 졸개들 맞수로 창갈 쓰는 법수를 습련하고 있다가 두 눈이 화등잔만하게 벌어지는 경안달이 한테 술상을 보아오라 이르고 제 초막으로 들어간 만동이는 방갓과 마주앉아 그 죽은 쇠고기 삶은 것을 안주하여 술 한 독을 다 비울 때까지 구린입˚도 떼지 않았다. 새로 한 독을 내오라고 하려는데 방갓이 손사래를 쳤다.

"이만하면 아시˚요기는 됐으니 그만 일어납시다."

"일어나다니유?"

"나하구 어디 잠깐 다녀올 데가 있소이다."

"워딜 말이우?"

"가보면 아우."

구린입 주제넘은 말 한마디. 아시 애초. 처음. 조금.

"해거름˚이 다 되가넌디 워딜 가자넌 게유?"

"가자면 가는 게지 뭔 말이 그리 많은신가."

착 가라앉은 목소리로 말하더니 벌떡 일어나 방갓을 집어드는 사내였다. 휙하니 초막을 나서는 사내 뒷꼭지를 바라보던 만동이는 입고 있던 무명 바지저고리 위에 창옷을 걸치고 벽에 걸어두었던 몇 가지 쓰개˚ 가운데서 삿갓을 집어들었다.

"여보, 천장사."

방갓이 부른 것은 산을 내려가 읍치와 아산쪽으로 갈라지는 큰길까지 갔을 때였다. 장사라는 말로 불리우는 게 차마 낯뜨거워진 만동이가 발끝만 바라보고 있는데, 방갓이

"단단히 들메˚를 하우."

하고 말하더니, 방갓을 치켜들며 해가 한뼘쯤 남아 있는 서편 하늘을 올려다보았다.

"서둘러야 하니 나를 바짝 따라오우."

"따러갈 수 있을런지 물르것수."

"내 발짝을 놓쳐서는 안되니 창심하우."

방갓이 아산쪽으로 길을 잡아 휘적휘적 걸어가기 시작하였는데, 푸우─. 겉보매˚로는 여느 장정걸음보다 조금 나을까말까 하여 보이는 그 걸음이 어찌나 빠른 것인지, 등옷˚이 다 축축하였

해거름 해가 거의 넘어갈 무렵. 쓰개 쓸것. 모자帽子. 들메 끈으로 신을 발에 동여매는 일. 겉보매 겉으로 드러나는 꼴. 등옷 등허리에 닿는 옷.

다. 자칫하면 뒤를 잃을 듯*하여 두 주먹 불끈 쥐고 줄달음질을 치는 데도 언제나 저만큼 앞서 가는 방갓이었다. 노드리듯 흘러내리는 땀을 연방 손등으로 문지르며 그야말로 가랑이 사이에서 요령소리가 나게끔 죽을 힘을 다하여 쫓아가는 만동이 입가에는 끈적끈적한 것이 흘러내리었는데, 거위침이었다.

"해찰부릴 틈 없다니까 그러네."

걸음을 멈추고 기다리던 방갓이 혀를 찼다. 밤이었다. 달빛 아래 오솔길이 하얗게 빛나고 있었다. 방갓이 만동이 손을 잡더니

"내 손을 놓치면 안되우."

한마디 이르고는 다시 걸어가기 시작하였는데, 귓가를 스치고 지나가는 바람소리 뿐이었다. 움켜쥔 방갓 손을 마주 잡고서 잰걸음을 치면서도 어디를 어떻게 가고 있는 것인지 아무런 생각도 떠오르지를 않았다. 행길로 가다가 언덕을 넘고 골짜기를 지나서 내를 건너 다시 또 행길로 가다가 다시 또 언덕을 넘고 골짜기를 지나서 내를 건너 행길로 나서기를 얼마나 되풀이하였을까. 방갓이 걸음을 멈추더니 손을 놓았고, 털푸덕 소리가 나게 섰던 자리에 주저앉는 만동이었다. 방갓 말소리가 아득하였다.

"일어나우."

"이, 인저 다 온 거유?"

뒤를 잃을 듯 앞에 가는 사람 발자국을 놓칠 듯.

"다 왔수."

"예, 예가 어디우?"

"서울이우."

"엉?"

만동이가 벌떡 몸을 일으키는데, 쇠북소리가 났다. 종루鐘樓
에서 치는 바래°소리였다. 서른세 번이었다. 활짝 열리어지는 숭
례문崇禮門쪽으로 걸어가는 방갓 뒤를 한식경쯤 따라갔을까. 마
수걸이° 흥정나선 장꾼처럼 막 전을 벌리기 시작하는 포布전 지
紙전 무명전 백목전 기웃거리다가 무슨 돌다리 못미쳐서 바른쪽
뒤로 난 작은 길가에 있는 은방銀房 옥방玉房들 지나 야트막한 재
를 넘어 산쪽으로 한참 올라가던 방갓 발길이 멎은 곳은, 솟을대
문 앞이었다. 한때는 방귀깨나 뀌던 양반댁인 듯 격식 갖추어 들
여앉힌 달월자月字집인데, 붉은 흙이 드러난 용마루며 팬 기왓골
에 구멍이 숭숭 뚫린 담장이 한마디로 넉 동 다 간° 냉족집이었
다. 방갓 거래를 받고나서도 동안이 지난 다음에야 나온 늙수그
레한 하인이 빗장을 열었고, 겉보매와 다르게 정갈한 사랑이었
다. 나이 근 육십하여 보이는 노인이 경상 앞에 올방자 틀고 앉아
있었는데, 깨끗이 늙어가는 선비로 보였다.

"인정 전에 온다더니, 늦었으이."

바래 파루罷漏. 오경삼점五更三點(상오 4시 반)에 큰 쇠북을 서른세 번 치든
일. 마수걸이 첫 비롯으로 되는 일.

방갓을 따라 큰절로 예수를 차린 만동이가 영외로 물러나 앉는데, 선비가 말하였다. 방갓이 만동이를 돌아보며

　"힘만 장사였지 걸음할 줄 쇠배 모르는 사람이라 그리 됐습니다."

하고 말하였고, 선비가 만동이를 바라보았다.

　"장선전께서는 별래무양하시다더냐?"

　"긔 나으리럴 아시넌지유?"

　"천하명궁에 천하검객이요 더하여 천하에 대군략가가 아니더냐."

　"예에."

　"기판*재목이어늘. 변장* 몇 해를 끝으로 초야에 묻혀 이나 잡고 있으니, 그런 원통할 일이 어디 있겠는가."

　낮게 가라앉은 목소리로 말하던 선비가 반자를 올리어다 보며 허하게 웃다가 방갓이

　"현신을 시켜드려야지요."

하고 말하는데, 보일 듯 말 듯 턱끝을 흔들었다.

　"어려우이."

　"그러기로 약조가 되었지 않소이까."

　"기찰수탐하는 군관들이 에워싸듯 지키고 있다 이말이야."

기판(騎判) 병조판서. **변장(邊將)** 첨사僉使, 만호萬戶, 권관權管을 두루 일컫는 말.

"기간 무슨 일이 있었사오니까?"

"자객이 들었다는 소문일세."

"상년에는 화약궤를 터뜨리더니 이번엔 또 자객이오니까."

"사철 만난 미나리니 눈엣가시 아니겠나."

"저런 쳐죽일 놈들 같으니라구."

방갓 눈귀가 실쭉하게 올라가며 얼굴이 벌개지는데, 선비가 헛기침을 하였다.

"천장사."

"예."

"천장사를 긴히 만나보려는 어른이 계신데, 아직 그 때가 못된 듯하이."

"그게 누구시오니까?"

"차차 알게될 것이야. 아직 때가 이르지 않아 밝히지 못하는 점을 널리 헤아리고 서운히 여기지 마시게나."

"소인은 꼭 꿈을 꾸는 것만 같습니다."

"천장사."

"예."

"글자 한다지°."

"글자는 무슨……."

"김아산 초달°에 매어 살았으니 글자가 대수겠느냐."

"겨우 긔승멍°이나 헙니다."

374

"적당으로 지낸다고?"

"만부득이 하여 잠시 몸을 의탁하고 있을 뿐, 적당은 아니올시다."

"적굴에 엎드려 적당들 공궤를 받고 있으면 그게 바로 적당이 아니고 무엇인고."

"임시거처라고 말씀 올렸지요."

"통감 초권쯤은 읽었으렷다."

"예."

"왕후장상 하유종호란 말을 알겠구나."

"………."

"기위 도적으로 나섰은즉 소소한 구메도적이 되지 말고 천하를 훔칠 수 있는 대적이 되어 보라 이말이니."

"………."

"다시 기별이 갈 것인즉, 그만 내려가시게."

대문밖까지 따라나온 방갓이 행자行資나 하라며 돈 한꿰미를 내미는데

"일 읎수."

한마디로 자르고 나서 그 집을 벗어나는 만동이 머릿속은 여간 어지러운 것이 아니었다. 선비한테도 말하였듯이 꼭 꿈을 꾸는 것만 같았다. 도깨비한테 홀린 것만 같았다. 장선전나으리와

초달(楚撻) 잘못을 저질렀을 때 어버이나 스승이 징계하느라고 회초리로 볼기나 종아리를 때림. 달초. **긔승밍** 기성명記姓名. 제 성명, 부모 성명과 관향貫鄕, 그리고 조상 내력이며 제나라 역사를 아는 것을 말함.

작은사랑서방님을 아는 걸 보면 등과登科도 하고 벼슬길에도 나갔던 사람같은데, 나를 긴히 만나보려 했다는 어른은 또 누구라는 말인가. 화약궤를 터뜨리고 자객이 들었다는 걸 보면 혹시 대원위대감? 아무리 넉동 나간° 노인이라지만 천하에 대원위대감이 나같은 천종을 왜? 그건 그렇고 왕후장상 하유종호니 천하를 훔칠 수 있는 대적이 되어보라는 말은 또 무슨 뜻인가. 갑신거의甲申擧義 때 살아남은 사람인가. 그래서 다시 거의를 꾀하고 있는 김참판영감 쪽 사람.

큰길까지 내려와 돌아보니 방갓을 따라 들어갔던 선비집이 있는 곳은 말로만 듣던 남산골인 듯 싶었다. 문득 과객으로 왔던 송배근宋培根이라는 선비같지 않던 선비가 사는 데가 남산골이라던 말이 떠올랐다. 송교리댁이라고 했것다. 한번 찾아가 노숫닢이라도 좀 변통해 봐. 생각하던 만동이는 힘껏 도머리를 쳤다. 겸하여 떠오르는 것은 그 송아무개가 말하던 일매홍一梅紅이라는 외대머리였는데, 죽었으리라. 살아 있다고 하더라도 앵두장사 된 지 오래일 것이고.

올라올 때는 하룻밤밖에 걸리지 않은 길을 촌 농가에서도 자고 절간 판도방°에서도 자고 서당에서도 자고 들판이나 덤불속에서 밤을 새우기도 하면서 논둑에서 곁두리도 얻어먹고 절에서

판도방(判道房) 절에 있는 큰방.

376

잿밥도 얻어먹고 서당에서 훈장 대궁도 얻어먹고 한끼 두끼 굶기도 하면서 경안달이 산채가 있는 가새봉 밑까지 돌아가는 데는 꼭 이레가 걸리었다.

 말 머리 하나쯤 떨어져서 따라가는 리진사 또한 유감有感한 눈빛으로 좌우 산천을 둘러보는 것이었으니, 소리개를 매로 보았단°말가. 솔개미를 해동청 별보라매°로 봤어.
 사색°에도 나타내지 않았으나 우대장禹大將 우욱근禹郁根이 패와 연비를 맺어 두자는 데에는 다 앞날을 내다보는 심모원려°가 들어있음에도 아랑곳없이 장부답지 못한 짓이라는 한마디 말로 무질러°버리는 만동이 처사에 고까와진 그 사내가 이 길을 지나갔던 것은 그그러께 가을이었다. 만산홍엽°이 우수수우수수 땅에 떨어져내리는 깊은 가을이었는데, 지치고 병든 황고라° 위에 앉아 명당자리 휘둘러 보는 그를 맞아주는 것은 자미원국°이 아니라 수건으로 머리 동인 수상한 사람들이었다. 창갈 들고 몽치 꼬나쥔 도적떼.

 리진사는 본디 관서쪽 사람이다. 묘향산妙香山 밑 영변寧邊.

해동청 별보라매 사람이 모질고 사나우며 날램을 보고 이르는 말. 사색(辭色) 말과 얼굴빛. 언사와 안색. 사기辭氣. 심모원려(深謀遠慮) 깊이 생각하고 멀리 내다보는 것. 무지르다 몬 한 어섯을 잘라 버리다. 만산홍엽(滿山紅葉) 온산 단풍. 황고라 털빛이 누런 말. 자미원국(紫微垣局) 예전 중국 천문학에서 태미원太微垣·천시원天市垣과 더불어 삼원 하나인 성좌星座.

듣기 좋으라는 대접삼아 사람들은 그 성짜 밑에 진사를 붙여 리진사라고 불렀으나 실은 중국으로 들여보내는 사마방司馬榜에는 그 이름자를 올리지 못한 사람이니, 이른바 천초시 이백진사 千初試 貳百進士 벽을 뚫지는 못하였던 것이었다. 돈.

어려서부터 키는 훌쩍 컸으나 체수가 가냘파서 남보매에 그렇게 눈에 확 뜨이는 사람은 못되었다. 그러나 겉과 속이 판연히 달라 유약하여 보이는 허울과는 다르게 강직한 성품이라 자라나는 것이 흔한 여느 아이들과는 달랐다. 열 살 전에 벌써 글방 훈장을 놀라게 할 만한 총명을 보였으니, 하나를 들으면 열을 아는 세상에서 말하는 바 문일지십聞一知十이었다. 조흘첩*을 받았던 것이 열아홉 때요 초시에 올랐던 것이 스물한 살 때며 부시를 거쳤던 것이 스물세 살 때로 경사자가經史子家를 그 깊은 밑뿌리에서부터 달통하지는 못하였으나 어떠한 책을 대하더라도 문리에 막히는 바는 없었고, 시부표책詩賦表策 또한 크게 그 격에서 벗어나지 않을만큼 문장도 지니고 있었다. 병작논 닷마지기를 부쳐 늙은 홀어머니를 모시고 젊은 안해와 같이 어린 자식 남매를 거느리고 살던 그가 식년회시를 단념하였던 것은 나이 서른이 넘어서였으니, 무자년이었다.

언제나 경상에서 떠나지 않던 경사자가 서책들 대신 놓여지

조흘첩(昭訖帖) 과거보기 전에 성균관成均館에서 행하는 조흘강照訖講에 합격한 사람에게 주던 증서. 이것이 있는 사람만이 과거를 볼 자격이 있었음.

는 것은 천문지리天文地理 의약복서醫藥卜筮와 음양술수陰陽術數며 무경칠서武經七書와 무예도보통지武藝圖譜通誌같은 병서兵書였으니, 오작안지烏雀安知 대붕지심大鵬之心이라. 가마귀나 가치가 어찌 붕새 마음을 알리오. 천지조화와 운우운행 이치를 달통하여 한번 그 기氣만 살펴보고 한번 그 바람 움직임과 별자리가 바뀜을 보고도 조선팔도 천이백만 생령생령들 길흉화복과 명운이며 조선팔도 삼백스무세 고을 흉풍이 어떠하고 역병은 또 어떠하여 마침내는 그리하여 나라 운세가 어떠하리라는 것을 손금 들여다보듯 환하게 들여다 볼 수 있는 이인異人이 되어 보고자 함에서였다. 식음을 전폐하다시피 그러한 궁리에 몰두하는 그에게는 또 언제나 떠나지 않는 한 글이 있으니—

황평黃平 양도는 단군檀君 옛터요 기자箕子 옛땅이다. 일찌기 왜란倭亂이 있었을 적에는 중흥重興하는 공이 여기서 세워졌고 정묘년 변*이 생겼을 적에는 양무공 정봉수*와 같은 거룩한 충신을 내기에 이르렀다. 더하여 둔암 선우협*과 월포 홍경우*와 같은 거유巨儒가 나왔음에도 나라에서는 이들을 초개처럼 버렸으니, 문관으로는 지평*과 장령*에 지나

정묘년(丁卯年) 변 정묘노란丁卯虜亂을 말함. 정봉수(鄭鳳壽, 1572~1645) 선조宣祖 25년 임진왜란 때 선전관宣傳官이었으며, 인조仁祖 5년인 정묘노란에 철산鐵山 의병장으로 후금 병정 반수 위를 죽이고 포로된 백성을 구출하였다. 선우협(鮮于浹, 1588~1653) 호는 둔암遯庵. 평양 출신으로 스스로 궁구하여 심성이기心性理氣 갈피를 깨달아 관서부자關西夫子라는 기림을 받았음.

지 못하고 무관으로는 만호와 첨사에 지나지 못하였다. 뿐인가. 지어 권문세가 노복들까지도 우리 관서사람을 깔보아 '평치*'라 일컬으니, 관서사람 된 자 어찌 억울하다 아니하랴.

그럼에도 아랑곳없이 나라에 무슨 변란이 생길 때면 언제나 관서 무인을 찾아왔다. 무릇 사백년 이래 관서사람으로 나라에 잘못한 일이 그 무엇이던가. 지금 어리신 임금을 위에 모신 권간무리들이 시시때때로 그 권세를 농락하니 하늘이 미워하심이 극에 달하여 재앙이 끝날 때가 없고 해마다 흉년이 들어 주린 백성이 노두를 헤매이지 아니하는 때가 없구나.

이에 철갑군鐵甲軍 십만을 일으키어 도탄에 든 창생을 구하고자 먼저 이 격문을 보내노니, 열읍 수령들은 망령되이 움직이지 말고 성문을 크게 열어 대군을 맞이할지어다. 만일 미련하여 항거하는 자 있을 시에는 반드시 그 목을 버히리니, 뉘우침이 없게 할지어다.

평서대원수平西大元帥 홍경래洪景來가 써붙이었던 격문檄文이었다. 관서 대장부 홍경래가 혁개* 깃발을 높이 치켜들었던 것이

<hr />

홍경우(洪儆禹) 정주도회 교양관定州都會教養官으로 관서 11읍 유생을 가르쳤고, 연풍延豊·만경萬頃·태천泰川 현령을 지내며 선정善政을 베풀었음. **지평**(持平) 사헌부司憲府 정오품 문관. **장령**(掌令) 사헌부 정사품 문관. **평치** 평안도 사람을 낮게 일컫던 말. **혁개**(革改) 혁명革命.

순조純祖대왕 11년이었는데, 그로부터 80여년이 지난 시재 관서 땅 형편은 어떠한가.

그러께부터 시원하지 않은 농사여서 소출이 반으로 줄어들었던 것이 상년이었고 금년에는 숫제 천리가 적지赤地로 되어 전야田野에는 사람 자취가 없다. 여기에 이름모를 악질惡疾까지 창궐하여 길에는 사람들 발길이 끊어진 지 오래인데, 수령방백들 홀태질에 덧거리질은 날이 갈수록 더더욱 심하여져 백성들은 모두 어육이 될 판이다. 이에 견디지 못하여 지아비는 등에 귀떨어진 솥단지 지고 지어미는 머리에 그 남루한 옷가지를 인 채로 야음을 틈타 어린 자식들 손목 잡고 압록강 건너고 두만강 넘어 간도間島로 숨어들어 가니, 마을마다 십실구공이 된 지 오래.

민인들 살림살이가 이러함에도 아랑곳없이 국록을 먹는다는 자들은 보국안민책은 생각하지 아니하고 다만 제 한몸 제 한집 제 한가문 영화만을 생각하느라 피눈이 되어 있다. 서울을 떠나면서 풍타낭타* 떠돌아 보았던 상오도*가 다 그러하지만 관서쪽 형편이 더구나 심하였다. 아직 들러보지는 못하였으나 들리는 소문에 따르면 하삼도* 또한 마찬가지일 터. 조선팔도 삼백스무세 고을이 다 마찬가지일 터인데, 문객질 다니던 서울 세도대감댁 마방에 매어진 나귀는 약식도 마다한다는 것이었다. 여름에

풍타낭타(風打浪打) 바람부는 대로 물결치는 대로. **상오도**(上五道) 서울 위쪽 경기·강원·황해·평안·함경도. **하삼도**(下三道) 서울 아래 충청·전라·경상도.

호남 백성들 사이에 와언이 떠도는데, 왜양倭洋 무리가 샘에 독을 뿌리고 다니므로 수많은 사람들이 죽어난다고 하였다. 뒤를 이어 서울 장안에도 와언이 떠돌아 다니는데, 양귀자 무리가 어린 아이를 잡아다가 삶아먹는다는 것이었다. 이에 민가에서는 아이들을 간수하여 밖으로 나가지 못하도록 한다 하였다. 하루는 어떤 아낙네가 제 아들을 업고 길을 지나가는데 어떤 사람이 그 여자를 가리키며 "저 사람이 아이를 훔쳐다 양귀자에게 팔려는 것이다." 하자 여러 사람이 그를 치고밟고 하여 그 여자는 발명도 못하고 죽었다는 것이었다.

치밀어오르는 울화를 어거하기 어려워 창대를 꼬나쥐고 황고라 몰아 올라가 보는 곳은 향산香山이었다. 향산에만 오르고 보면 언제나 맺히었던 가슴이 툭 터지는 것이었으니—

백두산白頭山 웅장한 줄기가 남쪽으로 마천령摩天嶺을 바라보고 내려오다가 중턱에 이르러 대각봉大角峰을 일으키어 서쪽으로 곁가지를 내어서 후치령厚峙嶺과 부전령赴戰嶺과 황초령黃草嶺이 되어 함경도를 이루고, 거기서 다시 동백東白이니 소백小白이니 하는 백산白山줄기가 합친 크나큰 산세가 마치 다섯 손가락을 쫙 펼쳐놓은 것과 같이 벌리어졌다.

첫째 엄지가락격은 백두산에서부터 내려오는 대간령大幹嶺이요, 둘째 검지가락격은 함경도와 평안도 북쪽 경계를 지나서 설한산령雪寒山嶺과 아득개령牙得介嶺이 되어 바로 압록강 중강진中

江鎭을 거쳐 올라간 북쪽 줄기요, 그 세 번째 장지가락격은 평안도 중턱을 타고 내려와 백마산白馬山이 되어 용천龍川과 철산鐵山으로 떨어진 서쪽 줄기요, 무명지가락격은 평안도와 함경도 남쪽 경계를 지으면서 황해도와 강원도로 갈려 내려가는 대동강 남쪽 줄기니, 이 다섯 손가락 한복판을 차지하고 있는 것이 묘향산이다.

또한 수세水勢로서 볼 것 같으면 묘향산 오른쪽으로는 대동강이 흘러있고 묘향산으로 들어서는 어귀에는 박달봉을 끼고 요리조리 구부러진 수세가 매우 양양한 형세를 이루었다. 이에 강을 건너서 언덕을 따라 들어가면 좌우 산세가 은근하면서도 편편하여 뜻 있는 남아가 장검을 빼어들고 말을 달릴만 하다. 그리고 외사자外獅子목을 지나면 그윽한 산세가 천군만마를 능히 숨겨둘만 하고 내사자內獅子목을 넘으면 질펀한 골짜기가 능히 적을 꾀어들일만 하다.

천군만마를 거느리는 장수는 못되드라도 그 천군만마를 거느리는 장수 곁에서 갖은 계책을 다 일러주는 군사軍師가 되었다 치고, 온갖 진법陣法과 용병술을 헤아려 보는 리진사였다. 산세와 수세를 저저이* 살펴보며 압록강과 두만강 넘어 밀려드는 적병들 막아낼 궁리를 하던 그는, 음. 무릎을 쳤다.

저저이 낱낱이 모두.

제20장 명화적 만동이 383

먼저 군사 한떼는 대간령에 매복시켜 황해도와 강원도 길목을 지키게 하고, 또 한떼는 화공火攻 준비를 차리어 내사자목에 숨기고, 또 한떼는 수전水戰 준비를 차리어 청천강淸川江 어구에 숨기고, 또 한떼 수전할 군사는 대동강大同江 어구를 지키게 하자는 것이었다. 남쪽을 치면 북쪽에서 응하고, 북쪽을 치면 남쪽에서 응하며, 동을 치면 서에서, 서를 치면 동에서 응하되, 들고나는 것이 마치 구름이 흩어지고 가마귀가 모여드는 형세와 같으니, 오운진烏雲陣이었다.

적군이 오운진으로 들어왔겠다. 내사자목에서부터 불길이 치솟아 오르는 것을 보는 즉시 궁노수弓弩手에 명하여 일제히 활을 쏘게 한 다음 친히 적 본진을 들이친다. 뜻밖에 화공을 당하고 나서야 내가 펼쳐놓은 계책에 빠진 것을 깨닫게 된 적장이 본진으로 말머리를 돌려보지만 앞으로는 뜨거운 불이요 뒤로는 어지러운 화살이라, 진퇴양난. 제아무리 만부부당지용으로 유명짜한 적장이라지만 내 한번 창질에 말에서 굴러떨어질 수밖에 없을 터. 호왈 십만대군이라지만 살아서 돌아가는 자 없으리라.

"이랴!"

오운진 펼치어 청국과 아라사 우량하이들 무찌를 생각에 한껏 기승하여진 리진사는 힘껏 고삐를 채었다. 울울창창한 송림 사이로 말을 몰아 달리며 창을 들어 이 나무도 찌르고 저 나무도 찌르는데, 벼란간 사람 소리가 나는 것이었다.

"여보, 왜 죄없는 나무에 생채기를 내시우."

깜짝 놀라 좌우를 살펴보는데 한 간통쯤 떨어진 앞에 서 있는 것은 난데없는 초동樵童이었다. 덩덕새머리°에 맞붙이°차림이어서 한눈에도 어느집 곁머슴°짜리로 보이는 중다버지였다.

"너 지금 무엇이라 했느냐?"

파흥이 되어 심기를 상하게 된 리진사가 불쾌한 어조로 말하는데,

"죄없는 나무를 죽이지 말라구 했수."

즉시 해 오는 대답이 여간 암팡진°것이 아니었다.

"그게 무슨 버르장머리 없는 말이냐."

"내 버르쟁이는 내 버르쟁이지만 당신은 그 우스운 장난 그만두."

"우스운 장난이라니…… 이녀석이 점점."

"당신이 하는 짓이 우스운 장난이 아니고 무엇이우."

"옛끼놈! 보자보자 하니 어린놈이 어른한테 못하는 말이 없지 않나. 창 쓰는 법 습련하는 걸 가지고 우스운 장난이라니, 말이면 다 말인 줄 아느냐."

"창. 창. 창이라니 도야지곱창이란 말이우."

"허, 이놈 봐라. 아주 고이한 놈이로세."

꼭뒤까지 증이 난 리진사는 말께서 내리었다. 그리고 화장걸

덩덕새머리 빗지 않아 더부룩한 머리. **맞붙이** 솜옷을 입어야 할 때에 입은 겹옷. **곁머슴** 원머슴 곁에서 도와주는 사람. **암팡지다** 야무지고 다부지다.

음으로 성큼성큼 다가가며 팔을 뻗쳐 중다버지 멱살을 틀어쥐려
하였는데,

"피一."

하고 입을 쑥 내어밀어 비웃는 웃음소리를 내며 소나무 뒤로 몸
을 피하는 것이었다.

"이놈봐라!"

하고 소리치며 쫓아갔는데,

"피一."

하며 다른 소나무 뒤로 몸을 숨기는 중다버지였다.

"이놈! 아무리 배우지 못한 두멧놈이기로서니 황차 양반어른
을 기롱하러 들다니!"

하고 소리치며 쫓아갔는데, 그 중다버지는 얼른 또다시 다른 소
나무 뒤로 몸을 피하며 깔깔대고 크게 소리내어 웃는 것이었다.

"옳수. 난 두멧놈이우. 그런데 그렇게 말하는 당신은 들놈이 되
서 그렇게 미련하고 우둔하우."

결창이 터지게 화증이 솟구쳐올라 얼굴이 선독같이 검붉게 된
리진사가 짚고 있던 창을 들어 힘껏 던졌는데, 허. 바람에 흔들리
는 풀잎인 듯 부드럽게 윗몸을 비틀어 날아오는 창을 피하더니,
휘늘어진 낙락장송 가지에서 솔방울 몇 개를 따낸 다음, 하나씩
공중에 던져올리는 게 아닌가. 그러자 허공중으로 날아올라가
는 솔방울 사이에서 문득 아지랑이와도 같은 희고 뿌연 기운이

뻗치어나오는 것이었다. 깜짝 놀라 몇 차례 눈을 감았다 뜨는데, 깔깔거리는 웃음소리가 났다. 웃음소리는 사방에서 났다. 앞에도 그 중다버지요 뒤에도 그 중다버지며 왼편에도 그 중다버지요 오른편에도 그 중다버지였다. 네 명 중다버지들은 일제히 휘파람을 불었는데, 휘파람소리가 한번 나자 어디서 차디찬 일진광풍이 불어오는가 싶더니 솔잎들이 우수수우수수 떨어져내리면서 사방으로부터 천군만마가 몰려오는 소리가 나는 것이었다. 리진사가 사시나무 떨 듯하고 있는데 어디서 깔깔대는 웃음소리가 났다.

"여기 좀 보우."

두어간통쯤 떨어진 바위 꼭대기에 서 있는 것은 중다버지였다. 그런데 이상한 것은 땟국이 조르르 흐르는 어느 집 머슴짜리로 보이던 지금까지와는 다르게 주사를 뿌린 듯 붉은 얼굴빛에 서리가 앉은 듯 흰 머리털이며 샛별처럼 반짝이는 두 눈동자인 것이었다. 이인異人이로구나.

"눈은 있어도 망울이 없어 존위를 범하였사오니 백사무석˚이올시다."

두 무릎 꿇고 엎드린 리진사는 죽어대령˚으로 잘못을 빌었는데, 이인은 대답이 없었다. 얼마나 시각이 흘렀을까. 꿇고앉아 있

백사무석(百死無惜) 백번 죽어도 아깝지 않다. 죽을 죄를 지었다고 빌 때 쓰는 말. **죽어대령**(待令) 죽은 체하고 대령함.

는 두 다리가 몹시 저리다 못하여 숫제 남의살인 듯 아무런 느낌도 없어지면서 등옷이 다 축축하여질 만큼 식은땀만 흐르지만, 감히 고개를 들어볼 엄두도 못하는데, 맑고 또랑또랑한 목소리가 들리어왔다.

"일어나시게."

리진사가 후둘거리는 다리로 일어나 바위 위를 쳐다보니 이인이

"잘 보시게."

한마디 하고는 바른손을 들어올리는데, 실팍한 나뭇가지였다. 이인 손이 허공을 갈랐고, 깍짓손* 떠난 화살인 듯 반구비*로 빠르게 날아간 나뭇가지가 가 박히는 곳은 대여섯 간통쯤 착실하게 떨어진 노송 밑동부리에서부터 서너자쯤 뒤로 올라간 곳이었다. 이인이 말하였다.

"저것을 빼어오시게."

달음박질쳐 간 리진사가 바른손을 뻗치어 나뭇가지를 잡아다니는데, 꼼짝도 하지 않았다. 두 손으로 잡아다니었지만 또한 마찬가지. 리진사는 바른발을 들어 소나무에 대고 버팅기며 두 손으로 나뭇가지를 잡고 한참동안 끙끙대다가 어쿠! 소리와 함께 궁둥방아를 찧고 나서야 겨우 빠지는 나뭇가지였다. 옷매무새를

깍짓손 깍지를 꽂은 손. 활줄을 잡아 당기는 손. 반구비 쏜 화살이 높지도 낮지도 않게 알맞게 날아가는 것.

바로한 다음 이인 발치에 나뭇가지를 올려놓았는데, 이인이 말하였다.

"왜 이다지 지체를 하였는고?"

"잘 빠지지 않아 더뎌졌습니다."

"허. 나뭇가지 하나 박힌 것도 얼른 빼오지 못하는 사람이 무슨 창질을 한다는 말인가."

리진사 고개가 밑으로 숙이어지는데, 이인이 말하였다.

"들어보시게. 병법에서 크게 꺼리는 것 다섯 가지가 있으니— 첫째는 적을 가볍게 보는 것이오, 둘째는 진중에 여인을 출입시키는 것이오, 셋째는 진중 길흉을 점쳐보는 것이요, 넷째는 여러 사람 마음을 요동시키는 것이요, 다섯째는 거짓말을 하는 것이라. 이 다섯가지를 오기五忌라 하는데 오기 중에도 제일 꺼리는 것이 적을 깔보는 것이야. 그런데 그대는 병서권이나 읽었다 해서 그토록 기고만장을 하니, 그러고도 무슨 군사가 되겠다 하는가."

"용둔한˚자라 그렇습니다. 너그러이 헤아리시어 부디 가르침을 주십시오."

리진사는 깊숙하게 머리를 조아리었고, 동안 뜨게 아무런 말이 없던 이인이 말하였다.

"들어보시게. 용도˚라는 병서에 장수되는 도리를 말한 게 있으

용둔한 미련한. 용도(龍韜)『육도六韜』제삼편 이름.

니— 무릇 장수가 되고자 하는 자는 다섯 가지 지킬 것과 열 가지 버려야 할 것이 있다 하였지. 다섯 가지 지켜야 할 것은 충용지인 신忠勇智仁信이니 오덕五德이요, 열 가지 버려야 할 것이라는 것은 욱한 것, 급한 것, 재물을 탐내는 것, 참을성이 없는 것, 겁이 많은 것, 사람을 믿지않는 것, 게으른 것, 방자스러운 것, 색을 밝히는 것, 남한테 의지하려는 것이니, 십과十過라. 그러므로 장수가 되려는 자는 반드시 오덕을 닦고 십과를 버리기에 힘써야 하는 것이야. 가만히 생각해 보게. 이 오덕을 닦고 십과를 버리기 위하여 얼마나 힘을 썼는가를."

"선생님 높으신 말씀을 듣자오니 운무 중에서 일월을 본 것과 같습니다. 부디 이 용둔한 자를 슬하에 거두어 주소서.

"그대가 먹은 뜻은 다 그대가 하기에 달린 것인즉, 무엇을 가르치고 무엇을 또 배울 게 있으리오."

"어디에 주접하시는 어른이시온지 존함이라도 알고자 하나이다."

"구름 따라 흘러다니는 산인山人 이름자는 알아 무엇하겠는가."

나직한 목소리로 말하며 몸을 일으키는 이인이었다. 리진사가 무어라고 다시 말하려는데 무슨 싯귀와도 같고 무슨 비기祕記와도 같은 뜻모를 소리 한마디를 읊조리고 나서 홀연히 그 자취가 사라지는 것이었다.

"응한도인간應恨到人間

영여운산별永與雲山別."

우욱근이한테서 융숭한 대접을 받던 리진사가 오형제고개를 내려간 것은 전수히 명당을 찾고자 하는 욕심탓이었다. 그것도 한미한 가문 발복이나 가져다 주는 여느 명당이 아니라 삼길三吉 육수六秀와 구성九星 정체正體가 모조리 갖추어진 대제왕지지大帝王之地였으니, 자미원국紫微垣局이었다. 예로부터 산가山家에서 첫째로 꼽는 대지大地가 자미원국이고 둘째가 천시원국天市垣局이고 셋째가 태미원국太微垣局이고 넷째가 사미원국沙微垣局인데, 그 으뜸되는 대지로 사해만방을 다스리는 대천자大天子가 태어날 수 있는 곳이 바로 내포에 있다고 하였다.

"천하에 둘이 없는 대지인 자미원국은 동방 백제땅에 있다. 우리 중원에도 자미원국이 있기는 하나 그것은 양택陽宅이라 비할 바 못되며, 이 천지지간에 음택陰宅으로 자미원을 이룬 곳은 오로지 동방 백제땅에 하나가 있을 뿐이다."

저 당나라 때 산가로 일세를 풍미하던 양태진楊太眞이 한 말이라고 하였다. 자미원국 혈처穴處에서 올라오는 훈훈한 기운은 참으로 가관이라, 폭설이 내려도 그곳에는 눈이 쌓이지 못한다는 것이었다. 천지가 배판*될 때부터 하늘이 감추어 놓은 곳이라고

천지 배판(天地排判) 육도 배판陸島排判. 천지가 일정한 비례에 맞춰 여러 몫으로 만들어짐.

하였다. 혈토穴土가 둘러싸고 있어 목근木根이나 물기가 조금도 들어갈 수 없어 생기生氣 충만한 곳을 가리켜 명당이라고 하는데, 명당 가운데서도 가장 으뜸되는 명당인 자미원국에 체백을 묻고 보면 환골還骨 화개花開 탈신공奪神功 개천명改天命 같은 온갖 부사 의하고 신묘한 조화가 다 일어난다는 것이었다.

오서산烏棲山 성주산聖住山 봉수산鳳首山 성왕산聖王山 백화산白華山 봉명산鳳鳴山 비봉산飛鳳山 용봉산龍峰山 일월산日月山 백월산白月山 덕숭산德崇山 거쳐 가야산伽倻山 밑까지 온 리진사는 수구*를 살펴보다 말고 무릎을 쳤다. 자웅으로 된 두 봉우리가 수구매기* 양쪽으로 솟아 있는데 그것이 역수사逆水砂를 이루며 수구를 거두어 주고 있는 것이었다. 산국山局이 이러한 모양새를 이루고 있고 보면 반드시 그 안쪽으로 대명당이 있게 마련인 것이다. 수구를 지나 산골짜기를 따라 올라가 보니 과연 구절양장으로 흘러내리는 계곡 좌우로 다정하게 서로 팔짱을 끼고 있는 청룡靑龍이요 백호白虎였다. 서쪽에서 발원한 계곡물은 동쪽으로 흘러 내려가고 있는데 올라갈수록 더욱 수려한 산세였고, 옳거니! 주룡主龍쪽 양편으로 솟아있는 것은 천을天乙 태을太乙 같은 귀봉貴峰이요 저마다 옥구슬처럼 영롱한 정기를 내어뿜는 삼길三吉 육수六秀에 사신四神 팔장八將이 혈처를 비추어 주고 있으니, 남연군

수구(水口) 풍수지리에서 득得이 흘러간 곳. **수구매기** 수구막이. 풍수지리에서 쓰는 말로 골짜기에서 흐르는 물이 멀리 돌아 흘러서, 하류下流가 보이지 않게 된 땅 흐름새. 수구장문水口藏門.

체백이 묻히어 있는 곳이었다. 양대에 걸쳐 천자가 난다는 대명당. 정만인*이라는 명풍名風이 흥선대원군한테 권유하였다가 일언지하에 거절당하였다는 더 위쪽 만대영화지지쪽으로 올라가는데, 호령소리가 났다. 오형제고개에서와 마찬가지로 일매지게 흰 수건으로 머리 동이고 몽치 꼬나쥔 자들이었다.

"게 섰거라!"

二十前失撼動國	이십 전에 활 쏘아서 나라 뒤흔들더니
一箭射破龍門策	단목에 꿰뚫었네 무과장원에.
幾時白日明心曲	언제쯤 내 마음 밝히게 될지
是處靑山隔淚淚	푸른산 바라보며 눈물지누나.

붓을 놓고 나서 화전지華箋紙에 쓰여진 시를 내려다 보는 장선전 낯빛은 밝지가 않다. 어려서부터 말타고 활쏘며 창갈쓰고 불질하는 무예를 좋아하여 붓을 가까이 하지는 않았으나 그 시는 울음에 가까웁고 더구나 필법이 곧고 굳세어서 서체書體에 맞았다. 파적삼아 다시 잡아보게 된 것은 파옥을 한 다음 해 가을에 접어들면서부터 만동이 부탁을 받은 것인지 경안달이가 지필묵을 들여놓아 준 것이었는데, 혀 차는 소리와 함께 보일 듯 말 듯 흔

정만인(鄭萬人) 대원군 때 명풍으로 남연군 산소를 잡아주었다고 함.

들리는 수염끝이었으니, 내 시는 화창하지 못하여 감히 시부를 짓는 사람들 문간과 담도 엿보지 못할레라. 장기에는 면상面象이 없으니 이기기 어렵고, 시는 선련先聯을 잃으니 자재하지 못하도다. 허나 또한 어이하리. 민민하고 또 울울한 심회를 달래보기 위하여 하여보는 붓장난에 지나지 못하니, 다만 스사로 즐길 뿐이로다. 즐길 뿐이로다.

끙 소리와 함께 장죽을 입에 무는 장선전 마음은 여간 심란한 게 아니었다. 손수 병장기 들고 내려가 행인들 봇짐을 털어온 적은 없으나 경안달이가 졸개들 데리고 나가 빼앗아 오는 것을 받아먹고 있으니 이미 도적놈이 된 것과 진배없는 삶이었다. 아니, 명토박아서 참으로 도적놈이 된 것이었다.

아무리 죽은 정승이 산 개만 못하다°지만 이렇게라도 살아야 하는가. 내 한몸이야 이제 한낱 식지않은 송장에 지나지 않는다고 하더라도 풍타낭타로 떠돌아다니는 만동이놈은 어찌하며 무엇보다도 그리고 저 아이는 어찌한다는 말인가. 다소곳이 턱끝을 내린 채 먹을 갈고 있는 딸내미를 바라보는 그 늙은 무골 눈이 슴벅슴벅하여지는데, 워낭소리가 났다. 전에 없던 일이어서 초막을 나서보니, 짠짓국° 선비짜리 하나가 안장도 지우지 않은 암말 한필을 끌고 초막 앞으로 다가오고 있었다. 생면부지 사람이

짠짓국 누더기 옷.

었다.

"평안하셨소이까?"

선비짜리가 허리를 굽혀 예수를 차리었고, 장선전이 마주 허리를 숙이며

"뉘시오?"

하고 묻는데, 선비짜리가 히뭇이 웃었다.

"풍타죽 낭타죽 주유천하 하는 자올시다. 가야산 산천이 하 기승하다기에 들러보았지요."

"어디서 오는 객이시오?"

"평안도 영변이올시다."

"관서땅 영변이라면 천리길이 넘는데…… 뉘신지?"

"비도비행이요 비좌비행이올시다."

다시 또 히뭇이 웃는 사내였고, 음. 비도비행非桃非杏이요 비좌비행非坐非行이라. 복숭아도 아니고 살구도 아니라면 그것은 복숭아와도 비슷하고 살구와도 비슷한 오얏[李]일 것이요, 앉은 것도 아니고 가는 것도 아니라면 그것은 선[立] 것이라 할 수밖에 없으니, 리 립李立이라는 말이로구나. 선비명색으로 책권이나 읽은 티를 내보겠다 이거지. 허, 맹랑한 자로고.

"리씨 성에 설립자 쓰시는 석사인 것은 알겠는데, 무슨 연유로 이 사람을 찾으시외까?"

장선전이 빙긋 웃는데, 리 립이가 말을 가리키었다.

"이 말이 소용되실 듯해서지요."

"무슨 말씀이시오?"

"유시장에 유시마*아니겠사오이까."

"생이불여사*하고 있는 하방궁무*라 해서 너무 욕보이지 마시오."

"천장사 말씀이오이다."

"응?"

"이 말을 사주십소사 하는 말씀이올시다."

"그 사람을 보고 오는 길이 아니외까?"

"그 사람을 보고자 할진대 먼저 그 스승되는 어른을 뵙는 것이 도리겠지요."

"으음."

장선전은 묵묵히 리 럽이가 굴레부리를 쥐고 있는 말을 바라보았다. 여느 말들에 비하여 귀가 훨씬 크고 굽통*도 유난히 크며 꽁지가 훨씬 긴데 더구나 매우 부리부리한 눈망울인 것이어서, 그럴듯한 허위대*였다. 그러나 무슨 병이 들었는지 아니면 잘 먹이지를 못하여 그런 것인지 황토빛으로 타는 듯 붉은 온몸 털이 거의 땋을 수 있을만큼 길었고 좌우 엉덩이뼈가 툭 불거졌으며 갈비뼈는 가죽 바깥까지 비쳤는데 부리부리한 두 눈에는 또 주먹같은 눈곱이 매어달려 있어, 정나미가 딱 떨어지는 꼬락서니

유시장(有是將)에 유시마(有是馬) 이 장수에 이 말. **생이불여사**(生而不如死) 사는 것이 죽는 것만 못하다. **하방궁무**(遐方窮武) 서울에서 멀리 떨어진 외방에 사는 가난한 무인. **굽통** 마소 발굽 몸통. **허위대** 들거지가 있는 몸피.

였다.

"산중에 엎드려 이나 죽이고 있는 처지에 무슨 말이 소용되리오."

"장군이 아니라 천장사 말씀이라는데 그러시오이까."

"그 사람한테는 소싯적부터 타던 철총이가 있소이다."

점잖은 말로 사양하는데, 초막 안에서 기침소리가 났다. 비록 적굴에 몸을 의탁하고 있을망정 내외하는 법도가 엄정한 딸내미라는 것을 잘 아는 장선전은 초막 안으로 들어갔다.

"나를 찾았더냐?"

"예."

"무슨 일인고?"

"저 말을 거두시지요."

"비루먹은 현황˚을 어디다 쓰겠느냐?"

"아버지."

"오냐."

"만동이를 어찌 보시는지요?"

"새삼스럽게 무슨 말인고?"

"이냥 적굴에 몸을 의탁한 채로 한무세월˚이나 해야 되는가 이런 말씀이지요."

현황(玄黃) 병든 말. **한무세월**(限無歲月) 느리게 움직여 시각이 안좁혀지는 것.

"연인즉?"

"저것은 하늘이 낸 명마올시다."

"호오?"

"사람이나 짐승이나 그 정기가 맺혀있는 곳은 눈인데, 저 말 눈이 시방 보기에는 저렇게 추해보이나 실은 매우 정채있는 눈입니다. 또한 말이 걸음을 잘하고 못하는 것은 굽통에 달렸는데, 저 말 굽통이 매우 잘생긴 굽통입니다. 그리고 말이라는 짐승은 그 꽁지로서 가는 곬*을 용춤 추이기*도 하고 몸을 움직이게도 하는 것인데 저 말 꽁지가 유달리 긴 것을 보면 필경 몸도 매우 날랠 것입니다. 폐일언하옵고 저 말 털빛이 저처럼 타는 듯한 황토빛이니 명마일시 분명합니다. 관운장 적토마*와 정충신 장군이 탔다는 천리화광마*나 다름없는 준마지요.

"그렇게 보았느냐?"

"예."

"하면?"

"이곳 사람들한테 잡혀왔을 것이 분명한 저 선비가 굳이 아버지한테 말을 사시라고 하는 것은 말을 통하여 만동이와 연분을 맺어보자는 생각에서일 것이니, 값 고하를 불문하고 거두어 만

곬 1. 한 방향으로 트이어서 나가는 길. 2. 물이 흘러내려 가는 길. 3. 사물 유래. **용춤 추이다** 남을 추어 올려서 시키는 대로 행동하게 만들다. **적토마**(赤土馬) 중국 삼국시대 관운장關雲長이 탔다는 준마駿馬 이름. **천리화광마**(千里火光馬) 하루에 천리길을 달렸다는 붉은털빛 말.

동이한테 주십시오."

"좀방술*이나 좀 하고 우물쭈물 세월이나 허비하는 과꾼*으로 뵈는데, 준신할만한 사람이겠느냐?"

"교가 좀 있어 보이는 것이 흠이나 총기 있게 어글한* 눈과 날선 콧날이 예사는 넘는 인물이어요."

"그렇게 보이느냐?"

"보기드문 묘상*이어요."

"관형찰색*을 하였더란 말이냐?"

"고괴지상*이어요."

"호오."

"고담에 이르기를 장수 나면 용마 나고° 문장 나면 명필 난다 하였으니, 만동이를 위해서 좋은 책사*가 될 듯합니다."

초막을 나온 장선전이 리 립이한테 말하였다.

"이곳 주인한테 가서 말값을 받으시오."

경안달이가 졸개 시켜 말 태*를 내는데, 좋은 여물로 잘 먹이기 달포가 못 되어 과연 여러 말들 가운데서도 단연 우뚝한 준총이 되는 것이었다. 한가지 흠이라면 그 성질이 몹시 사나운지라 누구도 가까이 가기 어려워 콩과 여물이며 꼴을 줄 적에도 기다란

좀방술 하찮은 방술方術. **과꾼** 과군科軍. 과유科儒를 낮춰 부르던 말. **어글한** 구멍새가 넓직한. **묘상**(猫相) 괭이상. **관형찰색**(觀形察色) 남 심정을 떠보고자 낯빛을 자세히 살펴봄. **고괴지상**(古怪之相) 옛스럽고 괴상한 얼굴. **책사**(策士) 책략策略. 곧 엄펑소니를 잘 쓰는 사람. **태**(態) 맵시. 매무새. 모냥새.

장대 끝에 먹이를 매어달아서 주어야만 하였는데, 만동이가 한 번 올라타서 너뵈바위까지 내리닫았다가 다시 치닫아 올라오고 나서부터는 아이오 숙지어지는 성질이었다. 울적한 심회를 달래어보고자 하루에도 몇 차례씩 너뵈바위까지 내리닫았다가 다시 치닫아 오르고는 하는 만동이였는데, 보리밥 두어솥 짓기쯤 착실히 되는 그 좁좁하고 험한 비탈길에 투레질 한번 하는 법 없었다. 뿐인가. 만동이가 눈에 뜨이기만 하면 갑자기 몸부림을 치며 앞발을 들어 땅바닥을 구르고, 개처럼 입을 벌리어 먹이를 받아먹으며, 앞발을 착 꿇어 머리를 조아리는 예를 올리는가 하면, 또 주둥이를 움질거려 이상한 소리를 내다가 혓바닥을 길게 늘이어 빼어 이마를 만져달라는 뜻을 보이기도 하는 것이었으니, 왈 명마名馬였다. 화철마火鐵馬라고 말 이름을 지은 것은 인선이였다.

해가졌다.

기우뚱 반공중으로 걸리어 있는 조각달은 옥고리처럼 나직하고, 허공중 가득 성긴 별은 씨다리좁쌀*을 흩어놓은 듯한데, 깊은 골짜기 사이로 난 좁좁한 외자욱산길은 성난 긴짐승이 오듯 꾸불꾸불 그 몇 구비련가.

더기에서 산마루쪽으로 말은담배* 두어대참쯤 오르다 보면 어지러이 서 있는 소나무 사이에서 한줄기 맑은 샘물이 흘러나

씨다리좁쌀 좁쌀처럼 작은 사금沙金 낱알갱이. **말은담배** 담뱃대가 아니라 종이에 말아서 피우던 담배.

온다. 물줄기를 따라 올라가노라면 산은 높고 각색 초목들은 빽빽하게 우거졌는데, 줄먹줄먹한 바위너덜을 얼마 가지 못하여 문득 길이 끊어지면서 낭떠러지를 이룬다. 바위틈에서 흘러나오는 물이 낭떠러지에 걸려 흰무지개를 드리우니, 흩어지는 물방울은 옥구슬과 같다. 그 밑으로 괴이는 물은 깊은 웅덩이를 이루고, 그 언저리는 또 펀펀하고 넓어서 수십 명이 앉을만한데, 낙락장송 엉긴 가지로 그늘을 이룬다. 네둘레를 에워싸고 있는 것은 모두 두견과 단풍잎이라 봄과 가을이면 붉은 그림자가 비쳐 둘러앉은 사람들 얼굴이 모두 취한 듯 붉다.

"소슬한 가을밤에 홍취가 바이 없지 않으실 터이니 한 수 읊어보시지요."

리 립 리진사가 말하는데

"병서권이나 읽었달 뿐, 무식한 무부*가 어찌 시부를 알겠소이까. 어디 리진사가 한번 읊어보시오."

쓰게 웃는 장선전이었고,

"그럼 시생이 한 수 읊어보겠소이다."

헛기침 몇 번으로 목을 고르고 나서 지그시 눈을 감는 리진사였으니, 술기운이 돌아 취흥이 도도하여지는가. 달빛과 별빛이 유난히 밝아 대낮과 같고 벼랑에 부딪쳐 흩어지는 물결소리 아

무부(武夫) 무인武人. 힘이나 세고 사납기나 하지 아는 것이 없는 무식꾼이라고 스스로를 낮출 때 쓰던 말.

득하여 비단결처럼 흘러가며 가을바람은 산들산들 부는데, 뭇
벌레소리는 또 처량하게 들려와, 만가지 감회가 일어나 명치끝
을 찌르는 모양이었다. 장선전과 만동이 또한 마찬가지인 듯 구
슬픈 낯빛으로 반공만 올리어다 보고 있었다.

청북장대상	淸北將臺上
서간신외륙	西看神外陸
해동원수등	海東元帥登
천추한부승	千秋恨不勝

한 닢 읊고 나서 기침을 한번 하더니, 다시

만상철옹남장대	萬上鐵瓮南將臺
산인검기충천립	山因劍氣衝天立
북명사해소방배	北溟四海小放盃
수학병성동지래	水學兵聲動地來

또 한 닢 읊는 리진사였는데, 장선전 고개가 갸웃하여졌다.
"하늘을 도리질 칠 만한 장수가 읊어야 될 귀글*같소이다그려."

귀글 두 마디가 한 덩이씩 되게 지은 진서 시부詩賦.

"옳게 보셨소이다."

"으응?"

"이것은 시생같은 유생 입에서 나올 수 있는 시가 아니니, 대원수께서 읊으셨던 것이올시다."

"대원수라면?"

"평서대원수 홍경래 장군 말씀이지요. 홍장군께서 십사오세 때 정주 북장대와 영변 철옹성 올라 지으셨던 것입니다."

"영변 태생이라니 홍장군 내력두 잘 아시겠구려."

"알다마다지요."

평안도 용강龍岡 태생인 홍경래洪景來는 어렸을 때 중화中和 사는 외숙 류학권柳學權한테서 글을 배웠다. 나이 여덟 살 때부터 시를 짓는 총민함을 보여주었고 동무들과 놀 적에도 늘 행군行軍하는 흉내며 전역戰役하는 입내*를 내는 것이 예사여서 누가 보든지 장래 구구*한 필부*로 늙다죽을 위인이 아니라는 것을 짐작하게 하였다.

장사불사즉이壯士不死即已 사즉거대명이死則擧大名耳 왕후장상王侯將相 영유종호寧有種乎

『사기史記』「진섭세가陳涉世家」에 나오는 글귀를 읽게 된 것이 열두 살 때였는데, 종일토록 그 귀절만 되곱쳐* 읽는 것이었다.

입내 소리나 말로써 내는 흉내. 구구(區區) 변변하지 못함. 사소함. 필부 그저 그런 사내. 되곱쳐 되풀이해서.

외숙이 까닭을 물으니 "임금과 제후와 대장과 정승이 되는 사람이 따로 씨가 없으니, 저도 그렇게 되겠습니다." 하고 대답하는 것이었다. 집으로 돌아와 독학자수獨學自修로 경사자집經史子集을 익히던 그가 평양에서 치루어진 감시監試에 나간 것은 열아홉 살 때였는데, 차하˚였다. 상상은 모두가 행세깨나 하는 반가 자손이거나 부가옹 자제들이었다. 환로에 나가볼 생각을 끊은 그는 이 때부터 명산대천을 찾아다니며 무예를 익히는 틈틈이 기맥을 통할만한 초야 인재들과 연비를 맺기 십삼년. 남다르게 백령백리하고 능소능대한 데다 사람 마음을 잘 헤아려 움직일 수 있는 색다른 힘이 있었으나, 체수는 그렇게 장대한 편이 못되었다. 그러나 다섯 자 남짓 작은 몸이 여간 날랜 것이 아니어서 하루에 삼사백 리 길을 가는 철각˚이었다. 무엇보다도 그리고 하늘을 뚫을만한 기백을 지니고 있는 왈 대장부였다.

"혜초는 서릿바람에 지고 옥은 티끌속에 버려졌소이다."

리진사가 긴 한숨을 내려쉬었다. 태천泰川 우군칙禹君則 가산嘉山 리희저李禧著 곽산郭山 김창시金昌始 태천 김사용金士用 곽산 홍총각洪總角 개천价川 리제초李濟初 같은 사람들 지혜와 용력이며 무예 그리고 정주성싸움을 두고 분해서 북받쳐오르는 마음을 뱉아낸 다음이었다.

차하 예전 시문詩文을 놓고 나음과 못함을 끊을 때, 품品에 들지 못하는 것.
철각(鐵脚) 쇠같이 튼튼하고 굳센 다리.

"대저 재앙이라는 것은 헛되이 생기지 않고 반드시 그 진티되는 바가 있다 하였는데, 오늘날 온갖 재변이 그릇된 정사로부터 비롯된 것이 분명하거늘, 어찌 적연한 천수에만 맡겨둘 수 있단 말이외까."

"홍장군 왕사°를 좇아보겠다 이런 말이외까?"

장선전이 낮게 가라앉은 목소리로 말하는데, 리진사가 문득 주먹을 부르쥐더니 땅을 쳤다. 그 사내 목소리는 가느다랗게 떨려나왔다.

"아, 한 지어미가 원통함을 머금으매 삼년을 가물었고, 필부가 하늘에 울부짖으매 오월에 서리가 나렸으니, 원통한 기운이 재앙을 이룬다는 증험을 가히 속일 수 없을 것이오. 아, 사람이 어느 누가 죽음이 없으리오마는 무고히 죽는 것보다 더 슬픔이 없고, 죽음에 어느 누가 원통하지 않으리오마는 억울하게 죽는 것보다 더 심함이 없지 않겠소이까. 수수만만 생령들이 어육이 되고 있다 이런 말씀이올시다. 시재 나라 형편이 이러하고 시재 백성들 처지가 이러함에도 거리끼지 않고 장군께서는 한갓 적굴에 몸을 의탁한 채 한숨이나 쉬고 계시겠느냐 이런 말씀이올시다."

"작은 것이 진실로 가히 큰 것을 대적하지 못하며, 적은 수가 진실로 가히 큰 무리를 대적하지 못한다고 하신 것이 아성 가르

왕사(往事) 지나간 일.

치심이 아니던가요."

"아이가 자라서 어른이 되는 것이지 처음부터 큰 것이 어디 있소이까? 차차로 이루어 가면 되는 것이지."

"모든 일에는 다 때가 있음이어늘, 황차 그런 대사리오."

장선전 눈이 감기어지는 것을 본 리진사는

"허."

하고 탄식하는 소리를 내며

"뇌만 굴리는 먹물들과 일을 도모한 내가 어리석은 자였고녀."

하고 말하였고, 장선전 눈이 동그랗게 떠지는 것을 보더니

"충목공* 탄식을 모르시오이까?"

하고 물었다.

"충목공이라면?"

"벽량장군* 말씀이오이다."

하더니 리진사는 지그시 눈을 감았고,

누구인가 시를 읊조리는 것이었다.

좋은 말 오천 필은

버들 아래서 울고

충목공(忠穆公) 장군 유응부(兪應孚, ?~1456). 명나라 사신을 맞는 자리에서 별운검別雲劍이 되자 쿠데타로 왕이 된 세조世祖를 죽이려고 했으나 한명회 일꾸밈과 김 질 등돌림으로 잡혀 끔찍한 족대기질을 받던 끝에 죽었음. **벽량장군**(碧梁將軍) 유응부 아호에 붙여 불리워지던 딴이름.

가을 새매 삼백 마리는

누 앞에 앉았네.

장선전은 눈만 껌벅였고, 리진사가 말하였다.

"성사재천이요 모사재인*이니, 그 때라라는 것도 다 사람이 만들기에 달린 것 아니겠습니까."

"말린 물고기도 개울을 지날 때면 우는 법이니, 모름지기 장부된 자 출입을 조심하고 옛일로 경계를 삼아야 하는 것이오."

"도에는 고금이 없으나 예전에는 성현이 있었고 지금은 성현이 없으니 장부된 자로서 어찌 옛일로 경책을 삼지 않으리오만, 민심이 이미 전주*를 떠났다 이런 말씀이올시다."

"하늘에 해를 거듭 밝게해야* 된다 이런 말이오?"

"리씨네 왕맥이 이미 진하였다는 말씀이외다."

"크음."

"장군."

"………."

"홍칠망칠興七亡七이라는 말을 아시오이까?"

"무슨 뜻이오?"

성사재천(成事在天) 모사재인(謀事在人) 일이 되고 안됨은 오로지 천운에 달렸고, 되든 안되든 간에 일을 힘써 꾀하는 것은 사람에게 달렸다는 말로, 뜻이 이루어질 것을 미리 알기는 어려우나, 힘은 써봐야 한다는 말. **전주**(全州) 리성계李成桂 옛살라비니, 곧 리씨왕조를 말함. **해를 거듭 밝게 한다** 새로운 세상을 연다. 역성혁명易姓革命을 말함.

"요새 저자를 떠도는 동요올시다. 아조 개국과 망국이 똑같이 칠월달에 이루어진다 이런 뜻이겠지요."

"허. 부질없는 소리겠지요. 나라 명운이 어찌 써 그렇게 일조에 결정될 이치가 있겠소이까."

"나라 흥망성쇠와 천명과 인심이 향배하는 바가 반드시 먼저 그 징조로 나타나는 것은 예로부터 있어온 일이외다."

"오묘하시고 현묘하신 하늘에 뜻을 누가 감히 측량할 수 있으리오만, 우리같은 방외°무리들이 촌탁할 일은 못되지 않겠소."

"감여°이치를 궁구해 보셨는지요?"

"우리같은 방외인方外人이 어찌 천기天機를 알 수 있으리오."

"시생이 일찍이 환로에 뜻을 닫은 다음부터 감여 이치를 궁구하여 한 이치를 얻은 바 있으니, 들어보시겠소이까."

자곤륜自崑崙으로 내맥來脈이 지백두산至白頭山하여 원기元氣가 지우평양至于平壤이나 평양은 기과천년지운已過千年之運이요, 이우송악移于松岳하여 오백년지지五百年之地나 요승궁희妖僧宮姬가 작란作亂하여 지기쇠패地氣衰敗하고 천운비색天運否塞하면 운이 우한양運移于漢陽하리라. 내맥이 운이금강運移金剛하여 지우태백소백至于太白小白하여 산천山川이 종기°하여 입우계룡산入于鷄龍山하니 정씨팔백년지지鄭氏八百年之地요, 원맥元脈은 가야산伽倻山이

방외(方外) 테두리밖. 유가儒家에서 도가道家와 불가佛家를 가리키던 말. 감여 (堪輿) 하늘과 땅. 종기(鍾氣) 정기가 한데 뭉침.

니 조씨천년지지趙氏千年之地로다. 곤륜산 내맥이 백두산에 이르렀고, 그 원기가 평양에 멈추었다. 그러나 평양은 이미 천년 운수가 지나 그 원맥이 다시 송악으로 옮겨졌다. 송악은 오백년 도읍할 땅이나 요승과 궁녀가 난을 꾸며 지기가 쇠하게 되고 천운이 막혀서 운은 다시 한양으로 옮길 것이다. 금강산으로 옮겨진 내맥 운이 태백산과 소백산에 이르러서 산천 기운이 뭉쳐져 계룡산으로 들어가니, 정씨가 도읍하여 팔백년을 누릴 것이다. 원맥이 다시 가야산으로 들어가니 조씨가 천년도읍할 땅이로다.

비기를 남겨 후생들을 깨우치려 한 이인들 가르침은 똑같았으니, 전역戰役이었다. 왜구와 우량하이가 쳐들어 오는 것. 저 삼한시대와 고릿적까지는 그만두고 아조에서 일어났던 가장 커다란 사변이었던 임병양란을 보면—

호성虎性이 재산在山이니, 쇠성품이 산에 있다고 했다. 견인즉창궐見人即猖獗하고 견송즉지見松即止니, 사람을 본즉 미쳐 날뛰고 소나무를 본즉 그친다고 했다. 아울러 이재송송송하지利在松松松下止라고 했으니 모두가 솔을 얘기했다. 이로움이 솔과 솔 사이에 있으니 솔 아래 그치란 말로 모두가 솔을 얘기했으니, 그칠지자 있는 곳이 사는 곳이다. 또한 활아자活我者는 십팔공十八公이라고 했으니, 나를 살리는 것은 십팔공이란 말인데, 십팔공인즉 솔송 자 파자가 아니고 무엇인가. 마지막으로 한 말인즉 고송顧松이라. 솔을 돌아보라고 했으니, 모두가 솔이다. 솔수펑이 우거진 깊은 산속으로 가야산 산다는 말인데, 항왜원조抗倭援朝 나왔던 이여송李如松이 또한 십팔공 아닌가. 병자호란 때는 또 어떠했던가. 구성狗性이 재가在家라고 했다. 개성품이 집에 있다는 말이겠다. 견설즉창궐見雪即猖獗하고 견가즉지見家即止라. 눈을 본즉 미쳐 날뛰고 집을 본즉 그친다. 이재가가가하지利在家家家下止라. 이로움이 집과 집 사이에 있으니 집 아래 그쳐라. 병자년 그 겨울에는 눈이 많이 내렸으므로 산으로 간 사람들은 죽었고 집에 있던 사람들은 살았다는데, 살아자殺我者는 우하횡산雨下橫山이요 활아자活我者는 시상관豕上冠이라. 나를 죽이는 것은 비 아래 빗긴 산이요 나를 살리는 것은 도야지 관을 씌운다. 선비사士자에 관을 비스듬하게 씌우면 임壬자가 되고, 귀신신神자가 옷을 벗으면 신申자가 남게 되며, 달릴주走자 옆에 몸기己자가 빗겨서고 보면 일어날 기起자가 되고, 성휘 곧 공자 이름인 언덕구丘자에 여덟팔八자가 빗겨서고 보면 군사병兵자가 되니, 임신기병壬申起兵이라. 임신년에 병란이 일어난다는 말이다.

방부인재구혹다화方夫人才口或多禾.

계룡산 삼불봉三佛峰 위에 돌비 하나가 서 있는데, 아조 명운을 적어놓은 것이라고 하였다. 방부方夫를 합하면 경庚자가 되고, 인재人才는 술戌자며, 구혹口或은 국國자이고, 다화多禾는 이移자이니, 경술국이庚戌國移. 경술년에 나라가 옮겨진다는 뜻으로 곧 아조 멸망을 적어놓은 참언讖言이라는 것이었다.

"우리나라가 저 계림 이래로 부질없이 중화땅 문물을 본받는답시고, 뼈는 연한데다가 예법과 의관만 잔뜩 무거워노니 첫째로 백성들이 활기가 없어 못쓰게 됐소이다. 계림과 전조 때 일은 차치하더라도 저 임병양란이며 근자 임오년과 갑신년 때도 그렇고, 이 조선땅 벼슬아치란 자들은 어떤 변란만 당하고 보면 하나같이 울며불며 저만 살려달라고 애걸복걸 우량하이와 양귀자 다리만 잡고 비대발괄하는 꼬락서니라니, 한마디로 의뢰하고 사대事大하는 마음 뿐이었지요. 아무런 힘도 의기도 없는데 더하여 인재까지 없는 허수아비나라 아니겠소이까."

"유시호* 그런 때도 없지는 않으나 반드시 그런 것만은 아니외다. 우리 삼한三韓 백성이란 유릉제강柔能制强해서 부드러움 속에 능히 강함이 들어있음으로 저 왜나 양이들 강함보다 나을 것이고…… 표면에 나선 인재는 보잘 것 없어 보여도 이면에 숨은 인재가 많소이다. 초야에 묻혀 있는 인재들이 그들먹하단 말이외다."

"옳게 보셨소이다. 그러니 바로 그런 인재들과 뜻을 합쳐보자 이런 말씀이지요."

"우리가 말이외까."

"그렇지요. 천장사를 화철마 높이 앉히어 시생이 그 견마를 잡

___

유시호(有時乎) 어떤 때에는. 더러 가다가는.

고 장군께서 군사軍師를 맡아주신다면, 그렇게 어려운 일만은 아니지요."

"그럴만한 그릇이 되겠소이까."

들을만 하고 있던 장선전이 이윽한 눈빛으로 만동이를 바라보는데, 리진사가 벌떡 몸을 일으키었다.

"천장사."

"예."

"잠깐 일어나 보시우."

장선전과 모꺾어 앉아 묵묵히 술잔만 뒤집고 있던 만동이가 몸을 일으키는데,

"천장사 지혜를 한번 보겠소이다."

한마디 하고 나서 바른손을 들더니 하늘을 가리키는 것이었다. 그러자 잠깐 무엇을 생각하는 듯 발끝을 바라보던 만동이가 바른손을 들어 한바퀴 동그라미를 그리었다. 리진사가 다시 손가락 셋을 내어밀었다. 만동이는 얼른 손가락 다섯을 내어밀었다.

"역시 시생 지감*이 틀리지 않았소이다."

고개를 끄덕이던 리진사가 빙긋 웃으며 장선전을 바라보았다.

"천리마도 백락*을 만나야 그 진가가 들어나듯이 흙속에 파묻

지감 지인지감知人之鑑. **백락**(伯樂) 중국 주周나라 때 사람으로 말 값매기기를 잘하였다고 함.

412

힌 영걸인 천장사도 이제야 그 빛을 드러내게 되었소이다."

리진사가 손을 들어 하늘을 가리킨 것은 하늘 형상이 어떠한 가를 물은 것이요, 만동이가 동그라미를 그려보인 것은 하늘은 둥근 것이라고 대답한 것이다. 리진사가 손가락 셋을 내어민 것은 삼강三綱 대의를 아는가 물은 것이요, 만동이가 손가락 다섯을 내어민 것은 삼강 대의가 오륜五倫이라는 것을 대답한 것이다. 리진사가 또다시 손가락 셋을 내어민 것은 천지인天地人 삼재三才 대의가 무엇인가를 물은 것이요, 만동이가 손가락 다섯을 내어민 것은 천지인 삼재 대의는 오행五行이라고 대답한 것이다.

대흥고을 수교인 변 협邊協 변부장이 일행을 영솔하여 아사衙舍를 떠난 것은 칠월 스무날이었다. 길 떠날 차비를 마친 것은 보름께였으나 벌떼같이 일어난 민인들 등장等狀 탓으로 군수 산목算木에 외착이 난* 탓이었다. 곱기우제를 지낸다는 명목으로 거두어들일 해자로 벌충댈 셈치고 천금을 들여 이지가지로 많은 봉물과 물선* 꾸러미를 장만한 것이었는데, 이거 뽕빠졌다*. 짜장 민요라도 일으키려는 듯 울근불근 울골질 하여 오는 농투산이들 위세에 겁을 먹어서가 아니라 때마침 장대비가 퍼붓는 바람에 푸지위를 하지않을 수 없었던 곱기우제령이었으니, 이런

외착(外着)나다 셈이 틀려지다. **물선(物膳)** '선물'은 왜말임. **뽕빠지다** 크게 밑져 밑천이 다 없어지다.

뼈똥 쌀 일*이 다 있는가. 그렇다고 해서 벌써 메지메지 엄뚱여 놓은 봉물짐 물선짐 풀러 따깜질*할 수 없는 노릇이라 간사위 좋은 최이방한테 어떻게 벌충댈 방도를 찾아보라고 지다위*하느라 닷새가 걸렸던 것이었다. 위초비위조* 하는 이방놈 속셈 모르지 않는 군수였으나, 익주자사 원을 하여 삼도몽을 꾸려니* 별조 있는가.

일행은 모두 일곱으로 변부장과 장교 하나에 말꾼 둘 짐꾼 둘 마부 하나였고, 말은 복마 두 필에 부담마 한 필로 모두 세 필이었다. 짐꾼들이 엄뚱여 지고 복마 두 필과 부담마에 지운 것은 잔자부레하나* 값나가는 갖은 보물들을 수에 넣지 않는다고 하더라도 호피 세 령에 웅담 스무근에 산삼 열닷근에 무명 백필에 명주 이백필에 능라 스무필에 한산모시 쉰필에 금산가삼 쉰근에 산사슴 자웅에 그리고 황금 백냥쭝이었으니, 감사또짜리 봉물짐에 버금가게 굉장한 것이었다.

만수절까지는 나흘밖에 남지 않은 촉급한 행로였으므로 새술막 가서 중화하고 내쳐 오형제고개 넘어 온양 지나 천안 가서 숙소할 요량으로 서둘러 대흥관아를 떠난 것이 달구리*참이라, 송림산 목정이*에 들어섰을 때는 아직 한겻*도 채 지나지 않은 시

뼈똥 쌀 일 기가막힌 일이라는 뜻. **따깜질** 어떤 큰 덩어리에서 조금씩 뜯어내는 짓. **지다위** 남한테 기대거나 떼를 쓰는 짓. **위초비위조**(爲楚非爲趙) 겉으로는 위하는 체하고 속내평은 딴짓을 하는 것을 이름. **익주자사**(益州刺史) 원을 하여 **삼도몽**(三刀夢)을 꾸려니 출세를 게염내다. **잔자부레하다** 자그마한 이것저것. **달구리** 새벽닭이 울 무렵. **목정이** 목. 목정강이.

414

각이었다. 담배 한 대씩을 태우게 한 다음 막 몸을 일으키려는 참인데 거칠게 몰아오는 말발굽소리가 났다. 자욱한 흙먼지와 함께 달려온 말 위에 앉아 있는 것은 머리에 기급 단 벙거지 쓴 대흥관아 순령수˚였다. 안전께서 긴히 이를 말 있으니 화급하게 다녀가랍신다는 전갈이었고, 음. 대흥관아에서 송림산까지는 오십리 길이 짱짱하니 내왕 백리길을 되짚어 오자면 순령수 말을 함께 타고 갔다온다고 하더라도 새때˚는 걸릴 판이라, 낭패였다. 촉급한 행로만으로 보자면 한시반시라도 썰쯤없이 다그쳐 가야 할 것이나 워낙 중난한 일을 장교짜리 혼자한테 맡길 수도 없는 노릇이었고, 전후좌우로 아무리 살펴봐야 두어 마장 지나온 예산지계 말고는 역참과 원院은 그만두고 장대 끝에 갈모˚ 매어단 집 하나 보이지 않았던 것이다. 잠깐 눈썹 사이를 찡기고 있던 그 사내가 일행을 예산읍성 밖 삼거리 주막까지 다시 데리고 가 중화를 하라 이른 다음 대흥관아로 들어갔더니, 군수가 내어미는 것은 편지였다. 〈宣惠堂上大監親坼〉이라고 쓰여진 간지簡紙는 따로 봉투를 쓰지 않고 제 자락을 접어서 봉한 위에 수결 두어 두텁게 밀랍을 바른 것이었다.

"요번 행보만 적연히 완정되고 보면 본쉬에게도 의호 다 생각이 있음이니, 알겠는가."

한겻 하루낮 사분의 일. 반半나절. **순령수**(巡令手) 고을 원 급한 전갈을 전해주러 온 군사. **새때** 끼니와 끼니 허리쯤 되는 사이. **갈모** 갓 위에 덮어쓰는 기름종이로 만든 비옷.

곡진하게 말하며 몇 번 눈을 끔벅이는 군수였고, 심려 마소서. 허리를 한번 곱송하고 나서 남전대 속 깊이 잘 간수하여 넣는 변부장이었으니, 민문 가운데서도 세력이 가장 빨랫줄 같은 금송아지대감한테 은밀하게 전하여 올리라는 청편지 속에는 돈머리* 큰 엄찌*가 들어 있을 것이었다.

관청빗*한테 분부해서 땅불쑥하게* 내아 청마루에다 차려내어 주는 점심상을 퇴한 변부장이 예산읍성 밖 삼거리 주막에서 중화 뒤 식후남초를 즐기고 있는 일행을 휘몰아 송림산 목정이까지 다시 갔을 때는, 뉘엿뉘엿 해가 지고 있었다. 밤길 도와 오형제고개 넘어 구술막 가서 숙소할 요량을 하고 각전에 난전 모듯 일행을 휘몰아 가는데, 땅거미가 잦아드는가 싶더니 어둠이 깔리었다. 밤. 보름에서 닷새가 지난 칠월 스무날 밤 하늘 높이 앵돌아지는* 북두칠성이었고, 달빛이 제법 밝았다. 옥가락지처럼 나지막한 조각달 곁으로 성긴 별은 금좁쌀을 흩어놓은 듯. 그러나 송림산이 장산은 아니라지만 워낙이 허리 길게 깊은 산이요 각색 수목이 탱천한지라 그 제법 밝은 달빛으로도 울울창창한 나뭇가지를 뚫기 어려워 스님 눈물 같은* 산길이었다. 으스름 달밤. 먼골짜기에서는 짐승이 울부짖는 소리 귓청을 찢고 전후좌우 수평이에서는 금방이라도 호랑이 곰 늑대 여우같은 사나운

돈머리 많고적은 돈 만큼. 액수額數. **엄찌** 어음을 쓴 종이. **관청빗** 수령守令 음식을 맡은 아전. **땅불쑥하게** 특별하게. **앵돌아지다** 틀어져 획 돌아가다. **스님 눈물 같다** 어둠침침하다.

짐승이나 대망이* 아니면 도깨비라도 뛰어나올 듯 이상하게 버스럭거리는 소리가 나면서 사람들 발자욱 소리에 놀란 밤새들은 또 화들짝화들짝 깃을 치며 날아오르는 것이었으니, 한무세월이었다. 이런 밥빙신 좀것*덜 같으니라구! 싸게싸게 가지 뭇헐까! 활이야 살이야° 휘몰아가 보지만 또한 마찬가지. 완연히 후꾸룸한 기색을 띄우고 주저주저 걸음발이 늦는 일행을 보다못한 변부장이 홰라도 잡히라고 하려는 판인데,

"웬늠이냐?"

다급하게 외치는 소리가 났다. 맨 앞장서 막대잡이 하여 가는 변부장 뒤를 쫓아오던 말몰잇군*이 무춤 서며 내는 소리였다. 왼손으로 부담마 굴레부리를 쥐고 있던 그 사내는 바른손으로 앞쪽을 가리키며 다시 한번 소리쳤다.

"웬늠이냐니께?"

변부장 아래 여러 사람들이 말몰이가 고성치는 소리에 깜짝 놀라 눈을 화등잔만 하게 떠가지고 앞쪽을 살펴보았으나 사람 자취는 보이지 않았고, 별꼴. 이상하다고 생각하면서도 여전히 부릅뜬 눈으로 전후좌우를 짯짯이 살피어 보는 변부장이었는데,

"이늠이 시방 누굴 치려구 날뛰넌겨!"

부담마 굴레부리 잡고 있던 왼손까지 놓아버린 말몰잇군이 두

대망이 큰 구렁이. **좀것** 좀스러운 것. **말몰잇군** 짐 싣는 말을 몰고다니는 것을 업으로 삼는 사람. '마부馬夫'는 왜말임.

주먹을 부르쥐고 길길이 뛰며 소리소리 지르는 것이었다. 두 눈을 가늘게 뜨고 가만히 노려보던 변부장이 말없이 몇 발짝 다가서더니 사내 멱살을 틀어쥐며

"이런 경망스런 놈 같으니라구!"

바른손을 훨씬 치켜들어 철썩 소리가 나게 그 사내 귀싸대기를 올려붙이는 것이었으니, 지무리는° 것이 아니었다.

"어쿠!"

두 손바닥으로 제 뺨을 싸쥐며 죽는 소리를 하는 말꾼이었고, 시뻘겋게 손바닥 자국이 난 뺨다구니께가 죽장°같이 부어오르면서 칵하고 무엇을 뱉아내는데, 중동이 부러져버린 이빨 세 대였다.

"제 방귀에 놀랜다°더니 이런 대가리에 쉬 쓴 놈°을 보것나."

"어구구."

"이런 얼간망둥이°같은 놈 하고는. 또다시 그런 방정을 떨겠느냐?"

"어구, 아뉴. 어구구, 아뉴."

"다시 또 오두방정°을 떠는 놈이 있을 시엔 귀쌈이 아니라 결곤으로 다스릴 것인즉, 명렴들 할 터."

호되게 당조짐°을 두는 변부장 마음은 여간 심란한 것이 아니

지무리다 저보다 약한 사람을 괴롭게 윽박지르는 것. 왜말로 '이지메'. **죽장** 죽이 엉겨붙은 껍데기. **얼간망둥이** 말과 몸가짐이 주책없고, 아무데에나 껑충거리기만 하는 사람 딴 이름. **오두방정** 호들갑스런 말과 몸짓.

었다. 갈 길은 구만린데 초꼬슴°부터 이지경이니, 이런 칠흡송장°같은 놈들 데리고 어느 세월에 서울까지 간단 말인가. 봉물짐영거라는 워낙 중난한 일을 처음 맡아보는 처지인지라 바짝 마음을 옥죄고° 있던 그 무골武骨은 어떻게 산을 넘고 물을 건너 삼백리가 넘는 서울까지 가야할지, 서울까지 무사히 당도하여 아무런 후탈°없이 은근한 군수 부탁을 매조지°하고 내려올 수 있을지 문득 아득하여지는 것이었다. 그 말몰잇군이 별안간 그렇게 날뛰게 된 까닭은 다른데 있는 게 아니었다. 본래부터 경망한 성품에 유독 겁이 많은 자로서 여간 퇴방정°이 아닌 그 사내는 산길에 들어서면서부터 누가 꼭뒤를 잡아채는 듯 자꾸만 후꾸룸하여지는 마음을 다잡을 수가 없어 직수굿이 고개를 숙인 채 변부장발뒤꿈치만 죽어라고 따라가는 판이었는데, 에구! 달빛 아래 어른거리는 제 그림자를 보고 그만 소스라치게 놀랐던 것이었다.

"새술막 가서 얼요기°는 시켜줄 터인즉, 싸게싸게들 가자!"

저만큼 희끄무레하게 보이는 등성마루 올라 다리쉼 하는 사품에 홰를 잡히게 할 요량을 하고 일행을 몰아가는데, 엉? 아이오 시뻘건 불방망이가 앞에 나타나면서 거무스레하고 희끗희끗한 것들이 나타나 등성이를 내려오는 것이었다. 바른팔을 어깨 위

당조짐 정신을 차리도록 단단히 조짐. **초꼬슴** 어떤 일 맨 처음. **칠흡송장** 정신이 흐리멍텅하고 몸가짐이 반편과 같은 사람을 이름. **옥죄이다** 몸 한군데가 아프도록 옥여 죄이다. **후탈(後頃)** 후더침. **매조지** 일끝을 단단하게 맺어조지는 일. **퇴방정** 방정을 많이 떠는 것. **얼요기** 넉넉하지 못한 요기.

로 올려 사람들 걸음을 멈추게 한 변부장이 가만히 살펴보니, 거무스레한 것은 말이요 희끗희끗한 것은 사람이었다. 다부치홰*를 치켜든 자 둘이서 앞장을 섰고 수상한 사내 둘이 높다랗게 빼그어 앉아 있는 두 필 말 뒤로 장돌뱅이들 같아 보이는 수상한 사내 대여섯 명이 또한 따라 내려오고 있었는데, 말께는 재갈을 물리고 사람들한테는 하무*를 먹이었는지 들려오는 것은 발자국 소리 뿐이었다.

"거기 웬 사람들이냐?"

변부장 곁에 서 있던 장교가 몇 발짝 앞으로 나서며 소리질러 묻는데, 홰가 멎었다. 매캐한 다북쑥 내음 풍기며 너울너울 어둠을 가르며 내려오던 두 자루 다부치홰가 문득 멎으면서 홰를 쥐고 있던 자 둘이서 좌우로 훨씬 물러섰고, 말발굽 소리가 멎었다.

"오랫만이우."

황토빛으로 시뻘건 황고라 위에 높이 빼그어 앉아 있는 사내가 하는 소리였고, 엉? 생게망게 하여 고개를 갸웃하는 변부장이었는데, 사내가 껄껄 웃음을 터뜨리었다.

"작은사랑나으리 손모듬*헐 때 보구 츰이니, 딱 십년만이우 그려."

구슬픈 목소리로 말하는 사내였고, 음. 지그시 어금니에 힘을 주는 변부장이었으니, 애기장수로구나. 원옥에 잡아넣었던 장선

다부치홰 다북. 곧 쑥을 말려서 홰로 묶은 것. **하무** 예전 군중軍中에서 병정들이 떠드는 것을 막고자 입에 물리든 가는 나무막대기. **손모듬** 출상出喪 전날 밤 빈 상여를 메고 마을을 돌아다니든 일.

전 빼쳐 그 딸내미와 함께 야반도타한 그 천만동이란 종놈이야.

"만동이로구나."

"이제야 알어보시것수."

"어디 해도루 숨어들어 물고기나 잡어먹구 사는 줄 알았더니, 여긴 웬일이냐?"

"해도루 숨어들다니, 내가 뭘 대역률을 븜헷다구 해도루 숨어 든단 말이우."

"파옥에 겁수에 구상관원률에, 더하여 관물강도죄까지 저질 렀은즉 대역률이 대수겠느냐."

"조이읎넌 우리 슨상님 잡어간 조이는 워쩌구."

"발명은 삼문 안에 들어가서 하구 곱게 줄을 받겠느냐."

"허허. 오라를 지우겠다 이말이우?"

만동이가 어이가 없다는 듯 픽하고 웃는데, 변부장이 발을 굴 렀다.

"야반에 성군작당하여 어디로 가는 게냐?"

호령기 있게 소리쳐 묻는데 대답 대신 사뿐 말에서 내려서는 만동이였고, 삼대 들어서듯° 뒷쪽에 죽 늘어서 있던 사내들 가운 데 하나가 재빠르게 나와 황고라 굴레부리를 잡더니 훨씬 옆쪽 으로 물러났다. 만동이를 뒤따라 구렁말은총이에서 내린 옷갓한 선비짜리가 몇 발짝 앞으로 나서며 무어라고 하려는 듯 헛기침 하는 것을 손짓으로 막고 난 만동이가 빙긋 웃었다.

"대역조인 버금가는 만뎅이 예 섰으니 워디 오라 한번 지워보우."

"네가 네 죄를 알기는 아는 모양이로구나."

변부장 목소리가 허청허청 들떠오는데, 만동이가 히뭇이 웃었다.

"밤질이 붓넌 벱°인디 월마나 욕덜 보시우."

"엉?"

"믄질 가넌딘 눈썹두 짐이라넌디 그 무건 뵝물짐 끌구 가너라 월매나 글력덜 팽긔시것냐 이말이우."

"그래서 져다주기라도 하것다 이말이냐."

"승가시게 그럴 거 있수."

"뭔 말인고?"

"뵝물짐은 우덜헌티 맽겨두구 아사 가서 코그루덜이나 박어라 이말이우."

만동이가 는짓는짓 말하는데, 변부장 곁에 서 있던 장교가

"이눔이."

하면서 발을 굴렀다.

"듣자하니 이눔이 시방……."

얼굴이 선독같이 검붉게 달아오른 장교 손이 동달이 어깨 너머로 올라가는데, 변부장이 가만히 그 사내 동달이 자락을 잡아다니더니 소리죽여 빠르게 말하였다.

"화급히 예산관아루 달려가 적변을 고하게."

부담마쪽으로 장교를 떠다밀고 난 변부장이 만동이를 바라보았다. 그 사내는 헛기침을 하였다.

"겁수율 범한 것만해도 부대시처참*이어늘, 괘씸타구 이제는 진상물선까지 도모하겠다?"

"알았으면 됐수."

"어시호 네가 화적패 괴수가 됐구나."

"괴수가 아니라 대장이우."

"네가 힘꼴이나 쓴다고 해서 흰소리 치는 모양이다만, 그렇게는 안될 것이다."

"신명떨음 한바탕 헤보자 이말인 모냥인디, 좋수."

"나는 혼잣몸인데 너는 수하들깨나 거느리구 있다 해서 흰소릴 치는 모양이다만, 수이* 될까."

"구접스런 소리 그만 지껄이구 싸게 금*이나 빼슈."

"신둥부러지게 큰 소리만 치는구나."

"대이구 승가시게 굴지말구 금이나 빼라니께."

"자물통고개가 황천고개라는 말을 들어봤더냐."

답지않게 사설을 눌눌* 이어가며 곁눈질 하는 변부장이었는데,

"저자가!"

만동이 곁에 서 있던 선비짜리가 내는 소리였다. 변부장과 만

부대시처참(不待時處斬) 곧장 목을 베어 죽임. **수이** 쉬. 쉽게. **금** 검劍. **눌눌** 길게.

동이가 수작하고 있는 틈을 타 말몰잇군 시켜 슬그머니 부담짝 들어내게 한 장교가 막 말께 올라타고 있는 참이었다. 선비짜리가 장교쪽을 손가락질 하며

"기별 띄우려 가는 모양인데 잡아야 하지 않겠소."

하고 말하는데,

"일 읎수."

빙긋 웃으며 손짓하여 선비짜리를 저만큼 뒤쪽에 웅긋중긋 서 있는 장돌림차림들 쪽으로 물러서게 한 만동이는 꼿꼿한 눈길로 변부장을 바라보았다.

"싸게 빼잖구 뭐 허슈. 갈춤깨나 춘다넌 소문이 증녕 즉실헌 것인지 워디 한번 봅시다."

부아를 돋우려는 듯 는짓는짓 말하면서도 꼿꼿하게 뜬 그 사내 눈길이 가 있는 곳은 변부장 몸맨두리였으니—

두 손을 양쪽 허리에 붙이고 지그시 무릎을 굽히면서 굽히어진 바른쪽 무릎을 둥글게 굴려 올리며 그 둥글게 굴려 올리는 힘을 받아서 바른쪽 발을 들어올리는 오금질*과, 왼쪽 무릎 높이로 들어올린 바른쪽 발을 뒷꿈치에서부터 메주 밟듯 꾹꾹 밟아 누르면서 허리와 함께 안쪽으로 비트는 제기차기*를 거쳐, 뒷쪽으로 처진 왼발을 비틀어진 허리가 제자리로 돌아오는 힘에 붙이

오금질·제기차기 택견에서 몸풀기.

어서 끌어당기는 품밟기를 하고 있는 것이었다. 무릎으로 오금질을 하며 뒷꿈치로는 또 땅바닥을 무른 메주 밟듯 꾹꾹 눌러밟는 동작을 삼박三拍으로 되풀이 하고 있었으니, 처용무處容舞 보법이었다. 장창長槍 죽장창竹長槍 기창旗槍 당파鎲鈀 기창騎槍 낭선狼筅 쌍수도雙手刀 예도銳刀 교전交戰 왜검倭劍 제독검提督劍 본국검本國劍 쌍검雙劍 마상쌍검馬上雙劍 월도月刀 마상월도馬上月刀 협도挾刀 등패藤牌 권법拳法 곤방棍棒 편鞭 곤棍 마상편곤馬上鞭棍 격구擊毬 마상재馬上才 같은 무예 이십사반은 차치물론하고 택견 유술柔術 슈벽˚ 씨름을 배우고자 하는 사람이라면 누구라도 맨 처음 익혀야 하는 걸음법.

"품 밟다가 날 새것수."

어서 빨리 검劍을 빼라는 듯 짜증기 있게 말하는 만동이였는데, 곧은발질˚을 하려는가. 무른 메주 밟듯 선 자리에서 꾹꾹 눌러밟던 다리에 더욱 힘을 주어 밟으며 비틀어올리던 허리를 살짝 낮추다가 팽그르르 한바퀴 몸을 돌리는가 싶더니, 일렁이는 물결인 듯 미풍에 흩날리는 풀잎인 듯 능청거리며 굼실대며 한 걸음 앞으로 쓱 나서는 것이었다.

〔『國手』노을 편·끝〕

슈벽 손으로 하는 무예인 수박희手搏戲. 곧은발질 선자리에서 곧장 턱끝을 돌려차는 택견 솜씨.

부록

|『國手』주요무대(충청우도忠淸右道 대흥부大興部) 지도 |

홍주계洪州界 5리

광시光時역참 19리

청양계靑陽界 15리

금룡산 금룡사
金籠山 金籠寺

깊은 골

아랫 장터

은절골

백월산
白月山

은사
銀寺

묘순이 바위

상여바위

봉수산
鳳首山
임존산성
任存山城

일남면십이방
一南面十二坊

소스랑들

대련사
大蓮寺

진발미 된저리들

이남면십오방
二南面十五坊

적적암(백산노장)
寂寂庵 白山老長

김서방네

리서방네

장고개

죽천천
竹遷川

고리티동(동산)
高麗胎洞 東山

가방원 터
加方院

오리정
五里亭

읍성
邑城

아그점미다리

손문장네(갈꽃이)
孫文章

박서방네

사자산獅子山

안곡사
安谷寺

거변면십오방
居邊面十五坊

달천
達川

씨름판

내천
奈川

백월사
白月寺

잿말

박산朴山

숯뱅이

현종대왕태실
顯宗大王胎室

감탕사
甘湯寺

소반찬

차유현
車踰峴

밀무리
(해복명당 자리)
蟹伏

원동면구방
遠東面九坊

격양천
擊壤川

공산계公山界 30리
감영監營 왕래 큰길

428

홍주계洪州界 4리

성황사
城隍祠
기우단
祈雨壇

골말
뒷들
범둥골
여단
厲壇
선학동
仙鶴洞
장선전댁
張宣傳
몽득이네
夢得
덕금이네
德金
비티
납죽어미
향월이 주막
向月

김사과댁(석규)
金司果   石圭
윗말
가운뎃말
리처사 댁
李處士
은수
銀秀
사직단
社稷壇
닭재
외북면육방
外北面六坊
아가물들
중뜸
갈울

기생집
妓生
원옥圜獄
(옥담거리)
아랫말
객사
客舍
견사정
見思亭
큰뜸
향교밀
향교
鄕校
구렛들
큰말
내북면오방
內北面五坊
팔봉산
八峰山

읍내면사방
邑內面四坊
쌀돌이

섶무시
큰뜸
송지못
宋之淵
솔안말
윤동지
尹同知
허담선생댁
虛譚
경결천
京結川
한양漢陽 가는 길
3백23리

송림사松林寺
(도선국사부도)
道詵國師

근동면십사방
近東面十四坊
예산계禮山界
20리

부록 429

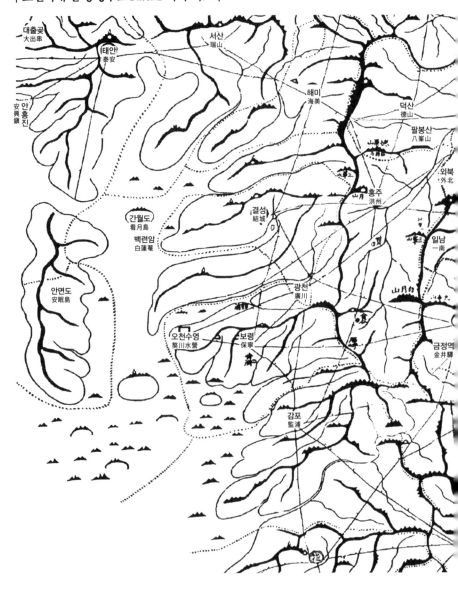

대출곶
大出串

서산
瑞山

태안
泰安

해미
海美

덕산
德山

안흥진
安興鎭

팔봉산
八峯山

외북
外北

홍주
洪州

간월도
看月島

결성
結城

일남
一南

백련암
白蓮菴

안면도
安眠島

광천
廣川

오천수영
鰲川水營

보령
保寧

금정역
金井驛

감포
監浦

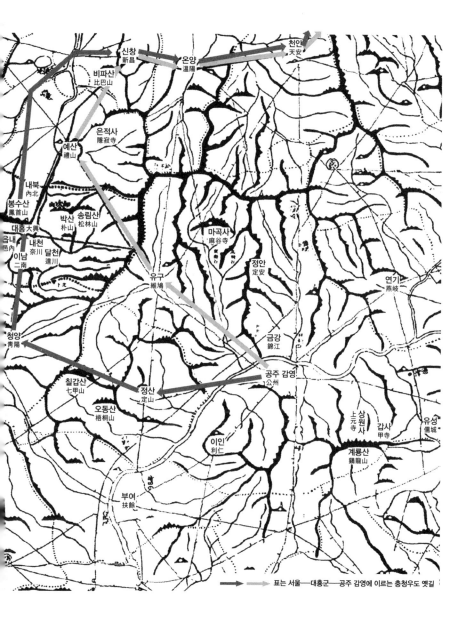

신창
新昌

천안
天安

온양
溫陽

비파산
比巴山

은적사
隱寂寺

예산
禮山

내북
內北

봉수산
鳳首山

박산
朴山

송림산
松林山

마곡사
麻谷寺

정안
定安

대흥大興
읍내
內

내천
奈川

달천
達川

이남
二南

유구
維鳩

연기
燕岐

청양
靑陽

칠갑산
七甲山

정산
定山

금강
錦江

공주 감영
公州

오동산
梧桐山

이인
利仁

상원사
上元寺

갑사
甲寺

유성
儒城

계룡산
鷄龍山

부여
扶餘

→ ⟶ 표는 서울─대흥군─공주 감영에 이르는 충청우도 옛길

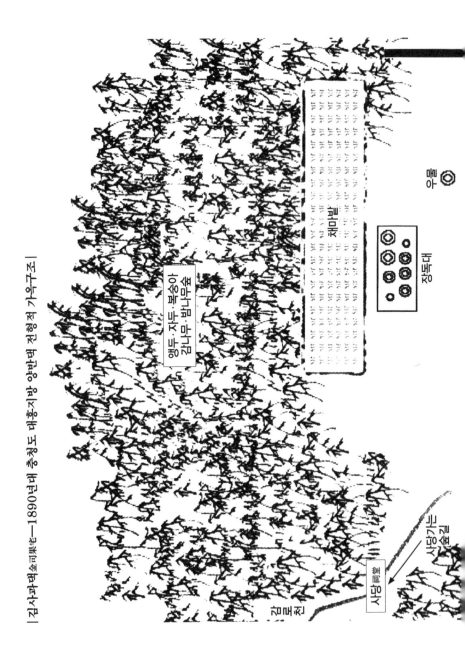

|김사과댁金司果宅—1890년대 충청도 내흥지방 양반네 전형적 가옥구조|

우물

정독대

잼마달

앵두·자두·복숭아
감나무·밤나무숲

감물천

사당祠堂

사당가는
숲길

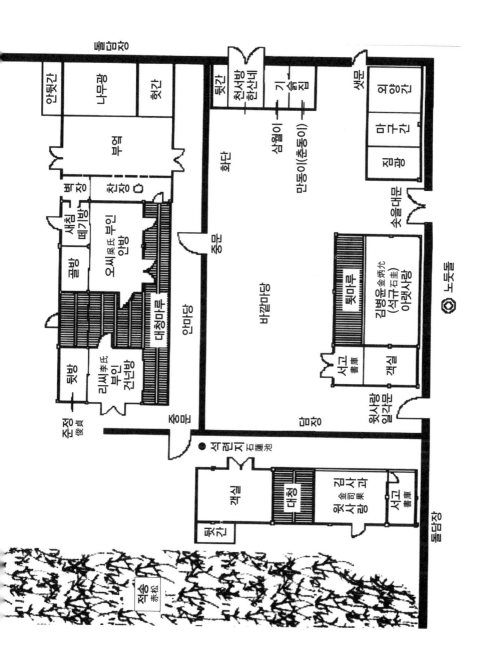

갑신정변甲申政變(1884) 직전 서울 사대문四大門 안

434

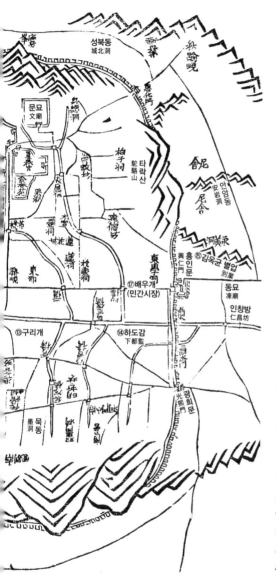

①홍현(紅峴) 김옥균 집: 옛 경기고등학교 자리 뒤쪽 화동으로, 옛이름 화개동花開洞 ②운현궁(雲峴宮): 흥선대원군興宣大院君 리하응 집 ③진골 박영효 집: 이제 운니동雲泥洞 ④육조(六曹)거리: 이제 교보문고에서 광화문까지 길 좌우에 있던 조선왕조 시대 정부청사 ⑤종루(鐘樓): 새벽 3시에 인정과 저녁에 파루를 알리는 큰 종을 쳐 도성 8문을 애닫게 하던 곳으로 이제 종각 ⑥운종가(雲從街): 조선왕조 때 서울 거리 이름으로 이제 종각에서 종로4가까지 한바닥이었음. ⑦전옥(典獄): 갑오왜란 때까지 있었던 그때 감옥 ⑧남별궁(南別宮) 터: 1897년 10월 대한제국을 선포한 고종高宗이 황제 즉위식을 한 곳으로 이제 소공동 87-1번지 ⑨청국 상권: 임오군변 뒤 원세개袁世凱 위세로 자리잡았던 청국 상인 거주지 ⑩숭례문: 서울 관문이었던 남대문 ⑪청파역참: 공무를 보러 서울로 오거나 떠나는 관인이 역말을 타거나 매어두던 곳 ⑫진고개: 이제 충무로 일대에 자리잡았던 일본인 거주지 ⑬구리개: 조선 상인들이 주로 살았던 이제 을지로 1가와 2가 사이 ⑭하도감(下都監): 이제 동대문역사문화공원 자리로 그때 군인들을 선발 훈련하던 훈련도감이 있던 곳(임오군변이 비롯된 곳) ⑮김옥균 별업(別業): 동대문 밖에 있던 김옥균 별장 ⑯새절: 개화당이 자주 모였던 이제 신촌 봉원사奉元寺 ⑰칠패·배우개·야주개: 그때 민간시장

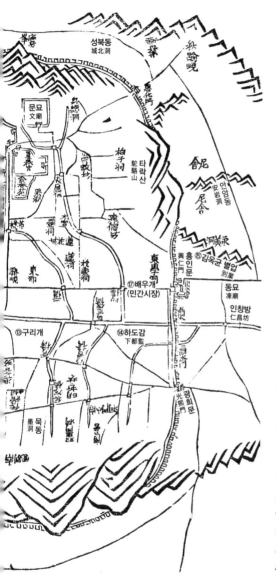

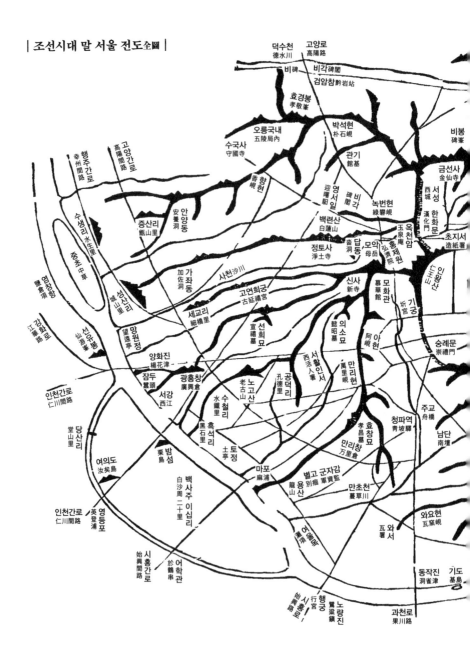

| 조선시대 말 서울 전도全圖 |

덕수천 德水川
고양로 高陽路
비각碑閣
비碑
검암참黔岩站
효경봉 孝敬峯
박석현 朴石峴
비봉 碑峯
오릉국내 五陵局內
수국사 守國寺
관기 館基
금선사 金仙寺
향현 香峴
영서일 迎曙昭
비각 碑閣
녹번현 綠礬峴
서성 西城
한화문 漢化門
행주간로 幸州間路
고양간로 高陽間路
안양동 安養洞
증산리 甑山里
백련산 白蓮山
옥천암 玉泉庵
조지서 造紙署
수생리 水生里
가좌동 加佐洞
사천 沙川
정토사 淨土寺
답동 畓洞
모악 母岳
홍제원 弘濟院
인왕산 仁王山
중초 中草
성산리 城山里
고연희궁 古延禧宮
신사 新寺
모화관 慕華館
기궁 圻宮
염창항 鹽倉項
세교리 細橋里
선희묘 宣禧墓
의소묘 懿昭廟
아현 阿峴
숭례문 崇禮門
강화로 江華路
선유봉 仙遊峯
망원정 望遠亭
양화진 楊花津
서활인서 西活人署
만리현 萬里峴
잠두 蠶頭
광흥창 廣興倉
노고산 老古山
공덕리 孔德里
주교 舟橋
남단 南壇
인천간로 仁川間路
서강 西江
수철리 水鐵里
흑석리 黑石里
토정 土亭
청파역 靑坡驛
당산리 堂山里
여의도 汝矣島
밤섬 栗島
마포 麻浦
효창묘 孝昌墓
만리창 万里倉
인천간로 仁川間路
영등포 英登浦
백사주이십리 白沙周二十里
별고 군자감 別庫 軍資監
용산 龍山
만초천 蔓草川
와서 瓦署
와요현 瓦窯峴
시흥간로 始興間路
어학관 於鶴串
어영둔 漁營屯
동작진 洞雀津
기도 基島
행궁 行宮
노량진 鷺梁津
과천로 果川路

436

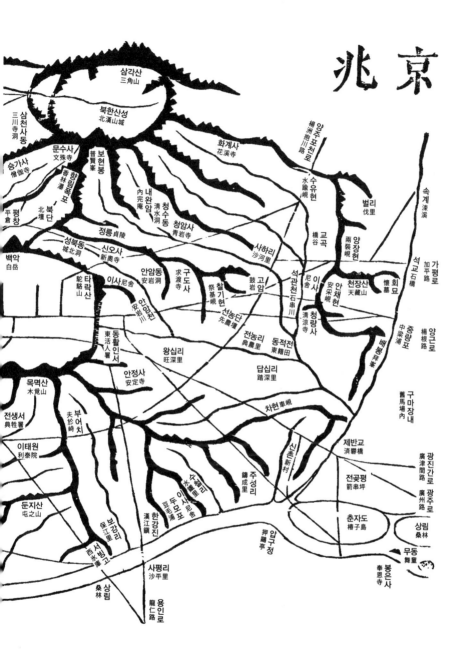

김석규 金石圭

　김사과댁 맞손자로 해맑은 얼굴에 슬기로운 도령임. 일찍이 아버지를 여의고 할아버지 김사과 곰살궂으면서도 호된 가르침 아래 경사자집 經史子集을 익혀가는데, 바둑에 남다른 솜씨를 보임.

갈꽃이

　손문장孫文章 양딸로 뛰어나게 아름다운 얼굴과 소리에 솜씨를 보이는데, 손문장이 동학을 한다는 것을 무섭게 을러대어 관아에서 억지로 기안妓案에 들게 함.

금칠갑 琴七甲

　산적 출신이었으나 만동이 동뜬 힘과 의기義氣에 놀라 복심이 된 젊은이로, 만동이 부탁을 받고 김사과댁에 머슴으로 들어가 집안을 보살피다가 괘서掛書를 붙이며 고을 농군들 봉기를 부채질함.

김병윤 金炳允

　석규 아버지로 비렴급제飛簾及第하여 아산현감牙山縣監에 특명제수되었으나 아전 잔꾀에 말려 관직을 버리고 29세로 요사夭死하기까지 술을 벗하며 살던 뜻뜻한 선비였음.

김사과 金司果

　몇 군데 고을살이에서 물러나 서책을 벗하며 맞손자 석규 가르침에 오로지하는 판박이 시골 선비임. 벗인 허담과 함께 대흥大興고을 정신적 버팀목임.

김재풍 金在豊

　공주감영 병방비장으로 육십 근짜리 철퇴를 공깃돌 놀리듯 하는 장사면서 법수 갖춰 익힌 무예 또한 놀라운 무골이나, 충청감사가 올려 보

내는 봉물짐 어거하여 가다가 끝향이가 쓴 닭똥소주에 녹아 쓰러지
게 됨.

끝향이
홍주관아 외대머리로 리 립이 입담에 끌려들어가 만동이를 만나게 되
면서 사내로서 좋아하게 되어, 리 립이가 꾸며대는 여러 가지 사달에
서 많은 공을 세우는 정이 많은 여인임.

노삭불 盧朔弗
홍주고을 부잣집 외거노비로 있으며 리진사 복심되어 움직이는 고지
식하나 꾀 많은 배알티사내로, 끝향이를 좋아함.

덕금 德金
면천免賤한 상민 딸로 태어나 만동이를 좋아하였으나 뜻을 이루지 못
하고, 만동이가 장선전 부녀와 앵두장수 된 다음부터 반실성을 한 꼴
로 다시어미인 향월이가 차린 비티 밑 주막에 붙어 꿈이 없는 나날을
보냄.

리 립 李立
옛사라비 전배인 홍경래를 우러러 모시는 평안도 정주定州 출신 가진
사假進士로 만동이를 홍경래 대받은 평호대원수로 모시고 새 세상을
열어보고자 밤을 낮 삼는 꾀주머니임.

리생원 李生員
대흥고을 책방冊房으로 딱한 나날을 보내는데, 음률에 뛰어나고 서화
에 밝은 재사才士로 은수 소리선생이 됨.

리씨李氏부인
석규 어머니. 젊은 홀어미가 되어 석규 오뉘에게 모든 앞날을 걸고 꼿
꼿하게 살아가는 판박이 조선 사대부가 부인임.

리참봉 李參奉
역관 출신 가짜 양반으로 최이방에게 뒤꼭지를 잡혀 갖은 시달림을
당하던 끝에 발피潑皮를 돈 주고 사 최이방을 혼내주고 대흥고을을
떠남.

리평진 李平眞
은수 아버지로 김병윤과 동문수학한 사이나 글에는 뜻이 없고 산천유

람이나 다니며 잡기에만 골몰하는 조금 부황한 몰락양반임.

만동 萬同

김사과댁 씨종인 비부婢夫쟁이 천千서방 전실 자식으로 남다른 힘씀과 무예를 지녀 '아기장수'로 불림. 장선전 외동따님인 인선아기씨를 그리워하나 넘을 수 없는 신분 벽으로 괴로워하던 중 윤동지와 아전배 잔꾀에 걸려 옥에 갇힌 장선전을 파옥시켜 함께 자취를 감춤. 온갖 어려움 끝에 인선이와 내외간 연줄을 맺게 된 그는 장선전을 군사軍師로 하는 평호대원수平湖大元帥 꿈을 키우다가 명화적明火賊으로 충청감사 봉물짐을 털게 됨.

모세몽치 牟世夢致

백토 한 뼘 없이 조동모서朝東暮西하는 부보상으로, 일제 조선침탈 앞장꾼으로 들어와 내륙 물화를 훑어가는 왜상倭商을 때려죽이게 됨.

박성칠 朴性七

창옷짜리 진사와 성균관 급수비 사이에 태어나 탄탄한 유가교양과 뛰어난 무예를 갖췄으나, 신분벽에 막혀 농세상을 하다가 대흥고을 인민봉기를 채잡는 사점士點백이임.

백산노장 白山老長

백두산에서 참선을 하였다는 노선객老禪客으로 석규에게 바둑돌을 통하여 도道에 이를 수 있는 길을 일러주며, '흑백미분黑白未分 난위피차難爲彼此 현황지후玄黃之後 방위자타方位自他'라는 비기秘記를 주어, 석규로 하여금 평생 화두話頭가 되게 함.

변 협 邊協

대흥고을 포도부장으로 본국검本國劍 달인達人임. 뼈대 있는 무인이었으나 향월이 색에 녹아, 봉물짐을 털던 명화적 만동이와 겨룸에서 크게 다치게 됨.

삼월 三月

춘동이 누이로 세상에서도 뛰어난 소리꾼이 되려는 꿈을 지니고 있는 되바라진 꽃두레임.

서장옥 徐璋玉

황하일黃河一과 함께 장선전을 찾아와 동학에 들 것을 넌지시 구슬리고,

만동이를 눈여겨보며 무슨 비기 같은 말을 남기고 떠나는 처음 동학남
접東學南接 우두머리임.

쌀돌이

갈꽃이를 좋아하는 고아 출신 곁머슴으로 갈꽃이가 기생이 되어 감영
으로 간 다음 꿈을 잃은 나날을 보내다가 동학봉기에 들게 됨.

안익선 安益善

양반 신분이나 스스로 광대로 나선 비가비임. 국창 정춘풍鄭春風 제자
로 마침내 중고제中高制라는 내포內浦 바다 남다른 소리제를 이룩하는
데, 여난女難에 시달리는 감궂은 팔자임.

오씨吳氏부인

석규 할머니. 잡도리 호된 몸과 마음가짐으로 무너져가는 가문을 지
켜가는 판박이 반가 노부인임.

온호방 溫戶房

가리假吏 출신 고을 호방으로 윤동지를 쑤석거려 장선전을 사지死地에
떨어뜨린 사납고 모진 아전배임.

운산 雲山

철산화상 상좌로 백산노스님 시봉을 하면서 많은 가르침을 받아 조선
선불교를 다시 일으키려는 큰 뜻을 품고 정진하는 눈 맑은 수도승임.

윤경재 尹敬才

윤동지 둘째아들로 사포대士砲隊를 이끌며 행짜가 매우 호된 가한량假
閑良. 죄 없는 양민들을 화적으로 몰아 관가에 넘기다가 만동이 들이침
을 받고 황포수黃砲手 불질에 보름보기가 됨.

윤동지 尹同知

홍주목洪州牧 퇴리退吏 출신으로 대흥고을에서 첫째가는 거부巨富임.
군수도 마음에 들지 않으면 갈아치울 만큼 거센 힘이 대단한 고을 세
도가로 인선이를 첩으로 들여앉히려다 비꾸러짐.

은수 銀秀

리평진 외동따님으로 거문고와 소리에 뛰어난 너름새를 보임. 리책방
을 스승으로 모시며 소매를 걷어부치고 갈닦음을 하는데, 두 살 밑인
석규도령이 보내오는 마음에 늘 가슴 졸여함.

인선 仁善

오십궁무五十窮武인 장선전 외동따님으로 아름다운 얼굴과 슬기롭고
도 숭굴숭굴한 인품이며 만동이와 내외가 됨. 명화적 여편네로 주저
앉게 된 제 팔자를 안타까워하며 만동이한테 늘 높은 뜻을 가질 것을
일깨우는 스승 같은 여인임.

일매홍 一梅紅

김옥균金玉均 정인情人으로 상궁 출신 일패기생임. 갑신거의甲申擧義가
무너진 다음 한양 다방골에서 자취를 감추었다가, 청주 병영淸州兵營에
관비官婢로 박혀 있다는 김옥균 부인을 찾아왔던 길에 김병윤 생각을
하며 대흥고을을 지나가게 됨.

장선전 張宣傳

미관말직인 권관權管을 지낸 타고난 무인으로 때를 못 만난 나날을 보
내다가 만동이를 따라 산으로 들어감. 홍경래洪景來 군사軍師였던 우군
칙禹君則처럼 만동이를 도와 큰 뜻을 펴보려는 꿈을 지니고 있음.

준정 俊貞

석규 누나. 곱고 여린 참마음 지닌 이로서 양반 퇴물로 백수건달인 박
서방에게 시집가 평생 눈물로 지냄으로써 석규에게 한평생 마음에 생
채기가 되는 여인.

철산화상 鐵山和尙

백산 상좌로 행공行功과 무예에 뛰어난 미륵패임. 동학봉기 때 미륵세
상을 꿈꾸는 불교 비밀결사체인 '당취黨聚'를 이끌고 들어가나, 서장
옥과 함께 무너지게 됨.

최유년 崔有年

충청감사 앞방석으로 충청도 쉰세고을을 쥐고 흔드는 칼자루 쥔 사람
인데, 끝향이가 쓴 패에 떨어져 만동이네 화적패한테 봉물짐을 털리
고 도망치다 죽이려던 노삭불이한테 됩세 맞아 죽게 됨.

최이방 崔吏房

감영 이방과 길카리가 된다는 것으로 온갖 자세藉勢를 부리며 군수를
용춤추이는 대흥관아 칼자루 쥔 사람인데, 은수를 며느리로 데려와보
고자 갖은 간사위를 다 부림.

춘동 春同

만동이 배다른 아우로 자치동갑인 상전 석규 손발 노릇을 하는데, 언니와는 다르게 가냘프고 무른 몸바탕이나 끼끗한 기상에 슬기롭고 날쌘 꽃두루임.

큰개

임술민란에 부모를 잃고 떠돌다가 훈련도감에 들어가 임오군변과 갑신거의 때 기운차게 움직인 남다른 힘씀과 무예를 지닌 피끓는 사내임. 만동이를 좋아하였으나 그가 명화적이 된 것에 크게 꿈이 깨졌고, 동학봉기 때 서장옥 복심으로 눈부시게 뛰게 됨.

향월 向月

감영기생 출신 술어미로 만수받이나 색을 밝혀 온호방·변부장과 속살 이음고리를 맺었다가 만동이한테 혼찌검을 당함.

허담 虛潭

김사과 하나뿐인 벗으로 평생 벼슬길에 나아가지 않고 애옥한 살림 속에서도 오로지 경학經學 궁구에만 골똘하는 도학자道學者인데, 무섭게 바뀌는 문물 앞에서 허겁지겁 어리둥절함.

| 조선 8도 20목牧 75부府 77군郡 26현령縣令, 122현감縣監 323고을 |

자료:『한국민족문화 대백과 사전』26권에서 인용

8도

경기도	충청도	경상도	전라도	황해도	강원도	함경도	평한도

20목   ● 관찰사가 겸임

경기도(3)	충청도(4)	경상도(3)	전라도(4)	황해도(2)	강원도(1)	함경도(1)	평안도(2)
여주	충주	상주	나주	황주	원주●	길주	안주
파주	청주	진주	제주	해주●			정주
양주	공주●	성주	광주				
	홍주		능주				

75부

경기도(8)	충청도(1)	경상도(14)	전라도(7)	황해도(6)	강원도(7)	함경도(18)	평안도(14)
	청풍						

444

77부

경기도(10)	충청도(14)	경상도(13)	전라도(13)	황해도(7)	강원도(6)	함경도(2)	평안도(12)
│							
	임천	단양	태안	한산	서천	면천	천안
	서산	괴산	옥천	온양	대흥	보은	덕산

26현령

경기도(4)	충청도(1)	경상도(5)	전라도(5)	황해도(2)	강원도(3)	함경도(0)	평안도(6)
│							
	문의						

122현감

경기도(8)	충청도(14)	경상도(13)	전라도(16)	황해도(6)	강원도(8)	함경도(2)	평안도(5)
│							
	홍산	비인	제천	남포	평택	진천	직산
	결성	회인	보령	정산	해미	청양	당진
	연풍	신창	음성	예산	청안	목천	은진
	전의	회덕	연기	진잠	영춘	연산	영동
	노성	황간	부여	청산	석성	아산	

충청도: 4목사牧使 14군수郡守 1현령縣令 34현감縣監 총 53고을

충청감사忠淸監司(從二品)[1]

↓

홍주목사洪州牧使(正三品)[2]

↓

대흥군수大興郡守(正五品)

↓

좌수座首[3] 1인

별감別監[4] 2인

---

1) 조선시대 각 도 장관. 일명 관찰사觀察使. 중요한 정사에 대해서는 중앙 명령을 따라 시행하였으나 자신이 관할하고 있는 도에 대해서는 경찰·사법·징세권 등 절대적인 권한을 행사하였음. 감사 관청을 감영監營이라고 하며 종이품 문관직으로서 각 도마다 한 명씩을 두었음.
2) 서천·결성·홍산·예산·남포·신창·비인·해미·보령·서산·태안·아산·당진·대흥·면천·평택·온양·청양·덕산 19고을 상위 기관으로 충청감사 예하 수령 가운데 가장 중요한 위치였음. 정삼품 문관으로 19고을 진관鎭管 책임자인 첨절제사僉節制使 군직을 겸하였음.
3) 조선왕조 때 주州·부府·군郡·현縣에 두어 수령 정사를 도와주던 향청鄕廳 우두머리.
4) 좌수 버금자리.

군관軍官 15인 　　　　　→　　아병牙兵[5] 125명이내

아전衙前[6] 45인

지인知印(通引) 15인

관노官奴 11명

관비官婢 16명

사령使令 16명

○ 대흥大興은 본래 태종太宗 13년 현縣이었으나 현종顯宗 태실胎室을 읍성 동
  쪽 13리에 있는 박산朴山에 세운 다음인 숙종肅宗 7년 신유辛酉(1681)부터
  군으로 승격되었음.

　　　　　　　　　　　　　　　— 출전: 1871년 간행, 『호서읍지湖西邑誌』 17책 중

---

5) 군수 호위병. 실제 군병력.

6) 이방吏房·호방戶房·예방禮房·병방兵房·형방刑房·공방工房 육방六房에 딸린
   이속吏屬.

정치 관계 동향	사회 문화 동향
1864 고종高宗 1 갑자甲子 동치同治 3	

	정치 관계 동향		사회 문화 동향
1	▪ 행주산성 및 각 읍, 포구 무명잡설無名雜設 혁파 ▪ 경외잡류京外雜流 작폐, 도가都賈 행위 일체를 금함	1	▪ 풍천豊川에서 부사府使 탐학으로 민란 발생
2	▪ 비변사와 의정부 사무분장 事務分掌 절목節目 마련 ▪ 음관참하蔭官參下 승서 陞敍에 관한 구례 복구	2	▪ 잠삼潛蔘 엄금 ▪ 향약鄕約 삭강朔講과 오가통五家統을 시험 실시
4	▪ 전국 서원書院, 향현사鄕賢祠, 생사당 生祠堂, 원사院祠 등 토지 조사 ▪ 호조戶曹, 선혜청宣惠廳, 각영各營, 각사各司, 경차인京差人 혁파	3	▪ 최제우崔濟愚 사형 ▪ 각 궁방 등에 남아 있는 노비안奴婢案 소각
8	▪ 사원祠院 첩설疊設, 사설私設을 엄금함	7	▪ 태백산太白山 사고史庫 수호사찰인 봉화奉化 각화사 覺華寺 중건 경비 조달 위해 공명첩空名帖 400장 하송下送
		11	▪ 경기京畿 명화적明火賊 7명 효수

1865 고종高宗 2 을축乙丑 동치同治 4

1	▪ 통제중군統制中軍 설치 ▪ 관서환폐교구절목 關西還弊矯救節目 마련	5	▪ 단양端陽 전패작변殿牌作變
3	▪ 비변사備邊司를 의정부議政府에 합침 ▪ 만동묘萬東廟에 대한 제향祭享 철파	9	▪ 삼남三南, 해서海西에 방곡防穀 금지
4	▪ 경복궁景福宮 중건重建 영건도감營建都監 설치 ▪ 원납전願納錢 징수	12	▪ 전국 명화적明火賊 체포 강화 지시
윤5	▪ 『대전회통大典會通』 편찬 찬집소纂輯所 설치 ▪ 『철종실록哲宗實錄』 완성		
6	▪ 중인中人 서류庶流를 재주에 따라 서용토록 함		
9	▪ 상피相避 규정 개정		
11	▪ 『대전회통大典會通』 『양전편고兩銓便攷』 완성		

1866 고종高宗 3 병인丙寅 동치同治 5

1	▪ 천주교도 남종삼南鍾三, 홍봉주洪鳳周와 프랑스 신부 베르뉘 등 9명 처형. 천주교 서적 압수 소각 지시	2	▪ 독일 상인 오페르트가 통상 요청 ▪ 사주私鑄 죄인 처형 ▪ 토호土豪 무단武斷을 엄금
2	▪ 13일 대왕대비 철렴撤簾, 고종 친정高宗 親政	4	▪ 비기秘記 위조죄인 홍길유洪吉裕 유배
3	▪ 첨정僉正 민치록閔致祿 딸을 왕비로 정함	6	▪ 동포제洞布制 실시
7	▪ 제너럴 셔먼호 사건 ▪ 서양 물자 수입, 사용을 금함	11	▪ 당백전當百錢 주조

8	• 척사륜음斥邪綸音 반포 • 기정진奇正鎭 척사斥邪 상소 • 이항로李恒老 상소 [대외강경책지지, 병수책丙修策 비판]	12	• 충주반호班戶 무단武斷과 이서吏書들의 간활奸猾을 엄금함
9	• 프랑스 함대 7척이 강화도 침범 [병인양요丙寅洋擾] 한성근韓聖根 문수산성文殊山城 전투 승리		
10	• 양헌수梁憲洙 지휘로 정족산성鼎足山城에서 프랑스 함대 격퇴		

1867 고종高宗 4 정묘丁卯 동치同治 6

3	• 민승호閔升鎬를 특지로 이조참판에 제수	2	• 도성 각 문 통행세 징수
5	• 『육전조례六典條例』 간행, 배포	3	• 사주私鑄 죄인 5명 효수 • 마패를 위조하고 어사를 가칭한 영남인 이유상李儒祥 효수 • 청석진靑石鎭에서 상인들에게 통행세를 받기로 함
6	• 전국에 사창절목社倉節目 반포	5	• 당백전當百錢 주조 중단
11	• 용호영龍虎營 강화 • 경복궁景福宮 근정전勤政殿, 慶會樓 완공	6	• 중국돈인 소전小錢을 당백전과 함께 사용
12	• 뇌물받고 사주私鑄한 범인을 눈감아준 양근 군수 박종영朴宗永 등 처형	10	• 도주盜鑄 금지

1868 고종高宗 5 무진戊辰 동치同治 7 명치明治 1

3	• 당백전當百錢 통용을 권장함 • 삼군부三軍府를 다시 설치하여 군사 문제를 전담케 함	1	• 부산에 의창義倉 설치

4	• 독일 상인 오페르트가
	  남연군南延君 묘 도굴
	• 경복궁景福宮 완공
		윤 4	• 천주교 신자 인친姻親, 척당戚黨에
			  대한 연좌連坐 폐지

7	• 왕이 경복궁으로 옮김	8	• 정감록鄭鑑錄을 이용, 양요洋擾를
			  틈타 거사하려던 정덕기鄭德基 등
			  처형

9	• 미사액서원未賜額書院 철폐, 서원
	  신설 금지, 모탁원생冒托院生들은
	  군역軍役에 충정
		11	• 경상도 칠원漆原에서 농민 봉기

10	• 최익현崔益鉉, 토목 공사와 당백전 폐지를 주장하는 상소		

1869 고종高宗 6 기미己巳 동치同治 8 명치明治 2

1	• 종실宗室 서용敍用 제도를 고침	3	• 전라도 광양光陽 민란 발생

3	• 서북인西北人·송도인松都人을
	  차별없이 등용토록 함
		6	• 광양 민란 주동자 민회행閔晦行
			  등 50여 명 처형

4	• 용호영龍虎營 군제를 마련
	• 김좌근金左根 사망
		8	• 고성固城에서 호적 작성에
			  부정을 저지른 감색監色이
			  지방민에게 맞아 죽음

12	• 일본 대수대차사大修大差使
	  접견을 거부, 서계書契 개수改修를
	  요구함
		11	• 북방민 1,000여 명이
			  연해주沿海州로 이주함

1870 고종高宗 7 경오庚午 동치同治 9 명치明治 3

1	• 일본 외무성 관리들이 조선 내정 정탐을 위해 불법적으로 침입	2	• 청나라 도적들이 벽동碧潼에 침입하여 약탈
4	• 통청차제편입조례 通淸次第編入條例를 정함	6	• 토지土地, 어장漁場 등 면세免稅 엄금
6	• 상천常賤들이 숭정대부崇政大夫가 되는 것을 불허함	8	• 정만식鄭晩植 등이 『정감록鄭鑑綠』을 이용하여 민란 도모
9	• 사액서원賜額書院 혁파 지시	9	• 양반가 토지 규모를 정함
윤 10	• 『양전편고兩銓便攷』 간행	윤 10	• 러시아에서 조선 도망민을 잡아 토지를 경작 시킴

1871 고종高宗 8 신미辛未 동치同治 10 명치明治 4

3	• 사액 서원 47처 외 서원을 철폐함	1	• 상주 사람 김학수金鶴壽가 민심을 선동하여 재물을 편취하다 유배됨 • 형조하례배刑曹下隸輩와 별감別監들 사이 싸움
4	• 미국 함대가 통상을 거절 당하자 광성진廣城鎭을 점령함 [신미양요辛未洋擾] • 척화비斥和碑 건립	3	• 녕해寧海에서 민란이 일어나 수령을 죽임 • 양반·상민 가리지 않고 군포軍布 징수 [호포제戶布制 실시]
5	• 미국 함대 퇴각함, 강화도 방비 강화	4	• 덕산德山에서 천주교 신자가 서양 세력과 체결하여 작변을 꾀함
8	• 서원 철폐 지시를 이행하지 않은 감사 수령을 처벌	8	• 이필제李弼濟, 정기현鄭岐鉉 등이 조령鳥嶺에서 난을 꾀하다 잡힘

1872 고종高宗 9 임신壬申 동치同治 11 명치明治 5

1	▪ 선혜청 평창平倉과 창주인倉主人 혁파	1	▪ 후창군厚昌郡에 중국 비적匪賊 출현
2	▪ 박영효朴泳孝가 철종哲宗 부마駙馬(금릉위錦陵尉)가 됨 ▪ 각 도 소속所屬 과거 응시 금지 ▪ 초량 왜관倭館을 철폐하고 국료 중단	4	▪ 해주海州에서 김응룡金應龍, 유흥근柳興根 등이 역모
9	▪ 영건도감營建都監 철파	6	▪ 안동安東에서 류흥영柳興榮 등이 모반
10	▪ 각 궁방에서 사들인 토지에 대해 면세를 금함		

1873 고종高宗 10 계유癸酉 동치同治 12 명치明治 6

1	▪ 정원용鄭元容 사망	윤 6	▪ 영남 지방에 큰 홍수 ▪ 창덕궁昌德宮 화재
10	▪ 도성문都城門 통행세 혁파 ▪ 원납願納과 결렴結斂을 혁파 ▪ 승지 최익현崔益鉉이 시정을 비판하는 상소 태학유생太學儒生 권당捲堂		
11	▪ 최익현崔益鉉, 2차 상소 [대원군大院君의 정치 참여 비난]로 제주에 유배됨 ▪ 고종이 친정親政을 선포, 대원군大院君 하야下野		
12	▪ 법정 규정 외 연강沿江 수세를 일체 혁파		

1874 고종高宗 11 갑술甲戌 동치同治 13 명치明治 7

1	■ 청나라 돈 통용을 중지 ■『윤발綸綍』,『일성록日省錄』보충 수정	6	■ 양반가에 무리를 끌고 들어가 난동을 부리고 양반을 구타한 역관을 유배
2	■ 원자(순종) 탄생 ■ 만동묘萬東廟를 복설復設키로 함		
3	■ 지방 유생들이 화양서원華陽書院 복설 요청		
6	■ 궁궐을 파수하는 무위소武衛所 설치 ■ 각 도 역폐驛弊를 엄칙함		
7	■ 부산 왜관倭館에 대한 무역 제한 조치 철폐 ■ 만동묘萬東廟 중건		

1875 고종高宗 12 을해乙亥 광서光緖 1 명치明治 8

2	■ 세자 책봉 ■ 최익현崔益鉉, 제주 유배에서 석방	4	■ 울산에서 민란 발생 ■ 호서 세선작간인稅船作奸人 효수
5	■ 왕 거처를 경복궁으로 옮김	5	■ 양반가에 몰려가 야료 부린 김주원金柱元 등 처벌
6	■ 대원군이 운현궁雲峴宮으로 돌아감		
8	■ 운양호雲揚號 사건 발생		
10	■ 일본 군함 2척이 부산에 와서 시위		
12	■ 일본 전권변리대신全權辨理大臣 흑전청륭黑田淸隆 등이 군함 7척을 끌고 부산에 와서 운양호雲揚號 사건에 대한 회답 요청		

1876 고종高宗 13 병자丙子 광서光緒 2 명치明治 9

1	▪ 일본 군함 7척이 남양만南陽灣에 정박, 회담 요구 ▪ 최익현이 척사소斥邪疏를 올리고 강화도 조약 교섭 반대하다 유배됨	8	▪ 무위소에서 신식 군기 제작 ▪ 함경도에 범월 금지 윤음을 내리고 안무사 파견
2	▪ 조일수호조약朝日修好條規 체결	11	▪ 경복궁景福宮 화재
4	▪ 수신사修信使 김기수金綺秀가 일본에 감	12	▪ 파주坡州에 명화적明火賊이 나타남, 금천군金川郡 상납전上納錢을 약탈
5	▪ 대마도주對馬島主 도서圖書를 동래부東萊府에 반납		
7	▪ 조일수호조규朝日修好條規 부록 11조, 무역장정貿易章程 11조 체결		
12	▪ 부산 초량진을 일인日人 거류지居留地로 조차租借하는 조약 체결		

1877 고종高宗 14 정축丁丑 광서光緒 3 명치明治 10

1	▪ 일본 상가商賈 가족 동반을 금함	3	▪ 화폐 사주私鑄 죄인들을 도배島配함
2	▪ 북관北關 제진諸鎭을 개폐함	6	▪ 모반 대역죄인 이병연李秉淵 등 처형
10	▪ 일본 대리공사 화방의질花房義質이 조선에 옴	7	▪ 몰래 들어와 포교하던 프랑스 사교司敎 리델 등을 잡아 가둠 ▪ 전남 영암군에 명화적明火賊이 나타남
		8	▪ 훈련도감 소속 군병들 폭동 기도
		11	▪ 한양 사대문 밖 도적 횡행
		12	▪ 한성부 호적 일부를 도둑 맞음

1878 고종高宗 15 무인戊寅 광서光緖 4 명치明治 11

4	▪ 일본 군함이 함경도 덕원德源 연안을 측량함	8	▪ 근기近畿 각 읍에서 잡아온 화적을 처형함
5	▪ 대비 김씨金氏(철종비) 승하	9	▪ 충청우도 대흥大興에서 잡은 화적승火賊僧 상첨尙泰을 공주감영에서 처형함
8	▪ 일본 군함, 전라·충청 해안을 측량함		

1879 고종高宗 16 기묘己卯 광서光緖 5 명치明治 12

| 4 | ▪ 충청도 공주公州에서 프랑스인 선교사를 잡아 청국으로 보냄
▪ 일본 대리공사 화방의질花房義質이 개항을 요구하러 다시 옴 | 6 | ▪ 일본에서 부산釜山에 전파 된 진질疹疾(콜레라), 전국에 만연함 |

1880 고종高宗 17 경진庚辰 광서光緖 6 명치明治 13

2	▪ 러시아[露國] 이사관 마츄린, 경흥부慶興府에 와서 통호通好를 청함	10	▪ 함경도민 가운데 악정과 수탈에 못 이겨 북간도와 연해주로 넘어가는 사람들 많이 나옴
3	▪ 미국[米利堅] 해군준장 슈펠트, 군함 티콘데로가호로 부산에 와서 통상을 요청했으나 동래부사가 이를 거부함		
7	▪ 이탈리아[伊太利] 군함이 원산元山에 옴		
12	▪ 삼군부三軍府를 혁파하고 통리기무아문統理機務衙門을 설치함 ▪ 인천仁川 개항 결정		

1881 고종高宗 18 신사辛巳 광서光緒 7 명치明治 14

1	▪ 조준영趙準永 · 박정양朴定陽 · 어윤중魚允中 등 10여 명 신사유람단을 일본에 보내어 신문물제도를 살펴보게 함	5	▪ 일본인들이 울릉도에 몰래 들어와 나무를 베어가지 못하도록 일본 외무성에 요구
4	▪ 일본 육군소위 굴본예조堀本禮造를 초빙하여 신식훈련을 받게 함	8	▪ 안기영安驥永 · 권정호權鼎鎬 등, 대원군大院君 서자 이재선李載先을 국왕에 추대하려다 잡힘

1882 고종高宗 19 임오壬午 광서光緒 8 명치明治 15

3	▪ 조미朝米수호조약 조인 ▪ 조영朝英수호조약 조인	8	▪ 수신사 박영효朴泳孝, 일본으로 가는 배 안에서 태극기太極旗를 고안 창제함
5	▪ 조덕朝德수호조약 조인	12	▪ 양반 상업 종사와 학교 입학을 허용함
6	▪ 임오군변 일어남 ▪ 이최응李最應 · 민겸호閔謙鎬 등 피살 ▪ 중전 민씨閔氏 변복하고 충주忠州로 피신 ▪ 대원군이 입궐하여 난을 진무 ▪ 일본 화방花房 공사가 호위 육해군을 거느리고 인천에 옴		
7	▪ 청국 제독 오장경吳長慶 · 정여창丁汝昌 등 경군慶軍 육영병六營兵을 거느리고 경기도 남양 마산포馬山浦에 옴 ▪ 오장경吳長慶 등 대원군을 청국 보정보保定堡로 잡아감 ▪ 재물포조약 체결 ▪ 민중전 환궁		

8	▪독일 묄렌도르프[穆麟德]를 초빙함		
11	▪일본 공사 죽첨진일랑竹添進一郎 옴		

1883 고종高宗 20 계미癸未 광서光緒 9 명치明治 16

1	▪태극기를 국기로 제정함	8	▪경상도 성주星州에서 민란 일어남
3	▪동남 제도諸島 개척사開拓使 겸 관포경사管捕鯨事 김옥균金玉均 임명	10	▪박문국博文局에서 『한성순보漢城旬報』 발간
4	▪미국 공사 푸트 옴		
6	▪전권대신 민영익閔泳翊을 미국에 파견		
7	▪전환국典圜局을 설치		

1884 고종高宗 21 갑신甲申 광서光緒 10 명치明治 17

윤5	▪조의朝義(이태리)수호조약 조인 ▪조아朝俄(노서아)수호조약 조인	윤5	▪오정午正·인정人定·파루罷漏에 궐내 금천교禁川橋에서 방포하게 함 ▪복제를 개혁하여 도포대신 두루마기를 입게 함
10	▪갑신정변 일어남 김옥균金玉均·박영효朴泳孝 등 우정국郵征局 개국 잔치를 이용해서 정변을 일으키고 왕을 경우궁景祐宮에 옮기어 일병으로써 호위하게 한 다음, 민영목閔泳穆·민태호閔台鎬 등 수구파 요인 6인을 죽이고 신정부를 조직하였으나, 일본 배신으로 3일 만에 막을 내림 ▪김옥균金玉均·박영효朴泳孝 등 일본으로 망명		

458

1885 고종高宗 22 을유乙酉 광서光緖 11 명치明治 18

3	■ 영국 함대가 거문도巨文島를 점령함	2	■ 서울 재동齋洞에 병원 광혜원廣惠院을 세우고 미국인 의사 알렌에게 주관시킴 ■ 미국인 선교사 언더우드 옴
8	■ 대원군 환국	3	■ 미국인 선교사 아펜젤러 옴
10	■ 청국 주차駐箚 총리 원세개袁世凱 옴	8	■ '배재학당' 세워짐

1886 고종高宗 23 병술丙戌 광서光緖 12 명치明治 19

1	■ 노비세습제를 폐지시키고 일신에 한하기로 함	4	■ '이화학당'이 세워짐
3	■ 미국인 데니를 내무협판에 임명	6	■ 미국인을 초빙하여 육영공원育英公院을 세우고 영어와 서양 학문을 가르침
5	■ 조법朝法(프랑스)수호조약 조인		

1887 고종高宗 24 정해丁亥 광서光緖 13 명치明治 20

9	■ 청국, 조선이 해외에 사신을 파견할 때 속방으로서 체제를 취할 것을 요구함	8	■ 일본 어선, 제주도에서 양민을 살상함

1888 고종高宗 25 무자戊子 광서光緖 14 명치明治 21

3	■ 미·러·이[光·露·伊] 3국 공사에게 기독교 전교를 금할 것을 요청함	5	■ "서양 오랑캐가 어린아이들을 잡아먹는다"는 소문이 나돌아 민심이 동요함

1889 고종高宗 26 기축己丑 광서光緖 15 명치明治 22

2	▪ 미국, 절영도絶影島 및 원산元山에 저탄소를 설치할 것을 요청해옴	1	▪ 전주全州 아전과 백성들, 강원도 정선군민旌善郡民들 봉기
10	▪ 함경도 감사 조병식趙秉式 「방곡령」을 반포하여 양곡 수출을 금함	9	▪ 전라도 광양光陽에서 민란
12	▪ 각국 상인들이 허가장 없이 들어오는 것을 막음 ▪ 일본 공사, 방곡령이 조약 위반이라며 함경감사 조병식趙秉式 파직을 요구해옴	10	▪ 경기도 수원水原에서 민란

1890 고종高宗 27 경인庚寅 광서光緖 16 명치明治 23

1	▪ 함경도 방곡령 철회	8	▪ 경상도 함창咸昌에서 민란
2	▪ 미국인 리젠더어를 내무협판에 앉힘		
3	▪ 미국 공사 하드 옴		
4	▪ 대왕대비 조씨趙氏 [익종翼宗비] 승하		
11	▪ 미국인 그레이트 하우스를 내무협판에 앉힘		

1891 고종高宗 28 신묘辛卯 광서光緖 17 명치明治 24

3	▪ 일본 공사 미산정개梶山鼎介 옴	6	▪ 청국 비적, 함경도 갑산甲山·단천端川 등지 약탈함 ▪ 일어학당을 한성부漢城府에 개설
11	▪ 일본 공사, '방곡령'으로 입은 손해 배상을 요구	7	▪ 일본 어선 제주도에서 양민 살상
		8	▪ 강원도 고성高城에서 민란
		10	▪ 황해도 평산平山 백성들이 지방 향리 탐학상을 정소呈訴함

1892 고종高宗 29 임진壬辰 광서光緒 18 명치明治 25

5	▪ 조오朝墺(오스트리아)조약 체결	3	▪ 함경도 함흥咸興 및 덕원德源에서 민란
6	▪ 일본국에 제주백성 살상에 대한 배상을 요구	4	▪ 강원도 낭천狼川에서 민란
10	▪ 청국 원조를 얻어 미米·일日 등에 차관을 갚음	8	▪ 경상도예천禮泉에서 금광金礦에 항의하여 민란
11	▪ 전환국典圜局을 인천仁川에 세워 양식 화폐를 주조함 ▪ 교환국交換局 설치		
12	▪ 동학東學교도 전라도 삼례역參禮驛에 모여 교조敎祖 신원과 포교 자유를 요구		

1893 고종高宗 30 계사癸巳 광서光緒 19 명치明治 26

3	▪ 동학교도 박광호朴光浩·손병희孫秉熙 등 40여 인 교조 신원을 요구하며 복합 상소 ▪ 사간원司諫院·홍문관弘文館 등 동학을 성토하는 상소 ▪ 동학교도들 충청도 보은報恩에 모여 척양척왜 기치를 세움 ▪ 양호순무사兩湖巡撫使 어윤중魚允中을 보내어 동학교도들을 해산시킴	6	▪ 인천부仁川府 아전과 백성들 수백 명이 관아를 습격함
4	▪ 동학교도 해산	7	▪ 안효제安孝濟가 진령군眞靈君(무녀)을 처벌할 것을 상소 ▪ 황해도 재령載寧과 충청도 청풍淸風·황간黃澗에서 민란

| 8 | • 영국인 브라운을 총세무사에 앉힘 | 11 | • 경기도 개성開城에서 민란
• 평안도 철도鐵島 및 중화中和에서 민란 |

1894 고종高宗 31 갑오甲午 광서光緒 20 명치明治 27

1	• 동학농민전쟁 일어남 • 전라도 고부古阜군민, 군수 조병갑趙秉甲 탐학에 못 견디어 전봉준全琫準 영도하에 봉기	2	• 김옥균金玉均 중국 상해에서 홍종우洪鐘宇에게 암살당함
3	• 고부군민 안핵사按覈使 이용태李容泰 불법에 격분하여 재차 봉기	3	• 김옥균金玉均 시신에 형륙을 가함
4	• 양호초토사兩湖招討使 홍계훈洪啓薰, 경군을 이끌고 서해를 따라 내려감 • 전주全州 감영병, 황토재黃土峴에서 패주 • 봉기군, 장성長城에서 경군을 격파 • 봉기군 전주를 점령 • 청국에 원병을 청함	4	• 경상도 김해金海 민란
5	• 청제독 섭지초葉志超 군대 충청도 아산만에 도착 • 봉기군 전수성 철수 • 일본 혼성여단 인천仁川 도착, 서울에 들어옴 • 일본 공사 내정 개혁을 권고하여 개혁안 5조를 제시함	6	• 갑오왜란 시작됨 • 김홍집金弘集을 영의정에 임명하고 군국기무처를 설치함 • 관제 개혁, 궁내宮內·의정부議政府 2부와 내무·외무 이하 8아문衙門을 설치 • 칙령으로 전 23조 사회개혁안을 시행함 • 개국년기를 사용하게 함 (갑오년은 개국 503년)

6	▪ 일공사 대조규개大鳥圭介 군대를 이끌고 궐내에 들어감 ▪ 대원군 입궐, 왕명으로 중대 정무와 군무를 대원군에게 재결하게 함 ▪ 청일 군함 수원부水原府 풍도楓島 앞바다에서 충돌 ▪ 충청도 성환成歡싸움에서 일군, 청군을 격파함	7	▪ 김홍집金弘集을 의정부 총리대신에 임명 [제1차 내각 성립] ▪ 일본과 공수동맹을 체결 ▪ 신식화폐장정을 공포하고 은본위제를 채용 ▪ 도량형 개정 ▪ 관보 발행
7	▪ 청일전쟁 일어남	10	▪ 법무협판 김학우金鶴羽 암살 ▪ 김홍직金弘集 제2차 내각성립, 박영효朴泳孝 · 서광범徐光範 등을 기용함 ▪ 국군기무처를 그만두고 중추원을 둠
8	▪ 평양싸움에서 청군 대패함	12	▪ 홍범洪範 14조를 제정하여 자주독립을 종묘에 고함 ▪ 의정부를 고쳐 내각이라 함
9	▪ 동학군 각지에서 재차 봉기		
10	▪ 농민군 충청도 공주公州 우금고개 싸움에서 패퇴		
12	▪ 전봉준全琫準, 전라도 순창淳昌에서 잡혀 서울로 압송됨, 김개남金開南 전주서 참수됨		

1895 고종高宗 32 을미乙未 광서光緒 21 명치明治 28

3	▪ 전봉준全琫準 처형됨	3	▪ 공사복을 개정
5	▪ 지방 관제를 개정하여 전국에 23부府 3백31군郡을 둠	4	▪ 유길준兪吉濬『서유견문西遊見聞』 출판됨
윤5	▪ 내부대신 박영효朴泳孝 일본에 망명	9	▪ 인정 · 파루를 폐지 ▪ 종두규칙 발포

7	▪ 일공사 삼포오루三浦梧樓 옴	10	▪ 임최수林最洙·이도철李道徹 등 국왕을 탈취하려다 잡혀 처형됨
8	▪ 일공사 삼포三浦가 일본낭인들과 함께 대원군을 받들고 경복궁에 들어가 민閔중전을 시해하는 '을미사변'이 일어남 ▪ 단발령을 내림	11	▪ 천만동千萬同·장 복張復·리 립李立 등 님이 계신 곳(임존성)에서 항왜전쟁을 일으킴

1896 고종高宗 33 병신丙申 광서光緖 22 명치明治 29

2	▪ 러시아 공사 웨벨 수병 일백 명을 인천으로부터 입경시킴 ▪ 왕 및 왕세자가 노국공사관으로 옮겨가는 이관파천 일어남 ▪ 친로내각 성립 ▪ 유길준俞吉濬·조희연趙羲淵 등 일본으로 망명	1	▪ 충청우도 대흥大興과 정산定山에서 박창로, 이세영 등이 의병 봉기 ▪ 1월 중순 안병찬安炳瓚, 채광묵蔡光默 등 홍주성洪州城 점거 ▪ 임존성任存城을 수축하며 장기전에 대비하였으나 1월 18일 김복한金福漢, 이 설李偰 등 참모진이 구금되면서 무너짐 ▪ 을미사변과 단발령에 저항하는 의병 봉기가 전국으로 확산 ▪ 강원도 관찰사 조인승曹寅承·충청관찰사 김규식金奎軾 이하 군수 등 수십 명 의병에게 피살됨
3	▪ 미국인 제임스 모스에게 경인철도 부설권을 줌 ▪ 함경도 경원慶源·종성鐘城 광산 채굴권을 러시아인에게 허가	2	▪ 총리대신 김홍집金弘集·농상공부대신 정병하鄭秉夏 난민에게 피살됨
7	▪ 경의철도 부설권을 프랑스인에게 허가	4	▪ 『독립신문』 발간

8	■ 전국을 13도 나눔	7	■ 독립협회 조직
9	■ 함경도 무산茂山·압록강 유역 및 울릉도 산림벌채권을 러시아인에게 허가		■ 어윤중魚允中 고향으로 도망치던 경기도 용인에서 난민에게 피살됨

○ 고종高宗 34년인 정유丁酉 1897년 9월까지 이어지던 '조선왕조'는 개국 506년을 끝으로 막을 내리고, 10월 황제 즉위식을 거행하고 국호를 '대한大韓'으로 고쳐 고종高宗황제 아들인 순종純宗황제 4년인 1910년 8월 29일 일제 강압에 의한 합방조약을 발표하고 양국조서를 내림으로써 그 막을 내리게 됨.

國手 5

1판 1쇄 발행	2018년 8월 1일
1판 7쇄 발행	2018년 8월 15일

지은이	김성동
펴낸이	임양묵
펴낸곳	솔출판사

기획	임정림 김경수
책임편집	임우기
교정·교열	남인복
편집	조소연 신주식 이신아
디자인	오주희 박민지
경영 및 마케팅	김형열 이예지
재무관리	이혜미 김용렬

주소	서울시 마포구 와우산로29가길 80(서교동)
전화	02-332-1526
팩스	02-332-1529
홈페이지	www.solbook.co.kr
이메일	solbook@solbook.co.kr
출판등록	1990년 9월 15일 제10-420호

© 김성동, 2018

ISBN	979-11-6020-052-2 (04810)
	979-11-6020-047-8 (세트)